U0096263

人民共和國文化與文學叢書

八　編

李　怡 主編

第 16 冊

1951年的共和國文藝界：「統一戰線」政策下的「整合」（上）

袁洪權 著

花木蘭文化事業有限公司

國家圖書館出版品預行編目資料

1951 年的共和國文藝界：「統一戰線」政策下的「整合」（上）
／袁洪權 著 -- 初版 -- 新北市：花木蘭文化事業有限公司，
2020〔民 109〕
序 4+ 目 6+220 面；19×26 公分
（人民共和國文化與文學叢書 八編；第 16 冊）
ISBN 978-986-518-225-0（精裝）
1. 中國當代文學 2. 中國文學史 3. 電影史 4. 文學評論
820.8　　109010915

ISBN-978-986-518-225-0

人民共和國文化與文學叢書
八 編 第十六冊　　ISBN：978-986-518-225-0

1951 年的共和國文藝界：「統一戰線」政策下的「整合」（上）

作　　者　袁洪權
主　　編　李 怡
企　　劃　四川大學中國詩歌研究院
總 編 輯　杜潔祥
副總編輯　楊嘉樂
編　　輯　許郁翎、張雅淋　美術編輯　陳逸婷
印　　刷　普羅文化出版廣告事業
出　　版　花木蘭文化事業有限公司
發 行 人　高小娟
聯絡地址　235 新北市中和區中安街七二號十三樓
　　　　　電話：02-2923-1455／傳真：02-2923-1452
網　　址　http://www.huamulan.tw 信箱 hml 810518@gmail.com
初　　版　2020 年 9 月
全書字數　406226 字
定　　價　八編 18 冊（精裝）台幣 55,000 元　

1951 年的共和國文藝界：
「統一戰線」政策下的「整合」（上）

袁洪權 著

作者簡介

袁洪權（1978～），男，土家族，重慶石柱人，分別於2004年和2010年獲得碩士、博士學位，師從郝明工教授、陳子善先生。曾在西昌學院工作十年，2010年9月調入四川綿陽。現為西南科技大學中國語言文學系教授，中國現當代文學專業帶頭人。學術興趣集中於中國現當代文學史料的搜集與整理、中國現代思想史研究、現代作家書信考釋。發表學術論文和書話文章90餘篇，部分文章被人大複印資料、《新華文摘》等轉載。主持過教育部課題1項，目前承擔著《開明書店版「新文學選集」叢書專題研究》的相關學術研究。

提　　要

「統一戰線」是中國共產黨取得勝利的三大法寶之一。不管在政治還是經濟和文化上，「統一戰線」都有潛在影子。第一次文代會是「統一戰線」在文藝戰線上的具體實施，之後建立的文藝隊伍和確立的指導思想，都在會上被確立。1950年，中共開展黨內整風運動，為1951年思想整合奠定基礎。著作集中關注1951年文藝界，試圖勾勒出1951年在人民共和國的關鍵年份的文學史、思想史意義，提出「整合」作為思想史概念的意義與價值。著作以中央文學研究所、私營電影業崑崙影業公司、「新文學選集」叢書和「文藝建設叢書」的出版、毛選第一卷出版為橫向考察點，通過四個專題的歷史還原及文藝界的整體動態，勾勒出人民共和國文藝界1951年的特殊意義。

第一章圍繞中央文學研究所創建及學員學習作考察。中國共產黨試圖建立一支純潔的文藝隊伍，努力通過學校培養，確立工農兵文藝工作者的合法地位。但他們自身素質的限制，導致中央文學研究所最終招收新學員來充斥文藝隊伍。

第二章以崑崙影業公司攝製的電影《武訓傳》、《我們夫婦之間》被批判為考察中心。對這兩部影片的批判，針對的是私營電影業的經濟形態。中國共產黨選擇崑崙為突破口，對私營電影業進行改造，對其文藝工作者產生震懾。對崑崙的批判直接導致人民共和國初期電影業局面轉變，私營電影業壽終正寢。

第三章以「新文學選集」和「文藝建設叢書」的出版為考察視點。兩套叢書的編輯與出版，最初有「統一戰線」政策考慮，但「文藝建設叢書」出版之時卻並沒考慮，它成為「清一色」的延安文藝的新翻版。「新文學選集」雖是「統一戰線」的產物，但與此時文學觀念的建構存在距離，最終融入到人文社，成為「國家文學」建構中的重要因素，編選原則、選目標準則發生改變。

第四章以毛選第一卷出版為考察契機。毛選第一卷出版前，《實踐論》得以重新發表，其背後乃強大的學習運動醞釀。毛選第一卷出版後，政協會議確立思想改造為全國政治運動。毛選第一卷的出版，為思想改造運動提供了話語藍本，學習毛澤東思想的熱潮遍及全國，文藝界思想改造運動醞釀成功，《「文藝講話」》成為典範文本，這為《「文藝講話」》十年紀念和全國思想改造運動，提供了堅實的輿論基礎。

全球化時代如何討論當下的文學問題
——《人民共和國文化與文學》第八編引言

李　怡

我們常常說，這是一個「全球化的時代」，也就是說，對當下文學的討論，「全球化」是一個不可回避的語境。但是「全球化語境下的中國當代文學」這個題目所包含的意蘊以及它所昭示的學術立場本身就是意味深長的。我覺得，在我們積極地研究當下文學自身成就的同時，適當的反顧一下我們已經採取或者可能會採取的立場，也不失為一種新的推進方式。「全球化」是新世紀中國學術的一個重大課題，「中國當下的文學」雖然已經闡述了多年，但在今天的「新世紀」或者說「新時代」的時間段落中，無疑也具有了特殊的意義。只是，如果我們竭力將這些關鍵詞置放在一起，其相互的意義鏈接就變得有點曲曲折折了。

從表面上看，「全球化」與「中國當下」，這是一個普遍性的時間和一個特殊空間的問題。我們常常在說「全球化時代」如何如何，這也就是說我們正在經歷一個正在怎麼「化」的過程，這是一個時間的過程。「全球化語境中的中國文學」，似乎應當考慮的是一個局部空間的文學現象如何適應更有普遍意義的時代發展的要求，當然，關於這方面的話題我們可以談出許多。例如全球化時代的經濟一體化進程與民族文化矛盾對於不同民族文化交流與融合的影響，而這種文化的衝突與融合對於文學藝術的創造又取著怎樣的關係，接踵而來的另一個直接問題就是：中國當下的文學，這一目前可能民族性呼聲很高的區域文學如何在呼應「全球化」時代的主體精神的同時保持自己真正的有價值的個性？近 40 年來的學術史上，關於這樣的「時代要求」與民族國家關係的討論曾經也熱烈地進行過，那就是上一個世紀 80 年代中期的「走向世界」，當時，人們通過重述歌德與恩格斯關於「世界文學」時代到來的論斷，力圖將中國文學納入到「世界文學」時代的統一進程當中，因為這樣一來，我們就可以有力地走出地域空間的封閉而更多地呼應世界性的時代思潮了。

那麼，「全球化」的提出與當年的「走向世界」有什麼不同，它又可能賦予我們文學研究什麼樣的新意呢？在我看來，當年的「走向世界」思潮與其說是關於文學的理性的分析，毋寧說是一種文學呼喚的激情，一種向所有的文學工作者吹響的進軍的號角，除了面對啟蒙目標的偉大衝動外，關於文學特別是文學研究的新的理性評判系統並沒有建立起來，而啟蒙本身的意義也常常被闡述得籠統而模糊。所謂「全球化語境」，其實是為我們的文學特別是文學的研究提供了一個比較完整的新的思考的框架。例如作為人類精神發展基礎的「經濟」的框架：當前全球經濟一體化的過程對於文化與文學究竟會產生怎樣的影響？一個民族國家（諸如中國）的精神創造是如何回應或如何反抗這樣的「同一」過程的？而經濟制度本身又如何對精神生產形成制約或推動？這些思路從宏觀上看將與目前熱烈進行的「現代性」問題的討論相互聯繫，與所謂世俗現代性／審美現代性的分合問題相互聯繫，從而在文學的「內」、「外」結合部位完成細節的展開。顯然，這比過去籠統的「經濟基礎決定上層建築」或者「文學發展與經濟發展的不平衡原則」要具體而充實。從微觀上看，今天我們所討論的「民族國家文學」問題本身就聯繫著「一帶一路」這樣經濟的事實，我們似乎沒有必要將民族國家文學的發展局限在知識分子書齋活動之中，這裡所產生的可能是一個更具有深遠意義的「文化審視」問題——不僅當下中國的人們有了重新自我審視的機會，而且其他地方的人也有了深入審視中國的可能，其實文學的繁榮不就是同時貢獻了多重的視線與眼光嗎？或許正是在這個意義上，我以為，新世紀的「全球化」思維具有了比 80 年代「走向世界」思維更多的優勢。

但是，「全球化」思維又並非就可以敞開我們今天可以感知到一切問題，我甚至發現，在關於文學發展的一個基本的困惑點上，它卻與「走向世界」時代所面對的爭論大同小異了，這個困惑就是我們究竟當如何在「或世界或民族」之間作出選擇，或者說全球化時代的文學普遍意義與民族文學、地區文學之間的矛盾是否還存在，如果存在，我們又當如何解決？無論我們目前的議論如何竭力「消解」所謂二元對立的思維，其實在學術界討論「全球化」與「民族性」的複雜關係時，我們都彷彿見到了當年世界性與民族性爭論時的熱烈，甚至，其基本的思維出發點也大約相似：全球化時代與世界化時代都代表了更廣大的普遍的時代形象，而中國則是一個局部的空間範圍。這兩個概念的連接，顯然包含著一系列的空間開放與地域融合的問題，也就是說「中國」這個有限空間的韻律應該如何更好地匯入時代性的「合奏」，我們既需要「合奏」，又還要在「合奏」中聽見不同的聲部與樂器！這裡有一個十分重要的理論假定：即最終決定文化發展的是時間，是時間的流動推動了空間內部的變化——應當說，這是我們到目前為止的社會史與文學史都十分習慣的一種思維方式，即我們都是在時代思潮的流變中來探求具體的空間（地域）範圍的變化，首先是出現了時間意義的變革，然後才貫注到了不同的空間意義上，空間似乎就是時間的承載之物，而時間才是運動變化的根本源泉，我們的歷史就是時間不斷在空間上劃出的道道痕跡。例如我們已經讀過的文學史總先得有一章「五四新文化運動的發生」，然後才是「五四在北京」、「五四在上海」或者「五四新文化運動在詩歌領域裡引發的革命」、「在小說領域裡產生的推動」、「在戲劇中的反映」等等。這固然是合理的，但從另一方面來說，它所體現的也就是牛頓式的時空觀念：將時間與空間分割開來，並將其各自絕對化。在這一問題上，愛因斯坦的「相對論」是從打破時空絕對性的立場深化了我們對於時間、空間及其相互關係的認識。在這方面，被譽為繼愛因斯坦之後最偉大的科學家的史蒂芬．霍金有過一個深刻的論述：

> 相對論迫使我們從根本上改變了對時間和空間的觀念。我們必須接受的觀念是：時間不能完全脫離和獨立於空間，而必須和空間結合在一起形成所謂的時空的客體。〔註 1〕

這是不是可以啟發我們，在所有「時代思潮」所推動的空間變革之中，其實都包含了空間自我變化的意義。在這個時候，時間的變革不僅不是與空間的變化相分離的，而且常常就是空間變化的某種表現。中國現當代文學決不僅僅是西方「現代性」思潮衝擊與裹挾的結果，它同時更是中國現代知識分子立足於本民族與本地域特定空間範圍的新選擇。只有充分認識到了這一事實，我們才有可能走出今天「質疑現代性」的困境，為中國現當代文學尋找到合法性的證明。

〔註 1〕 史蒂芬· 霍金：《時間簡史》第 21 頁，湖南科學技術出版社 2002 年版。

在時間變遷的大潮中發現空間的本源性意義，這對我們重新讀解中國當下的文學，重新展開「全球化語境中的中國文學」這一命題也很有啟發性。比如，當我們真正重視了空間生存的本源性地位，那麼我們就會發現，從表面上看，這是一個普遍性的時間和一個特殊空間的問題，但在實質上來說，其實所包含的卻是中國自身的「空間」與全球化的「時間」的問題，所謂「全球化」，與其說是一個普遍的時代思潮，還不如說西方人的生存感受。是中國的經濟方式與生活方式在某種意義上匯入了「全球性」的漩流之中，於是，他們將這一感受作為「問題」對包括中國人在內的其他人提了出來，自然，中國人對此也並非全然是被動的對於外來「時間」的反應，他們同樣也在思考，同樣也在感受，但他們感受與思考的本質是什麼呢？僅僅是在「領會」外來的思潮麼？當經濟開發的洪流滾滾而來，當國際的經濟循環四處流淌，當外來的異鄉人紛至遝來，當接受和不能接受、理解和不能理解的文化方式與宗教方式，生活方式與語言方式都前所未有地洶湧撲來，中國的精神世界是怎樣的？中國的文學又是怎樣的？很明顯，在貫通東方與西方、全球與中國的「時代共同性」的底部，還是一個人類與民族「各自生存」的問題，是一個在各自具體的空間範圍內自我感知的問題。

理解中國當下的文學，歸根結底還是要理解中國人自己的感受。這裡的「全球化」與其說更具有普遍性還不如說更具有生存的具體性，與其說可能更具有跨地域認同性還不如說可能包含了更多的地域分歧與衝突的故事，當然，也有融合。既然今天的西方人都可以在連續不斷的抗議和攻擊中走向「全球化」，那麼，我們為什麼不是？所要指出的是，在文學創造的意義上，這裡的抗議與拒絕並非簡單的守舊與停滯，它本身就是一種「有意味」的姿態，或者，它本身也構成了「全球化」的一部分。

2019 年 12 月改於成都長灘

序一

陳子善

袁洪權同學的博士學位論文《1951 年的共和國文藝界:「統一戰線」政策下的「整合」》，以專題的形式研究 1951 年的人民共和國文藝界。

這是一個特殊的歷史大轉折的年代，中共在取得全國政權以後，其「統一戰線」政策如何從政治界擴大到文藝界，又如何逐步實施，文藝界各種派別又是如何應對、如何逐步適應，論文對此作了詳盡的考證，細緻的梳理。論文在發掘大量原始史料的基礎上，盡可能地還原那段歷史，對所研究的「統一戰線」政策下的「整合」作了全面而又深入的探討。

論文視野開闊，論述有條不紊，既顯示了作者明確的問題意識，也表明作者對當代文學史如何重新書寫提出了自己的一家之言。

因此，我認為這是一篇頗為紮實、也頗為優秀的博士學位論文。

2010 年 5 月 1 日

序二

殷國明

好事多磨，洪權的博士論文終於出版了，這對於很多朋友和同事，都是一件高興的事，因為這部研究著作不僅傾注了作者多年來的心血和心力，且在中國現代文學研究領域開拓了一片新土，其所呈現的不是覆蓋於文學史上的花草樹木，而是它們的根鬚、及其深藏於文化表層結構之下的、不易為人們所注意和看到的盤根錯節、互相糾結、矛盾衝突的狀態，擁有更為深層的歷史內容；它實際打破了過去多與以來文學生產和出版物的研究格局，也走出了作家、作品和讀者的文學史構架，而把文學研究推到了更為深廣的文化和意識形態的公共領域和空間。我相信任何一個讀到這部著作的人，都會發現其獨特的價值和意義的。

也許每一個序背後，都有一個故事，我答應為洪權寫序，也是一種緣分。洪權原是陳子善教授的高足，其學術自然多得子善教授的正傳，而我素以子善教授為兄，多有交集，所以他的一些博士生，也時不時來我處攀談，洪權就是其中一位。在華東師範大學中文系攻讀博士期間，洪權算是經常不敲門就進入我辦公室、且每次都給我帶來驚喜的一位。他每次來，不僅會帶來很多新的信息和發現，有時還偶爾帶來家鄉的美酒，那就更使我有點飄飄然感覺了，一起小酌不能不有一種陶醉之感。而洪權最讓我感到滿足和快意的，不僅是他的義氣，還有他對於學術研究那種自然、真誠和忘乎所以的探索精神，往往抓到一個問題、發現一條線索，就興高采烈、一往無前的追究下去，而且毫無隱晦和隱瞞心理，很願意與我、與同事同仁一起分享和討論，讓你感受到他的學術研究是發自內心的，是與他的生命狀態緊密相連的，而不是矯揉造作的，僅僅為了某種功利目的，所以其時時流露出的天真和單純也特別令人動容和感懷，例如有一次，他可能參加完什麼研討會，一進門就對我說：「呀，陳思和教授還是有水平的，講得不錯」；還有一次，他又急匆匆到我處，認真地對我說，某某教授真爛，說了半天啥也沒有，名聲倒是很大，等等，我倒不是因為他說得對錯，而是欣賞他那種「有好說好，有不好說不好」的那種單純、認真的態度和精神——因為我們的文學研究和批評界，一向最缺乏的就是這種單純和認真。

當然，洪權讓我為他的專著寫序，我還是有些忐忑的：一是自己原本就不學無術，對本書研究領域更是毫無發言權；二是這寫序事關對於這書的推薦和推舉，那我就更顯得無力和無為了。好在洪權重情重義，圖的就是一種心靈的紀念和交匯，我也就不能不拙筆露醜了。

是為序。

2016 年 12 月 5 日於上海

目次

上冊

下　冊

選題緣起

對「歷史」的微觀考察，一直是歷史學家們追求的「目標」。在對「歷史」作微觀考察的過程中，聰明的歷史學家並不是主觀地闡釋「歷史」具有的價值，而是努力去恢復歷史事件的來龍去脈。文學史家也應一樣，陳曉明就這樣說到自己對「歷史」的理解：「理解歷史，不是判斷歷史或設定歷史，而是去探究歷史為什麼會這樣，歷史這樣究竟意味著什麼。」〔註 1〕在關注程光煒先生最近的研究傾向時，我特別留意到他使用的「概念」：「『重返』文學史」〔註 2〕。研究者怎樣才能真正做到「『重返』文學史」呢？顯然，在文學史的「重返」的過程中，研究者必然面對很多重要的文學史事實或事件，依據這些事實或事件的「時間編排」，形成一個有效的敘述故事，才能真正實現所謂的「重返」。雖然這樣的目標追求還有不縝密的地方，它給人留下了反問甚至詰難的空間，但作為一種目標追求本身而言，「『重返』文學史」並進入「文學史敘事」的建構是並沒有過錯的。

歷史本身就是「敘事」〔註 3〕，它是「後來人」對過去人事的「再敘事」。

〔註 1〕陳曉明：《中國當代文學主潮》，北京：北京大學出版社，2009 年，第 24 頁。

〔註 2〕我是在閱讀程光煒的《〈文藝報〉「編者按」簡論》一文時注意到他提出的「在今天，《文藝報》『編者按』事實上已成為我們重返當代文學史的重要途徑」。這是程光煒 2004 年提出的「重返當代文學史」概念，之後，他有效地展開了有關 80 年代文學史的「重返」問題，形成了系統性的論述。程光煒：《文藝報「編者按」簡論》，《當代作家評論》2004 年第 5 期；程光煒：《從〈文藝報〉一個欄目看五十年代文學的問題》，《文學史的興起——程光煒自選集》，開封：河南大學出版社，2009 年，第 172 頁。

〔註 3〕「作為敘事，歷史敘事並不排除關於過去、人生、群體的性質等問題的虛假信仰；它所做的就是檢驗一種文化的虛構賦予真實事件以各種意義的能力，文學通過給『想像的』事件構型而向意識展示這些意義。」【美】海登·懷特（Hayden White）著，陳永國、張萬娟譯：《新歷史主義與敘事》，北京：中國社會科學出版社，2003 年，第 152 頁。

雖然，不同的研究者代表著不同的敘事者，有著不同的敘事方式和敘述語言，但敘事包含的基本元素卻必然在敘事的過程之中。否則，歷史研究就沒有一個基本的「前提」。文學史研究仍屬於歷史研究〔註 4〕，它是文學的歷史形態的「再敘事」。洪子誠先生就指出，「文學史是一種『敘述』，而所有的敘述，都有一種隱蔽的目的在引導」〔註 5〕。怎樣看待文學史寫作，數千年來的中國歷史學家、文學史家們都有著優良的傳統，從司馬遷的《史記》，到司馬光的《資治通鑒》〔註 6〕，不管我們的主觀意願是什麼，都無法否認它們既是文學史書籍的「代表作」，又是歷史學書籍的「代表作」。在這樣的兩難選擇下，人們可能想儘量保全自己選擇的空間和自由〔註 7〕。那麼，人民共和國初期的文學史的「描述」，研究者們該怎樣進入到它的「再敘事」呢？顯然，慣性的思維方式必須改變。如果按照以往的文學史觀念，研究者們會認為：人民共和國初期的文學「一無是處」〔註 8〕。在德國漢學家顧彬（Wolfgang Kubin）的眼裏，中國當代文學純粹是「垃圾文學」〔註 9〕。如果按照顧彬（Wolfgang Kubin）

〔註 4〕這是我一直堅持的觀念。閱讀中國現代文學史著作，特別是 50 年代的現代文學史著作，包括王瑤《中國新文學史稿》、劉綬松《中國現代文學史》、丁易《中國現代文學史略》、張畢來《新文學史綱》等（甚至影響到 60 年代唐弢、嚴家炎主編的《中國現代文學史》，雖然它們出版的時間是在 70 年代末，但書的基本框架卻形成於 1962 年），他們按照《新民主主義論》的理論基礎，都是中國革命史的「演繹」，形成現當代文學史敘述的基本框架。

〔註 5〕洪子誠：《問題與方法——中國當代文學史研究講稿》，北京：三聯書店，2002 年，第 31 頁。

〔註 6〕魯迅對《史記》的評價稱之為「史家之絕唱，無韻之《離騷》」，不僅是對它的史學定位，也是對它的文學史定位，媲美為《離騷》。魯迅：《漢文學史綱要．司馬相如與司馬遷》，《魯迅全集》第 9 卷，北京：人民文學出版社，2005 年，第 434 頁。

〔註 7〕正如樂黛雲老師所說，「敘述必有敘述者，『敘述的歷史』也必包含敘述者自身的視角、取捨和闡釋」。這種所謂的視角、取捨和闡釋，正是研究者自己的空間和自由。樂黛雲：《從「不可見」到「可見」——突尼斯國際會議隨記》，《四院沙灘未名湖：60 年北大生涯（1948～2008）》，北京：北京大學出版社，2008 年，第 83 頁。

〔註 8〕80 年代以後的文學史書寫中，形成兩種基本的寫作模式：官方修史和民間書寫。官方的文學史修史中，因意識形態的需要，對 50 年代文學進行總結時，採用的往往肯定的敘述方式。但民間書寫中卻採用否定性的敘述方式。目前對 50 年代文學關注中，大家卻採取了理解的方式來對待此時段的文學現象，回歸到學術本位和價值本位上。

〔註 9〕由於採用二元對立的思維方式，顧彬對解放前的「新文學」表達出自己的喜歡，對人民共和國後的社會主義時期中國文學則加以貶斥。這裡其實涉及到的是個人文學史和文學史教材兩種不同的文學史觀點的「差異」。我們不能否定顧彬的觀點，本課題的選題及所從事的研究，不正是所謂的「『垃圾』文學史」之研究嗎？無疑，海外中國文學研究界（歐美文學研究界和日本文學研究界），對中國大陸學者和研究人員從事的文學研究帶來強大的「衝擊力」〔註 10〕，但他們畢竟沒有置身於中國的文化環境和文學語境中，其研究結論有時不免有「牢騷」之嫌疑（甚至是「隔靴搔癢」〔註 11〕）。國內文學研究界某些學者往往盲從於國外的文學研究成果，顯示出「追風」、「趨時髦」的浮躁作風。這不僅不會促進國內文學及學術研究的發展，反而會成為「沉重」的負擔，對人民共和國初期文學史作學術研究，尤需要注意這樣的「偏向」〔註 12〕。

當前，在對人民共和國初期文學史、思想史、歷史、經濟等領域進行關注時，「轉折」一詞無疑是使用頻率最高的「詞彙」。歷史學家把抗戰後的中國社會走向稱之為「轉折」，而 1947 年被毛澤東稱為「中國人民的革命戰爭，現在已經達到了一個轉折點」的關鍵年份〔註 13〕。在歷史學家的眼裏，這「不是一句僅僅為了鼓舞人心所說的豪言壯語，而是經過冷靜觀察和深思熟慮後

個人作為文學史家對 20 世紀中國文學的獨特閱讀體驗，但這樣的閱讀體驗也不能使其他的文學史閱讀變成謬論。【德】顧彬（Wolfgang Kubin）著，范勁等譯：《二十世紀中國文學史》，上海：華東師範大學出版社，2008 年。最近，劉江凱在《關於中國文學研究與中國當代文學——顧彬教授訪談錄》（載《東吳學術》2010 年第 3 期）一文中，糾正了我的看法。他引用顧彬的話到：「如果是《二十世紀中國文學史》（中文版）的話，他們根本不知道，也不考慮到這本書不能代表我，因為百分之二十的內容被出版社刪掉了，包括我最重要的思想、最重要的理論。」李雪濤也引述顧彬的話，談及「垃圾文學」觀念的背後：「令我感到很遺憾的是，40 年來，我將自己所有的愛都傾注到了中國文學之中，而這些在『垃圾論』的討論中好像從來沒有人提及。中國文學——當然也包括當代文學，差不多是我的生命所在，正因為喜歡它，我才會採取批評的態度」。李雪濤：《絕望之為虛妄，正與希望相同——寫在顧彬教授榮休之際》，《中華讀書報》，2011 年 3 月 16 日。

〔註 10〕《當代作家評論》雜誌上，還專門開設了「海外中國文學研究」專欄，眾多的學術會議上，海外學者的聲音更是不絕於耳。蘇州大學還成立了「海外中國文學研究中心」，積極推進這種海外學術與中國文學研究界的交流。

〔註 11〕這裡，我們也不可否認，西方有反中國勢力從事中國文學研究，特別是人民共和國文學研究的一部分人，帶著「眼鏡」看待中國當代文學。當然，這些話絕對不是針對顧彬而言。

〔註 12〕海外學界一般把人民共和國文學「貶低」，大部分出於意識形態建構的需要。這種觀點帶有很大的普遍性，給 80 年代文學反思提供了很大的幫助，但後來引發思想自由化浪潮以及隨之而起的其他思潮衝擊，引發知識分子問題的危機。

〔註 13〕毛澤東：《目前形勢和我們的任務》，《毛澤東選集》第 4 卷，北京：人民出版社，1991 年，第 1243 頁。

做出的慎重判斷」〔註 14〕。「轉折」意義的生成，為人民共和國的成立注入了新的意義，這必將注定：人民共和國的「誕生」，是新生命的降生。在歷史學家的眼裏，他們看重的是社會變遷的意義。

文學史家則不同。作為文學史家，洪子誠先生在其著作《中國當代文學史》中闢了專章，著重考察四五十年代文學的「轉折」。他認為，「四五十年代之交，中國的社會發生急劇的、重大的變革。社會政治的這種變革，並不一定導致文學內在形態的變化，它有其延續性。但是，在一個文學與政治的關係密不可分，而文學對於政治的工具性地位的主張又支配著文學界的情況下，四五十年代之交的社會轉折，也影響、推動了中國文學的構成因素及它們之間關係的劇烈錯動，發生了文學的『轉折』」〔註 15〕。賀桂梅在《轉折的時代——40～50 年代作家研究》中，通過對蕭乾、沈從文、馮至、趙樹理、丁玲等具有典型時代意義的文藝家進行個案考察，發現四五十年代作家群體的重要政治意義及思想史的意義：「中國文學由此進入『當代文學』時期，而中國作家也因此遭遇一次巨大的歷史選擇和整體性的文化更迭」〔註 16〕。陳改玲通過對新文學作家之作品出版的微觀考察，發現文學作品出版背後強烈的政治因素的干預：「在流派紛呈、作家眾多的新文學史中以哪些流派作為資源，哪些作家的哪些作品有資格出版、成為經典，是依據新中國文學建構的需要而定的，這不僅關係到『新中國文學』將會具有怎樣的形態，也將關係到新文學作家在新中國的地位變遷」〔註 17〕。刑小群以丁玲主辦的中央文學研究所為考察對象，透析中央文學研究所的演變歷史，透露出的卻是制度變遷背後，制度是如何制約作家的〔註 18〕。商昌寶以文學轉型為視點，考察作家檢討對 1940 年代末至 1950 年代初文學的意義，名之為《作家檢討與文學轉型》〔註 19〕。其實，這些學術著作微觀考察

〔註 14〕金沖及：《轉折年代——中國的 1947 年》，北京：三聯書店，2002 年，第 488 頁。

〔註 15〕洪子誠這裡的「轉折」，有特別的含義，「『轉折』在這裡，指的主要是 40 年代文學格局中各種傾向、流派、力量的關係的重組。」洪子誠：《中國當代文學史》，北京：北京大學出版社，1999 年，第 3 頁。

〔註 16〕賀桂梅：《轉折的時代——40～50 年代作家研究》，濟南：山東教育出版社，2003 年，第 3 頁。

〔註 17〕陳改玲：《重建新文學史秩序：1950～1957 年現代作家選集的出版研究》，北京：人民文學出版社，2006 年，第 11 頁。

〔註 18〕刑小群：《丁玲與文學研究所的興衰》，濟南：山東畫報出版社，2003 年，第 2～4 頁。

〔註 19〕商昌寶：《作家檢討與文學轉型》，北京：新星出版社，2011 年。

的背後，涉及到的仍舊是「文人事」的微觀考察。

「文人事」的考察，我覺得這是還原文學史本來面目的最好方式。董橋曾經說到：「我不太相信文學可以鑄入不變的模型中去加以研究。文學既屬於『人』的系統，也離不開『事』的系統，更沒有理由排斥『學』的系統。」〔註 20〕陳子善先生也有這樣的「交代」：「我研讀中國現代文學史，歷來注重歷史的細節，作家的生平、生活和交遊細節，作品的創作、發表及流傳的細節……歷史的細節往往是原生態的、鮮活的，可以引發許許多多進一步的探究」〔註 21〕。其實，這些細節，正是對過去的「文人事」的考證。為了澄清文藝發展中複雜的文學事件，及文人之間的交流與糾葛，我們還得從文學史料的閱讀說起。

關於史料，史學家傅斯年認為，史料在價值分類的意義上一般有「直接史料」和「間接史料」兩種〔註 22〕。作學術研究，我們當然希望閱讀更多的「直接史料」。面對浩瀚的「直接史料」，特別是文學史料，大體上有兩種閱讀方式：一種是帶著先入之見，閱讀自己需要的文學史料，以便「驗證」自己的觀點；另一種是在文學史料的閱讀過程中，提煉出觀點，從而「提升」文學史料的價值。我經常選擇的是後一種史料的閱讀方式。在我的史料閱讀經驗中，構建一個文學史或文學思想史話題，純粹是在閱讀文學史料的間隙中產生的「學術衝動」。不同的歷史研究者，面對一段段不斷在研究者眼前閃現的「文學史料」，他往往採取不同的觀察視點和自我閱讀經驗，從而實現對「文學史料」進行這樣或那樣的「肢解」，以便適應自我觀點的論證或自我觀點的提煉。論證或提煉的結果，就是「發現」。這個「發現」，對一個論題或構建的話語有著重要的意義。面對一個論題，如果沒有這樣的「發現」〔註 23〕，它即使被寫出來，也毫無意義。「發現」，成為問題意識的關鍵〔註 24〕。程光煒先生也有相似的表述：「『資

〔註 20〕董橋：《序二》，陳子善：《文人事》，杭州：浙江文藝出版社，1998 年，第 6 頁。

〔註 21〕陳子善：《邊緣識小》，上海：上海書店出版社，2009 年，第 2 頁。

〔註 22〕傅斯年著，雷頤點校：《史學方法導論》，北京：中國人民大學出版社，2004 年，第 3 頁。

〔註 23〕曹樹基教授在學術演講中強調的關鍵詞，對我深有啟發。他主要是做 50 年代檔案研究，面對大量的檔案，對他而言首先是在這些檔案的閱讀中能夠有什麼「發現」。如果沒有，這些檔案就是死檔案。曹樹基：《1950 年代河南鄉村的政治史與經濟史》，華東師範大學中華人民共和國史研修班演講報告，2009 年 6 月 27 日，未刊稿。

〔註 24〕如果按照此觀念來衡量，目前的學術研究中垃圾學術文章實在太多，每年發表的很多論文其實都沒有所謂的「發現」，從而失去其價值和意義。這涉及到學術評價的機制問題，不是本文所討論的範圍，這裡不作進一步的討論。

料』整理可以看做是文學史研究的一個重要方面，它本身所包含的『批評性是無可置疑的』……『資料』整理就是其中一種有意味的敘述方式」。〔註 25〕

2005 年 3 月起，我開始接觸《人民日報》《光明日報》《文藝報》，試圖整理五十年代初期的文學運動在報紙和刊物上的反映情況，繼而陸續關注國家級與地方級文學刊物、雜誌、報紙上相關文章，如《人民文學》《大眾文藝》《文藝學習》《大眾詩歌》《說說唱唱》《東北文藝》《長江文藝》《中國青年報》《中國青年》，重慶《新華日報》、廣州《南方日報》、武漢《長江日報》、哈爾濱《東北日報》，等等，發現 50 年代初期的人民共和國文藝界，並不是文學史描述的那麼簡單〔註 26〕。它本身有著諸多的「張力」，使得人民共和國初期的文藝界顯示出與眾不同的景象。但在具體的文學史敘述中，複雜面卻被「遮蔽」，文學建構中各種力量的複雜鬥爭過程，卻被有意或無意「忽略」，文學史的寫作出現簡單化、概念化的傾向，我們不得不對這種文學史敘述方式產生新的「懷疑」。很快，我把眼光轉向文學社團、文學組織和文學出版機構〔註 27〕。中華全國文學藝術工作者聯合會（1953 年 9 月後，改名為「中國文學藝術工作者聯合會」，簡稱為「中國文聯」）作為人民共和國文藝界最大的社團組織，1949 年 7 月成立後，對人民共和國文藝的「影響」，一直持續到當下。這種影響的「程度」到底有多大，那是另外的話題。但文藝隊伍的組織化「運作」後，它產生著什麼樣的影響？它是好的影響，還是壞的影響，我們卻可以在文學史料的閱讀中，得出自己的結論〔註 28〕。而 1951 年《文藝報》透露出的這段話，為我們重返五

〔註 25〕程光煒：《「資料」整理與文學批評》，《文學史的興起——程光煒自選集》，開封：河南大學出版社，2009 年，第 38～39 頁。

〔註 26〕80 年代大多數當代文學史專著，都採取了比較簡單的處理方式，即使到了 90 年代，甚至 21 世紀，很多出版的當代文學史教材都還停留在輕描淡寫的水平上。這些教材與王瑤 50 年代寫作的《中國新文學史稿．附錄》相比，確實遺漏了很多的東西。

〔註 27〕人民共和國成立後對文學社團進行了有效的規訓，社團的同仁性和私人性空間被遮蔽，政治實效性成為考慮的基本出發點，社團成為國家運行中的一個基本組織，失去了社團的獨立性。文學出版機構完全在出版總署的規劃之下運作，出版什麼，怎麼出版都有嚴格的程序和規定。

〔註 28〕我曾經仔細翻閱過《中國青年》，這份屬於中國共產主義青年團的機關刊物，它在導向上主要集中於對中國青年進行形塑，在 1949～1953 年間，這份刊物上出現所謂的「開書目」，針對的是青年暑假的文學閱讀問題。顯然，這樣的開書目，帶有組織引導的內在本質。後來，蘇聯作家尼古拉耶娃的中篇小說《拖拉機站站長和總農藝師》被共青團中央確認為青年團的必讀書，就是這樣的組織觀念運作的結果。

十年代初期的人民共和國文藝界，提供了一種新的「思考角度」：

> 從一九五零年一年中文藝運動的發展來看，工作中仍然存在許多缺點。主要是對全國文藝運動還缺乏經常的有力的思想指導；批評的活動不夠經常和有力；沒有很好地組織文藝工作者的創作和學習；研究與指導普及運動的工作，做得不夠；許多文藝刊物的內容還不夠充實。〔註 29〕

當代文學研究者並沒有重視這段文學史料。不過，從人民共和國初期報刊和雜誌的「級別」，我們可以推測：《文藝報》的政治地位，決定了它在人民共和國的社會主義文藝建構中，有著強大的影響力。作為中華全國文聯的「機關刊物」，《文藝報》有內在的意識形態意義，對全國文學藝術作政策性「規範」。這則文學史料，是對 1950 年全國文藝組織工作的「總結」。處於人民共和國初期，文藝工作上存在的缺點，以及「缺點」的被暴露，它顯然是針對文學組織工作、文學管理工作而言的。但從這裡我們可以看出，全國文藝界的「指導思想」，是存在一定的問題的。全國文代會期間，儘管確立了毛澤東文藝思想的指導性地位，但在具體實踐中，理論和實踐卻並不是一回事。在我的腦海深處，我確信這樣一種觀念：一次會議絕不能解決思想的複雜局面，它應該有一段緩衝的過渡時間段。《文藝報》1950 年作這樣的「工作總結」，顯然是為了 1951 年及以後的文藝工作更加有效地開展，提供經驗的總結和借鑒。文藝組織、文藝社團或文藝機構，為了更好地管理人民文藝，推動人民文藝的發展，必然創辦文藝性刊物。但文藝組織、文藝社團或文藝機構的這種政治性的「潛在」規則，使它在具體的運作過程中，必然被政治的強大攻勢所「覆蓋」。《人民文學》作為國家級文藝刊物〔註 30〕，1949 年 10 月創刊之後，《文匯報》很快對它進行了這樣的報導：「將通過各種文學形式，反映新中國的成長，表現和讚揚人民大眾在革命鬥爭和生產建設中的偉大業績，創造富有思想內容和藝術價值，為人民大眾所喜聞樂見的人民文學，以

〔註 29〕《中華全國文學藝術界聯合會 1950 年工作總結及 1951 年工作計劃》，《文藝報》3 卷 11 期（1951 年 3 月 25 日）。

〔註 30〕吳俊教授在對人民共和國文學關注過程中，認為「文學受到國家權利的全面支配」，是「國家權利的一種意識形態（表現方式），或者就是國家意識形態的一種直接產物，它受到國家權利的保護」，提出《人民文學》作為國家文學刊物（簡稱「國刊」）在人民共和國文學運作中的意義。吳俊、郭占濤：《國家文學的想像和實踐：以人民文學為中心的考察》，上海：上海古籍出版社，2007 年，第 1～9 頁。

發揮其教育人民的偉大效能。」〔註 31〕從這些報導文字中，我們不難發現：《人民文學》是以文學創作刊物自命的，它代表的是最高政治性的「國家文藝」，很大程度上這已經掩蓋了它的「文藝性」。由此不難設想，1951 年的人民共和國文藝界將會發生什麼樣的「故事」。

進入人民共和國初期文藝的歷史語境中，必然涉及毛澤東的文藝思想、毛澤東對中國知識分子的認識、共產黨對待知識分子的態度等內容。其實，當以「關鍵詞」〔註 32〕作為「清理」社會主義時期人民共和國文藝的策略和途徑時，我們發現：「知識分子」是使用頻率較高的「詞彙」。目前，有關中國知識分子的研究，經典性的著作有：于風政的《改造——1949～1957 年的知識分子》、史景遷（Jonathan D. Spence）的《天安門：知識分子與中國革命》、陳徒手的《人有病　天知否》《故國人民有所思》、謝泳的《書生的困境：中國現代知識分子問題簡論》、崔曉麟的《重塑與思考：1951 年前後高校知識分子思想改造運動研究》等，論文有：謝瑩的《建國初期知識分子思想改造運動始末》（《黨的文獻》，1997 年第 5 期）、謝泳的《思想改造》（《南方文壇》，1999 年第 5 期）等。他們的研究成果對中國共產黨的知識分子政策都有較好的梳理和交代，對當前的知識分子思想改造研究有很好的借鑒意義。還原到人民共和國初期的文藝界，我們發現：文藝在政治語境中逐漸變成政治的「裝扮者」，它必然成為政治的附庸或者傳聲筒。人民共和國初期的政治體制對文藝的「管理」，其實是嚴格按照政治的要求來具體「形塑」的。《人民文學》在 1 卷 5 期、1 卷 6 期分別發表朱定的詩歌《我的兒子》、陳肇祥的小說《春節》後，儘管與當時「文藝規範」之間沒有那麼緊張的關係，但還是被作為「典型」遭受批評，這是新政權意識形態在具體地規範文藝作品。點名批評之後，批判者會做出回應（一般為公開檢討），這樣，社會主義時期文藝的任務得到了「確認」：

> 藝術作品的任務，除了使人認識生活外，還要教導讀者，能夠正確地評價這些或那些的社會生活現象。我以為不應當讓生活來遵循作者和所謂文學標準，而應當讓文學適應生活方向，這才是我們

〔註 31〕朱宜：《書市巡迴：〈人民文學〉創刊號》，《文匯報》，1949 年 11 月 25 日。

〔註 32〕「關鍵詞」作為重要的術語，成為目前研究中的重要「風景」，各方面的關鍵詞到處張揚。如孟繁華、洪子誠主編的《中國當代文學關鍵詞》，對 50 年代初期到 90 年代中國當代文學的學術關鍵詞進行概括，對當代文學的學術規範很有價值。單篇論文的寫作，也要提煉關鍵詞或主題詞。

文學積極的服務觀點的中心意義。〔註33〕

江華的這篇文章，要求文藝工作者在寫作時要強調其作品的「思想性」。這裡的「思想性」，其實指向的是政治觀、政治政策的具體表現。為什麼對小說《春節》進行批評？就因為它在展現八路軍的時候，文藝工作者陳肇祥以八路軍神位、土地改革後的享樂主義、「天倫之樂」等描述，傳達出農村土地改革後的「升平氣象」。這說明文藝工作者對文藝的「理解」，與文藝界導向性文藝之間存在著矛盾，它們並不完全呈現出「一致性」。

帶著這樣的思考，我選擇 1949 至 1951 作為著作考察的時間範圍。1949 至 1951 的人民共和國文藝界狀況，是文藝的「統一戰線」政策下文藝隊伍重要的磨合期，一切的文藝運動、文藝批評，都具體針對著文藝隊伍的「純潔化」，以及建構新型文藝樣式，即「新的文藝」——「人民文藝」。如果按照 1949 年人民共和國文藝建構的設想，文藝在政治進程中只能是「角色」的扮演者。第一次文代會的召開，正是實行著這樣的「規範」〔註 34〕。而文代會的召開，無疑開啟了一個「新的文藝」時代。

在 1949 至 1951 年人民共和國初期的文藝界與政治生活中，文藝到底扮演著什麼樣的角色呢？在一般人的眼裏，文藝成為政治的「工具」。難道問題真的這麼簡單，用一句話就可以把它輕描淡寫出來？它的背後，我們到底知道多少？我一直懷疑這樣的歷史敘述方式。在仔細閱讀《中共中央文件選集》過程中，1947 年 10 月 27 日中國共產黨中央委員會發布的一份文件裏面有這樣的文字表述：

我們在政治上要孤立自由資產階級（特別是其中的右翼）和在經濟商保護他們，二者似乎矛盾，其實並不矛盾。在蔣介石打倒以後，因為自由資產階級特別是其右翼的政治傾向是反對我們的，所以我們必須在政治上打擊他們，使他們從群眾中孤立起來，即是使群眾從自由資產階級的影響下解放出來。但這並不是把他們當作地主階級和大資產階級一樣立即打倒他們，那時，還將有他們的代表

〔註33〕江華：《試談作品的思想——以小說〈春節〉和詩〈我的兒子〉為例》，《文藝報》2 卷 10 期（1950 年 8 月 10 日）。

〔註34〕研究者指出，「召開第一次文代會的主要目的之一，是按照既定的部署，將文藝界知名人士安排進各種名義的官辦組織（單位）中，或給一個榮譽頭銜，或給一個顯赫地位，安頓下來，組織起來，形成合力，保證黨的文藝路線和政策方針的實施。」吳永平：《隔膜與猜忌——胡風與姚雪垠的世紀紛爭》，開封：河南大學出版社，2006 年，第 259 頁。

> 參加政府，以便使群眾從經驗中認識他們特別是其右翼的反動性，而一步一步地拋棄他們。在經濟上，則將在長時間內容許他們存在，並使他們的經濟在政府法令許可下有一個一定程度的發展，以利經濟之恢復與發展。〔註 35〕

這份文件的實際起草人，並不是毛澤東，而是周恩來。時隔五十多年後，邵燕祥讀到這份文件，體悟出它「指出了讓這些人參加政府並暴露其反動性，從而一步一步地拋棄他們的前景」〔註 36〕。從提出建立「聯合政府」開始，中國共產黨一直思考著怎樣有效地「統一」中國社會各階層，使其進入即將到來的新政權中去。顯然，這份文件也是基於這樣的思考，但它明顯地是「策略性」的表達〔註 37〕，其真正的目的，並不是有效地統一社會各階層，而是在一定程度上讓它們「暴露出其反動性」。這種反動性是「被動」地暴露出來的。一旦這種反動性被暴露出來，清洗、清算或清理的合法性就得以建立。茅盾作為人民共和國的文化部部長，歷次都有關於文化藝術的工作總結，雖然他的報告不否認人民共和國文化藝術取得的成就，但也強調了存在的問題，如 1952 年的工作總結中就有這樣的文字：

> 工作雖有成就，卻也不免時時發生偏向乃至嚴重的錯誤。在文藝工作者之間，也還嚴重地存在著脫離政治，脫離群眾的現象；在創作思想上還沒有能夠完全克服反歷史主義、公式主義、自然主義等等毛病；而對於批評與自我批評的工作，也還做得很不夠。〔註 38〕

這就使我一直產生了「懷疑」：人民共和國成立後文藝工作本身在積極地開展，文學藝術界的運動卻如此「頻繁」，其中的原因何在？我們到底該如何重新進（返）入這段文學史？

〔註 35〕《中央關於必須將革命進行到底反對劉航琛一類反動計劃的指示》，《中共中央文件選集》第 16 冊，北京：中共中央黨校出版社，1992 年 10 月，第 577 頁。

〔註 36〕邵燕祥：《別了，毛澤東：回憶與思考（1945～1958）》，香港：牛津大學出版社，2007 年，第 51 頁。

〔註 37〕研究者指出，「統一戰線」政策「不是即興產物」，在很大程度上，它反映了「毛澤東策略的鮮明特徵」。【美】R．麥克法誇爾（Roderick MacFarquhar）、費正清（John King Fairban）編，謝亮生等譯：《劍橋中華人民共和國史：革命的中國的興起 1949～1965 年》，北京：中國社會科學出版社，1998 年，第 78 頁。

〔註 38〕沈雁冰：《三年來的文化、藝術工作》，《人民日報》，1952 年 9 月 27 日；茅盾：《茅盾全集》第 24 卷，北京：人民文學出版社，1996 年，第 225 頁。

中國共產黨在民主革命與社會革命的過程中，一直把「人民」這一概念作為社會變革的重要政治學概念，但這一概念卻在不同時段表現出不同的含義。邵燕祥在回憶中特別強調了這一概念的「意義」:「『人民』已經不是指生息在這片土地上的人，而是建立在階級分析基礎上的一個革命政治範疇，是革命政權——『人民民主專政』的主體，它所包容是隨著革命階段的演進而變化。當時屬於非人民的，是『帝國主義走狗即地主階級和官僚資產階級以及代表這些階級的國民黨反動派及其幫兇們』。一旦從新民主主義時期進入社會主義革命階段，民族資產階級理所當然地成為革命對象，『人民』也要改組了。」〔註 39〕他在這裡強調的是「人民」這一概念具有「時效性」和「策略性」。不同的歷史時期、不同的歷史使命下，甚至不同的歷史語境中，必然導致政策的歷史階段性，「人民」這一概念也表現出這樣的歷史階段性。文藝界的情況到底是怎麼樣的呢？在具體的運作過程中，文藝界與政治界有沒有什麼樣的內在聯繫呢？政治的策略與措施給予文藝界的啟示到底有多大？要準確地回答這些「質疑」，這首先涉及到文學史對這一段時間的文藝界描述。

目前，文學史家和歷史學家在對此時段做文學史及思想變遷的描述中，「轉折」成為重要的關鍵詞〔註 40〕。但在文藝界有關「轉折」的描述過程中，他們卻忽視了問題本身的複雜性和歷史承接性。至少在我看來，「轉折」強調的是一種斷裂後的生成，它在強調這種歷史性巨變的表層現象的過程中，部分地遮蔽了歷史細節中多重關聯性因素。而這些多重關聯性東西，才是值得我們深入關注的東西（對象）。

所以，回到對人民共和國初期文藝界的描述上，我們發現：它並不明顯地呈現出「轉折」的過程，而是在轉折的時代背景下，文學藝術界的觀念、人事等多方面的、有效的磨合時期，恰如邁斯納指出的，「一旦新的社會統治者著手處理革命勝利後的各種棘手的政治問題經濟問題時，革命的人道主義和平均主義的偉大目標便被象徵性地推遲到遙遠的未來；新的統治者與舊制

〔註 39〕邵燕祥：《別了，毛澤東：回憶與思考（1945～1958）》，香港：牛津大學出版社，2007 年版，第 354 頁。

〔註 40〕洪子誠和賀桂梅在著作中都以「轉折的時代」描述四五十年代之交的中國社會現實，如果從政治及社會變遷的角度來看，四五十年代確是二十世紀中國變動最激烈、最宏大的場景，但具體到文學及意識形態的建構中，我們發現這樣的概括很大程度上遮蔽了歷史的細節。洪子誠：《中國當代文學史》，北京：北京大學出版社，1999 年；賀桂梅：《轉折的時代——40～50 年代作家研究》，濟南：山東教育出版社，2003 年。

度的傳統和殘餘勢力相妥協，並有意無意地使歷史進程背離自己創立一個嶄新的社會的理想和希望。」〔註 41〕這就是革命的政治目標與革命的實際處境的「困境」。新政權不可能與過去徹底決裂，形成「一刀兩斷」的局面，它要慢慢對人事等問題進行有效的整合。這就是我為什麼要提出「整合」這一文學史概念的緣故，它明顯地借用了人民共和國初期政治、經濟的基本現狀。從中國共產黨對文藝界的一系列指示裏，我們可以看到：在歷史的不同時段中，中國共產黨始終把政治革命擺在首要的地位。歷史進程中的「統一戰線」政策統攝著中國共產黨的政策制定，也統攝著中國共產黨在文藝政策上的相關制定。為了有效地「澄清」這段時間的文學史演變過程，我們的話題從這裡展開：「統一戰線」、文藝界的「整合」與 1950 年代初期的人民共和國的文藝界情況。

〔註 41〕【美】莫里斯·邁斯納著，杜蒲、李玉玲譯：《毛澤東的中國及後毛澤東的中國：人民共和國史》，成都：四川人民出版社，1989 年，第 74 頁。

第一章 「統一戰線」政策下的「整合」——人民共和國文藝界作為觀察視點

洪子誠先生是研究中國當代文學史的學術前輩，他的中國當代文學研究著作〔註1〕，給予當下研究界很多的「啟示」。在對人民共和國初期文藝的「資源」進行梳理時，洪子誠先生直接把左翼文藝作為新中國文藝的「話語資源」之一。這樣的分析是很有道理的，但他把二十世紀四五十年代的中國文藝界，統稱為「轉折的時代」〔註2〕，儘管做了時間的「界定」，在我看來卻顯得有點「牽強」〔註3〕。

不可否認，二十世紀四五十年代，中國的社會歷史發生了重大的「轉折」，「文壇出現了很大的分化，文學家隊伍處在急劇的分裂、聚合和重組之中」〔註4〕，這使得我們在對這段時期的文學史及思想史進行關注時，必然注意到研

〔註1〕洪子誠：(1939～)，北京大學中文系教授，博士生導師。自20世紀80年代初期開始，洪子誠就集中關注中國當代文學史及文學史理論，先後出版的著作有：《當代文學概觀》《當代中國文學的藝術問題》《作家的姿態與自我意識》《中國當代新詩史》《當代文學概說》《中國當代文學史》《問題與方法——中國當代文學史講稿》等著作。這些著作成為當前研究人民共和國以來文學史的重要參考書目。本文中，我不再以中國當代文學稱呼此段時間的文學史，而以「人民共和國文學史」代之。

〔註2〕洪子誠：《中國當代文學史》，北京：北京大學出版社，1999年，第3～17頁。

〔註3〕從詞的含義來說，「轉折」是一個帶有動作過程的描述，這種描述可以在瞬間完成。具體到文學藝術思想等意識形態領域，這樣的概括或許從長時段來看，可以揭示出問題的「實質」，但在短暫的、甚至年份的文學史裏，我們看到的往往並不是這樣的瞬間動作完成。

〔註4〕程光煒：《〈文藝報〉「編者按」簡論》，《當代作家評論》2004年第5期；程光煒：《從文藝報一個欄目看五十年代文學的問題》，《文學史的興起——程光煒自選集》，開封：河南大學出版社，2009年，第173頁。

究者自己的「立場」。如果說二十世紀四五十年代是「轉折的時代」，顯然這有忽視延安文藝作為人民共和國文學的「前實驗」階段的「嫌疑」，它和五四以來的新文學精神發生明顯「斷裂」〔註 5〕。「轉折」更強調的，是「斷裂」發生的意義。其次，它遮蔽了革命的左翼文藝強大的政治「攻勢」，以及新文學其他「路向」對這一攻勢的「讓步」和「妥協」。歷史學家在處理這一段時間的複雜中國思想界及歷史時，卻常常喜歡用「整合」來概括，如著名歷史學家沈志華。他說，「新政權建立以後，毛澤東把知識分子看作他整合意識形態的主要障礙」〔註 6〕。如果我們回歸到文學歷史發生的「現場」，或許，這段文學史時期根本不是所謂的「轉折時代」，而是毛澤東文藝思想對自由主義、民族主義等異質性文學觀念和思想觀念進行有效「整合」的文藝及思想的調整時期，以及人民共和國文藝隊伍的清理與「整合」的時期。

從詞義上來說，「轉折」更強調的是兩個動作的並列性。「整合」一詞，雖然也是兩個並列性動作的「組合」，但它卻是帶有偏正性的詞義並列，立足點在於「合」的意義。兩個詞語的含義中，雖然都包含了對某種過程的歷史性描述，但其側重點是有很大差異的。即使在具體的運用上，它們也表現出了不同的文學史立場和思想史視野。進入 1949 至 1951 年的人民共和國文藝界，它的複雜性遠比我們的預計更加難把握。文學及歷史的走向，顯然不是「斷裂式」〔註 7〕的發展。它明顯地存在著前「因」與後「果」，什麼樣的「因」，必然導致出現什麼樣的「果」。澄清 1949 至 1951 年的人民共和國文藝界狀況，與 1948 年的中國文藝界狀況的梳理，有著密切的關係，甚至可以梳理到 1942 年的延安邊區文藝運動，以及 30 年代的中國左翼文藝運動和蘇區文藝運動。這些「因子」，推動形成了 1949 至 1951 年文藝界的「結果」，即 1949 至 1951 年「文藝

〔註 5〕儘管洪子誠在具體處理時並沒有形成這樣的觀念，但總給人一種「嫌疑」之感。

〔註 6〕沈志華：《中華人民共和國史·第三卷：思考與選擇——從知識分子會議到反右派運動（1956～1957）》，香港：中文大學出版社，2008 年，第 24 頁。

〔註 7〕賀桂梅在對這段時間的文學史概括中，運用的是「轉折的時代」，顯然她是受洪子誠的啟示，洪子誠運用的是「文學的『轉折』」。他們的共同傾向就是強調「轉折」的「斷裂性」，把問題的曲折性和複雜性「遮蔽掉」了。賀桂梅：《轉折的時代——40～50 年代作家研究》，濟南：山東教育出版社，2003 年，第 1～25 頁；洪子誠：《中國當代文學史》，北京：北京大學出版社，1999 年，第 3～17 頁。我重新提出概念，對這段時間的文學史、思想史狀況作描述，「整合」或許更加貼切。它至少把問題的複雜性體現了出來，而不是「斷裂式」的強調。

界「的「結果」是它們經驗的「累積」。所以，洪子誠先生用米歇爾·福柯（Michel Foucault）的「知識考古學」方式，對人民共和國初期文學的「話語資源」進行梳理，這樣的思路，對文學史、思想史的研究，顯然是很有啟發意義的。

但怎樣更加有效地切合人民共和國初期文藝界的基本情況，作出更加合理的文學史「描述」？這卻是困惑我的首要問題。洪子誠先生也並沒有作進一步的「探討」。讀周揚 1951 年 11 月寫的文章——《整頓文藝思想，改進領導工作》，其中有這樣一句話：「我們強調思想鬥爭，思想批判，不是為了削弱文藝上的人民民主統一戰線，而正是為了使這個統一戰線更加鞏固。」〔註 8〕原來，在文藝戰線上實行的，恰恰是「統一戰線」政策，它的理論來源，仍舊逃離不了政治的思維模式及其帶來的「弊端」。人民共和國的文藝運動和文藝創作，正是在文藝的「統一戰線」政策下，進行的所謂的「思想鬥爭」與「思想批判」。

其實，在微觀考察的過程中，我們發現：人民共和國的文藝界的歷史，與政治革命有著密切的、內在的聯繫，「中國新民主主義革命運動的一個主要政策是統一戰線，革命運動的一翼的新文學運動、也就有它的統一戰線。……新文學運動的統一戰線也是屬於新民主主義革命的，它的主要精神是無產階級領導的反帝反封建反官僚資本的革命精神」〔註 9〕。1949 年共產黨取得了新民主主義革命的重大勝利，「統一戰線」政策的基本理論和策略，為這樣的勝利提供了便利。可以說，人民共和國初期的文藝界，顯然在理論策略上受到革命理論的「潛在影響」。作為理論資源的「統一戰線」，就是重要的革命理論「資源」。

這裡，我們從梳理中國革命進程與文藝界的「統一戰線」政策形成的基本線索出發，以便呈現人民共和國初期文藝界的「理論資源」的背景知識。

第一節 「統一戰線」政策的歷史軌跡及經驗

其實，在馬克思主義原著經典論的述中，「統一戰線」政策並沒有完善的、系統的理論建構。但馬克思主義特別強調「階級鬥爭」理論，這在革命利益的驅使下，必然使有相同革命目標的階級形成一條堅強的革命陣線〔註 10〕，

〔註 8〕周揚：《整頓文藝思想，改進領導工作》，《人民日報》，1951 年 12 月 7 日。

〔註 9〕蔡儀：《中國新文學史講話》，上海：新文藝出版社，1952 年，第 77 頁。

〔註 10〕「革命陣線」可以算作統一戰線的「雛形」，歷史經驗也證明了這一形式的歷史意義。

為推進革命目標的實現而努力，如他們說到：「現在已經達到這樣一個階段，即被剝削被壓迫的階級（無產階級），如果不同時使整個社會永遠擺脫剝削、壓迫和階級鬥爭，就不再能使自己從剝削它壓迫它的那個階級（資產階級）下解放出來。」〔註 11〕這是階級與階級之間的「統一戰線」聯盟。它涉及的是階級利益的分配與責任擔當。到列寧主義時代，形成了共產國際這一指導全世界無產階級革命的國際組織。共產國際團結著多數的各國革命黨，它是為實現世界的無產階級大聯合而努力的。二十世紀二十年代開始，共產國際在全世界範圍內開展了具體的革命工作指導，各國共產黨只是它的一個支部，日常工作事務都由共產國際安排。各國共產黨在共產國際的統一領導下，形成了世界無產階級革命的「統一戰線」，推進著世界無產階級革命的發展。這是政黨與政黨之間的聯盟，它的支配因素主要來自於政治的意義。

所以，在這樣的時代背景下，中國無產階級革命從一開始就接受著共產國際的革命指導。從中國共產黨創建馬克思主義學習小組，到共產主義小組成立，直到 1921 年 6 月中國共產黨成立，其每一步的走向都是在共產國際的實際指導下完成的。下面，我們具體梳理中國政治革命進程中「統一戰線」政策的歷史軌跡，為進一步梳理文藝界的「統一戰線」政策的由來提供歷史背景及經驗。

一、政治革命視野中的「統一戰線」政策

追溯中國革命的「歷史經驗」，其實，「統一戰線」政策的理論，直接起源於中國革命歷史進程中不同歷史階段不同的歷史任務。作為中國共產黨集體智慧的「結晶」，在「毛澤東思想」體系的形成過程中，「統一戰線」政策有著舉足輕重的作用〔註 12〕。

毛澤東關於「新民主主義」的革命理論，就是政治上對「統一戰線」政策的詳細梳理與系統闡釋。而「統一戰線」政策的形成過程，既是中國革命的基本歷程，又是中國共產黨政治觀念走向成熟的「標誌」。1926 年，毛澤東曾認為：「革命不是請客吃飯，不是做文章，不是繡畫繡花，不能那麼雅致，

〔註 11〕中共中央馬克思恩格斯列寧斯大林著作編譯局編：《馬克思恩格斯選集》第 1 卷，北京：人民出版社，1995 年，第 232 頁。

〔註 12〕毛澤東認為：「統一戰線問題，武裝鬥爭問題，黨的建設問題，是我們黨在中國革命中的三個基本問題。正確地理解了這三個問題及其相互關係，就等於正確地領導了全部中國革命。」毛澤東：《〈共產黨人〉發刊詞》，《毛澤東選集》第 2 卷，北京：人民出版社，1952 年，第 569 頁。

那樣從容不迫，文質彬彬，那樣溫良恭儉讓」。〔註13〕這意味著：革命不是形式主義，它帶有強烈的「實踐性」。革命，需要在實踐中逐漸完善它的理論。早期參加革命的所謂的革命家們，基本上都是接受現代教育的知識分子〔註14〕。他們或者有著留學背景，或者有著良好的大學教育，或者參加早期資產階級革命，先後都表達出對中國現實社會的不滿情緒。但大部分知識分子出身於地主或資產階級家庭，這注定了他們自身思想的「複雜性」。在推進革命的歷史進程中，他們必然考慮到自身的出身背景和階級屬性，甚至來自家庭的「壓力」。

「革命」的嚴厲性和規範性，要求革命組織對這樣的革命知識分子的身份，進行有效的「定位」和「辨識」。處於新舊中國轉型進程的重要時刻，革命知識分子的狀況，必須以新的方式進行有效的「整合」。出臺的一系列政策明顯地表露出，中國共產黨在這一政策上遵照的是「統一戰線」的策略性思考。「統一戰線」政策是在第一次國內革命戰爭時期提出的理論策略，當時是為了實現國共兩黨的第一次合作。但這一政治政策在 1927 年的「四・一二政變」中徹底被破壞。雖然後來在蘇區實行過一般意義上的「統一戰線」政策，但比起抗戰時期的「統一戰線」政策而言，它缺少實質性的進展和具體的內容〔註15〕。1935 年 10 月，中國共產黨結束長征，到達陝北革命根據地，這時，共產國際的會議精神傳達到中國，很快掀起了建立「抗日民族統一戰線」的政治宣傳口

〔註13〕毛澤東：《湖南農民運動考察報告》，《毛澤東選集》第 1 卷，北京：人民出版社，1952 年，第 17 頁。

〔註14〕史學家史景遷正是以現代知識分子與中國革命的關係中，對知識分子命運與中國革命之間的內在關係進行了系列的梳理，他具體以康有為、魯迅、丁玲為主線，側面涉及了眾多的現代知識分子，如譚嗣同、鄒容、陳獨秀、胡適、徐志摩、沈從文、蕭軍、瞿秋白。從史景遷的思維觀念中，我們可以發現，中國現代革命的爆發，與知識分子有著千絲萬縷的聯繫。【美】史景遷（Jonathan D. Spence）著，尹慶軍等譯：《天安門：知識分子與中國革命》，北京：中央編譯出版社，1998 年。

〔註15〕毛澤東在強調如何研究中共黨史時也說道這樣的統一戰線問題：「革命所打擊的目標，第一個階段主要是北洋軍閥，我們的政策是廣泛的統一戰線。第二個階段表現為反對國民黨，我們的政策是狹小的統一戰線，是無產階級和農民、下層小資產階級的聯合。第三個階段就是現在的政策，日本侵略者和漢奸是我們的打擊目標。」同時他說：「到抗戰，農民參加得更廣泛了，比大革命時廣，比土地革命時也廣，同時有了比過去更廣大的統一戰線。」毛澤東：《如何研究中共黨史》，《毛澤東文集》第 2 卷，北京：人民出版社，1993 年，第 400～401、404 頁。

號。提出「抗日民族統一戰線」的政策和口號，一方面是響應共產國際的號召，一方面更在於適應新的時代與形勢。「抗日民族統一戰線」的形成，至少顯示出對中國共產黨內對左傾關門主義的「超越」。但在提出這一口號的過程中卻發生了激烈的爭論，那就是雙方各以王明為首還是以毛澤東為首的抗日民族統一戰線口號之間的爭論。王明的統一戰線思維出發點在於，既然要建立「統一戰線」，那麼現在中國的一切活動都要經過「統一戰線」。這樣的策略性思維方式和途徑，在毛澤東看來，無疑把「統一戰線」的領導權主動地「放棄」了。毛澤東認為，「國民黨是當權的黨，它至今不許有統一戰線的組織形式」，「在敵後，只有根據國民黨已經許可的東西，獨立自主地去做，無法『一切經過』」〔註 16〕。1939 年，毛澤東提出「統一戰線」的意義：「十八年的經驗，已使我們懂得：統一戰線，武裝鬥爭，黨的建設，是中國共產黨在中國革命中戰勝敵人的三個法寶，三個主要的法寶。」〔註 17〕這是首次把「統一戰線」納入到中國革命的政治視野中，並闡釋出它重要的政治意義。

當仔細考察「統一戰線」這一具有策略性的政策時，我們發現它內在的一些「規定性」。如：它以階級分析的方法作為前提，它強調中國共產黨在「統一戰線」政策中的領導地位。也就是說，「統一戰線」政策只能是中國共產黨領導下的各階級的聯合，這些階級有著共同的革命目標〔註 18〕。關於 30 年代後期的「抗日民族統一戰線」，毛澤東曾經有這樣的論述：「在統一戰線中，是無產階級領導資產階級呢，還是資產階級領導無產階級？是國民黨吸引共產黨呢，還是共產黨吸引國民黨？」〔註 19〕顯然，在這裡，毛澤東及中國共產黨內〔註 20〕強調了「統一戰線」政策的領導權問題，以及「主動」與「被動」的關係問題。鑒於第一次國共合作的經驗與教訓，中國共產黨在後來的

〔註 16〕毛澤東：《統一戰線中的獨立自主問題》（1938 年 11 月 5 日），《毛澤東選集》第 2 卷，北京：人民出版社，1952 年，第 504 頁。

〔註 17〕毛澤東：《〈共產黨人〉發刊詞》，《毛澤東選集》第 2 卷，北京：人民出版社，1952 年，第 569 頁。

〔註 18〕在中國共產黨的章程裏，它往往被簡單稱為「最低革命綱領」。

〔註 19〕毛澤東：《上海太原失陷以後抗日戰爭的形勢和任務》，《毛澤東選集》第 2 卷，北京：人民出版社，1952 年，第 361 頁。

〔註 20〕從 50 年代編輯出版《毛澤東選集》的思路來看，它並不是毛澤東個人文集的體現，而是中國共產黨集體智慧的結晶。《毛澤東選集》裏的文章，不僅代表著毛澤東本身的思想，而且代表了中國共產黨內處於主流的思想。1945 年，中國共產黨提出「毛澤東思想」概念時也專門強調了他作為集體智慧的意義。

「統一戰線」政策的理論思考中，特別強調自己的主動性和領導的地位，而不是被動性和被領導的地位。

1945 年 4 月，在中國共產黨第七次全國代表大會上，中國共產黨中央委員會提出建立「聯合政府」的主張，毛澤東代表中央委員會做專題報告，對「聯合政府」的政治內涵進行界定。但這種主張的「背後」，中國共產黨認為，現在的革命還處於新民主主義革命階段，與國民政府在推進新民主主義革命上，有革命的一致性目標。其實，這樣的「聯合政府」，也是政治上的「統一戰線」政策的思維方式與策略辦法的具體運用，毛澤東的話就代表了這種傾向，「聯合政府是具體綱領，它是統一戰線政權的具體形式」〔註 21〕，「聯合政府就是抗日民族統一戰線在政權上的最高形式」〔註 22〕。但隨著國民黨政府加強對中國共產黨根據地的軍事進攻後，中國共產黨很快改變了「統一戰線」政策的基本內容，那就是：徹底與國民政府的親英美派「決裂」，與民主黨派形成政治上的「聯盟」。特別是 1946 年重慶舊政協召開，徹底暴露出國民黨一黨專政的「真相」，民主黨派對國民黨表現出徹底失望，尋求「第三條道路」，試圖探求中國現代革命的「新方式」。1946 年，隨著國內形勢與國際形勢的變化，中國共產黨對「統一戰線」政策有了更加清晰地認識。他們認為，「要勝利就要搞好統一戰線，就要使我們的人多一些，就要孤立敵人，當然敵人也想孤立我們，但被孤立的只能是他們」〔註 23〕，「在國民黨區域，民主同盟等團體的反蔣鬥爭，對我們是有很大作用的，馮玉祥在美國反蔣，對我們也是有利的。『其他愛國分子』，是指開明紳士，例如地主階級中的李鼎銘、劉少白等人，他們同我們共過患難，在絲毫不妨礙土地改革的條件下，對這些人分別情形加以照顧是必要的，個別人物還可以留在我們高級政府內」〔註 24〕。同時，對於「統一戰線」政策中領導與被領導的關係問題，如果中國共產黨要實現領導，必須有兩個條件：「第一要率領被領導者堅決同敵人作鬥爭，第二要給被領導者以物質福利和政治教育。共產黨的領導權問題現在

〔註 21〕毛澤東：《對〈論聯合政府〉的說明》，《毛澤東文集》第 3 卷，北京：人民出版社，1996 年，第 275 頁。

〔註 22〕周恩來：《論統一戰線》，中共中央統一戰線工作部、中共中央文獻研究室編：《周恩來統一戰線文選》，北京：人民出版社，1984 年，第 77 頁。

〔註 23〕毛澤東：《要勝利就要搞好統一戰線》，《毛澤東文集》第 4 卷，北京：人民出版社，1996 年，第 196～197 頁。

〔註 24〕毛澤東：《在楊家溝中共中央擴大會議上的講話》，《毛澤東文集》第 4 卷，北京：人民出版社，1996 年，第 332 頁。

要公開講，不公開講容易模糊黨員幹部和群眾的思想，壞處多於好處。」〔註25〕正是由於國內形勢與國際形勢發生了變化，特別是軍事力量的對比發生「逆轉」，中國共產黨加強了對各民主黨派的政治宣傳。1948 年，隨著軍事戰場的節節勝利，中國政治界及輿論界，把關注的「焦點」轉向中國共產黨及其所領導的解放區，民主黨派及無黨派人士紛紛表達出他們對解放區的「嚮往」。

1948 年的中國政治格局，雖然呈現出「新」的走向與趨勢，未來的方向到底「怎麼走」，軍事家與政治家可能有著越來越清晰的認識，但國統區的知識分子們普遍表現出「茫然心態」，詩人馮至就是這種茫然心態的典型代表。在 1948 年元旦後的《新年致辭》中，他寫到：「如今又是一年的開始，由於過去的教訓，大半沒有人敢對於今日抱多大的希望了，大家都憂心忡忡地過日子。就以出版界而論，由於紙價的騰貴，讀者購買力的退減，作家生活的艱難，今年的文藝界恐怕將要比過去更加荒涼。……現在是沒有餘裕來修飾自己的時代」。〔註 26〕國統區的知識分子，他們普遍表現出對時代的「厭倦」，生存「成為壓倒一切的需要」〔註 27〕。未來的路在何方？或許，解放區的知識分子們沒有這樣複雜的心態，但面對新的勝利即將到來，他們卻有另外的「心思」。1948 年，延安邊區的知識分子開始大規模地向華北和東北解放區轉移〔註 28〕，準備迎接新國家的誕生。還有一群知識分子，表達出自己對「時代路向」的構建，這就是所謂的「第三條道路」〔註 29〕。

與解放區的知識分子對未來理想充滿熱情相比，國統區的知識分子普遍表現出一種精神的「困乏」。茅盾和沈從文，就是明顯的例子。五四新文化運動以後，知識分子們對「五四精神」有著不同的「想像」，茅盾和沈從文也對「五四精神」有著自己不同的想像。但隨著時局的發展，這種關於五四的「想

〔註25〕毛澤東：《在楊家溝中共中央擴大會議上的講話》，《毛澤東文集》第 4 卷，北京：人民出版社，1996 年，第 332～333 頁。

〔註26〕馮至：《新年致辭》，《馮至全集》第 5 卷，石家莊：河北教育出版社，1999 年，第 339 頁。

〔註27〕錢理群：《1948：天地玄黃》，濟南：山東教育出版社，1998 年，第 2 頁。

〔註28〕集中地點以張家口（晉察冀邊區所在地）和哈爾濱（中共中央東北局所在地）為中心，形成兩個重要的文化重鎮。

〔註29〕這種表述集中在《新路》雜誌的創辦，它創辦於 1948 年。其實，20 年代毛澤東寫作《中國社會各階級的分析》中就有這方面的強調，「那些中間階級，必定很快地分化，或者向左跑入革命派，或者向右跑入反革命派，沒有他們『獨立』的餘地。」毛澤東：《中國社會各階級的分析》，《毛澤東選集》第 1 卷，北京：人民出版社，1951 年，第 4～5 頁。

像空間」,並不是他們作為個人能夠完全駕馭的〔註30〕。在政治激變的時代中,時間發展到1949年初,隨著東北戰役的全面結束、北平的和平解放,共產黨即將成為執政的政黨,已經是不可爭論的事實。面對一個新的時代,中國共產黨將會出臺一系列新的政策,以便適應新的時代環境。茅盾因五四精神的想像與毛澤東的五四論述形成天然的「對接」,從而在新政權即將誕生時,獲得了政治的「青睞」〔註31〕;沈從文則剛好相反,1947年他提出「反對作家從政論」,對作家的「政治化」提出嚴厲批判,1948年仍舊堅守大學教育陣地,但隨著時代的「變遷」,校園已經不是一塊淨土,在北平勝利解放、人民解放軍進城後不到兩個月的時間,他選擇了「自殺」的方式,努力塑形自己作為「時代中的悲劇標本」的典型意義〔註32〕。

1948年5月1日,中國共產黨中央委員會發布「五一口號」,得到中國民主同盟、中國國民黨革命軍事委員會以及其他民主黨派的熱烈響應。這些民主黨派都表示接受中國共產黨的領導,準備參加新政協會議,建立人民民主統一戰線〔註33〕,以「團結協商,聯合建國」〔註34〕。國統區重要的民主人士紛紛前往解放區,中國共產黨向全國民眾發出召開新的政治協商會議的呼籲,無疑對嚮往自由與民主的知識分子有強烈的吸引力。在為未來的新中國準備建設者的過程中,中國共產黨開始爭取、轉移國統區的知識分子和進步人士。上海的民主人士、社會賢達曾經分批南下到香港,再由香港轉移北上,進入解放區(主要是東北解放區),到達未來的首都北平〔註35〕。北平作為文

〔註30〕我曾經對茅盾和沈從文的五四想像進行微觀考察,發現:1948年5月,這樣的想像差異是最後的「分水嶺」。1949年後,關於五四的文學想像,只能按照毛澤東關於五四的建構而進行想像,這樣的想像是唯一的、「合理合法」的。

〔註31〕他成為新文協的籌委會副主任,《文藝報》週報的主編,在政治協商會議代表的推舉上成為重要的代表。

〔註32〕沈從文:《致丁玲》(1949年9月8日),《沈從文全集》第19卷,太原:北嶽文藝出版社,2002年,第48頁。

〔註33〕1948年5月5日,李濟深、何香凝、沈鈞儒、章伯鈞、馬敘倫、王紹鏊、陳其尤、彭澤民、李章達、蔡廷鍇、譚平山、郭沫若等向中共表達了對五一口號的響應。反應速度之快,是民主黨派政治態度的一種「積極」表達。《毛澤東關於召開新政協覆各民主黨派電》,《中共中央文件選集》第17冊,北京:中共中央黨校出版社,1992年,第273～275頁。

〔註34〕社論:《論人民民主統一戰線》,《光明日報》,1949年9月23日。

〔註35〕這群作家中,包括的數量極大:郭沫若、茅盾、葉聖陶、宋雲彬、鄭振鐸、胡風、周而復、田漢、夏衍、樓適夷等。但他們的政治身份顯然是左翼作家,或共產黨認為的進步的作家。

化人、民主人士、社會賢達聚集的主要場所，當時聚集著很多著名的文化人、民主人士和社會賢達。顯然，他們中有很多人對新生的政權有多方面的「不瞭解」，他們對時局走向表現出一種「觀望」的態度〔註 36〕。他們並不急於離開大陸，更不願意跟隨國民黨前往廣州和臺灣，他們在作最後的退守與觀望。

1949 年 1 月，北平和平解放，這是共產黨宣傳戰略的偉大勝利。1 月 8 日，中國共產黨中央委員會政治局會議通過了《目前形勢和黨在一九四九年的任務》，其中特別強調：「中國階級力量的對比已經起了根本的變化。廣大人民群眾是大群大群地脫離國民黨的影響和控制而站到我們方面來。自由資產階級向我們找出路，跟國民黨走的很少了。各民主黨派和人民團體的代表們已經或正在成批地來到解放區。」〔註 37〕民主人士及自由主義知識分子表達對新政權的「嚮往」，成為一道「亮麗」的時代風景線。與國民黨用飛機「搶運」北平知識分子南下相對比，著名的民主人士及自由主義知識分子在中國共產黨政策感召下的「北上」〔註 38〕，形成強大的浪潮衝擊著國民黨的知識分子政策。哲學家馮友蘭的話可以作為一種有效的「概括」，他說：「當時我的態度是，無論什麼黨派當權，只要它能把中國治理好，我都擁護。」〔註 39〕這反映出當時知識分子的普遍心態。中國共產黨關於知識分子的「統戰」政策，無疑凸顯出重要的歷史意義。

民主人士進入解放區後，按照中國共產黨中央委員會的要求，在具體負責民主人士的接待過程中，要「供給他們以馬列著作，毛澤東選集（每人贈一冊），黨的公開文件及材料，解放區建設的材料，報紙及參考消息（無黨內

〔註 36〕葉聖陶在日記中也表現出這樣的觀望心態，1948 年中共開始爭取葉聖陶，派出杜國庠、吳覺農等轉達中共的意思，「為遠方之意」，但葉聖陶「謝之」。見 1948 年 11 月 2 日和 12 月 19 日日記記載。葉聖陶：《葉聖陶集》第 21 卷，南京：江蘇教育出版社，2004 年。

〔註 37〕《目前形勢和黨在一九四九年的任務》，《中共中央文件選集》第 18 冊，北京：中共中央黨校出版社，1992 年，第 16 頁。

〔註 38〕這些民主人士包括李濟深、郭沫若、譚平山、蔡廷鍇、蔣光鼐、茅盾、梅龔彬、王崑崙、章伯鈞、章乃器、沈鈞儒、黃琪翔、李章達、李任仁、陳劭先、朱蘊山、羅隆基、馬敘倫、郭冠杰、陳此生、陳銘樞等人。當然，李一氓這裡所說的民主人士是不全的。李一氓：《模糊的熒屏：李一氓回憶錄》，北京：人民出版社，1992 年，第 386 頁。

〔註 39〕馮友蘭在清華大學校長梅貽琦到教育部任職後，實際主持著清華大學校務，直到解放軍接管委員會進入清華大學，解放清華大學為止。馮友蘭：《三松堂自序》，北京：三聯書店，1984 年，第 126 頁。

新聞)」〔註40〕。這從側面說明，迎接民主人士進入解放區的，還有思想上的「洗禮」問題，以及對中國共產黨的指導思想、執政政策的「瞭解」與「學習」。在即將誕生的人民共和國這個新生政權裏，雖然民主人士獲得了政治身份，但這種身份在大多數民主人士的身上僅具有表面的「象徵」意義。1949年11月15日，周恩來約見蘇聯大使羅申時的說法證明了這一切，他說，已參加政府的沈鈞儒、史良、李德全、傅作義，是共產黨的親密朋友；李濟深、張瀾所擔任的中央人民政府副主席，只具「象徵意義」，他們「僅在形式上是政府成員」〔註41〕；而「暫時受到我們的信任」；仍參加各種會議的羅隆基，則是民主領袖中的「極右分子」。劉少奇也對羅申說，李濟深「這個人過去政治上十分搖擺，對共產黨甚至有明顯的敵意」，對於像李濟深這樣的人，「我們正密切地觀察他們，注意在實際中考察他們」〔註42〕。在周恩來、劉少奇這樣的共產黨高層眼裏，處於高層的民主人士的政治處境，原本是這樣的狀況，我們可以想見人民共和國初期的「統一戰線」政策的策略性實質及其意義。

總之，政治上的「統一戰線」政策，顯然在政治革命的進程中呈現出不同的形態。在中國共產黨的革命歷史建構中，不同時期的不同政治任務使他們在具體規範「統一戰線」政策時採用不同的形式，運用不同的敘述策略表達其內容，但它的內在實質是一樣的，那就是「政治利益」的聯盟和中國共產黨的絕對領導地位的不可動搖性。

二、策略性經驗的思維：文藝界的「統一戰線」政策

文藝界的「統一戰線」政策軌跡，與政治革命有「一致性」的表現，但在具體的「聯盟」方式和聯盟對象上，它們還是存在著一定的差別。顯然，文藝界的狀況是「複雜」的，有時這種「複雜性」，絕不亞於政治上的表現。怎樣確認文藝界「新」的價值取向，重新規劃共和國文學的格局，這是即將成為執政黨的中國共產黨必須思考的問題，但他們仍舊從「歷史經驗」中尋

〔註40〕《中央關於對待民主人士的指示》，《中共中央文件選集》第18冊，北京：中共中央黨校出版社，1992年，第70頁。

〔註41〕沈志華在檔案中發現，1949年11月15日，羅申關於中國國內的政治和經濟狀況問題與周恩來的談話記錄。高華：《身份與差異：1949年～1965年中國社會的政治分層》，香港：中文大學出版社，2004年，第17頁。

〔註42〕1950年8月26日，羅申關於整風等問題與劉少奇的會議記錄。高華：《身份與差異：1949年～1965年中國社會的政治分層》，香港：中文大學出版社，2004年，第17頁。

找合理的思路。

關於文藝界的「統一戰線」政策，從目前我們能夠瞭解到的前期左翼文學資料來看，當時並沒有實現真正的「統一戰線」〔註 43〕，這從蔣光慈、錢杏邨、郭沫若等早期無產階級革命文藝理論的建構中可以得出如是結論。真正把文藝界的「統一戰線」政策提高到理論的高度的是毛澤東，時間是 1939 至 1940 年間。在毛澤東看來，五四新文化運動就是在「統一戰線」的聯盟下發生的：「五四運動是廣泛的統一戰線，內部有左翼、右翼和中間勢力」〔註 44〕，只不過他們更強調了無產階級在「統一戰線」中的領導地位〔註 45〕。雖然這是中國共產黨在四十年代對歷史經驗的「總結」，但從建構文藝界的「統一戰線」政策的理論基礎來看，它有其「合理性」。這至少可以看出，毛澤東及中國共產黨試圖建構五四新文學、五四新文化運動與中國革命的天然聯繫〔註 46〕。

二十世紀三十年代的中國左翼作家聯盟，其實仍是政治上的「統一戰線」政策下的策略性建構〔註 47〕。中國左翼作家聯盟的成立，實現了文藝界資源的「整合」，使進步文藝作家及文學青年結成了堅強的政治聯盟。「左聯」時期特別強調文藝的宣傳作用，美國作家辛克萊的「一切文藝都是宣傳」，在三十年代初期中國左翼文藝界發揮到了極致。所以，在左翼文藝運動過程中，

〔註 43〕張聞天當時以歌特為筆名發表文章，正是對文壇關門主義提出的批評，而這種所謂的「關門主義」針對的是左翼文藝界實行的對非左翼文藝界的批判與掃蕩。

〔註 44〕毛澤東：《如何研究中共黨史》，《毛澤東文集》第 2 卷，北京：人民出版社，1993 年，第 403 頁。

〔註 45〕這與當時的事實不符合，新時期以後研究界普遍認為五四運動是一場資產階級的民主主義運動。毛澤東：《新民主主義論》，《毛澤東選集》第 2 卷，北京：人民出版社，1992 年，第 698 頁。

〔註 46〕但王元化在對五四與中國革命進行「反省」的過程中，卻否認了這種天然的聯繫。因我沒有時間來得及具體翻閱《王元化集》，這是殷國明老師在與我的學術交流中給予我的「提示意義」。在此感謝殷國明老師。

〔註 47〕這一點，茅盾有不同的觀點。他認為，左翼作家聯盟並不是一個統一戰線組織，左聯解散後才真正形成了統一戰線。理由是：「『左聯』成立時，有一個綱領，這是要求盟員非接受不可的，這綱領一方面承認當時的革命任務還處於資產階級民主革命階段，但另一方面要求盟員在政治上服從無產階級的領導，在思想上須是馬克思主義者，這一綱領已經見得很穩和了，然而，這仍然不是統一戰線的。……在『左聯』這樣全國性的文藝團體存在時期，和統一戰線運動總有些格格不入吧？因此，1935 年『左聯』的自動解散是必要的，這才為統一戰線鋪平了道路」。茅盾：《也是漫談而已》，《文聯》1 卷 4 期（1946 年 2 月 25 日）。

重要的不是創作而是宣傳。「左聯」有實際負責的黨組織，那就是書記處和宣傳部。從側面可看出，「左聯」內部的領導權是不容置疑的，擔任書記的必然是共產黨員，擔任宣傳部實際負責人的也是共產黨員，或者黨組織信任的進步的、革命的文藝工作者〔註48〕，而魯迅只是作為「精神象徵」被維護著。

儘管是為了適應抗戰形勢的變化，文藝界作出政策調整，但在具體調整過程中，文藝家們卻提出了「國防文學」和「民族革命戰爭的大眾文學」兩個不同的文藝口號，從而引發抗戰前文藝界最大的論爭：「兩個口號」之爭。在這場論爭的背後，其實涉及的是不同的文藝觀的堅守問題。當然，論爭也涉及到了文藝界「統一戰線」的領導權問題，這就是所謂的「爭正統」。抗日救亡的政治運動，需要文藝界形成「統一戰線」，但「統一戰線」並不是無條件的，「統一戰線」的「主體」問題或「領導權」問題，在政治或政黨革命的過程中卻是一直被強調的重點。〔註49〕「書生化」的理想建構，顯然並不被政治家採納。新認識社認為：

> 統一戰線的「主體」並不是特定的，「領導權」並不是誰所專有的。各派的鬥士，應該在共同的目標下，共同負起領導的責任來。如果說得具體點，在不妨害統一戰線的發展上，誰的工作努力，誰能更有效地使工作推進，誰就能獲得大多數人的擁護，誰也就可以發生領導的作用。〔註50〕

或許，文藝家們的想法是「單純想法」。抗戰期間成立的中華全國文藝界抗敵協會（簡稱「文協」），它團結了最大多數的中國現代文藝家，是最廣泛的文藝界「統一戰線」〔註51〕組織：「現在為了共同抗日在藝術界也需要統一戰線，正如魯迅所說的那樣，不管他是寫實主義派或浪漫主義派，是共產主

〔註48〕周揚和胡風的政治身份說明了「黨組織」對這一崗位的內在規定性，周揚是黨員，胡風是進步的文藝工作者。

〔註49〕其中有兩種觀點，形成相反意見：「一種主張必須顯然標明以最前進的革命勢力為『主體』，領導其他各派，另一種意見，則以為在統一戰線里根本不應該有『主體』，不應該由任何人來『領導』。作『主體』，爭『領導』，那便是存心利用別人，不是誠意的聯合了」。新認識社：《文藝界的統一戰線問題》，《文學運動史料選》第3卷，上海：上海教育出版社，1979年，第426頁。

〔註50〕新認識社：《文藝界的統一戰線問題》，《文學運動史料選》第3卷，上海：上海教育出版社，1979年，第428頁。

〔註51〕詞條解釋中亦認為「文協」的「目的是把全國文藝作家聯合起來，為抗戰服務，是一種統一戰線的組織」。黎錦熙、葉丁易主編：《學習辭典》，北京：天下出版社，1951年，第42頁。

義派或是其他什麼派，大家都應當團結抗日。」〔註 52〕它並沒有把主體或領導權作為具體討論的對象，而是「在文學上，我們不強求其相同，但在抗×救國上，我們應團結一致以求行動之更有力」，「我們不強求抗×立場之劃一，但主張抗×的力量即刻統一起來！」〔註 53〕文藝在戰爭年代，主要起著「動員」的作用，這就要求：在宣傳上，文藝要進行有效的「規範」。1939 年 5 月，中國共產黨發布關於宣傳教育工作的指示指出：「估計到中國文化運動（文藝運動在內）在革命中的重要性，各級宣傳部必須經常注意對於文化運動的領導，積極參加各方面的文化運動，爭取對於各種文化團體與機關的影響，特別對於各種文化工作團，在必要時，可吸收一部分文化工作的同志，在區黨委、省委以上的宣傳部下組織文化工作委員會。」〔註 54〕而所謂的這「一部分文化工作的同志」，正是文藝戰線上的「統一戰線」政策的依靠對象。

1940 年，毛澤東提出文化革命中「統一戰線」政策的意義：「在中國，文化革命，和政治革命同樣，有一個統一戰線」〔註 55〕，而黨在文化運動上，必須「團結一切抗日不反共的文化力量，建立文化運動上最廣泛的統一戰線，向著一個共同的目標：反對民族敵人」〔註 56〕。從《在延安文藝座談會上的講話》中我們亦發現潛藏的「核心問題」，它對文藝戰線上的「統一戰線」有內在的規定。毛澤東強調了文藝界實行「統一戰線」政策的重要性，他認為：「我們的文藝既然是為人民大眾的，那麼，我們就可以進而討論一個黨內關係問題，黨的文藝工作和黨的整個工作的關係問題，和另一個黨外關係的問題，黨的文藝工作和非黨的文藝工作的關係問題——文藝界的統一戰線問題。」〔註 57〕究其實質，所謂文藝界的「統一戰線」政策，顯然指的是共產黨員的文藝家對非共產黨的文藝家的團結問題。這其實也暗含了共產黨組織對非共

〔註 52〕毛澤東：《在魯迅藝術學院的講話》，《毛澤東文集》第 2 卷，北京：人民出版社，1993 年，第 121 頁。

〔註 53〕巴金、魯迅、茅盾等聯合署名：《文藝界同人為團結禦侮與言論自由宣言》，《文學運動史料選》第 3 卷，上海：上海教育出版社，1979 年，第 430 頁。

〔註 54〕《中央關於宣傳教育工作的指示》，《中共中央文件選集》第 12 冊，北京：中共中央黨校出版社，1991 年，第 71 頁。

〔註 55〕毛澤東：《新民主主義論》，《毛澤東選集》第 2 卷，北京：人民出版社，1952 年，第 659 頁。

〔註 56〕《中央宣傳部關於黨的宣傳鼓動工作提綱》，《中共中央文件選集》第 14 冊，北京：中共中央黨校出版社，1991 年，第 135 頁。

〔註 57〕毛澤東：《在延安文藝座談會上的講話》，《毛澤東選集》第 3 卷，北京：人民出版社，1953 年，第 822 頁。

產黨組織「統一戰線」聯盟的「經驗」。當中國共產黨有實力對文藝界思想的統一問題提出解決方案時，文藝界的思想及文藝隊伍的整合就順理成章；一旦革命及黨提出需要時，文藝必然作出讓步。文學史家亦指出了這種革命需要與文藝讓步的關係〔註 58〕，在革命和黨組織看來：

> 許多文藝工作者生長在國民黨統治的社會或封建社會，舊社會的影響有的受得多，有的受得少，有的根底淺，有的根底深，有著程度的不同。這些東西如果不加以指明，如果不使他們把這些東西來一個自覺的破壞，逐漸轉變為無產階級思想，那麼就會成為這些同志在行動中完全同工農兵和黨相結合的一個障礙，阻礙他們這個結合的過程的速度，阻礙他們自己的進步。〔註 59〕

1944 年，中國共產黨針對解放區文化工作的重心——「為了打倒日本帝國主義」，提出「我們的工作首先是戰爭，其次是生產，其次是文化，沒有文化的軍隊是愚蠢的軍隊，而愚蠢的軍隊是不能戰勝敵人的」的戰略思維。為了使解放區人民有自己的「新文化」，必須有「廣泛的統一戰線」〔註 60〕。這樣的文化戰線上的「統一戰線」政策，在中國共產黨的思維觀念中，卻有兩個基本的原則：「團結」和「批評、教育和改造」。毛澤東強調，「在統一戰線中，投降主義是錯誤的，對別人採取排斥和鄙棄態度的宗派主義也是錯誤的。我們的任務是聯合一切可用的舊知識分子、舊藝人、舊醫生，而幫助、感化和改造他們。為了改造，先要團結。」〔註 61〕顯然，文藝界的「統一戰線」政策是建立在團結的基礎上，其目的第一步是「實現改造」，第二步才是「達到」革命需要的「政治目標」。1948 年，隨著政治形勢的變化，香港出版《大眾文藝叢刊》，這是「中國共產黨在歷史轉折時刻，強化其對於文藝（以及知識分子）的領導（或稱『引導』）的一個重要舉措——這時的『領導』（『引導』）

〔註 58〕董之林指出：「40 年代延安開展的整風運動、『大眾化』文藝運動，對政治上擁護共產黨、文化和文藝思想卻蕪雜多元的文化人來說，顯然是一種思想整合」。董之林：《關於十七年文學研究的歷史反思——以趙樹理小說為例》，《中國社會科學》2006 年第 4 期。

〔註 59〕毛澤東：《文藝工作者要同工農兵相結合》，《毛澤東文集》第 2 卷，北京：人民出版社，1993 年，第 426 頁。

〔註 60〕毛澤東：《文化工作中的統一戰線》，《毛澤東選集》第 3 卷，北京：人民出版社，1953 年，第 912 頁。

〔註 61〕毛澤東：《文化工作中的統一戰線》，《毛澤東選集》第 3 卷，北京：人民出版社，1953 年，第 913 頁。

還主要是通過『文藝批評（批判）』的形式，對正處於奪取政權的勝利前夕的中國共產黨，這種領導遲早要體現為權力意志」〔註 62〕。《大眾文藝叢刊》出版背後的理論支撐，仍舊來自於文藝戰線上「統一戰線」政策的思維方式，這時的「統一戰線」政策，卻是立足在鬥爭下的團結，鬥爭居於「首要」的地位。原來，「火藥味」的批判文章是這樣出籠的。

到共和國成立的前夕，隨著中國共產黨軍事力量的「壯大」，文藝界的「統一戰線」政策中，它的絕對領導力量仍然是強調的重點和關鍵，這是符合歷史選擇的，這從全國文代會的代表及文代會後成立的文藝組織中明顯地反映出來。特別是毛澤東的《「文藝講話」》，成為文藝工作者學習的經典文獻後，《「文藝講話」》是每個文藝工作者必須加以揣摩的「文本」。蕭乾這樣記述到他當時的想法，「包括我在內的眾多由白區投奔來的知識分子，都是以浪子回頭的心情力圖補上革命這一課。搞文藝的，熱切地捧著《在延安文藝座談會上的講話》，向喝過延河水的老同志打聽 1942 年整風的盛況。」〔註 63〕文藝戰線上的「統一戰線」政策的思維方法與其具體實踐問題，是文藝領導、文藝團體運作的基本規範。

同時，文藝界的「統一戰線」政策仍舊強調文藝領導權的問題。政治上「統一戰線」政策的實質問題，就是領導權，周恩來就形象地說道：「領導權的問題，是統一戰線中最集中的一個問題」，「右的是放棄領導權，『左』的是把自己孤立起來，成了『無兵司令』、『空軍司令』」，「可以說右傾是把整個隊伍送出去，『左』傾是把整個隊伍推出去」〔註 64〕。文藝戰線上的「統一戰線」政策的實質問題，歸根到底仍集中在文藝領導權上。在強調「團結」和「鬥爭」的基礎上，「統一戰線」是黨的文藝工作者對非黨的文藝工作者的團結和鬥爭，這種主動性是絕對不能顛倒的，它仍舊保持了共產黨在「統一戰線」上絕對領導權的不可質疑地位。

1949 年 7 月，郭沫若在全國文代大會上說，「三十年來的新文藝運動主要是統一戰線的文藝運動」，「在政治革命上是這樣，在文化革命和文藝革命上也是這樣」〔註 65〕。郭沫若試圖從歷史經驗的清理出發，以毛澤東的《新民

〔註 62〕錢理群：《1948：天地玄黃》，濟南：山東教育出版社，1998 年，第 27～28 頁。

〔註 63〕蕭乾：《當人民的吹鼓手》，《蕭乾文集》第 7 卷，杭州：浙江文藝出版社，1998 年，第 332 頁。

〔註 64〕周恩來：《論統一戰線》，中共中央統一戰線工作部、中共中央文獻研究室編：《周恩來統一戰線文選》，北京：人民出版社，1984 年，第 109 頁。

〔註 65〕郭沫若：《為新中國的人民文藝而奮鬥》，《中華全國文學藝術工作者代表大會

主主義論》為基本理論參照，勾勒出「統一戰線」政策在文藝戰線上的歷史軌跡。這就清楚地說明，文藝戰線上的「統一戰線」政策，是值得我們在歷史梳理中加以關注的。從這裡我們亦可以看出，文藝界的「統一戰線」問題有著深遠的歷史背景，怎樣有效地「清理」文藝界的「統一戰線」的「歷史經驗」，切合新的國家政治及制度的建設，是中國共產黨在意識形態掌握與管理中必然面臨的問題。

不同時期的文藝戰線，有著不同的文藝任務。作為貫穿線的「統一戰線」政策，在不同的時期當然其團結的力量是不同的，它在文藝任務的變遷過程中，各自選擇了團結和爭取的力量，同時打擊了需要打擊的反動文人力量。這和政治戰線上的「統一戰線」毫無二致。所以，文藝戰線上的「統一戰線」政策，只不過是革命的中國共產黨在文藝戰線上實施的策略性經驗的逐步積累。

第二節　1949 至 1951 年人民共和國文藝界的描述

即將面臨人民共和國的成立，新政權到底需要什麼樣的「統一戰線」政策呢？雖然《共同綱領》裏可以看出新中國政體的「雛形」，但怎樣有效地管理新政權，卻是中國共產黨面臨的新問題。同時，新政權怎樣用「統一戰線」政策，來塑形人民共和國的「文藝界」呢？這一系列問題，必然成為共產黨管理下的全國文藝界面臨的新問題。下面，我們以 1949 至 1951 年中國社會及文藝界為考察點，對其內部作微觀考察。

一、「包下來」的現實政策的實施

1948 年底，隨著戰爭局勢的發展，共產黨控制的新解放區地區越來越大，但面臨的困難亦相應地增加。1949 年 1 月 10 日，中共中央就新解放城市職工工資薪水問題發布指示，「新解放城市中，職工與留用的公教人員的工資薪水問題，是一個非常複雜的問題，也是全國性的問題」〔註 66〕。怎樣有效地處理這些棘手的問題，這基本上成為中國共產黨 1949 年全國執政前思考的核心話題。3 月，中國共產黨中央就舊人員的處理辦法，提出具體方案，

紀念文集》，北京：新華書店，1950 年，第 36～37 頁。

〔註 66〕《中央關於新解放城市職工工資薪水問題的指示》（一九四九年一月十日），《中共中央文件選集》第 18 冊，北京：中共中央黨校出版社，1992 年，第 23 頁。

它分為兩類性質〔註 67〕：

> （一）對於企業機關的舊職員，在原封不動地接收以後，一俟生產恢復，秩序安定，就要著手進行一些必要的改革，在人事上的改革就是要設法清除那些堅決的反動分子，劣跡昭著為大多數群眾所反對的分子及沒有能力、倚仗親朋勢力在企業中領取乾薪的分子。另有一些人技術不高，工作能力不大，但因接近國民黨負責人而占駐高級位置，領取高薪，則應降低其位置和薪水。再有一些人技術較高，能力較好，但因與國民黨負責人不合而位置和薪水顯明地降低，則應適當地提高其位置和薪水。……
>
> （二）對於國民黨行政、司法、軍事、警察等機關的舊職員，則須要採取另外的改造辦法，也可以採取更急進的辦法。……對這些舊職員除少數必須留用者外，原則上映一般地集中訓練，有些年老或資格太高，不能進普通訓練班者，則組織特別訓練班。一部分可送人民革命大學或華大軍大，但對這些人的訓練班須由華北政府或市政府特別創辦，不宜進華大軍大或人民大學。訓練後除必要者可回本機關工作外，一般可用人員亦不應回到原來機關工作，而應根據我們工作的需要分派其他機關或其他地方工作，……暫時用不了的人員，則令他們候差，等候任用，在候差期間發給必要的生活費。對反動分子，劣跡昭著者及其他無能的不可用的人員，則開除之。……

隨著時局的變化，中國共產黨高層越來越清楚：新解放地區的擴大，不穩定的因素也在相應地增長。原國民政府企業機關的舊職員和行政機關的舊職員，顯然是一個龐大的「數字」。這些人員如果一味地「任其自流」，必將對新社會、新政權產生很大的負面影響，形成一股有實力的、不穩定的因素，甚至是破壞的因素，「假如不管他們，就會影響社會治安，所以非把他們包下來不可。武的包下來，文的也要包下來」〔註 68〕。這裡所說的「武的」，指的是舊軍隊，而「文的」，則指舊政府的文職工作人員，當然還包括從事文藝創作的文藝家們和從事人文社會科學研究的研究者們。

1949 年 6 月，在新政協籌備會議上毛澤東特別強調，「中國的革命是全民

〔註 67〕《中央關於對舊職員的處理原則的指示》（一九四九年三月二十二日），《中共中央文件選集》第 18 冊，北京：中共中央黨校出版社，1992 年，第 190～191 頁。

〔註 68〕周恩來：《當前財經形勢和新中國經濟的幾種關係》（一九四九年十二月二十二日、二十三日），《周恩來選集》，下冊，北京：人民出版社，1984 年，第 3 頁。

族人民大眾的革命，除了帝國主義者、封建主義者、官僚資產階級，國民黨反動派及其幫兇們而外，其餘的一切人都是我們的朋友，我們有一個廣大的和鞏固的統一戰線。這個統一戰線是如此廣大，它包含工人階級、農民階級、城市小資產階級和民族資產階級。這個統一戰線是如此鞏固，它具備了戰勝任何敵人和克服任何困難的堅強的意志和源源不竭的能力。」〔註69〕這裡，毛澤東強調的「統一戰線」對象，顯然包括了「武的」和「文的」那些被「包下來」的人員。10月，人民共和國誕生伊始，新生政權對「舊人員」採取優待的政策，那就是「包下來」〔註70〕。中國共產黨此時有自己的「考慮」，他們認為：

> ……我國舊時代的知識分子在過去雖然受了帝國主義和國民黨的壓迫，因而一部分參加了革命，一部分同情革命，多數對革命抱中立、觀望的態度，反革命只占極少數。因此，團結知識分子是必要的，也是完全可能的……從這個人事出發，黨和政府對於舊時代的知識分子採取了「包下來」的方針。〔註71〕……這些舊人員能不能不管他們呢？人家不走，擁護我們，不管他們要罵人，只好收。不收比收要差些。不收他們還是要吃飯，沒有辦法的時候就會去搶或偷，用破壞的方法。〔註72〕

這種「包下來」政策的實施，是有一定的政治前提的。從人民共和國初期對高等學校和舊軍隊的接收經驗〔註73〕來看，「包下來」的人員包括了當時在學校和軍隊裏對中國共產黨持反對意見的知識分子，以及舊軍隊中潛在的破壞分子。這本身顯示出了人民共和國初期政治及社會思想的「複雜性」。「包下來」政策的實行，有著穩定社會局面的「考慮」，更主要的還是為了「減少」對中國共產黨的敵對與抗拒情緒，「在政治上，它提高了人民政府的凝聚力，使天下大定，

〔註69〕毛澤東：《在新政治協商會議籌備會上的講話》（1949年6月15日），《毛澤東選集》第4卷，北京：人民出版社，1991年，第1465～1466頁。

〔註70〕這種「包下來」，是有一定的限制的。從文件的具體規定來看，它有明顯的政治前提作為底線。這種「包下來」，並不就等於讓他們直接進入新政權，必須有一個學習的過程。這種學習過程，包含著新的改造。《中央關於舊人員處理問題的指示》，《中共中央文件選集》第18冊，北京：中共中央黨校出版社，1992年，第460～462頁。

〔註71〕潘鋐：《上海知識分子思想改造運動》，鄒榮庚主編、中共上海市委黨史研究室編：《歷史巨變：1949～1956》，上海：上海書店出版社，2001年，第320頁。

〔註72〕逄先知、金沖及主編：《毛澤東傳（1949～1976）》，北京：中央文獻出版社，2003年，第67頁。

〔註73〕崔曉麟對高校的接管有詳細的交代，具體參閱崔曉麟：《重塑與思考：1951～1952年前後高校知識分子思想改造運動研究》，北京：中共黨史出版社，2005年。

人心歸一」〔註 74〕。這種構想明顯地是對帶有這種敵對與抗拒情緒的分子的「分化」，跟政治上的「統一戰線」政策的策略性思維是一致的。這是在大動盪的時代背景下中國共產黨採用的最好策略，至少它不會像暴力革命那樣引發人們的驚恐，甚至反抗。相反地，「換取他們對新政權的『知遇之恩』，以便鞏固政治和經濟秩序」〔註 75〕。究其實，「包下來」的政策還有深層含義，那就是把民主人士和著名的自由主義知識分子「養起來」，「非黨人士被其『包下來』」。雖然被「包下來」的人可以參與到新政權，但這種「包下來」政策潛藏著一種身份的不平等〔註 76〕，那就是包人者對被人包者的政治安排、生活安排、工作安排是全方面的，被包下來的人應該「積極服務於新政權」〔註 77〕。

中國共產黨針對知識分子的這種「包下來」的政策，讓它成為「知識分子的衣食父母」的身份承擔者〔註 78〕。作為革命勝利下的政治政策，這無疑使知識分子懷著「愧疚感」，他們自己並沒有參加革命，卻享受著如此好的待遇。文學藝術界的情況更加突出，成為中華全國文學藝術界聯合會代表的這些文藝工作者，它們構成一個龐大的單位組織〔註 79〕。在中華全國文學藝術界聯合會主席郭沫若看來，「文藝界的統一戰線也是這樣的，文學藝術工作者首先應該在毛澤東主席所說的這樣的範圍內在政治上團結起來」〔註 80〕。郭沫若作為新中國文藝的「革命文化班頭」〔註 81〕，對毛澤東思想算是有著透徹的「理解」。中華全國文學藝術界聯合會這個單位組織，享受的是正部級待

〔註 74〕逄先知、金沖及主編：《毛澤東傳（1949～1976）》，北京：中央文獻出版社，2003 年，第 68 頁。

〔註 75〕陳永發：《中国共産革命七十年》上冊，臺北：聯經出版事業公司，1998 年，第 490 頁。

〔註 76〕陳永發：《中国共産革命七十年》上冊，臺北：聯經出版事業公司，1998 年，第 475 頁。

〔註 77〕陳永發：《中国共産革命七十年》上冊，臺北：聯經出版事業公司，1998 年，第 492 頁。

〔註 78〕陳永發：《中国共産革命七十年》下冊，臺北：聯經出版事業公司，1998 年，第 645 頁。

〔註 79〕受啟發於閱讀《中國單位制度》一書，它曾論述到「建國伊始，單位就與權力緊密聯繫在一起」。結合建國初期文藝的體制化建構，我對文藝組織化的單位，有更加充分的證據證明這種權力給予單位的意義。楊曉民、周翼虎：《中國單位制度》，北京：中國經濟出版社，1999 年，第 3 頁。

〔註 80〕郭沫若：《為新中國的人民文藝而奮鬥》，《中華全國文學藝術工作者代表大會紀念文集》，北京：新華書店，1950 年，第 39～40 頁。

〔註 81〕斯炎偉：《全國第一次文代會與新中國文學體制的建構》，北京：人民文學出版社，2008 年，第 37 頁。

遇，所屬成員基本上成為享受政治待遇和經濟利益的「國家幹部」，他們有固定工資作為基本收入，文藝創作情況則另算作自己的額外收入。但這些文藝工作者代表組成的「背後」，卻是文藝權力的一次分配活動。文藝工作者隊伍的組成，無疑是複雜的。

所以，具體到思想意識形態的問題上的考察，這種「包下來」的政策，使人民共和國初期的思想狀況、文藝隊伍顯得非常複雜。但作為國家意識形態的建設，這種思想狀況的複雜性、文藝隊伍組成的複雜性，卻不可能在長期的「包下來」政策下繼續存在下去，新政權必然會對複雜的思想、複雜的文藝隊伍進行清理，使國家在意識形態的管理上更加有效。

1950 年 6 月 6 日，毛澤東特別指出，「有步驟地謹慎地進行舊有學校教育事業和舊有社會文化事業的改革工作，爭取一切愛國的知識分子為人民服務」，「在這個問題上，拖延時間不願改革的思想是不對的，過於性急、企圖用粗暴方法進行改革的思想也是不對的」〔註 82〕，對於知識分子，「要辦各種訓練班，辦軍政大學、革命大學，要使用它們，同時對他們進行教育和改造」〔註 83〕。周恩來有更形象的說法，「要求一下子把舊的影響肅清，這是不可能的」，「只有在不斷的鬥爭中，才能求得進步」〔註 84〕。這裡，我們涉及到對「清理」活動的過程作概念的「描述」。

二、「整合」概念的提出：1949 至 1951 年人民共和國文藝界描述的關鍵詞

當把眼光轉向 1949 至 1951 年人民共和國初期的文藝界時，我們發現：把 1949 至 1951 年作為獨特的時間段加以研究，具有特別的文學思想史含義〔註 85〕。其實，每一個年份的文藝界情況都值得深入探討。從這樣的視點來觀察

〔註 82〕毛澤東：《為爭取國家財政經濟狀況的基本好轉而奮鬥》(1950 年 6 月 6 日)，《毛澤東選集》第 5 卷，北京：人民出版社，1977 年，第 19 頁。

〔註 83〕毛澤東：《不要四面出擊》(1950 年 6 月 6 日)，《毛澤東選集》第 5 卷，北京：人民出版社，1977 年，第 23 頁。

〔註 84〕周恩來：《關於知識分子的改造問題》(1951 年 9 月 29 日)，《建國以來重要文獻選編》第 2 冊，北京：中央文獻出版社，1992 年，第 441 頁。

〔註 85〕1949 年作為獨立的時間年份，在文學史上的影響，更主要的是來自於文代會的召開與人民共和國的成立，這直接開啟了人民共和國文學史、思想史等的合法性建構。朱寨主編：《中國當代文學思潮史》，北京：人民文學出版社，1987 年 5 月版，第 12 頁。1950 年中國社會、經濟及文化的「整合」與恢復正在進行。1951 年剛好成為本書考察的主要範圍。

人民共和國初期的文藝界，其實是對人民共和國初期的文藝界歷史作梳理，這正是文學史和文學思想史要完成的任務。文學史和文學思想史都是對「過程」的歷史再敘事，任何文學史、文學思想史都是對過去文藝情況的「描述」，它包含的主要元素，就是過程性敘事。

1949 年 7 月全國文代會召開的背後，本身有複雜的政治因素〔註 86〕。政治上，它被賦予為一次「團結的大會，勝利的大會」，但它對於文藝界真的就是「團結的大會，勝利的大會」？葉聖陶日記〔註 87〕、宋雲彬日記〔註 88〕、常任俠日記〔註 89〕、胡風日記〔註 90〕、王林日記〔註 91〕等現代作家日記中有關於文代會代表的選舉與推薦的記載，其中涉及的正是複雜的政治背景，即來自政治權利背後的代表名額分配。顯然，問題並不是那麼的簡單。每當面對「團結的大會，勝利的大會」字眼時，我們想起最多的是：沈從文在全國文代會前夕的「自殺」！〔註 92〕巴金在全國文代會期間，表達出「回家」後的內心迷惑！〔註 93〕俞平伯表達出「繼續學習、努力，為人民共和國的建設，在政治、文化各方面服務」〔註 94〕的複雜心態！

即使是 1936 年就進入延安邊區、經歷過延安文藝整風及土地改革等思想改造的女作家丁玲，她在全國文代會的專題發言中亦強調，「文藝工作者也還須要將已經丟棄過的或準備丟棄、必須丟棄的小資產階級的，一切屬於個人

〔註 86〕胡慧翼：《第一次文代會研究》，北京大學博士論文，未刊稿。

〔註 87〕葉聖陶：《葉聖陶集》第 21 卷，南京：江蘇教育出版社，2004 年。

〔註 88〕宋雲彬：《紅塵冷眼——一個文化名人筆下的中國三十年》，太原：山西人民出版社，2002 年。

〔註 89〕常任俠著，沈寧整理：《春城紀事（1949～1952）》，鄭州：大象出版社，2006 年。

〔註 90〕胡風：《胡風全集》第 10 卷，武漢：湖北人民出版社，1999 年。

〔註 91〕新發現整理的王林日記，是作為延安解放區文藝工作者身份記錄的文代會日記，顯示出的文學史、思想史價值。

〔註 92〕沈從文的「自殺」，顯然來自於中國共產黨的文藝「統一戰線」政策的影響。由於沈從文與中共文藝政策上的差異，左翼文藝陣營於 1948 年展開對沈從文的「批判」，斥責沈從文為「反動作家」、「桃紅色作家」，帶著某種程度的人生攻擊。文代會期間，儘管會議在北平召開，沈從文此時在北京大學，沈從文有很多朋友也參加了這次會議，但沒有人提出沈從文的代表身份。

〔註 93〕集中體現在巴金的文代會發言《我是來學習的》，以及後來追寫的《一封未寄出的信》。巴金：《慰勞信及其他》，上海：平明出版社，1951 年。

〔註 94〕俞平伯：《工作人員登記表》，轉引自《舊時月色下的俞平伯》，陳徒手：《人有病　天知否：一九四九年後中國文壇紀實》，北京：人民文學出版社，2002 年，第 1 頁。

主義的肮髒的東西，丟得更乾淨更徹底；而將已經獲得初步的改造的成果，以群眾為主體、以群眾利益去衡量是非、冷靜的從執行政策中去處理問題的觀點，以及一切為群眾服務的品質，鞏固起來，擴大開去，務必使自己稱得起毛主席的信徒，千真不假地作一個人民的文藝工作者。」〔註 95〕在國統區文藝家的眼裏，丁玲是被徹底改造的知識分子文藝家，她的延安經歷有著特別的政治意義。但在全國文代會上，她卻以親身實踐的「個人經驗」，告訴即將投入人民共和國文化建設事業的文藝工作者們，思想上的「肮髒的東西」必須乾淨地、徹底地「丟棄」，做「毛主席的信徒」。丁玲在角色的扮演中，無疑成為毛澤東文藝思想的忠實信徒。

全國文藝界思想的複雜性亦必須得到徹底的清理，恰如丁玲說的，「乾淨地」、「徹底地」丟棄，形成新的文藝界的統一思想，才能更加有效地推進國家在文化建設上的作用及意義。但對這些複雜的思想存在的清理，最終形成思想的統一，顯然是一個過程的延展。在這一過程的延展中，「統攝性」的思想必然和「異質性」的思想進行「交戰」，最終徹底地被規訓，甚至清除那些異質性的思想〔註 96〕。

文藝隊伍的組建過程中，本身帶著複雜的政治背景。來自原國統區的文藝家們，在茅盾看來：「如果作家不能在思想與生活上真正擺脫小資產階級的立場而走向工農兵的立場、人民大眾的立場，那麼文藝大眾化的問題不能徹底解決，文藝上的政治性與藝術性的問題也不能徹底解決，作家主觀的強與弱、健康與不健康的問題也一定解決不了」，「我們必須根據新的社會條件與社會需要而發揚我們過去成就中值得保存和發揚的部分，並且認真地克服我們的缺點，我們才能不斷地向前進步，也才能負擔起新的時代所加於我們的新的任務」〔註 97〕。茅盾這裡針對的是來自原國統區的文藝代表們。他希望原國統區的文藝代表們，在新的社會條件與需要下，承擔起新的歷史任務。

〔註 95〕丁玲：《從群眾中來，到群眾中去——在文學藝術工作者代表大會上的書面發言》，《人民日報》，1949 年 7 月 12 日；丁玲：《跨到新的時代來》，北京：人民文學出版社，1951 年，第 1～2 頁。

〔註 96〕胡風在給友人的書信中用「打仗」，顯得更加形象。胡風本是把《時間開始了》第 2 章寄發給《文藝報》，但《文藝報》退回了他的稿子，回信說應該寄發給《人民文學》。胡風認為，這「意思很明顯，逼我向《人民文學》低頭」。胡風：《1950 年 1 月 5 日》，《致路翎書信全編》，鄭州：大象出版社，2004 年，第 77 頁。

〔註 97〕茅盾：《在反動派壓迫下鬥爭和發展的革命文藝——十年來國統區革命文藝運動報告提綱》，《中華全國文學藝術工作者代表大會紀念文集》，北京：新華書店，1950 年，第 64、66 頁。

但原國統區文藝工作者們的思想塑形，並不是一天兩天就可以形成的，而是經歷了二十多年的發展，對他們進行重新塑形顯然是必要的。這裡涉及的，就是對文藝工作者隊伍的清理。但它的最終指向，還是文藝思想的問題，文藝隊伍只是「表徵」。

我們怎樣描述這一複雜的文藝思想整合、文藝隊伍整合與重組的過程呢？前面在梳理研究現狀中，我們發現洪子誠、賀桂梅用「轉折的時代」來描述，甚至「一體化」來總結。但這樣的描述性詞語，都存在這樣或那樣的質疑點。他們的立足點都是對「結果」的描述，而不是「過程」的真正描述。那麼，「過程」的真正描述，我們用什麼樣的詞語來做準確的概括呢？歷史學家使用的「整合」概念，顯得更有歷史語境的意義。

其實，在具體考察人民共和國初期文藝界狀況時，我發現：最終關切的應該是事件本身，而不是事件的真正價值和意義。雖然僅僅過去 60 多年的時間，但隨著文學史料的消失，我們進入那樣的歷史語境已經顯得很不容易。所以，從某種程度上說，歷史學家對過去事件的來龍去脈的描述，更值得我們文學史家去學習。「整合」這一概念，正是在這樣的現狀中凸顯了它應有的價值。它在英文中通用詞為「Integration」，詞根為「grate」，這一詞根不僅有名詞性的含義，更有動詞性的含義，在詞根和前後綴的組合中演變為動詞性詞語為「Integrate」，其基本的含義包括：「(1) 使成一體，使合併。(2) 使完整，使完善。」其實，「Integrate」最基本的含義是「使成一體，使合併」。顯然，作為動詞，它是一個使役動詞。既然它是一個使役動詞，「Integrate」對這一動作（「合併」，「成一體」）的具體過程的描述，本身就包含在其中。對文學事件的歷史過程進行關照的過程中，我更傾向於把這一詞翻譯為「整合」。作為一種對「事件過程」的描述性詞語，「Integration」作為名詞性詞語時，我們發現它需要「合力對象」作為動作的承載者，這種合力對象顯然包含著兩種及兩種以上的因素。但作為動詞詞性時，「Integrate」更強調外界力的「作用」。合力對象在「外界力」〔註 98〕的作用下，最終形成一種新質的東西，而這一過程正是「Integrate」到「Integration」的過程。新質的東西的生成，與舊有的因素之間有著內在的聯繫，但卻存在著很大的差異。「整合（integration）」這一概念對 1949 至 1951 年新中國初期文藝界發生的文學批判運動的描述，是非常切合的。

〔註 98〕包括政治力、經濟力、文化力等多重因素，不同的「整合」有不同的含義。

微觀考察 1949 年至 1951 年人民共和國初期的文藝界，我們還發現：文學批判運動顯得很頻繁〔註 99〕。發生這樣頻繁的文學批判運動，顯然有背後對批判運動的規劃和設計。這一系列批判運動的設計，其實是來自政治高層對意識形態領域的建構。前面我們已經述及，在中國共產黨高層看來：人民共和國初期的文藝思想是複雜的，文藝隊伍是不純潔的。人民共和國初期因實行文藝戰線上的「統一戰線」政策，負面的影響被暫時的「遮蔽」，文藝界形成「團結」的局面（儘管是表面上的團結）是最重要的，它更具有政治意義，共產黨需要這樣的政治局面，它也表現出維護這種局面的努力〔註 100〕。為了有效地規訓人民共和國初期的文藝思想和文藝隊伍，中國共產黨中央宣傳部及全國文協等積極展開文藝作品及文藝工作者的批判。這些批判本身，針對的是文藝工作者的文藝思想。每一次批判運動的醞釀及展開，就是共和國的文藝思想、文藝隊伍的有效的「整合」的過程，它的最終立足點都是人民共和國國家意識形態的建構。

所以，從文藝界的批判運動中，我們能夠看出：「整合」一詞中，「整」的意義，立足的是文藝界的團結為前提，「合」的意義，則立足於文藝界團結下的鬥爭。文藝界這樣的實際狀況及關鍵詞的梳理，讓我們更好地理解建國初期文藝界一次次文學運動、文藝思想論爭的「發生」。至少在我看來，1949 至 1951 年人民共和國文藝界的每一次文學運動、文藝思想的論爭，最終都牽涉到對毛澤東文藝思想作為指導思想再確立的「實質」問題，這些問題到 1952 年底經歷徹底的文藝界整風運動，以及「思想」清理（文藝思想問題）和「組織」清理（文藝隊伍問題）後，才為 1953 年 9 月第二次文代會的召開，奠定

〔註 99〕1949 年 8 月上海《文匯報》引發關於可不可以寫小資產階級的論爭，10 月何其芳代表中共中央的意圖終止了這場論爭；1950 年 3 月，《人民日報》發表陳湧批判阿壟的文章，對胡風派文藝思想進行批判；1950 年 7 月，展開對趙樹理發表《金鎖》的批判；1951 年 1 月展開對王亞平、沙鷗等的詩歌創作的批判；1951 年 2 月批判碧野的小說《我們的力量是無敵的》；1951 年 5 月，展開對電影《武訓傳》《關連長》《我們夫婦之間》《夫婦進行曲》等影片的批判，涉及到文藝界和文教界的思想批判；1951 年 7 月，批判蕭也牧的文藝創作成為焦點，……。具體參閱仲呈祥編：《新中國文學紀事和重要著作年表（1949～1966）》，成都：四川省社會科學院出版社，1984 年，第 1～37 頁。

〔註 100〕全國文代會期間，周恩來、朱德、毛澤東等黨的領導人頻繁出現在會場，及會議召開期間共產黨對文藝匯演的安排等細節都能夠看出，共產黨為文代大會的召開傾注了很多的政治努力。

了堅實的組織基礎和思想基礎。

其實，從「整合」概念的基本內涵出發，我們可以推測，它包含三種「途徑」來實現這種最終的意圖：(1) 先「整」後「合」。(2) 邊「整」邊「合」。(3) 先「合」後「整」。顯然，正如我們在前面述及的，「整合」作為一個現代思想史概念，它是對一種「歷史過程」的描述，「整合」的最終目標是「合」，那麼，「整」僅僅是途徑而已。這種「整」，具體到思想領域及文化、文藝領域，就是思想的「清理」，這一「整」的過程卻是文藝運動的軌跡描述。具體到文藝隊伍的「整」，則針對的是文藝隊伍的成分工農兵化轉變的問題。在中國共產黨文藝領導及意識形態核心人物看來，文藝工作者身份的小資產階級屬性，必然要轉變到工農兵的立場上來，才能實現文藝的工農兵化，文藝也才能實現為政治服務的目的。這是為了尋求思想認識的一致性，和文藝隊伍的工農兵化所推行的文學運動。具體到文藝戰線上，「整」則是對文藝隊伍的「清理」和「整頓」，其目的是形成新的文藝隊伍。

人民共和國初期的文藝界，明顯地存在著多種力量和多種因素的交匯〔註101〕。文代會上的代表們，有來自原國統區的文藝工作者代表，也有來自解放區的文藝工作者代表，還有從海外回到新生共和國懷抱的文藝工作者代表。文藝工作者代表們由於各自接受的文化教育背景的差異，各自的文藝堅守亦不同，他們有著兩種甚至多種不同的文藝觀念，他們在思想上呈現出複雜的狀況。雖然全國文代會確立了共和國文藝的指導思想，要求文藝工作者為工農兵服務，應以毛澤東的《「文藝講話」》《新民主主義論》等經典文獻，作為具體工作的「指南」，但文藝界思想狀況的複雜局面，必然要求文藝界在思想上進行有效地「整合」，從而達成文藝思想上的統一性。郭沫若在文代大會上的總發言中特別強調「統一戰線」政策的重要性：「無產階級領導的如何把這廣泛的人民大眾組成統一戰線，這是革命中最重要的問題之一。沒有廣泛的統一戰線，沒有正確的統一戰線政策，就不可能團結全國的力量，就不可能打倒敵人，就同樣地不可能取得中國革命的勝利。在政治革命上是這樣，在文化革命上也是這樣。這一條重要的真理也同樣地已經為中國三十年來的歷

〔註101〕中華全國文學藝術工作者代表按照來自的地域及所屬單位分別組建如下代表團：東北代表團、平津代表一團、平津代表二團、華北代表團、東北代表團、華中代表團、華東代表團、南方代表一團、南方代表二團、西北代表團、部隊代表團。大體而言，解放區作家和國統區作家是兩個不同的政治含義下的文化概念。

史所反覆證明。」〔註 102〕文藝戰線的「擴大」與「勝利會師」，正是文藝戰線上的「統一戰線」政策的「勝利」。明顯地，全國文代大會的籌備、召開及會議進程，完全在中國共產黨的預設軌道上運作，那麼，確立新的文藝方向——「文藝為工農兵服務」，使文藝工作者們按照此方向進行文藝工作也是合理的「設計」。但「文藝為工農兵服務」這一方向的確立，卻不是一個簡單的問題，它首先強調的是，文藝工作者與工農兵結合的問題。「想不想」結合這時已經不成為問題，關鍵是「如何」結合。毛澤東也認為，要實現真正的結合，其中有一個根本問題需要解決，即「解決思想上的問題」：

> 「就是要破除資產階級思想、小資產階級思想的影響，才能夠轉變為無產階級的思想，才能夠有馬列主義的黨性。解決了這個思想上的問題，才能夠在思想上與無產階級、與工農大眾相結合；有了這樣的基礎，才可能在行動上和工農兵、和我們黨相結合。」〔註 103〕

「統一」思想的方向既然已經「確立」下來，接下來需要調整與整頓的，是文藝思想和文藝隊伍，但這絕不是針對文藝方向或方針的一般「修正」，或文藝觀點的一般性批判。歷來的中國當代文學史書寫，都把全國文代會的召開看作是當代文學的「起點」，認為這次大會是一次「團結的大會」、「勝利的大會」〔註 104〕，並通過《為建設新中國的人民文藝而奮鬥》《在反動派壓迫下鬥爭和發展的革命文藝》《新的人民的文藝》《關於部隊的文藝工作》三個報告〔註 105〕的閱讀，認為它解決了人民共和國初期複雜的思想狀況，統一了文藝界的思想認識，從而澄清了文藝界在人民共和國思想上存在的複雜混亂的局面。〔註 106〕文藝界不僅按照《「文藝講話」》的框架來對文藝界的「統一戰

〔註 102〕郭沫若：《為建設新中國的人民文藝而奮鬥——在中華全國文學藝術工作者代表大會上的總報告》，《中華全國文學藝術工作者代表大會紀念文集》，北京：新華書店，1950 年，第 36～37 頁。

〔註 103〕毛澤東：《文藝工作者要同工農兵相結合》，《毛澤東文集》第 2 卷，北京：人民出版社，1993 年，第 426 頁。

〔註 104〕這是大會的基本基調，大會的籌備、大會的基本議程都是按照團結的主題來進行的。後來在 50 年代至 70 年代末寫作的文學史中，基本上採納的也是這樣的觀念。

〔註 105〕郭沫若、茅盾、周揚和傅鍾分別代表這四個報告做發言，並表現出一致的傾向。具體參見《中華全國文學藝術工作者代表大會紀念文集》各報告的內容。

〔註 106〕近年來對第一次文代會進行了深入研究，對這一觀點有所糾正，如程光煒、孟繁華《中國當代文學發展史》，胡惠翼《第一次文代會研究》，斯炎偉《全國第一次文代會與十七年文學體制的生成》等顯示出這方面的關注。

線」作內涵的規定，《論人民民主專政》這篇重要時事政論文，也成為《共同綱領》〔註 107〕的基本指導思想。我們不禁帶著更大的疑惑：文藝思想的複雜性僅僅通過一次會議就真正解決了？舉手表決背後到底有多少是「自願」的，有多少是「盲從」的，還有多少是「不得已」的？〔註 108〕

三、「整合」話題：「統一戰線」政策下的人民共和國文藝界

不可否認，全國文代會的籌備與召開，完全依照的是文藝界「統一戰線」政策的基本思路〔註 109〕，但真正要建立起「合法性」的論述並還原到當時的歷史語境之中，卻並不是一件容易的事情，它需要一個複雜的過程還原。怎樣認識文藝戰線上的「統一戰線」政策在人民共和國初期文藝界的建構過程中的意義與價值，具體面對文藝界狀況進行描述的時候，我們還不得不觀照有關文藝的「統一戰線」政策的建構過程。前面的梳理中我們發現：文藝戰線上的「統一戰線」政策，顯然來源於革命戰爭年代提倡的政治戰線上的「統一戰線」之理論，毛澤東、周恩來對此有相關的闡述〔註 110〕。

由於在國家政治權力的建構過程中，人民共和國初期的政治格局嚴格按照《新民主主義論》和《論人民民主專政》的理論作為建構的「框架」，實行著「人民民主專政」的國家政權組織形式：「中國工人階級、農民階級、小資產階級、民族資產階級及其他愛國民主分子的人民民主統一戰線的政權」〔註 111〕。其實，這正是政治的「統一戰線」政策的理論之具體運用，即使到 1951 年 8 月，夏衍仍舊有這樣的說法：「今天中國的文化藝術陣線固然是統一戰線的（包括了工人、農民、小資產階級、資產階級的各種不同思想和傾向）」〔註 112〕。當時，中國

〔註 107〕《共同綱領》在 1949 年建國過程中，曾經扮演著「國家憲法」的作用。

〔註 108〕胡風在給黨中央的報告中也提出這樣的質疑，「情形很混亂」，國統區文藝總結報告發言後，「國統區的代表們中間譁然了起來」。胡風：《胡風三十萬言書》，武漢：湖北人民出版社，2003 年，第 51 頁。

〔註 109〕有研究者指出：「第一次文代會，結束了當代文學的『史前史』，空前地統一到一個由執政黨和國家掌管的組織和思想路線之中。在統一的思想路線指導下，中國當代文學在全國範圍內的『合法性』，真正地建立起來了。」孟繁華、程光煒：《中國當代文學發展史》，北京：人民文學出版社，2004 年，第 25 頁。

〔註 110〕毛澤東在《論人民民主專政》、周恩來在《人民政協共同綱領草案的特點》中都對此有闡述，認為「統一戰線」是「取得革命勝利的法寶之一」。

〔註 111〕《中國人民政治協商會議共同綱領》，《人民日報》，1949 年 9 月 30 日。

〔註 112〕夏衍：《從〈武訓傳〉的批判檢討我在上海文化藝術界的工作》，《人民日報》，1951 年 8 月 26 日。

共產黨高層認為，接下來的一段時期是新民主主義到社會主義轉變的「過渡時期」，這樣的「統一戰線」思維方式，還「應當繼續下去，而且需要在組織上形成起來，以推動它的發展。大家同意：中國人民政治協商會議，就是它的最好的組織形式。」〔註 113〕《共同綱領》規定，「中國人民政治協商會議為人民民主統一戰線的組織形式。其組織成分，應包含有工人階級、農民階級、革命軍人、知識分子、小資產階級、民族資產階級、少數民族、國外華僑及其他愛國民族分子的代表」〔註 114〕。最高的國家機構設置中強調「統一戰線」的運用，並在黨的日常機構中設置「統戰部」，全稱為中國共產黨中央統戰部，李維漢擔任部長一職，具體到各種領域的實施中，這樣的觀念必然得到有效的貫徹。

顯然，作為文藝政策的「考慮」，文藝戰線上的「統一戰線」政策有著特別的政治內涵〔註 115〕。具體到文化教育戰線的政策實施上，《共同綱領》作了這樣規定：「中華人民共和國的文化教育為新民主主義的，及民族的、科學的、大眾的文化教育」〔註 116〕。新民主主義的「理論資源」，成為文藝戰線上的「統一戰線」政策的直接理論來源。這正如毛澤東所說的，「文化革命是在觀念形態上反映政治革命和經濟革命，並為它們服務的。在中國，文化革命，和政治革命同樣，有一個統一戰線。」而政治革命視野中的「統一戰線」政策，它有其實質性的內涵，即「無產階級是領導力量」，「現在所要建立的中華民主共和國，只能是在無產階級領導下的一切反帝反封建的人民聯合專政的民主共和國，這就是新民主主義的共和國」〔註 117〕。清醒認識「統一戰線」理論在無產階級專政國家的領導地位和主導力量的重要意義，是中國共產黨在政治革命聯盟中必須堅持的基本前提。

人民共和國的建立，本身包含著一種新的「革命」行為，但「革命」的

〔註 113〕周恩來：《人民政協共同綱領草案的特點》，《建國以來重要文獻選編》第 1 冊，北京：中央文獻出版社，1992 年，第 15～16 頁。

〔註 114〕《中國人民政治協商會議共同綱領》，《人民日報》，1949 年 9 月 30 日。

〔註 115〕研究者在對第一次文代會作微觀考察時說：「為期十四天的大會期間被文藝領導層反覆說明、論證和強調，目的是一個，都是為了力促文代會代表在黨制定的文藝路線和方向上統一思想，達成共識。」胡惠翼：《第一次文代會研究》，北京大學博士學位論文，第 13 頁，未刊稿。

〔註 116〕新華社：《中國人民政治協商會議共同綱領》，《人民日報》，1949 年 9 月 30 日。

〔註 117〕毛澤東：《新民主主義論》，《毛澤東選集》第 3 卷，北京：人民出版社，1952 年，第 659、635 頁。

含義，在人民共和國初期卻是一種「請客吃飯」的行為〔註 118〕：「黨的統一戰線工作的總任務，是要在實行共同綱領、鞏固工農聯盟的基礎上，密切團結全國各民族，各民主階級，各民主黨派，各人民團體，廣大華僑，各界民主人士及其他愛國分子，爭取盡可能多的能夠同我們合作的人，為著穩步地實現新時期的歷史任務而奮鬥」〔註 119〕。但這種「請客吃飯」的行為，必然有「主人」和「客人」之區別。「客人」是在主人邀請下來到主人的家庭之中的。那麼，「客人」進入「主人」的家庭之後，必然聽從於主人的「安排」。從緬甸回到祖國參加全國文代會及政協全國會議的文藝工作者常任俠，在日記中記下了他個人對政協會議的「感受」：

> 此次受緬甸華僑之推舉，返國參加政協，竟不被重視，未能出席。此次政協分子，有殺人屠夫，手血未乾者；有政治投機，朝秦暮楚者，包容過去反革命分子，殆不止一二，如黃紹雄及其姘婦譚惕吾尚能出席；如李健生庸俗貪鄙，亦能列席；儲安平第三路線，亦在候補」，「毛讀中華人民共和國中央人民政府公告，雄壯有力，宣布中央人民政府主席及委員名單，李濟深、黃炎培、張治中、傅作義、譚平山、龍雲等亦在其中，人民豈愛戴此輩乎，亦政治策略，藉以號召乎。惟搞通思想者，方能知之。〔註 120〕

常任俠在全國文代會和政協會議的「客人」身份，使他只能聽從於「主人」的「安排」，緬甸華僑勢力最終在文代會議和政協會議中成為擺設而已，雖有代表參加但無實際的權力〔註 121〕。身在國內的沈從文，當時也有這樣的「牢騷」：「唉，可惜這麼一個新的國家，新的時代，我竟無從參預。多少比我壞過十分的人，還可以從種種情形下得到新生，我卻出於環境性格上的客觀限制，終必犧牲於時代過程中」〔註 122〕。隨著革命形勢的變化，新的革命需要更多的「支持者」，必然使政治的「統一戰線」政策在範圍上進一步

〔註 118〕這與毛澤東 20 年代的思維觀念之間，存在著很大的差異。當時毛澤東及早期革命黨人堅信，「革命不是請客吃飯」。

〔註 119〕李維漢：《人民民主統一戰線的新形勢與新任務》，《建國以來重要文獻選編》第 1 冊，北京：中央文獻出版社，1992 年，第 144 頁。

〔註 120〕常任俠著，沈寧整理：《春城紀事（1949～1952）》，鄭州：大象出版社，2006 年，第 68 頁。

〔註 121〕新加坡華僑則不同，以陳嘉庚為代表成為權力核心中的重要力量。

〔註 122〕沈從文：《四月六日》（1949），《沈從文全集》第 19 卷，太原：北嶽文藝出版社，2002 年，第 25 頁。

擴大：「它讓中國很廣泛的一部分人參與國家的政治和經濟生活。小資產階級和『民族』資產階級不僅在統一戰線中和工農結成聯盟，而且它們將無限期地包括在『人民』之中。」〔註 123〕這與毛澤東在 1926 年對「革命」理論的考慮，存在著重大的「差異」。政協會議人選的「安排」，顯然有著這樣的政治考慮。李維漢代表中國共產黨中央統戰部，向當時提出「革命勝利了，為什麼還要統一戰線？」疑問的人作了專門回答，他認為：「統一戰線是黨的總路線和總政策的重要一部分，它貫徹到黨所領導的工作的各個方面，必須全黨上下一致努力，才能做好這一工作」。〔註 124〕提出這種疑問的人卻認為，在實際工作中仍舊堅持「統一戰線」政策，必然「喪失主動權」，毛澤東對「統一戰線」持質疑的人提出了嚴厲的批評。1951 年中國共產黨中央政治局擴大會議決議要點中，毛澤東特別強調，「必須向幹部講清楚為什麼要加強統一戰線」〔註 125〕。在這之前的 1950 年，毛澤東在中國共產黨黨內強調了「統一戰線」問題，他說：「全黨都要認真地、謹慎地做好統一戰線工作」，「要在工人階級領導下，以工農聯盟為基礎，把小資產階級、民族資產階級團結起來」，「民族資產階級將來是要消滅的，但是現在要把他們團結在我們身邊，不要把他們推開」，「我們一方面要同他們作鬥爭，另一方面要團結他們。」〔註 126〕

這種「一方面要同他們鬥爭，另一方面要團結他們」的策略，恰如前面我們對「整合」方式的論述，符合第三種方式：先「合」後「整」。既然「統一戰線」思維方式及政策的實施上，要在中國共產黨所領導的工作的各個方面得到體現，那麼，這樣的「統一戰線」政策，也包含了對當時的文藝界及文藝團體的「統戰」。《共同綱領》指導下建立起來的人民共和國政權形式，決定了新生政權的「統一戰線」思維方式和基本運作模式：「中國人民政治協商會議，是中國人民民主統一戰線的組織形式，是全國人民實行革命大團結

〔註 123〕【美】斯圖爾特·施拉姆著，中共中央文獻研究室《國外研究毛澤東思想資料選輯》編輯組編譯：《毛澤東》內部發行，北京：紅旗出版社，1987 年，第 217 頁。

〔註 124〕李維漢：《人民民主統一戰線的新形勢與新任務》，《建國以來重要文獻選編》第 1 冊，北京：中央文獻出版社，1992 年，第 157 頁。

〔註 125〕毛澤東：《中共中央政治局擴大會議決議要點》（1951 年 2 月 18 日），《毛澤東選集》第 5 卷，北京：人民出版社，1977 年，第 37 頁。

〔註 126〕毛澤東：《不要四面出擊》（1950 年 6 月 6 日），《毛澤東選集》第 5 卷，北京：人民出版社，1977 年，第 23 頁。

的一種最重要的具體方式」〔註 127〕。它決定了「人民團體、民主黨派、人民民主政權機關和政治協商機關，都是統一戰線工作的重要環節」〔註 128〕。但「統一戰線」的基礎，卻是「工人、農民和革命知識分子的聯盟，亦即徹底革命民主派或進步力量的聯盟」。在具體實施「統一戰線」這一政策的過程中，事情並不是那麼簡單。這涉及到的，仍是革命年代的「誰統一誰」的「領導權」問題。知識分子自身的優越性體驗，使他們面對工農兵的「統一戰線」領導，產生了一種不適應感和不順從感。夏衍的一席話，讓我們看清了這種內在的「矛盾」：「但是文化屬於意識形態範疇，文化人又都是非工農兵出身的知識分子，所以思想上、政治上比較容易求得一致，而生活方式、知識水平、工作作風、行為習慣等等要適應一個模式，像統一思想那樣同步統一，就比較難辦了。解放初期我在上海遇到的第一個難題，就是宣傳、文化系統幹部的知識水平和文化素質問題。」〔註 129〕在「政治認識」上，「統一戰線」的思維方式可能趨向一致，但要在「生活方式」、「知識水平」、「工作作風」、「行為習慣」等方面「同步統一」，必然是「很為難」的事情。從 1949 至 1951 年人民共和國文藝運動〔註 130〕的歷史來看，國家在意識形態的建立過程中要求的，正是要生活方式、知識水平等等方面的統一。

文藝界形成團結局面的會議，必然涉及到全國文代會議。中國共產黨預先設計了一套方案，即形成文藝界團結的局面，之後通過文藝界著名人士包括郭沫若、茅盾等，把中國共產黨信任的全國文藝工作者匯聚到北平，召開了這次所謂的全國全國文代會。它是一種先「合」後「整」的「整合」方式，「合」的目的在於形成一支比較穩定的文藝隊伍，之後採取「整」的方式，進一步純潔文藝隊伍，使其逐步「工農兵化」。

老的文藝家、原國統區文藝工作者在人民共和國初期的文藝界裏，就面臨著「尷尬」的局面和處境。文藝界的「統一戰線」政策下，老文藝家、原國統區進步文藝工作者多數是「擁護新生的革命政權的」，或者是「擁護黨的

〔註 127〕劉少奇：《加強全國人民的革命大團結》，《建國以來劉少奇文稿》第 1 冊，北京：中央文獻出版社，2005 年，第 69 頁。

〔註 128〕李維漢：《人民民主統一戰線的新形勢與新任務》，《建國以來重要文獻選編》第 1 冊，北京：中央文獻出版社，2005 年，第 151 頁。

〔註 129〕夏衍：《懶得尋夢錄》（增補本），北京：三聯書店，2000 年，第 436 頁。

〔註 130〕1950 年提出對報刊雜誌的整頓、1951 年高等學校文藝教學的討論，都有這樣的價值建構包含其中。

政策的作家」〔註131〕。他們在政治態度上，是沒有問題的；但在思想上，他們卻存在著「複雜性」。黨控社團與組織的紛紛成立，成為文藝家在共和國文藝體制中的「最終歸屬」；而社團，本身就是文藝界「統一戰線」策略的日常事務處理機構，也是黨處理文藝界問題的直接機構。在追求「團結」的局面和新的時代任務下，思想的複雜性，退居到次要的地位。中華全國文學藝術界聯合會下面，分別管轄著文學、音樂、美術、電影、戲劇、曲藝等專門藝術協會分會。當這些文藝社團紛紛成立後，不同的文藝工作者們，分別成為這些協會的會員，轉變為國家工作人員，成為「體制」中的一員。

一旦新生政權得到鞏固，思想的「整合」和文藝隊伍的「整合」，必然跟上國家的「需要」。1950 年 4 月 19 日，中國共產黨中央發布關於在報紙刊物上展開批評和自我批評的決定〔註132〕，它背後的「整頓」，直接指向了報紙和刊物的編輯，對編輯的編輯活動進行了有效的規範。之後，《文藝報》《人民文學》《文藝學習》《大眾詩歌》《大眾文藝》等國家級刊物和大區級刊物都紛紛對自己的編輯思想進行「檢查」，使共和國的文藝編輯思想得以清理。在此情況下，老文藝家由於自身思想追求的獨立性價值取向〔註133〕，導致他們對這樣的協會發表某些作品產生著「憂慮」。解放前，這些文藝家都有優秀或者比較優秀的作品流傳於世。但人民共和國建立他們成為新的文藝工作者後，卻普遍表現出文藝寫作的「乏力」，形成一種令人深思而費解的現象。難道是這些老文藝家不夠努力，抑或是由於其他的因素導致出現這樣的現象呢？歐陽予倩是老一輩戲劇家，對這樣的現象，他有這樣的「解釋」:「有些老作家因為對新的生活和新的人物不夠熟悉，長時間寫不出東西也很自然。而求其熟悉當然不僅需要時間，如果思想感情與新的生活新的人物有距離，不能投身到火熱的鬥爭中去，那就儘管有很長的時間，所熟悉的可能只是外表。只有思想感情和新的生活、新的人物沒有距離，或者距離很近，那就易於熟悉，熟悉的也不僅是外表。」〔註134〕或許，文藝家們成為新的文藝工作者後，寫不出東西的時候這往往成為一種「藉口」。歐陽予倩以自己的親身經歷，說明

〔註131〕胡風：《胡風三十萬言書》，武漢：湖北人民出版社，2003 年，第 332 頁。

〔註132〕《關於在報紙刊物上展開批判和自我批評的決定》，《人民日報》，1950 年 4 月 22 日。

〔註133〕很多老文藝家有著良好的求學背景、自身的精神追求，並帶有傳統知識分子的思想意識。他們能夠參加到新政權中來，大部分完全是由於受愛國心的驅使。

〔註134〕歐陽予倩：《觀劇瑣談》，《文藝報》4 卷 11、12 期合刊（1951 年 11 月 1 日）。

思想情感的變化與新的生活、新的人物之間的密切關係。顯然，他的這番話是一種「示範者」的言說方式，其實質卻是知識分子文藝工作者的思想改造問題，即毛澤東在《「文藝講話」》中所強調的「屁股坐在哪邊」的問題。老文藝家們指的是那些帶有「民主思想」傾向的文藝家，在文藝界的「統一戰線」政策指導下，他們被有效地「整合」，進而進入人民共和國初期的文藝工作者隊伍之中，但「在統一戰線下所包含的作家，又是有著各種各樣複雜的性質和內容，在思想上說，從反動的、墮落的到帶有進步性的以至認真想追求進步的，都有」，文藝界應該「誠懇地但卻是用如實的具體的分析去肯定他的進步方面，由這鼓舞他在思想實質上一步一步『靠近』革命，這應該是非如此不可的工作態度」〔註 135〕。

人民共和國成立後，執政黨對知識分子的態度直接決定了知識分子政策的制定和執行。雖然知識分子在中國革命和建設中的作用是不容忽視的，但到底怎麼安排和使用知識分子，卻是中國共產黨需要重新思考和梳理的問題。「團結——批評——團結」，成為中國共產黨日常工作中對待知識分子的基本遵循標準。一切工作的中心是為了「團結」，「團結」的手段是「批評」（有時又稱為「鬥爭」），「批評」的目的是為了進一步的「團結」。如人民共和國初期在民主黨派中非常活躍的宋雲彬〔註 136〕，中國共產黨內曾有這樣一句話為他「定性」：「我們對雲彬先生在政治上百分之百地信任，在思想方面望能提高一步，能全心全意為人民服務」。〔註 137〕巴金表達出自己參加第一次文代會的目的在於「我不是去發言的，我是去學習的」〔註 138〕。這些都表明：人民共和國初期對知識分子文藝工作者的「警惕」，和知識分子自身在思想上對自己的「定位」是有內在的聯繫的。

文藝思想的「複雜性」，決定了人民共和國初期在知識分子文藝家們的具體使用上，中國共產黨在政策上呈現出「搖擺性」〔註 139〕。鑒於這樣的複雜思想狀況，中國共產黨在文藝上的領導力量，必然得到「加強」。全國文代會

〔註 135〕胡風：《胡風三十萬言書》，武漢：湖北人民出版社，2003 年，第 333 頁。

〔註 136〕宋雲彬係民盟盟員。

〔註 137〕宋雲彬：《紅塵冷眼——一個文化名人筆下的中國三十年》，太原：山西人民出版社，2002 年，第 256 頁。

〔註 138〕巴金：《一點感想》，《文匯報》，1949 年 8 月 20 日。

〔註 139〕這從對知識分子的階級屬性的劃分上就可以看出，知識分子到底屬於什麼階級，中共始終無法給予恰當的定位，政策與國內形勢發生變化的時候，知識分子的定義也相應地發生變化。

的召開，表面上是由郭沫若等人籌備發起的，而其中真正的控制與操作的力量，卻在中共中央宣傳部的手中，郭沫若只是共產黨選擇的一個「政治角色」的扮演者而已。文代會期間，幾乎每天都在召開大會。大多數研究者並沒有注意到一個「細節」，那就是：每天上午大會後，中午都要召開一次特別的會議，文代會代表中的共產黨員作家全部要聚集在一起召開「黨代會」。這些黨員作家，必然包括周揚、丁玲、阿英、沙可夫等，他們是共產黨「信任」的文藝工作者：周揚是文代會籌委會副主任、沙可夫是文代會籌委會秘書長，丁玲、阿英均是 30 年代左翼文藝的中堅力量。這種性質的「黨代小會」，目前雖然還沒有詳細的資料披露，但每天召開這樣的「黨代小會」，顯然與當天召開會議引發的爭議、下一日的會議議程，有很大的關係〔註 140〕。從中我們可以看出，中國共產黨不僅號召召開全國文代會，而且在會議召開的具體日程中，它還進一步掌握著整個會議的進程。這些進程，包括文代會成立的機構，以及安排領導人員等人事處理的過程，常任俠在日記中寫到，「上午赴中法大學開文協大會，選舉並不民主，早由內定。」〔註 141〕這是 1949 年 7 月 23 日的日記，文協理事及文協領導人的選舉情況的真實記錄。開會選舉作為文藝界最大的人民團體——中華全國文學藝術界聯合會的全國委員代表，雖然明知它是群眾性的人民團體，但仍是使用「統一戰線」的策略。作為執政黨的中國共產黨，必然加強這種人民團體中共產黨的絕對領導。這種「內定」的方式，正是在組織上和人事上的有效掌握，減少了在具體實施過程中的「摩擦」和「壓力」。周恩來在人民共和國初期反思過此問題，「是否已經安排得很好，合作得很好，既幫助了他們，又教育了他們呢？」〔註 142〕為了新政權的意識形態建構的一致性和有效性，「安排得很好」、「合作得很好」已經不重要了，關鍵是「怎麼安排」才能符合組織意圖。而這種「內定」的方式，正切合了在人事上和組織上遇到的「難題」：它至少避免了很多直接的矛盾，讓

〔註 140〕我是在仔細閱讀阿英文代會期間記的日記中發現的。關於這方面的評論，目前還沒有研究者涉及。作為共產黨員，阿英日記有簡略披露：每天上午大會後黨小組要開會。雖然沒有詳細的檔案與資料披露，但從文代會進程及共產黨會議安排的程序可以「推斷」，這樣的黨小組會議與來自高層對會議的指示，有很大的關係。阿英：《阿英全集》第 12 卷，合肥：安徽教育出版社，1999 年，第 457～468 頁。

〔註 141〕常任俠著，沈寧整理：《春城紀事（1949～1952）》，鄭州：大象出版社，2006 年，第 54 頁。

〔註 142〕周恩來：《發揮人民民主統一戰線積極作用的幾個問題》，《建國以來重要文獻選編》第 1 冊，北京：中央文獻出版社，1992 年，第 184 頁。

這些矛盾隱藏在背後，讓人只在心底發牢騷〔註 143〕。柳亞子只能用詩歌抒發牢騷，常任俠也只能在日記中流露不滿的心情。

其實，文藝批判運動的背後，我們發現並不是簡單的文藝批判運動，比如對待阿壟的批判。阿壟本身是中國共產黨在人民共和國初期團結的文藝工作者，但為了積極開展對胡風文藝思想的批判，阿壟成為天津及全國文藝界批判胡風的「切入口」。對來自原國統區的其他文藝工作者的批判，目的是為了進一步的團結。這是文藝戰線上積極實施「統一戰線」政策的具體表現。但中國共產黨對黨內文藝工作者出現的問題，卻一般地不在四五十年代的媒介視域中讓更多的人知道，人民共和國初期黨內有關文藝問題的論爭，我們至今無法詳細地瞭解到〔註 144〕。

所以，考察 1949 至 1951 年人民共和國初期文藝界的基本狀況，「統一戰線」是重要的理論資源和實際的政策方案。執政黨和新政府在具體運作對文藝界的領導權時，依照的仍舊是「統一戰線」政策的基本思維模式。具體的描述過程中，文藝界的「整合」是重要的特徵，文藝的「統一戰線」政策是具體的表現形式。人民共和國初期文藝界的「統一戰線」政策的最終指向，其實就是思想的「內部統一」，而思想及文藝隊伍的「整合」的最終指向，也是思想的一致性的最終走向。

第三節　「文壇霸權主義」的文學格局與《「文藝講話」》的「裂縫」——1949 至 1951 年人民共和國文藝界的總體觀照

「文學格局」，是描述人民共和國初期文藝界狀況的主要觀察點。人民共和國初期的「文學格局」，直接影響到新政權在文藝建設初期的體制建構，及

〔註 143〕著名南社詩人柳亞子對這種人事安排也產生「看法」，並寫作「打油詩」，表達自己內心的不滿情緒。其詩歌《七律．感事呈毛主席》全貌為：「開天劈地君真健，說劉依項我大難。奪席談經非五鹿，無車彈鋏怨馮驩。頭顱早悔平生賤，生死寧忘一寸丹。安得南征馳捷報，分湖便是子陵灘。」柳亞子：《柳亞子詩詞選》，北京：人民文學出版社，1959 年，第 170～171 頁。

〔註 144〕我曾仔細閱讀 1953 年～1955 年的《作家通訊》，它屬於內部刊物。這個內部刊物只在省級文協機構才能看到，其中透露出很多不為人知道的文藝信息。那就是對楊朔的批判，但目前我們的文學史和楊朔研究專題中，根本沒有涉及這些內容。這裡，感謝上海市作家協會周立民提供的幫助，讓我閱讀到部分不能閱讀的史料。

後來的人事安排。但不管怎麼說，在這樣的「文學格局」裏，毛澤東的《在延安文藝座談會上的講話》作為國家文藝體制建設的理論指導思想，卻是自始至終伴隨著的。這裡，我們把眼光集中在人民共和國初期的「文學格局」和文藝指導思想上，作文藝的進一步微觀考察。

一、「文壇霸權主義」的文學格局

「文壇霸權主義」〔註 145〕，是胡風對 20 世紀 30 年代和 50 年代的文藝界內部紛爭作總結時使用的「術語」，用來描述人民共和國初期文藝界的歷史狀況時有一定的意義，它切合此時期文藝界的一些基本實質。這裡，我們不妨借用來它來對 1949 至 1951 年人民共和國文藝界作描述的一般性用語。

不可否認，人民共和國初期文藝界存在著所謂的文藝領導權「分配」的問題〔註 146〕。雖然在文藝戰線上實行的是「統一戰線」政策，但代表強勢文藝勢力的，顯然是來自延安的解放區文藝，它們以周揚、丁玲、柯仲平、蕭三等為代表。來自原國統區的文藝工作者，以胡風、巴金、馮雪峰等為代表，在職位及權力分配中逐漸被「邊緣化」〔註 147〕。7 月文代會選舉中，進入中華全國文學藝術界聯合會全國委員及候補委員的人數，總計 102 人，但來自延安解放區、或有延安背景和經驗的人，居然高達 67 人，所佔比例達到了 66%，在 21 人組成的常務委員會名單中，來自延安解放區或有延安背景或經驗的人，也高達 15 人，所佔比例達到了 71%。這無疑顯示出：延安文藝隊伍（被統稱為「解放區文藝隊伍」）強大的陣勢和實際的權力掌控〔註 148〕。從各協會人事

〔註 145〕「文壇霸權主義」一詞是胡風《簡述收穫》中對 30 年代和 50 年代中國文學界內部紛爭的總結性術語，這裡作為借用來描述人民共和國文學內部形成的不同力量對比。在胡風看來，「解放後，這種情況不但沒有消失，反而更加發展了。」胡風：《胡風全集》第 6 卷，武漢：湖北人民出版社，1999 年，第 676 頁。

〔註 146〕我在向羅崗教授請教與交流的過程中，他特別提示我注意全國文代會文藝代表的名單背後，有重要的政治背景包含其中，比如，著名的文藝工作者柳青並沒有出現在名單上，儘管柳青創作的長篇小說《種穀記》獲得「中國人民文藝叢書」青睞並出版。其實，在閱讀胡風致友人的書信中，我們也發現了這一代表名單背後的權力分配痕跡。這裡，很感謝羅崗教授給我的提示，特致謝。

〔註 147〕1953 年 9 月第二次文代會召開，巴金儘管不在國內，缺席了這次會議，但巴金卻因為文學創作實績的顯現，進入了文學權利分配的中心，被當選為作協副主席。

〔註 148〕這裡的統計數據，依照的是中華全國文學藝術界聯合會全國委員會名單。中華全國文學藝術工作者代表大會宣傳處編:《中華全國文學藝術工作者代表大會紀念文集》，北京：新華書店，1950 年，第 579～580 頁。

的安排上來看，只有進入中華全國文學藝術界聯合會全國委員名單的人，才能在各協會的權力分配過程中，承擔相應的主要職務。

正是在這一權力分配過程中，延安經歷的特殊性轉化成為一種「政治資本」，決定著文藝工作者在人民共和國文藝界的地位，也決定著人民共和國初期的「文學格局」。表現在文藝界，文藝家們始終存在著「得勢者」和「失勢者」之差別：「得勢者」總以「霸權主義」的形式出現，真正體現出「得勢者」的地位和勢力；「失勢者」則以抵抗或認同的方式，最終消失或融合進新的時代的意識建構之中〔註 149〕。這正如謝泳所說的，「在新時代，一個作家是不是有過延安經歷，是他們能否與這個時代在各方面都達成平衡的一個標誌，1949 年以後，沒有過延安經歷的作家，已經由過去的主流位置退居邊緣了」〔註 150〕。這種所謂的「平衡的標誌」，其實就是文藝家在人民共和國初期文藝界的權力和地位的分配。

文藝社團的組織化被確立後，開始承擔新的任務，這就是自延安以來塑形的「文藝新方向」、「文藝為工農兵服務」。隨著全國文代會精神的「推廣」，「文藝為工農兵服務」成為新時代文藝方向的唯一的、正確的道路。在談到知識分子的「舊趣味」與工農兵文藝的關係時，作為文藝界的領導人，丁玲一再強調，要廣大的文藝工作者「跨到新的時代來」〔註 151〕。「新的時代」與「舊的時代」，在特定的時代語境裏，形成了鮮明的對比，它們成為時代對比的具體描述詞語。「新的時代」裏，不僅僅要求文藝內容的「新」、文藝形式的「新」，同時要求文藝價值的「新」、文藝隊伍的「新」、文藝生產方式的「新」，……，總而言之，「新」要體現在人民共和國的各個領域中。丁玲的「跨到新的時代來」〔註 152〕是一種政治姿態的直接表露。

〔註 149〕沈從文的這種表現更特別，他在致丁玲的信中說：「在一切暗示控制支配中，永遠陷入迫害瘋狂回覆裏，只覺得家庭破滅，生存了無意義。正如一瓦罐，自己胡塗一摜，他人接手過來，更有意用力摜碎，即勉強黏合，從何著手？也可以是一個犧牲於時代中的悲劇標本。」沈從文：《致丁玲 19490908》，《沈從文全集》第 19 卷，太原：北嶽文藝出版社，2002 年，第 48 頁。

〔註 150〕謝泳：《當代文學研究的新視角（代序）》。刑小群：《丁玲與文學研究所的興衰》，濟南：山東畫報出版社，2003 年 1 月，第 2～3 頁。

〔註 151〕「新時代」顯然有著濃厚的政治含義。它包含著與舊時代「決裂」，包括舊的閱讀傾向、審美趣味的轉向。後來的文藝建設叢書中，丁玲有一本文藝論集，正以此題為書名，包含的意義更加明顯。她的《後記》很有「韻味」，處處顯示出謙辭的態度。丁玲：《跨到新的時代來》，北京：人民文學出版社，1951 年，第 265～266 頁。

〔註 152〕丁玲用此話作為其單篇的文章，後來出版「文藝建設叢書」雜感論文集時，以此為書名，顯示出丁玲在人民共和國初期文藝界的獨特意義。

從這裡我們可看出，全國文代會的召開與人民共和國的建立，不僅確立了文藝管理的「組織化」運作模式，而且形成了新的「文學場域」〔註 153〕。這個新的「文學場域」的主要力量，包含的是來自解放區文藝代表、原國統區文藝代表和歸國的海外文藝代表。雖然中國共產黨在籌備會期間及會前向各文藝代表表達，這次大會的召開是要形成「團結的大會」、「勝利的大會」，但來自原國統區、海外歸國的文藝代表卻表現出「敏感」的心態。巴金具有明顯的代表性。每次走進文代會會場，他都有種回到「家」的感覺〔註 154〕。「回家」則意味著有「主人」與「客人」的差異，「團結」有受體和施體的問題。這裡就含有深層的政治及文化意義：「誰是主人，誰是客人？解放區的作家是主人，國統區的作家是客人？誰團結誰？解放區作家團結國統區作家，還是國統區作家團結解放區作家？」同時，「回家」還意味著強烈的「歸屬感」，纏繞在如巴金這樣的原國統區作家的內心深處。

其實，「回家」還有另外的含義，那就是你為什麼要「回家」？「回家」之前，你為什麼離開了「家」？你離開「家」之後幹了些什麼？顯然，這個「家」，有它自己形成的「家規」。既然你現在要「回家」，那麼你必然要遵循現在的「家」裏的規矩和規範。同時，巴金還發現，「好些年來我一直是用筆寫文章，我常常歎息我的作品軟弱無力，我不斷地訴苦說，我要放下我的筆」。這次回到「家」，他發現「確實有不少的人，他們不僅用筆，並且用行動，用血，用生命完成他們的作品」，「把文字和血汗調在一塊兒，創造出一些美麗、健康而且有力量的作品，新中國的靈魂就從它們中間放射出光芒來」〔註 155〕。1949 年，蕭乾一到北京後，「就頗有自知之明地把它們（指自己過去的文學創作——筆者注）用舊報紙厚厚包紮，用麻繩捆緊，高高吊在屋角上，惟恐別人瞥見」〔註 156〕。這是來自原國統區的文藝工作者們「回家」後的真實感受。

〔註 153〕文學場是法國著名社會學家布爾迪厄提出的重要學術概念，對從社會學的角度觀察文學生產機制背後的社會因素，是一個很好的視點。【法】皮埃爾·布爾迪厄（Pierre Bourdieu）著，劉暉譯：《藝術的法則——文學場的生成和結構》，北京：中央編譯出版社，2001 年。

〔註 154〕巴金：《全國文代大會代表隊大會的感想：我是來學習的——參加文代會的一點感想》，《人民日報》，1949 年 7 月 22 日；巴金：《慰問信及其他》，上海：平明出版社，1951 年，第 1 頁。

〔註 155〕巴金：《全國文代大會代表隊大會的感想：我是來學習的——參加文代會的一點感想》，《人民日報》，1949 年 7 月 22 日；巴金：《慰問信及其他》，上海：平明出版社，1951 年，第 1 頁。

〔註 156〕蕭乾：《蕭乾文集》第 7 卷，杭州：浙江文藝出版社，1998 年，第 144 頁。

他們的內心裏，潛藏著一種對中國共產黨及解放區文藝工作者的「內疚感」。同是文藝工作者，每個文藝工作者有不同的人生經歷和認知方式：巴金處處感到的是「自愧不如」，他背上背負著的是沉重的「思想包袱」；蕭乾感到的是來自內心深處的「自查」，為的是迎接自己的新生，他甚至離開了文藝隊伍，成為國家的工作人員〔註 157〕。

從二十年代登上文壇開始，巴金一直勤奮地寫作，並積極參與新文學的建設，三十年代與吳朗西、靳以等組織成立文化生活出版社，積極拓展新文學的建設事業，即使在四十年代抗戰的艱難歲月裏，他仍舊勤奮寫作，創作出了長篇小說《寒夜》，成為國統區民生生活的「縮影式」記載。但在新的時代裏，在巴金看來，「我們同是文藝工作者，可是我寫的書僅僅在一些大城市中間銷售，你們卻把文藝帶到了山溝和農村，讓無數從前一直被冷落、受虐待的人都受到它的光輝，得到它的溫暖。我好像被四面高牆關在一個狹小的地方，你們卻彷彿生了翅膀飛遍了廣大的中國，去散佈光明。」〔註 158〕巴金回到了文代會這樣的「大家庭」，帶著喜悅的心情。這種「喜悅」的心情，是建立在「驚恐」的心理上的。欣喜的文字背後，我們發現：巴金為他過去的創作歷程、創作道路感到的是內疚〔註 159〕。很快，巴金受到了文藝界領導人丁玲的「批評」。丁玲認為，巴金的文學創作有「誤導」青年的傾向：

> 「巴金的作品，叫我們革命，起過好的影響，但他的革命既不要領導，又不要群眾，是空想的，跟他走是永遠不會使人更向前走，今天的巴金，他自己也就正在要糾正他的不實際的思想作風」，「巴金的小說，雖然也在所謂『暴風雨前夕的時代』起了作用，現在對某一部分的讀者也還有些作用，但對於較前進的讀者就不能給人指出更前進的道路了。所有這些作品所給予我們的影響，我們應該好

〔註 157〕「仍舊是編刊物，而且仍舊是同外交打交道」。蕭乾：《蕭乾文集》第 7 卷，杭州：浙江文藝出版社，1998 年，第 94 頁。

〔註 158〕巴金：《巴金選集》，北京：開明書店，1951 年，第 308 頁。

〔註 159〕1951 年 7 月，開明版的《巴金選集》，是巴金親自編輯整理的文集，在序言中巴金的這種恐懼心理得到了明顯的「流露」：「所以我的作品中思想性和藝術性都薄弱，所以我的作品中含有憂鬱性，所以我的作品中缺少冷靜的思考和周密的構思。我的作品的缺點是很多的。」「我的一枝無力的筆寫不出偉大的作品」，「為了歡迎著偉大的新時代的來臨，我獻出我這一顆渺小的心」。巴金：《〈巴金選集〉·自序》，北京：開明書店，1951 年，第 9～10 頁。

好地整理它，把應該去的去掉它！」〔註160〕

這是原國統區文藝工作者與解放區文藝工作者，在「家裏」發生的故事。丁玲的這種批評性話語，讓我們真切地感受到像巴金這樣的文藝家感切到的是內心的「驚恐不安」！曹禺談到「時時刻刻檢查自己，勉勵別人，來保證全體的進步，解決客觀現實的文藝要求」〔註161〕，這亦不是「空穴來風」。

即使在左翼文藝界內部，鬥爭也時有發生。胡風寫作長詩《時間，開始了！》曾經在《人民日報》《光明日報》上發表，贏得讚譽的同時，卻受到了來自左翼文藝界的「內部批評」。文藝批評家的黃藥眠〔註162〕撰文，對胡風的這種詩歌創作傾向提出嚴厲的批評，認為胡風的長詩「雖然是叫喊得力竭聲嘶，然而他的詩篇反而把整個偉大的事件歌頌得渺小」，「儘管作者曾經花了許多氣力，應用了許多美麗的詞句去形容、去歌頌，然而它沒有增加事件的瑰麗反而使它褪色了」〔註163〕。何其芳則從詩歌的內容分析，認為「後一個《歡樂頌》實在相當空洞；前一個《歡樂頌》對於毛澤東同志的描寫是很不正確的」，「胡風根據他自己的設想所擬出的、用毛澤東同志的口吻來講的這樣幾句話，是和毛澤東同志自己所說過的『和全黨同志共同一起向群眾學習，繼續當一個小學生，這是我的志願』，以及少奇同志所說的『他是人民群眾的領袖，但他的一切都根據人民群眾的意志，他在人民面前是最忠實的勤務員和最恭謹的小學生』，有著何等的根本精神上的不同呵」〔註164〕。這本身表現出左翼文藝界內部的「權力鬥

〔註160〕丁玲：《在前進的道路上——關於讀文學書的問題》，《中國青年》1949年第23期；丁玲：《跨到新的時代來》，北京：人民文學出版社，1951年，第175～178頁。

〔註161〕曹禺：《我對於大會的一點意見》，《人民日報》，1949年7月2日；曹禺：《我對於大會的一點意見》，《中華全國文學藝術工作者代表大會紀念文集》，北京：新華書店，1950年，第405頁。

〔註162〕黃藥眠（1903～1987），現代作家，文藝理論家。原名黃訪、黃恍，廣東梅縣人。20年代曾在廣東學習和教書，1927年在上海參加創造社，1929年被中国共產黨派赴莫斯科，回國後遭國民黨政府逮捕，1937年保釋出獄後，先後在延安、桂林、香港、廣州、成都、昆明等地從事新聞、宣傳、創作和理論研究工作，出版有散文集《美麗的黑海》和論文集《論約瑟夫的外套》，1944年後，主持中国民主同盟和中國国農工民主黨主辦的一些報刊，並參與民盟的領導工作，中華人民共和国成立後，任北京師範大學教授，中国文學藝術界聯合會常委、副秘書長等。

〔註163〕黃藥眠：《評〈時間開始了！〉》，《大眾詩歌》1950年第6期；黃藥眠：《沉思集》，上海：棠棣出版社，1953年，第170頁。

〔註164〕何其芳：《話說新詩》，《文藝報》2卷4期（1950年5月10日）；何其芳：《何其芳文集》第4卷，北京：人民文學出版社，1983年，第249頁。

爭」。路翎在給胡風的書信中，清楚地表露出七月派詩人在人民共和國文化語境中的「邊緣地位」，以及他們對這種邊緣地位的奮起抗爭的精神：

「我每次見到你，都從你處得到新的力量。這個仗我們不僅要打下去，而且一定要勝利的。我隨時都感覺到，我們有力量，能夠走近這現實的宏大的英雄裏面去。你的詩完成的時候，你就立起了一座巨大的碑，將來的暴風雨要使它更發光的。我們要和這個碑一道生活幾百年！」〔註 165〕

在路翎等胡風派文人的眼中，胡風是他們精神力量的來源。「打仗」是形象的說法，它本身表明了說話者自己身處的社會地位。既然是「打仗」，而且是「一定要勝利的」的「打仗」，這呈現出的當然是一種「反抗」的姿態，但文代會成立了文藝界組織後，它很快形成自己的組織及規範。它雖然有明確的章程與細則，但這些章程很快變成了「一紙空文」，組織對個人的強大決定力量，使個人在這樣的語境中處於比較艱難的地位。胡風雖然頑強地堅持自己的文藝觀，但與解放前胡風的「堅持」相比，此時他「面對的不再是過去的具象的個人，而是現在的不可把握的組織實體」〔註 166〕。仔細閱讀文代會後編輯的《中華全國文學藝術工作者代表大會紀念文集》，我們發現：解放區文藝工作者的名字和解放區文藝，以強大的政治效應響徹在文代會的會場上。毛澤東親臨文代會會場，並作簡短發言：

同志們，今天我來歡迎你們。你們開的這樣的大會是很好的大會，是革命需要的大會，是全國人民所希望的大會。因為你們都是人民所需要的人，你們是人民的文學家、人民的藝術家、或者是人民的文學藝術工作的組織者。你們對於革命有好處，對於人民有好處。因為人民需要你們，我們就有理由歡迎你們。〔註 167〕

毛主席的「發言」把中國共產黨作為「主人」的這種政治意義表露無疑，「以主人的身份表達了對代表的歡迎」〔註 168〕。在這樣一個新的文學空間和新的

〔註 165〕路翎：《1950 年 1 月 1 日》，《致胡風書信全編》，鄭州：大象出版社，2004 年，第 203 頁。

〔註 166〕吳永平：《隔膜與猜忌：胡風與姚雪垠的世紀紛爭》，開封：河南大學出版社，2006 年，第 261 頁。

〔註 167〕《毛主席講話》，《中華全國文學藝術工作者代表大會紀念文集》，北京：新華書店，1950 年，第 3 頁。

〔註 168〕程光煒、孟繁華曾對此進行細讀，發現話語背後強大的政治優越性。程光煒、孟繁華：《中國當代文學發展史》，北京：人民文學出版社，2004 年，第 21 頁。

「文學場域」中，解放區文藝工作者無疑是「主體」和「主人」的身份〔註 169〕。但這個「家」做主的人，不是真正的解放區文藝工作者的個體，而是中國共產黨〔註 170〕。

在中國共產黨的具體指導下，解放區文藝工作者經歷 1942 年文藝整風運動，以及延安審幹、搶救運動，內心深處早已把中國共產黨對文藝的看法鎔鑄在自己的靈魂深處。「黨的文學」〔註 171〕觀念中，要求每個文藝工作者應做「齒輪」和「螺絲釘」，而不是做發動機器的人，因為發動機器的人可以安排「齒輪」和「螺絲釘」的位置：

> 寫作事業不能是個人或集團的賺錢工具，而且根本不能是與無產階級總的事業無關的個人事業。無黨性的寫作者滾開！超人的寫作者滾開！寫作事業應當成為無產階級總的事業的一部分，成為由全體工人階級的整個覺悟的先鋒隊所開動的一部巨大的社會民主主義及其的「齒輪和螺絲釘」。寫作事業應當成為社會民主黨有組織的、有計劃的、統一的黨的工作的一個組成部分。〔註 172〕

按照法國社會學家皮埃爾·布爾迪厄（Pierre Bourdieu）的說法，文學場域形成之後，有內在的規則保證文學場域的正常運行。布爾迪厄把所有的支配因素稱之為「資本」，這種「資本」包括有形資本和無形資本。但我覺得在人民共和國初期文學場域的形成過程中，它往往是以「無形資本」作為潛在規則，這種「無形資本」主要集中在政治上，它以職位及權力的分配為基本前提的，以政治資本作為具體表現形式，這恰如布爾迪厄所表述的，「藝術家和作家的許多行為和表現，只有參照權力場才能得到解釋，在權力場內部文學場自身佔據了被統治地位」〔註 173〕。這就清楚地表達出，人民共和國初期

〔註 169〕其實，主體和主人的身份是很明顯的，來自國統區的代表在吃住上，均由新解放區提供。解放區的代表人數是四百五十多名，而國統區的代表僅僅一百多名。陣容的差異性懸殊，使來自國統區的作家都有這樣的心態。

〔註 170〕這讓我想起農村戶口中的形式，先是戶主，其次是戶主的配偶，下面才是戶主的子女，兒媳婦（或女婿），孫子等等。這就說明，家裏仍舊存在著「等級」的差異，誰做主的問題。

〔註 171〕袁盛勇在對後期延安文藝體制及文藝生成狀態的研究中提出的概念。袁盛勇：《「黨的文學」：後期延安文學觀念的核心》，《中國現代文學研究叢刊》2005 年第 3 期。

〔註 172〕列寧：《黨的組織和黨的出版物》，《紅旗》1982 年第 22 期。

〔註 173〕【法】皮埃爾·布爾迪厄（Pierre Bourdieu）著，劉暉譯：《藝術的法則：文學場的生成和結構》，北京：中央編譯出版社，2001 年，第 263 頁。

文學場域是以「黨性」為核心建構起來的「黨文學」話語體系。在整個四十年代文學的發展中，「『戰爭』扮演著非常重要的角色」，「生存空間的置換，使得那些曾經被作家們忽略了的或者刻意遺忘了的生命和生活凸現出來，並在他們的生命中留下了豐富的印記」〔註 174〕。四十年代這樣的戰爭背景，成為文學醞釀的基本社會文化場景，正如羅蓀的總結：「抗戰的烽火，迫使著作家在這一新的形式底下，接近了現實：突進了嶄新的戰鬥生活，望見了比過去一切更為廣闊的，真切的遠景。作家不再拘束於自己的狹小的天地裏，不再從窗子裏窺望藍天和白雲，而是從他們的書房，亭子間，沙龍，咖啡店中解放出來，走向了戰鬥的原野，走向了人民所在的場所，而是從他們生活習慣的都市，走向了農村城鎮；而是從租界，走向了內地……。」〔註 175〕

人民共和國初期的國家及意識形態的思維模式，顯然是在「戰爭背景的影子下慣性思維模式」的繼續〔註 176〕。雖然人民共和國建立了，但革命還沒有徹底實現，從新民主主義革命到社會主義革命是一個長期而複雜的過程。作為革命政黨，中國共產黨一直標榜著自己的革命追求，並顯示出這樣的革命努力，但作為革命政黨它有其內在規定。早在 1937 年 9 月，毛澤東就對革命政黨的這種革命性作了明確規定，特別是針對「自由主義」對革命的破壞性，毛澤東及中國共產黨對此有深刻的認識。毛澤東認為，「革命的集體組織中的自由主義是十分有害的。它是一種腐蝕劑，使團結渙散，關係鬆懈，工作消極，意見分歧。它使革命隊伍失掉嚴密的組織和紀律，政策不能貫徹到底，黨的組織和黨所領導的群眾發生隔離。這是一種嚴重的惡劣傾向。」〔註 177〕當個人加入組織成為組織成員後，革命的集體主義對於個人的「約束力」，成為正當的、合法的行為。浜田正秀〔註 178〕在研究個人與組織之間的關係時專門指出，個人在組織的規範化過程中，只能是悲劇性的命運作為最後的結

〔註 174〕段美喬：《投岩麝退香——論 1946～1948 年間平津地區「新寫作」文學思潮》，臺北：秀威信息科技，2008 年，第 17～18 頁。

〔註 175〕羅蓀：《抗戰文藝運動鳥瞰》，《文學月報》1 卷 1 期。

〔註 176〕這是陳思和一直堅持的觀念，並提出 1937 年至文革前戰爭影子的文學史「描述」。陳思和主編：《中國當代文學史教程》，上海：復旦大學出版社，1999 年。

〔註 177〕毛澤東：《反對自由主義》，《毛澤東選集》第 2 卷，北京：人民出版社，1952 年，第 330 頁。

〔註 178〕浜田正秀（1925～），日本著名的文藝理論家，日本玉川大學教授，多年來講授文藝學，並對教學有相當研究。其代表作為《文藝學概論》，80 年代中期隨著文化研究方法熱浪潮引入中國。

局：「個人還有自己的原則。忠於自己原則的人，對任何集團都不忠實，這樣不僅成了利己主義者和乖僻者，而且有時還會被看作雙重或多重間諜，因而他們不得不為自己的一舉一動而感到萬分苦惱。忠實於任何原則，是對任何原則都不忠實的一個變種。無條件地屈從於集團原則，恐怕也是違心的，而向集團原則挑戰，又怕會遭到失敗和被放逐。無論哪一種情況，都是悲劇的結局。是屈辱和奴隸的悲劇呢，還是孤獨和反叛的悲劇，處於集團之中的個人被迫要對此作出抉擇，它同選擇幸福還是不幸的那種情況截然不同。它要從兩種悲劇當中選擇其中的一種，而不論選擇何種，都全然不能從悲劇世界中逃脫出來。」〔註 179〕

四十年代初，丁玲在延安寫作的小說，大部分揭示的正是組織與個人關係的處理問題，比如小說《我在霞村的時候》〔註 180〕、《在醫院中時》《夜》。由於其中涉及話題的「敏感性」，丁玲為此寫過詳細的檢討文字〔註 181〕，但在人民共和國初期文藝組織與文藝體制裏承擔了重要角色後，丁玲認為：「小資產階級出身的知識分子，是最容易將許多理論拉來歪曲它，或者強調其片面作為表現自己，宣傳自己的主張。而且也最善忘和惰性最深。我們若不時時鞭策自己，經常的警惕自己，我們是最容易躲在藝術之宮裏，在大眾忙亂之中，仍舊販賣一些私貨。那些小資產階級的舊玩藝，如同綢緞店在五一節的那天，在為工農服務的大減價的旗幟下，出賣一些工人所不要的舊的零碎綢緞，一些腐朽的市儈的低級趣味。」〔註 182〕作為文藝界的領導人，丁玲這種對小資產階級知識分子角色的判斷性定位，直接影響到人民共和國初期知識分子作家在政治格局、文學運作中的基本價值定位。在執政黨看來，中國文藝思想的複雜狀況是令人擔憂的。這種思想界的複雜狀況，最終只能通過「思想改造」的方式加以解決，胡喬木提出文藝界的思想改造，依靠的正是這樣

〔註 179〕【日】浜田正秀著，陳秋峰、楊國華譯：《文藝學概論》，北京：中國戲劇出版社，1985 年，第 83 頁。

〔註 180〕我在對丁玲的這篇小說進行細讀時發現了她揭示出陸萍這個個人在黨組織系統中的個人命運，曾有詳細的分析。

〔註 181〕王增如在整理草稿的過程中發現，「這份草稿，是丁玲對於自己的小說《在醫院中》的說明和檢討」，其檢討稿發在《中國現代文學研究叢刊》2007 年第 6 期。王增如、李向東：《一份沒有寫完的檢查》，《書城》2007 年第 11 期。

〔註 182〕丁玲：《談談普及工作——為祝賀北京市文代大會而寫》，《文藝報》2 卷 6 期（1950 年 6 月 10 日）；丁玲：《跨到新的時代來》，北京：人民文學出版社，1951 年，第 55～56 頁。

的「推斷」。開明版「新文學選集」叢書的出版，雖然郭沫若、茅盾、葉聖陶、巴金等進入了「新文學」作品選集的編選，但背後卻並不是這些文藝家被人民共和國初期青年文藝愛好者接受，他們更主要的是承擔了被批判的「角色」。這些老作家（二三十年代成名的作家，所謂的「新文藝家」），儘管有著傳奇的革命經歷，顯著的文學創作實績，但他們仍舊無法掩蓋他們的小資產階級知識分子習氣。面對強勢的人民共和國文化建設，儘管這些老作家佔據著文壇的重要地位，但他們的地位卻不斷地處於被質疑的處境中。為了承擔這種被批判的角色扮演，開明版「新文學選集」健在作家的《自序》中，新文學家們自身的自我暴露和審查，被確認為一種基本的方式，這裡我們摘錄郭沫若和茅盾的開明版「新文學選集」《自序》，以窺見當時所謂的五四新文藝家們內心深處的一些真實心態：

> **郭沫若：**自己來選自己的作品，實在是很苦難的事。每篇東西在寫出或發表的當時，都好像是得意之作，但時過境遷，在今天看起來，可以說沒有一篇是能夠使自己滿意的。但這五四以來的文藝作品選集，一方面是想整理一下優良的文學遺產，以便更好的推廣和保留，一方面也是想作為史料，以供研究歷史和社會發展者的參考。在這第二種意義上，我來選出了這個選集。〔註 183〕
>
> **茅盾：**一個人有機會來檢查自己的失敗的經驗，心情是又沉重而又痛快的。為什麼痛快呢？為的是搔著這舊的創傷，為的是能夠正視這些創傷總比不願正視或視而不見好些。為什麼沉重呢？為的是雖然一步一步地逐漸認識了自己的毛病及其如何醫治的方法，然而年復一年，由於自己的決心與毅力兩俱不足，始終因循拖延，沒有把自己改造好。〔註 184〕

郭沫若把自己的新文學選集當作「史料」，他覺得這些史料是研究歷史和社會發展的材料，文學性的東西在他那裡已經蕩然無存，得意之作已經煙消雲散。茅盾則把自己沉重而痛快的心情表露出來，沉重而痛快之後是要好好的改造自己。以郭沫若和茅盾的政治地位、文學成就而言，他們都要這樣看待自己的作品，更不用說其他的文藝工作者。

人民共和國初期文藝界的領導人，諸如郭沫若、茅盾、丁玲等人，他們

〔註 183〕郭沫若：《〈郭沫若選集〉·自序》，上海：開明書店，1951 年，第 7 頁。
〔註 184〕茅盾：《〈茅盾選集〉·自序》，北京：開明書店，1952 年，第 11 頁。

都認為，新生的文藝家可以通過「文藝學校」的方式不斷地被培養出來。1950至1951年，在中央文學研究所、中央戲劇學院、中央美術學院、中央音樂學院等體制化文學藝術學校的培養下，以國家的名義招收了部分工農兵文藝學員。這些以工農兵成為主要來源的新生文藝學員，經過正規的學校培訓、系統學習馬列主義和毛澤東文藝思想，他們成為人民共和國初期文藝隊伍的重要力量，在文藝創作、文藝批評、文藝運動等方面顯示出獨特的、「新生力量」的意義。他們在推進文藝運動、參與文藝批判等活動中，成為新的文藝觀念的重要的、具體的實踐者。他們文藝實績的顯現，凸顯出他們在人民共和國初期文藝界的重要意義，是共和國文藝隊伍的「新鮮血液」，這為新中國文藝隊伍的壯大奠定了堅實的基礎。人民共和國文學格局的左翼及延安經驗，成為最主要的來源，這進一步充實了人民共和國初期的文藝隊伍，為文壇霸權主義的形成奠定了堅實的基礎，文藝界進一步展開對非左翼、非延安經驗的文藝思想進行了嚴厲的批判。

二、《「文藝講話」》的「裂縫」：1949至1951年的人民共和國文藝界

《「文藝講話」》係毛澤東《在延安文藝座談會上的講話》的「簡稱」，自1943年10月19日由延安《解放日報》公開發表後，它在人民共和國初期文藝界的多數場合中被簡稱為《「文藝講話」》，這裡仍舊作此沿用以切合當時的歷史語境。顯然，研究1949至1951年人民共和國初期文藝界的基本狀況，毛澤東文藝思想也是必然關注的重要視點。毛澤東文藝思想在《毛澤東選集》的系統性建構過程中，主要集中體現在《在延安文藝座談會上的講話》一文中〔註185〕，但這並不是說其他的毛選文章就不重要。作為系統的毛澤東思想，文藝思想只是其中的體現之一。

1942年5月2日和5月23日，毛澤東在延安文藝整風運動中對文藝界作演講，試圖推進文藝整風運動的開展，這演講文稿就是《「文藝講話」》的「最初形態」，它分為「引言」和「結論」兩部分。「引言」之後和「結論」之前的時間裏，主要是延安文藝工作者的「自由發言」。1943年10月19日是魯迅逝世七週年的紀念日子，《「文藝講話」》被《解放日報》〔註186〕發表。《「文藝

〔註185〕1959年之前對《毛澤東選集》的編輯，顯然《在延安文藝座談會上的講話》是重要的一篇，後來編輯的《毛澤東文集》，又有相關的文章披露。

〔註186〕《解放日報》的前身是《共產黨人》，創辦的宗旨是：「幫助建設一個全國範

講話」》發表後的第二天，中國共產黨中央總學委發布通知，對毛澤東的《「文藝講話」》進行經典定位：「《解放日報》十月十九日發表的毛澤東同志在一九四二年五月延安文藝座談會上的講話，是中共在思想建設理論建設的事業上最重要的文獻之一，是毛澤東同志用通俗語言所寫成的馬列主義中國化的教科書」。《通知》要求各地黨委收到文件後，必須高度重視它的意義，「必須當作整風必讀的文件，找出適當的時間，在幹部和黨員中進行深刻的學習和研究，規定為今後幹部學校與在職幹部必修的一課，並儘量印成小冊子發送到廣大的學生群眾和文化界知識界的黨外人士中去」〔註 187〕。11 月 7 日，中共中央宣傳部認為，「毛澤東同志在延安文藝座談會的講話，規定了黨對於現階段中國文藝運動的基本方針」，要求「全黨都應該研究這個文件，以便對於文藝的理論與實際問題獲得一致的正確的認識，糾正過去各種錯誤的認識」，「全黨的文藝工作者都應該研究和實行這個文件的指示，以便把黨的方針貫徹到一切文藝部門中去，使文藝更好地服務於民族與人民的解放事業，並使文藝事業本身得到更好的發展」。〔註 188〕《「文藝講話」》的歷史地位，被中國共產黨以黨組織的名義和黨內文件的形式確認下來，後經 1942 至 1944 年延安整風、審幹、搶救運動後，延安思想界的清理工作最終完成，形成了毛澤東思想的系統性與權威性建構〔註 189〕，這為之後的第七次全國代表大會的召開，奠定了堅實的思想基礎，中國共產黨黨內思想達到空前的一致。

但歷史地來觀照，我們發現《「文藝講話」》的學習其實包括兩個系統：一個是延安邊區的整風運動，一個是國統區重慶的整風運動。延安邊區的整風運動，《「文藝講話」》成為必讀文件，以中央宣傳部的「名義」用文件的形式下發。這樣的學習，形成系統化、組織化的「學習機制」。國統區的政治中心（陪都重慶）對《「文藝講話」》的學習，則是中國共產黨通過重慶《新

圍的、廣大群眾性的、思想上政治上組織上完全鞏固的布爾什維克化的中國共產黨。」毛澤東本人把《共產黨人》定位為「黨報」，幫助實現「鞏固的布爾什維克化的中國共產黨」的偉大工程。1940 年改為《解放日報》，成為中共中央機關報，與重慶出版的《新華日報》形成對應。

〔註 187〕《中央總學委關於學習毛澤東〈在延安文藝座談會上的講話〉的通知》，《中共中央文件選集》第 14 冊，北京：中共中央黨校出版社，1992 年，第 102 頁。

〔註 188〕《中央宣傳部關於執行黨的文藝政策的決定》，《中共中央文件選集》，第 14 冊，北京：中共中央黨校出版社，1992 年，第 107 頁。

〔註 189〕這方面的細節性內容，高華有詳細的梳理。高華：《紅太陽是怎樣升起來的：延安整風運動的來龍去脈》，香港：中文大學出版社，2000 年。

華日報》予以轉載，從而使《「文藝講話」》在國民黨統治區（簡稱「國統區」）文藝界產生著影響。這導致對《「文藝講話」》出現了區域性接受的差異。

1. 區域性接受的差異，形成《「文藝講話」》的「裂縫」

為了推進《「文藝講話」》精神的具體貫徹，以及對國統區文化人加強其思想上的影響，中國共產黨中央委員會出臺相關文件，積極推進對這一文獻的學習運動開展，並於 1944 年先後派遣劉白羽、何其芳、林默涵、周而復等到陪都重慶，試圖領導重慶國統區文藝界開展對《「文藝講話」》進行座談與學習的運動。但因為中國共產黨處於「在野黨」的地位，決定了它的影響力並不像延安那樣深刻和普遍。即使劉白羽、何其芳、林默涵等到重慶宣揚《「文藝講話」》的精神及主要內容，它仍是「小範圍的」，沙汀記下了當時的基本情況：「直到客人走後，其芳才告訴我，組織上要我到重慶來，主要是參加整風學習。隨即交給我一批整風學習文件，其中有幾份只能在五十號看，不能帶走。……為了研究如何進行整風的組織性問題，閱讀文件以後，曾經在五十號『周公館』討論過。有人建議把所有在重慶從事文化工作的同志集中在化龍橋新華日報社學習，但是恩來同志否定了這個辦法，擔心由此暴露各自的政治面貌，對工作帶來不利因素。」〔註 190〕這種學習，帶有「秘密性」，範圍也僅限於中國共產黨「信任」的文藝家。國統區的整風學習，周恩來曾要求對《「文藝講話」》的學習，只能在「文委」和「新華日報社」兩部門展開，「如欲擴大到黨外文化人，似非其時」，「即便對文委及《新華日報》社同志的整風，歷史的反省固需要，但檢討的中心仍應多從目前實際出發，顧及大後方環境，聯繫到目前工作，以便引導同志們更加團結，更加積極地進行對國民黨的鬥爭，而防止同志們相互埋怨、相互猜疑的情緒的增長」〔註 191〕。周恩來的這種想法，其實正是從當時國內複雜的政治環境出發，而劉白羽、何其芳、林默涵等人則忽視了這種「特殊性」，採取了粗暴的方式〔註 192〕。一直到解放前夕，《「文藝講話」》在國統區的影響力是有限的，茅盾有這樣的「文字總結」：

> 一九四三年公布的毛澤東的「文藝講話」，本來也該是國統區

〔註 190〕沙汀：《睢水十年》，北京：三聯書店，1987 年，第 148～154 頁。

〔註 191〕周恩來：《關於大後方文化人整風問題的意見》，《南方局黨史資料·文化工作》，重慶：重慶出版社，1990 年，第 25 頁。

〔註 192〕1947 年後，中國革命文藝界中開始把胡風當作「潛在的反對派」來對待，就與這次整風中胡風的態度又很大的關係。50 年代，對胡風的指責也是從他對《講話》的抗拒和抵制說起的。

> 的文藝理論思想上的指導原則。「文藝講話」中提出了關於文藝上的立場態度的問題，提出了作家的學習問題，提出了文藝界統一戰線的問題，這些問題在國民黨統治區內的文學藝術界中也是一直存在著的。但是國統區的文藝界中，一般說來，對「文藝講話」的深入研究是不夠的，尤其缺乏根據「文藝講話」中的精神進行具體的反省與檢討。因此有的藉口於解放區與國統區情況不同的理由，草率地看過這文件，表示「原則」上的同意有的只是簡單地搬用解放區文藝運動中一兩點經驗，就企圖全面地解決文藝思想理論的問題。但因為他們並沒有對於國統區文藝運動作全面的具體的分析研究，也就並不能真正解決問題。〔註 193〕

這就說明：《「文藝講話」》出台之後，國統區文藝界並不能完全參照延安邊區的「經驗」，把它的精神加以推廣，這無形之中形成了與《「文藝講話」》之間不可縫合的「裂縫」。比如，胡風就認為，「延安整風運動的文件，傳到國民黨區域，當然經過了一些時間，而且，由於國民黨的言論統治，在文字的反應上，除了《新華日報》和《群眾》有過號召、宣傳、討論外，群眾性的反應是很少的」〔註 194〕。從現在的史料梳理中我們發現，當時中國共產黨在國統區的《「文藝講話」》學習是撇開了胡風〔註 195〕。

1948 年 4 月底至 5 月初，中國共產黨中央委員會書記處在河北阜平城南莊舉行會議。會議決定將晉察冀和晉冀魯豫兩大戰略區合併為華北解放區，成立華北聯合行政委員會，推進解放戰爭的進程，適應國內形勢的變化。1949 年 1 月，北平和平解放。為適應新形勢的變化，華北局進駐北平，隨後中國共產黨中央、人民解放軍總部機等機構於 3 月 25 日也遷往北平〔註 196〕，北平成為新的政治中心。

〔註 193〕茅盾：《在反動派壓迫下鬥爭和發展的革命文藝——十年來國統區革命文藝運動報告提綱》，《中華全國文學藝術工作者代表大會紀念文集》，北京：新華書店，1950 年，第 57～58 頁。

〔註 194〕胡風：《為了明天·校後附記》，《胡風全集》第 3 冊，武漢：湖北人民出版社，1999 年，第 461 頁。

〔註 195〕胡風因延安批判主觀主義的整風運動，他在重慶也掀起了文藝界的批判與整肅運動，先後對在國統區的多數作家進行批判。這引起胡喬木的注意，周恩來在具體的文藝講話學習中因勸導胡風無功而撇開了胡風。吳永平：《隔膜與猜忌：胡風與姚雪垠的世紀紛爭》，開封：河南大學出版社，2006 年，第 162～180 頁。

〔註 196〕薄一波：《若干重大決策與事件的回顧》(上卷)，北京：中共中央黨校出版社，1991 年，第 3～10 頁。

從1948年起，很多民主人士、進步文藝工作者就開始進駐北平。這些民主人士、進步文藝工作者都是按照中國共產黨的指示和安排，離開國統區，繞道香港後奔赴東北解放區和華北解放區的〔註197〕，它們是中國共產黨的「統戰對象」。與中國共產黨積極展開社團、組織的成立等轟轟烈烈的政治運動相對比，作為進步文藝工作者的胡風，也是文藝戰線的「統戰對象」，但他卻在這樣轟轟烈烈的政治環境中，感到「沒有做任何事。現在在等開文協代表大會，沒有法子不參加，所以只好在這裡等。但我不提任何意見，只能如此也應該如此。」〔註198〕顯然，胡風是「獨特」的例子，由於他有自己的文藝理論體系，面對毛澤東的《「文藝講話」》的強大政治攻勢，即使進入到解放區後，胡風仍舊堅持自己的文藝觀念。

如前所述，文代會是在「統一戰線」的思維下召開的。面對中國共產黨周到的大會安排〔註199〕，來自解放區的文藝工作者和來自國統區的文藝工作者，都有各自的內心感受。文代會結束前發布了《大會宣言》，可以算作是文藝界公開的「表態」，宣言特別強調毛澤東《「文藝講話」》的重要性：

> 從五四以來，中國新文藝運動已歷時三十年了，在人民革命鬥爭中起了很大的作用。特別是一九四二年毛主席「在延安文藝座談會上的講話」發表以後，中國的文藝工作者，尤其是解放區的文藝工作者開始和廣大的人民群眾相結合。這些年的經驗證明了毛主席文藝方針的卓越的預見和正確。文藝工作者和勞動人民結合的結果，使中國的文學藝術的面貌煥然一新。我們感謝毛主席對文藝的關心與領導。今後我們要繼續貫徹這個方針，更進一步地與廣大人民、與工農兵相結合。只有首先向人民群眾學習了，才有可能教育人民群眾。我們的工作，必須在人民群眾面前取得考驗。〔註200〕

在文藝戰線的「統一戰線」政策思維下，胡風等來自原國統區的文藝代表，僅僅是中國共產黨「統戰」的具體對象。進入新解放區後，大多數進步

〔註197〕致路翎信件《1949年4月26日自北平》注釋2的解釋。胡風：《1949年4月26日》，《致路翎書信全編》，鄭州：大象出版社，2004年，第59頁。

〔註198〕胡風：《1949年4月26日》，《致路翎書信全編》，鄭州：大象出版社，2004年，第59頁。

〔註199〕《大會宣言》中有這樣一句話可以作為佐證：「假如沒有中國共產黨領導下的祖國人民的偉大勝利，這樣大會，是不可能舉行的。」《大會宣言》，《人民日報》，1949年7月20日。

〔註200〕《大會宣言》，《人民日報》，1949年7月20日。

的文藝工作者，紛紛利用中國共產黨的報紙和刊物，發表了自己對毛澤東文藝思想（主要是《「文藝講話」》）的誠服〔註 201〕，並對新解放區發表自己的所觀所感。胡風卻錯誤地理解了中國共產黨在文藝戰線上的「統一戰線」政策，他誤以為中國共產黨高層會另眼看待他這樣的進步文藝工作者〔註 202〕。文代會中出現的抵制情緒，甚至 50 年代初期拒絕與中宣部、周揚達成妥協等，明顯地表現出「統戰」的目的，及其「統戰」的底線。1950 年，「《文藝報》拒登文章」事件後，胡風在友人書信中表達了他對現行文藝規則的「不滿」：「我們會勝利，但那過程並不簡單罷。我想，還得更沉著，更用力，以五年為期並不算悲觀的。小刊，要弄得好點才是。」〔註 203〕或許，胡風根本就沒有做自我反思的「意思」。

1951 至 1952 年全國文藝界整風運動中，中宣部認為討論胡風問題的時機成熟了，希望胡風與現行的文藝規範（即毛澤東的《「文藝講話」》）達成「妥協」，尋求新的生存和發展空間：「甸兄聽部長說，討論我的問題時機成熟了，柏山來後探問了一下，說中央不同意我的一些論點，希望我自己檢討，否則他們提出來云。」〔註 204〕但胡風一直「拒絕檢討」自己的文藝思想，「拒絕」向毛澤東的《「文藝講話」》表達自己的「忠誠」。後來的歷史事實看出，胡風這種文藝觀的堅守，並沒有給胡風帶來多大的聲譽和地位，反而使胡風本人及有胡風文藝思想傾向的文藝青年們，於 1955 年被當做「胡風反革命集團」予以清除，消失在人民共和國初期的文藝界裏〔註 205〕。

2.「文藝家」到「文藝工作者」稱謂的變化，造成文藝家心態的複雜化，形成《「文藝講話」》的「裂縫」

1937 年 7 月抗日戰爭爆發後，文學藝術家很快組成團體，於 1938 年 3 月

〔註 201〕這段時間，是毛澤東的「文藝講話」被廣泛地引用和摘錄的時間。

〔註 202〕從史料的梳理中發現，胡風始終對周恩來表現出強烈的信服，甚至 1954 年的「三十萬言書」中也特別強調這一點。但周對蘇聯大使羅申談話時表達出對所謂的進步民主人士的看法時，卻是非常露骨地表達出「統戰」的實質。

〔註 203〕胡風：《致路翎書信全編》，鄭州：大象出版社，2004 年，第 78 頁。

〔註 204〕此處所提「甸兄」即蘆甸，此時在中宣部工作。「部長」顯然指陸定一或周揚。從中看出，人民共和國初期的文藝界批判運動是在組織的基本運作下進行的。胡風：《1952 年 3 月 17 日》，《致路翎書信全編》，鄭州：大象出版社，2004 年，第 108 頁。

〔註 205〕1978 年的思想解放初期，胡風反革命集團中的部分成員平反，成為歸來者形象，重新進入文藝界的隊伍裏來。

成立中華全國文藝界抗敵協會（簡稱「文協」）。這是文學藝術家陣線的聯合，是「統一戰線」政策在文藝戰線上的具體運用。即使在抗戰的偉大要求下，文藝家紛紛響應「文章下鄉，文章入伍」，但「文藝家」這一稱謂本身，一直標榜著「文藝家」是社會中的特殊群體，他們有特殊的「技能」，要麼靠「筆」寫作，要麼靠「表演」的才能，獲得社會和人們的認可，贏得自己的社會地位。隨著知識青年紛紛進入延安邊區，邊區政府及中國共產黨在知識分子政策上發生了「轉變」〔註 206〕。1939 年 12 月，隨著國民黨對知識分子「搶奪」的加劇，中國共產黨制定出新政策，這就是《大量吸收知識分子》文件的出臺，它要求：「在長期的和殘酷的民族解放戰爭中，在建立新中國的偉大鬥爭中，共產黨必須善於吸收知識分子，才能組織偉大的抗戰力量，組織千百萬農民群眾，發展革命的文化運動和發展革命的統一戰線。沒有知識分子的參加，革命的勝利是不可能的」〔註 207〕。中國共產黨在這裡所指出的「知識分子」，是寬泛的知識分子概念，而「文藝家」只是這一概念的重要組成部分。

1942 年 5 月的《「文藝講話」》，針對的是延安邊區文藝界出現的寫「陰暗面」，主張文學應該「暴露」為主。這樣的文學觀念，與延安黨內的文藝觀（「黨的文學」的觀念）直接衝突。有效地規訓文藝家在具體環境中的具體任務，必然提上議事日程。黨的權力，明顯地可以規定文藝家應該做的事情，特別是在這些文藝家已經完全依附於黨組織的形式下。在組織與個人之間，進行所謂的權力支配，完全是一種合法而合理的行為，處於組織下的個人，對於組織特別強調所謂的民主集中制時，更是採取虔誠式的服從，毫無反抗的意識，這為組織偷換概念提供了方便。毛澤東的《「文藝講話」》，正是依據這樣的推理，把文藝家突然轉變成為文藝工作者的稱謂。在具體規定文藝工作者時，中國共產黨內考慮到實際的情況，文藝界畢竟是以「統戰」的方式為主，它還有明顯的分界線，那就是「黨內文藝工作者」和「黨外文藝工作者」。「黨內」的文藝工作者，相對而言，比較好處理，因為這些文藝工作者首先是黨

〔註 206〕由於中國革命的複雜性，知識分子參加革命承擔著雙重的身份。第一次國內戰爭導致中國革命的失敗，負責世界革命的「共產國際」把這一責任推卸給當時共產黨內的知識分子，使知識分子部分地得到了清洗。直到長征勝利後為適應國際國內的形勢，共產黨響應共產國際建立統一戰線的號召，起草《中共中央關於目前政治形勢與黨的任務決議》，知識分子的作用才重新在黨內被確立起來。

〔註 207〕毛澤東：《大量吸收知識分子》，《毛澤東選集》第 2 卷，北京：人民出版社，1952 年，第 581 頁。

員，作為黨員的組織紀律，他／她必須「遵循」。「文學事業應當成為無產階級總的事業的一部分，成為統一的、偉大的、由整個工人階級全體覺悟的先鋒隊所開動的社會民主主義的機器的『齒輪和螺絲釘』」〔註 208〕，要求黨的文藝工作和黨的整個革命工作形成規訓化位置關係。黨往往通過組織的名義能夠有效地管束這些黨員文藝工作者。但黨外文藝工作者則不同，「黨的文藝工作和非黨的文藝工作的關係」，其實是文藝界「統一戰線」的問題。「黨外」的文藝工作者，卻存在著複雜的狀態，他們存在著所謂的進步的文藝工作者和不進步的文藝工作者。「黨外」的文藝工作者，在戰爭環境和複雜的政治形勢裏，仍舊是中國共產黨的「統一戰線」政策主要依靠的對象之一。處理他們與革命的關係，不可能通過一紙公文或指示就能解決問題。

為了使黨的文藝工作者進一步適應「黨文學」觀念的建構，1944 年 4 月，周揚編輯出版《馬克思主義與文藝》一書，把《「文藝講話」》也作為經典文獻選編入書中，使毛澤東的《「文藝講話」》與馬恩列斯這些經典理論家的文獻並列。序言中，周揚談到：

> 文藝工作者是富於感情的，問題是革命的文藝工作者必須有革命的無產階級感情。但是我們文藝工作者差不多都是知識分子出身的，他們大部分對於革命對於無產階級的認識是抽象的，他們多少保留了個人知識分子的情感，他們有過自己特殊的趣味，愛好，他們有過自己的小小的感情的世界。他們沒有體驗過什麼大的群眾鬥爭的緊張和歡喜。個人情感常常成為了一種太大的負擔。〔註 209〕

1948、1949 年社會和時代的大轉型，茅盾把它稱之為「除舊布新的時代」。在這「除舊布新的時代」，人的複雜面得到深刻體現。作為知識分子，很多人覺得包袱太沉重，但既然處於這「除舊布新的時代」，「我們是在應當嚴肅地自己檢討一番，我們身上有哪些舊的應該努力除掉它？舊的不除，在新時代中恐怕不免要落後了！我們為了新時代的帶來而歡欣鼓舞，但同時反顧自身，也應當痛自警惕。」〔註 210〕

1949 年 7 月全國文代會召開，主要的目的是為了解決文藝界指導思想的確

〔註 208〕毛澤東：《在延安文藝座談會上的講話》，《毛澤東選集》第 3 卷，北京：人民出版社，1953 年，第 887 頁。

〔註 209〕周揚：《〈馬克思主義與文藝〉序言》，《馬克思主義與文藝》，大連：大眾書店，1946 年。

〔註 210〕茅盾：《歲末雜感》，《文藝生活》海外版第 9 期（1948 年 12 月 25 日）。

立問題。從中國共產黨中央文件的閱讀中，我們發現，中國共產黨對知識分子思想的複雜性，是有著深刻的認識的。面對新的政權即將成立，怎麼實現」文藝界」指導思想的統一性，確實是執政黨應該考慮的問題。在各項決議以及對毛主席和黨中央的致電中，各個代表都表示擁護毛澤東的《「文藝講話」》。但作為思想意識的東西，並不是幾句口號或者舉手，就可以解決問題的。

在「文藝為工農兵服務」總的指導原則下，上海文藝界開始了新的理論探索。這一方面表現在「關於可不可以寫小資產階級」的論爭中，另一方面則表現在電影界對新中國電影的理論探索。電影藝術工作者都知道列寧的經典名言，「在所有的藝術中，電影對我們最為重要。」〔註 211〕這不僅僅是電影擔負著宣傳教育的工作任務，更重要的是電影作為現代工業文明的產物，它需要不斷地做機械化的建設，並在理論上有所創新和突破。在上海文藝界看來，毛澤東的《「文藝講話」》作為基本的指導思想，這是毫無疑問的。但在具體的文藝實踐過程中是需要實踐的「靈活性」的，周恩來在文代會強調，「原則性與靈活性相結合地運用，才能活潑而深入一切問題……理論領導了實踐，而實踐又反過來發展了理論。」〔註 212〕「原則」是針對理論而言的，「靈活」則指具體的實踐活動，這是「理論聯繫實際」的基本構想。

黃鋼對史東山的電影理論探索提出的批評，可以看出上海電影藝術工作者對《「文藝講話」》的修正意見：

> 「由於史東山先生並沒有理解毛主席文藝方向的根本精神，沒有瞭解《在延安文藝座談會上的講話》（文藝上的階級路線、群眾路線）中的重要內容，但史先生又急於要『發展』和『擴大』毛主席的文藝方向，那麼，就會把毛主席的文藝方向發展到『同等為四大階級』服務，因而也就是在理論上和實際上直接取消了那一個正確方針的地步，就會把毛主席的原則號召擴大或隱退到無關緊要因此也不必承認或履行這一號召的地步。據我看來，史先生提出的『應該要發展的擴大的去理解』毛主席的文藝方向，實際就是站在小資產階級或資產階級立場上來曲解毛主席的文藝方向。」〔註 213〕

這種所謂的「曲解」和「取消」，其實就是對毛澤東《「文藝講話」》的指導原

〔註 211〕轉引自史東山：《目前電影藝術的做法》，《人民日報》，1949 年 8 月 7 日。
〔註 212〕史東山：《目前電影藝術的做法》，《人民日報》，1949 年 8 月 7 日。
〔註 213〕黃鋼：《對在電影工作中貫徹毛主席文藝方向必須有正確理解》，《在電影工作崗位上》，上海：新文藝出版社，1952 年，第 52 頁。

則的「質疑」。在特定的時代裏，這種「質疑」會成為罪名。

1951 年 11 月，胡喬木在推進文藝界的思想改造運動過程之中，為了論證思想改造的「合法性」，他代表中國共產黨高層，很直白地表達出對文藝隊伍的「看法」：「雖然一九四九年七月全國文學藝術工作者代表大會就已經宣布了接受毛澤東同志在一九四二年延安文藝座談會上所指示的方向，但是這並不是說，不經過像一九四二年前後在解放區文藝界進行過的那樣具體的深刻的思想鬥爭，這個方向就真的會被全國文學藝術工作者所自然而然地毫無異議地接受。一部分在一九四九年大會上舉過手的作家，並沒有真正瞭解毛澤東同志關於文藝工作的指示的內容，他們對於文藝工作仍然抱著小資產階級或資產階級的見解。」但更嚴重的是，「還有一些共產黨員文藝工作者，其中甚至也包括少數在延安文藝座談會上表示過擁護毛澤東同志的文藝方針的共產黨員」，「這些同志在和資產階級小資產階級文藝家接觸以後，失去了對於他們的批判能力，而跟他們無條件地『團結』起來了」，「在這些同志看來，文藝界內部可以沒有鬥爭，受資產階級小資產階級教育的文藝家可以不經過改造而『為人民服務』。」〔註 214〕此時，作為中宣部副部長的胡喬木，以這樣的口吻來說文藝界的問題，其實表明的是中國共產黨對建國以來的文藝隊伍的「不信任」態度。這種「不信任」的態度，直接導致 1951 至 1952 年的文藝界思想改造運動的開展。

第四節　1951 年：人民共和國文藝界「整合」的關鍵年份

無疑，1949 年中國政治格局的「變化」，對人民共和國初期文藝界的發展產生了重大的「衝擊」。文藝隊伍的分化與重組、文藝思想的激烈碰撞，成為時代亮麗的「風景線」。1950 年中國共產黨在黨內開展整風運動〔註 215〕，試圖奠定與鞏固的是它的執政黨地位。由於它針對的是黨內的組織運作，沒有大規模地對非黨的個人與組織進行清理。所以，1950 年的中國國內政治，表

〔註 214〕胡喬木：《文藝工作者為什麼要改造思想——十一月二十四日在北京文藝界整風學習動員大會上的講演》，《人民日報》，1951 年 12 月 5 日。

〔註 215〕毛澤東甚至要求黨內整風運動「一年一次，冬季進行，時間要短」，目的是要達到對工作的檢查，「總結工作經驗，發揚成績，糾正缺點錯誤，藉以教育幹部」。毛澤東：《中共中央政治局擴大會議決議要點》（一九五一年二月十八日），《毛澤東選集》第 5 卷，北京：人民出版社，1977 年，第 37 頁。

現出平靜的局面。作為黨內作家的趙樹理，雖然被迫數次檢討〔註 216〕，但他依然能夠在人民共和國的文藝隊伍中，繼續著自己的歷史使命和作家的承擔意識。黨的文藝工作者和非黨文藝工作者在界限上還不是那麼分明，至少在表面上沒有形成黨內作家的優越性地位。1949 至 1950 年是人民共和國經濟的重要恢復時期，特別是經歷 1950 年的經濟恢復，共和國的經濟基礎地位，得到很大程度的完善，國家逐漸走向安定團結。但 1950 年 7 月開始，一股潛在的力量逐漸浮出水面，這就是中央文學研究所的籌備與創辦。

中央文學研究所立足於新的文藝幹部（這種幹部，既包括文藝工作者，也包括一般的文藝管理幹部）的培養，形成一種新型的作家生產方式。這直接與人民共和國初期文藝界實行的「統一戰線」文藝政策相牴觸，至少從這裡，我們已經明顯地感覺到：新政權對人民共和國建立前組建的文藝界，並不是真正滿意的。共和國的文藝隊伍，將在 1951 年面臨什麼樣的遭遇呢？而 1951 年的共和國文藝隊伍，它是一個寬泛的含義，其中包括作家文藝隊伍、電影藝術隊伍，還包括文藝出版隊伍，就像文聯是一個「統攝性」的概念，它下面有各協會的分支機搆一樣。這也是著作一直把文藝界加引號標示的目的。面對即將進入的 1951 年，新政權將應付怎樣的局面，它們在設想中有什麼樣的「蛛絲馬蹟」？

1950 年 12 月，崑崙影業公司重點推出的電影故事片《武訓傳》已拍攝完畢，即將於 1951 年 1 月在華東區上映，迎接《武訓傳》的是什麼命運？12 月 29 日，毛澤東的舊文《實踐論——論認識和實踐的關係——知和行的關係》在《人民日報》重新發表，文章之前有毛澤東選集出版委員會對《實踐論》的介紹文字。此時把 1937 年 7 月毛澤東寫作的《實踐論》重新編排發表，其中包含有什麼樣的政治含義呢？1951 年 1 月，培訓文藝工作幹部的學校中央文學研究所正式開學，中國共產黨開始著手建國初期文藝隊伍重新組織與建設，文藝界逐漸成為重點關注的對象。2 月底，電影《武訓傳》開始在全國上映。3 月，文化部、電影局開始著手電影《武訓傳》的批判。4 月，中央文學研究所接受任務，積極開展對電影《武訓傳》《我們夫婦之間》《關連長》的批判。5 月，電影《武訓傳》《我們夫婦之間》《關連長》的批判開始，形成一種自上而下的組織化運作批判運動。6 月，馬寅初受命擔任北京大學校長，隨即利用暑假在北京大學開展教員的學習運動。7 月《毛澤東選集》擬出版，它

〔註 216〕趙樹理至少為孟連池的《金鎖》公開檢討兩次，這是發生在 1950 年的事情。

是作為中國共產黨成立三十週年的重要獻禮活動，但最終「毛選」的出版被推遲，《人民日報》為此刊登出 6 篇毛澤東文章，而開明書店的現代作家選集「新文學選集」和人文版「文藝建設叢書」的出版，開啟了五四新文學書籍出版與共和國文藝書籍爭豔的場景，背後卻並不是如此簡單。8 月，電影《我們夫婦之間》和《夫婦進行曲》受到進一步的「批判」，蕭也牧成為文藝界批判的重點。9 月底，京津地區高等學校教師思想改造學習運動開始。10 月 12 日，《毛澤東選集》第一卷發行工作啟動，10 月 23 日，政協一屆三次會議在北京召開，決定開展全國性的思想改造運動。11 月 17 日，全國性的三反五反運動波瀾壯闊地展開起來。11 月 24 日，京津文藝界整風運動動員大會召開。12 月，各地展開文藝界的思想改造運動。這裡，我們僅僅摘錄的是一些時間線索中的事實，這些事實有關聯嗎？或許，我們不會注意時間的「背後」，怎麼會把這些事件串聯起來。本著作正希望能夠把這些事件有效地串聯起來，形成一種歷史話語及文學史的重新敘述，或稱之為「再敘事」。

雖然著作選擇 1951 年的人民共和國文藝界作為考察時間點，但在具體的關注過程中，著作的行文過程絕不僅僅侷限於 1951 年，其源頭可以上溯到延安邊區時期，甚至更早的蘇區及 20 世紀 30 年代的中國左翼文藝界，或者更早。這樣的行文，目的是使著作的論述更加富有歷史感和現場感，以及時間的縱深感。但細微地考察 1951 年的人民共和國文藝界狀況，需要好的觀察視點。著作主要以專題的形式，用文藝戰線上的「統一戰線」政策作為切入的觀察視點，對 1951 年的中國文藝界作深入考察。具體章節安排如下：

第 1 章　著重考察中央文學研究所的創建及在 1951、1952 年間文藝作家的培養上，與文藝的「統一戰線」政策之間內在的關係，並從梳理中國共產黨關於文藝學校的建立歷史中，透露出人民共和國建國初期這所學校的「文藝黨校」性質的歷史意義。培養文藝新生力量，顯然是中央文學研究所創辦的主要意圖，這明顯地表現出中國共產黨對文藝隊伍的「不信任」態度，新政權需要作為新生力量的工農兵文藝工作者來對現實及歷史進行書寫，以便更加真實地表達「翻身」的工農兵主人在人民共和國的重要意義。從對中央文學研究所 1951 年前後招收的第一屆學員，入學前和畢業後的走向微觀考察中，我們清晰地看出這所學校在學員培養上的基本路向。

第 2 章　著眼於考察文藝戰線上的「統一戰線」政策在上海電影業中的具體展開，以電影《武訓傳》《我們夫婦之間》與崑崙影業公司這一私營電影公司在 1951 年的關係為考察的中心。私營電影業作為人民共和國電影宣傳的重要組成部分，曾經起過重要的歷史作用，但隨著經濟恢復、國家建設任務的重新設計，對私營電影業的整頓與清理是必然的現象。《武訓傳》《我們夫婦之間》提供了對崑崙公司這一私營電影業批判的「契機」，以思想的整頓為表徵，最終指向的是電影業的性質轉向，從而有效地實現了對共和國私營電影業有效的「清理」，也整頓了文藝隊伍中的小資產階級思想，「純潔」了文藝界、文教界的思想，增強了文藝隊伍的組織性和思想性。

第 3 章　關注人民共和國文藝出版業的「統一戰線」問題，焦點是 1951 年 7 月以來的開明版「新文學選集」、1951 年 2 月以來的人文版「文藝建設叢書」兩套叢書的出版。兩套叢書的出版，有著複雜的政治背景。「新文學選集」與「文藝建設叢書」的出版，明顯地有政治的目的和意義。它們是為了建構新文學與共和國文學的合法性，但兩套書卻有不同的「命運」:「新文學選集」因作品的陳舊性，他們在出版的過程中並不在國家級文學期刊、報紙上作文學廣告，而「文藝建設叢書」卻大張旗鼓地在國家級文學期刊、報紙上作宣傳廣告。廣告只是表層的現象，廣告背後的本質是出版社性質的差異，私營企業出版的書，最終在 1952 年走向消失，其主要原因是私營出版業的日益萎縮。相反，公營出版業卻獲得了巨大勝利。人民文學出版社的正式運營，使「文藝建設叢書」的出版，不再依靠公私合營的三聯書店，而直接以人民文學出版社為自己的背後支撐出版社。另一個原因是「新文學選集」並不是建構毛澤東文藝話語體系，而「文藝建設叢書」正是這種文藝話語體系建構的直接體現。

第 4 章　以政協一屆三次會議召開前後為時間考察點，對高等學校的思想學習運動與文藝界思想改造運動的發起之間的關係進行梳理，以《毛澤東選集》第一卷出版前後為契機進行微觀考察。毛澤東思想作為國家指導思想地位的確立，為《毛澤東選集》出版提供了契機。隨著《武訓傳》等電影暴露出思想界複雜的狀況後，政協一屆三次會議通過了關於開展全國各界思想改造運動的決議。《毛澤東選集》第一卷選擇在這時出版，有著重要的政治意義，它給全國的思想改造運動提供了理論學習的「藍本」。思想改造運動的目的，在於統一全國文藝界思想，《毛澤東選集》的出版，則為統一思想提供了理論學習的依據。文藝界在此規範之下，積極推進文藝界思想改造運動的展開。

著作以基本的原始文學史料梳理為其闡釋基礎，試圖對 1951 年的人民共和國文藝界狀況作專題性考察。「統一戰線」政策作為人民共和國政策的重要組成部分，對共和國初期文藝界直接產生著重要的影響。但在對文藝戰線上的「統一戰線」政策進行梳理時，它是一個蘊含深廣且複雜的話題，涉及到人民共和國的文藝、經濟、政治等具體領域。不管在什麼樣的時代裏，文藝僅僅是社會文化視角中很小的一部分，文學史或思想史寫作，只能以小的視點切入，透徹地、深入地挖掘深度，呈現出縱深的歷史內容和歷史厚度。著作正試圖以這樣的文學史和思想史觀念，對這段時間的文學與歷史給予重新觀照並作出自己的回答。原計劃之第三章為蕭也牧批判運動考察，但因寫作時間的倉促，最終捨棄，這裡特別予以說明。

第二章　培養新文藝工作者的「實驗」——中央文學研究所 1951 年開學的前前後後

人民共和國建立後，工農兵儼然成為國家的主人。隨著國家給予工農兵賦予這種主人的身份，重新形塑工農兵形象，成為歷史的選擇。可不可以選擇一些工農兵文藝工作者，直接為文藝的工農兵方向服務呢？這很快擺在人民共和國初期的文藝界的領導人面前。我們的話題先從「翻身」談起，為進入這一話題鋪墊背景知識。

1942、1943 年之際，美術工作者的任遷喬〔註 1〕在鄉間體驗生活的基礎上創作了連環畫《翻身》，在延安邊區印製出來後被「廣為流傳」。這時文藝工作者表現出的翻身，還僅僅著眼於政治的宣傳效應：「畫翻身農民時，他想到自己的親人；畫萬惡地主時，想到敵人的醜惡」，「他的連環畫完全是這場鬥爭的忠實的寫照」〔註 2〕。翻身，成為一個新的時代名詞，進入了人們的視野之中。隨著中國革命的節節勝利，土地改革的廣泛深入開展，農民的經濟翻身逐漸得到部分地實現，政治翻身也在緊張地進行著。1947 年 4 月，張聞天在東北強調，「東北人民翻身需要文化」，我們要「幫助東北人民不但在政

〔註 1〕任遷喬，1919 年 10 月生，山東掖縣人。擅長連環畫。歷任山東《兒童之友》記者，山東《濱海畫報》主編，山東美術工作室主任、山東省文聯藝術部長。中國美術家協會山東分會副主席。作品有：《翻身》《人間地獄》《學文化》等。

〔註 2〕王希堅：《雪中送炭暖人心——記任遷喬同志和他的連環畫創作》，任遷喬編繪：《翻身》，北京：人民美術出版社，1984 年，第 25 頁。

治上、軍事上、經濟上翻身，而且也在文化上翻身」〔註 3〕。1949 年 7 月，周揚在文代會上對解放區文藝進行總結時強調說，「解放區人民由於政治、經濟上的翻身，文化上也開始翻身，因而廣大的工農兵群眾積極地參加了文藝活動，並表現出了驚人的創造能力」〔註 4〕。政治上和經濟上的翻身，直接激發了廣大工農兵群眾要求在文化上也要翻身。

進入人民共和國初期後，翻身〔註 5〕是一個搶眼的字眼。各種花鼓戲中，翻身是重要的主題，著名作家梁斌、楊沫亦分別寫作小說《翻身記事》和《翻身愛情》，以翻身為主題，充分表現農民在革命進程中獲得的巨大成績。在國家領導人眼裏，「中國人民從此站起來了」，「隨著經濟建設的高潮的到來，不可避免地將要出現一個文化建設的高潮」。「站起來」的顯著標誌，就是翻身。但這樣的翻身，針對的是政治和經濟意義而言的，1949 年 10 月取得勝利的中國革命，其實也只做到了這兩方面的「站起來」。建國之後，領導人很快呼籲這種政治上的「站起來」，在文藝領域中也要得到體現。「文化建設的高潮」，那必然體現在文化建設的具體表現上，即文學藝術的實績。文學藝術畫廊中，工農兵形象的主體地位得到了體現，他們成為人民共和國初期文藝表達的主要扮演者和承載體，「他們自己豐富的生活經歷，就映示著我們時代的前進的歷程，應當成為文學的主人的正是這些瞭解時代最深刻的人」〔註 6〕。

1949 年來自解放區和原國統區的文藝工作者「勝利會師」之後，組建起人民共和國初期的文藝隊伍。儘管延安經驗的文藝工作者成為文代會的「主體代表」，但這些寫工農兵人物形象的文藝工作者，並不完全是來自延安的文藝工作者，很多來自原國統區的文藝工作者也試圖加入對「翻身」的工農兵作文學書寫。1949 年 8 月底至 10 月，上海文藝界關於「可不可以寫小資產階級」的論爭，表達出原國統區文藝工作者的「分化」，部分文藝工作者想積極地融進人民共和國文藝的書寫中。但，怎樣才能實現文藝書寫中真正

〔註 3〕張聞天：《談談文藝工作的幾個問題》（1947 年 4 月 24 日），《張聞天東北文選》，哈爾濱：黑龍江人民出版社，1990 年，第 119 頁。

〔註 4〕周揚：《新的人民的文藝——在中華全國文學藝術工作者代表大會上關於解放區文藝工作的報告》，《人民文學》1949 年第 1 期；周揚：《堅決貫徹毛澤東文藝路線》，北京：人民文學出版社，1952 年，第 13～14 頁。

〔註 5〕在社會學家韓丁看來，「翻身」是「中國革命創造出來的一整套新的詞彙」中重要的詞語。【美】韓丁（Willam Hinton）著，韓倞等譯：《翻身——中國一個村莊的革命紀實》，北京：北京出版社，1980 年，第 6 頁。

〔註 6〕蘇平：《訪問中央文學研究所》，《文藝報》3 卷 4 期（1950 年 12 月 10 日）。

的工農兵形象傳達呢？

新政權積極推進文藝隊伍的重塑，試圖形塑新的文藝隊伍群體。「翻身」在人民共和國初期的文學語境裏，不僅體現在政治意義上，更體現在文學和文化意義上。我們把這種「翻身」，稱之為「文化翻身」。50 年代初期，「文化翻身」以專有名詞的方式被解釋，它是這樣說的：

> 「中國的工農，在反動統治下，從來沒有享受教育文化的機會，以致不識字，知識淺。抗戰後，在許多解放區（尤其是北方）用開辦識字班、出黑板報等方法教識字，教知識，一般工農的教育文化程度才慢慢提高。有些人還能夠編報、寫作、通訊。這種轉變，就叫做『文化翻身』。」〔註 7〕

以前，工農兵形象的「塑造」只能依靠小資產階級知識分子作家來形象地「表達」；現在，新政權努力「培養」新的作家群體，即工農兵作家，直接為工農兵文藝進行文學寫作，以凸顯出工人、農民和士兵在文化上的「翻身」。其實，這與中國共產黨對文藝隊伍保持的警惕性有很大的關係。有研究者指出，「儘管中共及毛澤東把作家的思想改造、轉移立足點、長期深入工農兵生活，作為解決文藝新方向的關鍵問題提出」，但「毛澤東對他們能否勝任這一任務仍持懷疑態度」，因此，「建立無產階級的『文學隊伍』，特別是從工人、農民中發現、培養作家，作為一項重要的戰略措施」〔註 8〕。這樣的作家培養方式，至少可以形成一支堅強的文藝力量，抵制作家隊伍中不利的因素，使文藝力量的對比發生變化。

人民共和國初期的政治格局，決定了中國共產黨的執政黨地位，它與其他民主黨派必然實行政治戰線上的「統一戰線」策略，毛澤東在政治協商會議上就這樣說到：「中國的革命是全民族人民大眾的革命，除了帝國主義者，封建主義者，官僚資產階級，國民黨反動派及其幫兇們而外，其餘的一切人都是我們的朋友。我們有一個廣大的和鞏固的統一戰線。這個統一戰線是如此廣大，它包含了工人階級，農民階級，小資產階級和民族資產階級。」〔註 9〕政治戰線上的「統一戰線」政策的策略性思維，在文藝上的體現也有類似的「表徵」。

〔註 7〕黎錦熙、葉丁易主編，北京師範大學中國大辭典編纂處編著：《學習辭典》，北京：天下出版社，1951 年，第 42 頁。

〔註 8〕洪子誠：《中國當代文學史》，北京：北京大學出版社，1999 年，第 14 頁。

〔註 9〕新華社：《毛主席等七人在新的政治協商會議籌備會上的講詞》，《人民日報》，1949 年 6 月 20 日。

文藝戰線上的「統一戰線」，僅僅是中國共產黨在制定文藝政策時思考的「出發點」，但具體在實施這一政策時，表現方式卻是有很大的差異的。本章以梳理文藝學校的體制化建構作為核心，主要立足於共和國初期創辦的中央文學研究所為考察重點，試圖挖掘在文藝的「統一戰線」政策下，人民共和國文藝學校在建構過程中的這種「實驗性」，並深入分析中央文學研究所對文藝隊伍的培養目標，給予歷史的「借鑒」意義。明顯地，中央文學研究所的創辦，立足的仍舊是文藝戰線上的「統一戰線」政策，它顯然是中國共產黨對人民共和國初期組建的文藝隊伍的「不信任」。它需要的是一支政治過硬、思想過硬的文藝隊伍。經過學校「培養」的方式，至少可以讓它放心文藝隊伍的「純潔性」。在具體考察中央文學研究所這一文藝學校的過程中，我們發現：它與建國前的高爾基戲劇學校、延安魯藝、華北聯大、華北大學有內在的聯繫。從某種程度上說，這些早期文藝學校，暗示著中國共產黨在文藝學校的體制化建構中的進程。我們的話題先從這裡開始。

第一節　人民共和國成立之前文藝學校建構的「歷史經驗」

人民共和國建國前有關文藝學校的話題，我們主要立足於江西蘇區時期、延安邊區時期和解放戰爭時期三個階段來作簡要回顧，清理中國共產黨在文藝學校的體制化走向上，給予後來的借鑒意義。江西蘇區時期，以高爾基戲劇學校建立為主線；延安邊區時期，以延安魯迅藝術學院為主線；解放戰爭時期，以華北大學〔註 10〕和華北聯大、郭沫若、茅盾、丁玲、劉白羽的訪蘇經歷為主線。

一、蘇區時期文藝學校建構的「歷史經驗」及高爾基戲劇學校

雖然中國共產黨 1921 年 7 月就成立了，1921 年 10 月開辦平民女學，1922

〔註 10〕中華全國文協 1949 年 10 月 24 日給文化部的《關於創辦文學研究院的建議書》中對過去文藝學校的創辦經驗進行總結，特別強調「延安魯迅藝術學院文學系及聯大文學系用馬列主義觀點培養文學幹部」的重要意義，「經驗證明他們是有成就的」。我從這裡的閱讀出發，接受這樣的觀點，在文藝學校的歷史建構中戰爭時期集中於這兩個文藝學校的經驗梳理。但這裡的聯大文學系，其實就是後來合併了北方大學之前的華北聯合大學文學系，它的短暫存在使我在具體考察中，結合到華北大學的論述裏。

至1923年創辦了上海大學〔註11〕，但真正獨立自主地建構屬於它自己的意識形態系統，特別是「文藝學校」的體制建構上，應該是1927年後才開始的。

1927年發動的南昌革命暴動，標誌著中國共產黨開展獨立自主革命道路的開始。之後依憑江西蘇區革命根據地，中國共產黨開始了自己艱難而輝煌的革命歷程。江西蘇區時期是延安革命經驗的「前實驗」階段，它為後來的延安革命與文藝實踐提供了很多有參照意義的歷史經驗。但在資料的搜集、整理和梳理的過程中，我們發現，江西蘇區早期關於文藝學校的「體制化」建構，其實並沒有真正開始〔註12〕。這時的蘇區紅色革命政權，一直處於國民政府的反革命圍剿中，不可能騰出大量時間提供給中國共產黨領導人，來為文藝學校的「體制化」建構提出思考的空間，從《紅軍宣傳工作問題》《文化問題決議案》《江西省第一次教育會議的決議案》〔註13〕等文藝思想史料中我們可以明顯地體會到。即使是1929年10月在福建古田召開的紅四軍第九次黨的代表會議上，它是作為「蘇區文藝運動中的一個重要文件，使以後的蘇區文藝運動有了明確的方向」〔註14〕，但它僅僅是對紅軍的政治宣傳工作作出重要的決議案〔註15〕。在蘇區，真正的文藝活動並不是常展開的。

古田會議之後，蘇區革命根據地開始發展文藝運動，「部隊、地方、政府部門都相繼成立了俱樂部、劇團等文藝性的組織，廣大的指戰員、幹部、工

〔註11〕當時上海大學分為社會學、中文、外文三系，但它也並不完全是中國共產黨獨立創辦的學校，而是具有進步革命傾向的革命家和留學蘇聯的歸國人員共同創辦的，它應該是國共合作前的國共合作革命的產物。成仿吾：《戰火中的大學：從陝北公學到人民大學的回顧·序言》，北京：人民教育出版社，1982年，第5頁。

〔註12〕關於這方面的線索勾連，洪子誠已經做了比較有說服力的闡釋。洪子誠：《中國當代文學史》，北京：北京大學出版社，1999年8月。

〔註13〕它們除了強調宣傳的政治時效性外，並沒有提出要建立文藝學校，培養文藝宣傳隊伍。《紅軍宣傳工作問題》，汪木蘭、鄧家琪編：《蘇區文藝運動資料》，上海：上海文藝出版社，1985年，第1～23頁。

〔註14〕江西師範大學中文系、蘇區文學教研室編著：《江西蘇區文學史》，南昌：江西人民出版社，1984年，第196頁。

〔註15〕江西師範學院中文系編：《江西蘇區文學史稿》，（內部發行版），南昌：江西人民出版社，1960年4月。《中國共產黨第四軍第九次代表大會決議案》（節錄）中也可以看出蘇區只是對紅軍的宣傳工作有一個粗略的大綱，並沒有完全形成系統的意識形態體制建構。見《紅軍宣傳工作問題》，汪木蘭、鄧家琪編：《蘇區文藝運動資料》，上海：上海文藝出版社，1985年，第3～13頁。

農群眾以及婦女兒童紛紛參與了政治和文藝宣傳的群眾性運動」〔註 16〕，但文藝工作者的「培養」問題，卻並沒有提上議事日程。1930 年冬，工農紅軍學校建立〔註 17〕，儘管成立了「俱樂部」，並有文化、體育、戲劇管理委員會，但它僅僅是文藝管理的組織化建設的標誌，並不是對文藝家進行「培養」。1931 年初夏，戲劇家李伯釗到達蘇區，她從紅軍學校俱樂部中選拔戲劇骨幹，積極組織和開展戲劇活動，並於年底成立「八一劇社」，1932 年改編為「工農劇社」，直接隸屬於「中央政府教育部」。而「工農劇社藍衫團學校」，雖然是戲劇演出團體，但卻開始了戲劇作家隊伍的「培養」，適應著戰時文藝的需要。工農劇社藍衫團學校開設「除了培養青年學生外，還招收紅軍班和地方班」〔註 18〕，「為工農紅軍和各蘇區培養戲劇幹部」〔註 19〕。這才真正標誌著中國共產黨文藝學校的體制建構走向開始。

1934 年 2 月，瞿秋白到達中央蘇區所在地瑞金，對蘇區文藝進行全面領導。這在蘇區文藝學校的建設上產生了重要影響。瞿秋白主持中央政府教育部工作期間，積極推進蘇區文藝學校的體制化，改建藍衫團學校即是一例。藍衫團學校雖然開始了培養戲劇骨幹分子，但它並沒有被「規範化」，並沒有從學校體制的設置上去著眼，推進文藝學校的建設。瞿秋白從上海左翼文藝工作的經驗出發，認為「沒有戲劇工作的骨幹，就談不上工農戲劇運動」〔註 20〕。在他的領導下，培訓戲劇骨幹上加大了力度，他對戲劇學校的體制化建構進行很多努力。4 月，藍衫團學校更名為「高爾基戲劇學校」〔註 21〕。它有具體的章程，對「教學目的，學習時間，入學資格，教育計劃，教學內容，

〔註 16〕江西師範學院中文系編：《江西蘇區文學史稿（內部發行版）》，南昌：江西人民出版社，1960 年，第 21 頁。

〔註 17〕其中還有蘇區的紅軍大學，先後由葉劍英和劉伯承擔任校長，他們都很重視文藝工作對教育工作的輔助作用，但並沒有把文藝工作單獨列為學校的主修課程。李伯釗：《回憶瞿秋白同志——瞿秋白同志逝世十五週年紀念》，《人民日報》，1950 年 6 月 18 日。

〔註 18〕李伯釗：《高爾基戲劇學校》，中國人民解放軍文藝史料編輯部編：《中國人民解放軍文藝史料選編　紅軍時期（下冊）》，北京：解放軍文藝出版社，1986 年，第 67 頁。

〔註 19〕張憲文、萬慶秋、黃美真主編：《中華民國大辭典》，南京：江蘇古籍出版社，2001 年，第 1521 頁。

〔註 20〕王士菁：《瞿秋白傳》，成都：四川人民出版社，1985 年，第 191 頁。

〔註 21〕瞿秋白的蘇聯留學的「經驗」，使他知道必須依靠文化名人的名氣來建構學校的重要性，而這時蘇聯的高爾基文學院和高爾基博物館，都給予瞿秋白提供了歷史的經驗。

課外教育」等，都有具體而細緻的規定和要求，完全按照學校的體制建構，來「塑形」蘇區文藝學校。特別是「教學內容」欄，因主要集中於對戲劇的教學，它的規定是非常明細的：從唱歌的發音、音符，到舞蹈的動作姿態、跳舞，再到活報的排演和解說，文字課的讀解和寫字，都有明確的規定。同時，它還涉及到戲劇理論的教學，如舞臺、劇本、排演等。教員亦有規定：「正教員，教授各種專門技術與理論；助教員，教授各種初步技術，並指導學生課外教育。」〔註 22〕瞿秋白的「留蘇經驗」，使他在對蘇區文藝學校的體制化建構中形成了「蘇聯經驗」下的基本模式，以高爾基命名即是證明。

處於困難的革命時期，江西蘇區雖曾進行過多次革命的清洗活動，但不可能在政治上建立合理化的「統一戰線」政策，當時對小資產階級知識分子，完全採取了敵視的態度。高爾基戲劇學校處於這樣的環境下，不會考慮到所謂的「統一戰線」中階級聯合的問題，這從它招收的學員就可以看出。它是純「清一色」的江西蘇區紅軍部隊中的文藝幹部和文藝戰士。雖然是培訓文藝工作人員，但這些文藝戰士和我們後來所謂的文藝作家並不相同，他們只是文工團幹部的「雛形」。其培訓學習方式和時間，明顯帶有「及時性」和「短期性」。

二、延安魯藝的「歷史經驗」

江西蘇區時期文藝學校的體制化建構，主要立足於高爾基戲劇學校的建立。但很快由於革命的「失利」，導致這一原本有體制化建構傾向的努力突然被「中斷」。長征結束後，中國共產黨在陝甘寧邊區得到了「休整」。同時，他們亦能騰出時間思考包括文藝在內的意識形態建設，文藝學校的創建是其中重要的內容。1935 年，按照共產國際的指示，中國國內要建立起「統一戰線」的聯合陣線。按照共產國際的精神，中國共產黨開始著手建立中國式的「民族統一戰線」，改變了對小資產階級知識分子的看法。1937 年 9 月 22 日，國民政府中央通訊社公布《中共中央為公布國共合作宣言》，蔣介石於第二天發表《對中國共產黨宣言的談話》，標誌著國民黨和共產黨兩黨實現第二次合作的開始。這是當時組建起來的「民族統一戰線」，國民政府承認延安邊區政府的合法地位。

〔註 22〕《高爾基戲劇學校簡章》，汪木蘭、鄧家琪編：《蘇區文藝運動資料》，上海：上海文藝出版社，1985 年，第 31～33 頁。

延安邊區政府合法地位的獲得，以及表現出的抗戰決心，使它贏得了很多聲譽。儘管抗戰形勢變得日益嚴峻，但延安還是成為眾多革命青年嚮往的「紅色土地」，他們紛紛投奔延安，延安成為「年輕人的聖城」〔註 23〕。這些革命青年只是抗戰救國的「同情分子」，並不是中國共產黨革命意義的革命青年。這些知識青年、愛國青年大量到達延安，一方面為抗戰救國和中國共產黨的革命事業準備了後備力量，另一方面也給延安邊區政府的文化人管理帶來一定的困難。他們思想的「複雜性」，在中國共產黨及延安邊區政府看來，是需要重新進行清理的，對他們的「思想清理」，完全可以通過學習的方式重新確立起來。所以，邊區政府迫切需要建立一些學校，為這些青年的進一步深造提供機會，以便更好地為抗戰和中國革命服務，塑形知識青年的革命精神和思想。「我們的兩支文藝隊伍，上海亭子間的隊伍和山上的隊伍，匯合到一起來了」〔註 24〕，「團結問題」也成為日益嚴重的問題，迫切需要解決。當時處於抗戰的艱難環境中，中國共產黨為培養自己的幹部，曾先後創建了抗日軍政大學、陝北公學、紅軍大學等學校，甚至還設立了專門化的技術學校，如衛生學校、通訊學校、摩托學校等〔註 25〕。這些知識青年、愛國青年到達延安，安置青年融進延安的生活環境中，需要學校「支持」。同時，學校的創建也為中國共產黨遠大目標的實現，提供了理論的意義。1937 年春，中國共產黨中央、毛澤東指示抗日軍政大學「為廣大革命青年開門」，「紅軍第四大隊專門招收由國統區和敵佔區進來的大、中學生」〔註 26〕。邊區時期文藝學校的探索，影響最大的當數魯迅藝術學院。

1938 年 2 月，毛澤東、朱德、林伯渠、徐特立、成仿吾、艾思奇、周揚等發起成立魯迅藝術學院（簡稱「魯藝」），這是中國共產黨在文藝學校系統化建構的顯著標誌。它大大超越了江西蘇區時期的高爾基戲劇學校，不僅僅體現在規模上，更主要體現在教學方針與教學經驗上，羅邁在總結魯藝辦學經驗時說到：「像魯藝這樣綜合著文學、音樂、戲劇、美術等藝術各部門的藝

〔註 23〕何其芳：《一個平常人的故事》，《何其芳文集》第 2 卷，北京：人民文學出版社，1982 年，第 223 頁。

〔註 24〕《毛澤東同志對魯藝師生的講話》，《新文化史料》1987 年第 2 期。

〔註 25〕沙可夫：《魯迅藝術學院創立一週年》，《新中華報》，1939 年 5 月 10 日；《延安魯藝回憶錄》，北京：光明日報出版社，1992 年。

〔註 26〕成仿吾：《戰火中的大學——從陝北公學到人民大學的回顧》，北京：人民教育出版社，1982 年，第 16 頁。

術學校，在中國過去是沒有的，還是一個新的創造」〔註 27〕。邊區政府對於抗戰教育的實施，進行過很多努力，「延安已設立有抗日軍政大學與陝北公學，培養著成千上萬的軍事的與政治的適合於抗戰建國需要的幹部，此外還有各種專門學校，如衛生學校，通訊學校，摩托學校等，訓練技術人才」，但在藝術學校方面，「這裡就缺少一所以培養大批抗戰藝術工作幹部為主要宗旨的學校」〔註 28〕。顯然，創立藝術學校的宗旨，是為了「培養大批抗戰藝術工作幹部」。一方面是為了適應戰爭宣傳需要，另一方面是為了「紀念我們偉大的導師、中國最大的文豪魯迅先生」，魯迅藝術學院在特殊的戰爭環境中成立必然帶有戰爭的時代背景，它「是為了服務於抗戰，服務於這艱苦的長期的民族解放戰爭」，「使藝術這武器在抗戰中發揮它最大的效能」〔註 29〕。

魯藝的成立會上，《創立緣起》中還強調：「藝術——戲劇、音樂、美術、文學是宣傳、鼓動與組織群眾最有利的武器」，「藝術工作者——這是對於目前抗戰不可缺少的力量」〔註 30〕。魯藝的宣言中特別強調魯藝的創立對抗戰的意義，這是從抗戰的現實著眼的。這裡，有一段「插曲」需要交代。陝北公學成立時，因涉及到經費預算問題，打算以「陝北大學」的名義，向國民政府報告申請批准。但國民政府認為，「陝北一塊小小的地方，已經批准成立了一個抗日軍政大學，足夠了，不能再成立什麼大學。」〔註 31〕所以，延安魯藝的創辦，完全依靠中國共產黨的經濟支持。延安魯藝更重要的意義是在於「文藝黨校」的方向上發展，它著眼的是「藝術幹部」的培養。魯藝無疑是一個「小社會」，與當時正處於抗戰艱難時期的大社會相比，它有很多地方需要向政治「靠攏」。比如，魯藝的教職員構成中，有共產黨員，有國民黨員，及其他抗日黨派和無黨無派的青年及專門家〔註 32〕，這就需要按照抗日「民族統一戰線」政策來具體規範日常的工作，毛澤東特別強調，「統一戰線同時是藝術的指導方向」，「我們做文章、畫圖畫、演戲、唱歌，都要

〔註 27〕羅邁：《魯藝的教育方針與怎樣實施教育方針——1939 年 4 月 10 日的報告》，《延安魯藝回憶錄》，北京：光明日報出版社，1992 年，第 12 頁。

〔註 28〕沙可夫：《魯迅藝術學院創立一週年》，《新中華報》，1939 年 5 月 10 日。

〔註 29〕《魯迅藝術學院成立宣言》，《新文化史料》1987 年第 5 期。

〔註 30〕《魯迅藝術學院創立緣起》，《新文化史料》1987 年第 2 期。

〔註 31〕成仿吾：《戰火中的大學——從陝北公學到人民大學的回顧》，北京：人民教育出版社，1982 年，第 18 頁。

〔註 32〕宋侃夫：《一年來的政治教育的實施與作風的建立》，《延安魯藝回憶錄》，北京：光明日報出版社，1992 年，第 61 頁。

表現抗日民族統一戰線」〔註 33〕。

所以，從某種意義上說，延安魯藝是抗日戰爭時期「統一戰線」政策的產物〔註 34〕。當時知識青年思想的複雜性，必然要求對知識青年進行思想的塑形，但在具體的「統一戰線」政策的策略性思維下，中國共產黨及延安邊區政府對這所學校的塑形，傾注過很多的心血，它完全按中國共產黨自己的思想標準來具體培訓〔註 35〕。它既然是培訓「藝術幹部」，而藝術的門類是不單一的。它包括文學、戲劇、音樂、美術四大門類，而各門類下還有具體的分類，因此，魯藝按不同藝術門類實施教學，比如，文學系培訓的學員中，包括文學理論、小說、詩歌、散文、報告文學的寫作培訓；美術系有木刻和雕塑等的分類。下表是魯藝 1938 至 1944 年間培養文藝學員情況的數字統計簡表，其數字是籠統的，因 1943 年魯藝停止招生，表格中 1943 年後就沒有做過細的統計。

表格一：延安魯藝各屆學員人數統計表〔註 36〕

系別	第一屆	第二屆	第三屆	第四屆	第五屆	合計
文學系	—	53	49	46	49	197
戲劇系	37	40	40	23	39	179
音樂系	14	34	57	34	23	162
美術系	15	32	38	35	27	147
合計	66	159	184	138	138	685
時間	1938	1938～1939	1939～1940	1940～1943	1941～1944	1938～1944

顯然，在學校走向體制化建設上，延安魯藝提供了很多歷史經驗。曾經一段時間裏，延安魯藝實行所謂的「關門提高」方針。由於實行「關門提高」的

〔註 33〕毛澤東：《毛澤東論文藝》（增訂本），北京：人民文學出版社，1992 年，第 11 頁。

〔註 34〕宋貴侖：《毛澤東與中國文藝》，北京：人民文學出版社，1993 年，第 157 頁。

〔註 35〕高華指出，「針對大批前來延安的非無產階級出身的青年知識分子，中共採取的是強化政治思想訓練的方法，引導他們學習馬列階級鬥爭、暴力革命的學說」。其實，在思想的形塑上，延安魯藝及之後的華北大學，遵照的正是思想訓練的強化方式。高華：《身份和差異：1949～1965 年中國社會的政治分層》，香港：中文大學出版社，2004 年，第 10 頁。

〔註 36〕孫國林、曹桂芳編著：《毛澤東文藝思想指引下的延安文藝》，石家莊：花山文藝出版社，1992 年，第 494 頁。

方針，延安魯藝朝著新的教育計劃的正規化和專門化道路前進〔註 37〕，使其對文學青年的學校培養，逐漸遠離了現實鬥爭以及文學的現實需要。這樣的方針受到來自黨內高層的嚴厲「批評」，周揚為此還作過深刻的「檢討」〔註 38〕。經歷 1942 年延安文藝整風運動後，毛澤東所反對的「魯藝的文學課一講就是契訶夫的小說，也許還有莫泊桑的小說」〔註 39〕的魯藝辦學方針，徹底地得到了「改變」。丁玲、歐陽山等著名左翼文藝家的「轉向」，標誌著毛澤東提出的「文藝為工農兵服務」、「文藝從屬於政治」、「革命文藝是整個革命事業的一部分」等文藝觀念，已深深地植入到文藝家的頭腦中。延安魯藝學生華君武，此時作了一幅漫畫《知識架子》，「把那自高自大的小資產階級知識分子的神氣畫出來了」，知識分子「自以為了不起，其實連烏鴉都嚇不倒」〔註 40〕。華君武徹底轉變自己過去的藝術追求，「我以前想著，我的畫是專給知識分子看的，我以這為光榮，心想，別人才把作品給不識字的讀者們看哩！我曾輕視普及。……心理上長久地存留對農村生活的厭惡」〔註 41〕。顯然，延安魯藝在文藝家的「培養」上，還是試圖從文藝的基本規律出發，想真正培養一批文學藝術家。但中國戰時的政治形勢，文藝的政治宣傳效必須作為最大的價值取向，不可能允許這樣的文藝觀念在延安魯藝成為主導思

〔註 37〕這主要體現在課程的設置上，明顯地強調了專業課程學習的強度。文學系的課程包括：新文學運動、名著選讀、中國文學、創作問題、創作實習、文藝批評、作家研究、世界文學、文藝理論選讀、創作；美術系包括的課程有：美術運動、美術概論、素描、彩畫、解剖學、透視學、構圖法、色彩學、野外寫生、工藝美術、中國美術史、西洋美術史、漫畫創作、舞臺要求、課外活動；音樂系課程有：指揮、唱歌、練聲、視唱、欣賞、音樂、和聲學、音樂概論、新音樂運動史、自由作曲、作曲法、普通樂學、器樂、歌詞做法、民歌研究、中國音樂史、曲體解剖；戲劇系課程有：動作、演戲、朗誦、音樂常識、文學欣賞、劇做法、中國新劇運動史、戲劇概論、劇團領導、舞臺工作、導演論、導演實習、舞臺美術、舞臺管理、劇作實習、名劇選讀、中國戲劇史、畢業公演。王培元：《延安魯藝風雲錄》，桂林：廣西師範大學出版社，2004 年，第 79～80 頁。

〔註 38〕周揚的檢討文章，題名為《藝術教育的改造問題——魯藝學風總結報告之理論部分：對魯藝教育的一個檢討與自我批評》，原載延安《解放日報》1942 年 9 月 9 日。

〔註 39〕胡喬木：《胡喬木回憶毛澤東》，北京：人民出版社，1994 年，第 60 頁。

〔註 40〕王培元：《延安魯藝風雲錄》，桂林：廣西師範大學出版社，2004 年，第 272 頁。

〔註 41〕黃鋼：《平靜早已過去了！——延安魯藝整頓學風的辯論》，《解放日報》，1942 年 8 月 4 日。

想，它必然受到「打壓」。

經歷 1942 年延安文藝整風後，延安魯藝完全成為中國共產黨培訓藝術工作者的學校，學員們經歷短暫的校園學習後，走進了抗戰的「大社會」裏體驗戰時生活。從上面所列學員表格來看，延安魯藝確實為延安邊區輸出了很多文藝幹部，在推進邊區文藝的發展上，亦有客觀的歷史成績。延安魯藝主要著手的還是「培養文藝幹部」，他們在具體的教育過程中，特別強調「以馬列主義的理論與立場」，來實施文藝教學的基本任務。他們在教育方針上，特別強調了「使魯藝成為實現中共文藝政策的堡壘與核心」〔註 42〕。既然魯藝在教育方向上向著「中共文藝政策的堡壘與核心」進發，在具體的教育環節中，它特別強調政治教育在魯藝具體教育中的重要作用，堅決反對「魯藝是藝術學校，要學政治不必來魯藝」〔註 43〕的見解。整風運動期間，文藝工作者及學員們紛紛下鄉，體驗戰時的戰地生活。這是一種新型的文藝幹部培訓方式與生活方式。對於抗戰文藝的發展，它有著重要的歷史意義。毛澤東的《「文藝講話」》在《解放日報》正式發表之後，劉白羽、何其芳、林默涵等到國統區重慶宣講「文藝講話」的精神，提出了「要培養工農作家」的要求〔註 44〕。但原國統區環境的「複雜性」，連簡單地學習毛澤東《「文藝講話」》的條件都不成熟，更不用說培養工農作家這麼複雜的政治話題〔註 45〕了。延安邊區不同，他們可以在相對統一、穩定的思想環境中，實現文藝學校的建設。1943 年，魯藝併入延安大學，改名為延安大學魯迅文藝學院。

1945 年 8 月抗戰勝利後，延安魯藝這所培養抗戰所需要的藝術幹部的文藝學院，結束了她在延安的神聖使命。根據中國共產黨中央的部署，魯藝接受新的時代任務，告別延安，奔赴各根據地和新解放區〔註 46〕。他們成為解放戰爭時期文化接收的重要力量，有的甚至成為人民共和國文化界重要的領導人，「成為新中國文藝事業的一支十分重要的力量，對中國當代的主流文學的形成起到

〔註 42〕羅邁：《魯藝的教育方針與怎樣實施教育方針——1939 年 4 月 10 日的報告》，《延安魯藝回憶錄》，北京：光明日報出版社，1992 年，第 17 頁。

〔註 43〕羅邁：《魯藝的教育方針與怎樣實施教育方針——1939 年 4 月 10 日的報告》，《延安魯藝回憶錄》，北京：光明日報出版社，1992 年，第 19 頁。

〔註 44〕胡風：《從實際出發》，《胡風全集》第 6 卷，武漢：湖北人民出版社，1999 年，第 685 頁。

〔註 45〕胡風：《胡風回憶錄》，北京：人民文學出版社，1993 年，第 309 頁。

〔註 46〕王培元：《延安魯藝風雲錄》，桂林：廣西師範大學出版社，2004 年，第 314～315 頁。

了不可替代的作用，對新中國的文藝事業產生了重要而深遠的影響」〔註 47〕。

三、內戰時期華北聯大、華北大學的「歷史經驗」

解放戰爭時期中國共產黨關於文藝學校的探索，影響最大的當數華北聯大和華北大學。這裡，有必要先對這兩所學校的前史作相關說明。

1937 年 9 月，延安邊區建立了另一所著名學校，名之為陝北公學，它於這年 11 月 1 日正式招生開學。這是「我們黨創辦的第一所高等學校」〔註 48〕，它創辦的目的，與魯藝是有差別的，它主要立足於培養政治幹部，「要造就一大批人，這些人是革命的先鋒隊」，「這些人不謀私利，唯一的為著民族與社會的解放，這些人不怕困難，在困難面前總是堅定的，勇敢向前的」〔註 49〕，即要求在政治思想上「過硬」。但陝北公學存在的時間很短，一部分 1939 年夏併入華北聯合大學〔註 50〕。華北聯合大學下設四個部：社會科學部、文藝部、工人部、青年部。其實這四個部，就是合併進來的四個學校，分別成立各部，「陝北公學改編為社會科學部，魯迅藝術學院改編為文藝部，延安工人學校改編為工人部，安吳堡戰時青年訓練班改編為青年部」〔註 51〕。1940 年，華北聯合大學部分遷往晉察冀邊區的平原縣元坊村，成為晉察冀邊區最高學府，1941 年，一部分並入延安大學。華北聯合大學的「文藝學院」，「培養了文藝幹部一千多人」〔註 52〕。

在兩年多的時間裏，陝北公學培養的人才達到了 5000 多人（其中 3000 多人成為中國共產黨黨員，這就表明了學校的真正性質，陝北公學有部分學員成為之後魯藝的學員）。短暫的兩年多時間培養出這麼多人才，顯然跟魯藝的人才培養有很大的區別，陝北公學的培訓方式很簡單，只短短的兩三個月

〔註 47〕王培元：《延安魯藝風雲錄》，桂林：廣西師範大學出版社，2004 年，第 316 頁。

〔註 48〕成仿吾：《戰火中的大學——從陝北公學到人民大學的回顧》，北京：人民教育出版社，1982 年，第 19 頁。

〔註 49〕這是毛澤東在陝北公學開學典禮時講的話。成仿吾：《戰火中的大學——從陝北公學到人民大學的回顧》，北京：人民教育出版社，1982 年，第 23 頁。

〔註 50〕當時的華北聯合大學由陝北公學、魯迅藝術學院、安吳堡戰時青年訓練班、延安工人學校合併組建而成。

〔註 51〕成仿吾：《戰火中的大學——從陝北公學到人民大學的回顧》，北京：人民教育出版社，1982 年，第 73 頁。

〔註 52〕成仿吾：《戰火中的大學——從陝北公學到人民大學的回顧》，北京：人民教育出版社，1982 年，第 127 頁。

時間，而魯藝是「正規化」的培養，按照的是學院的體制化培養學員。陝北公學部分學員併入延安大學魯迅藝術學院後，才真正接受這樣的正規教學訓練。但抗戰期間陝北公學培養的這些幹部隊伍，對邊區抗戰及人民共和國初期文藝界有著重要的貢獻。某種程度上，它承擔起「改造」青年知識分子的重任，這正如成仿吾所說的，「很短時間內，從小姐少爺轉變成勞動能手，從自由散漫的小資產階級知識分子轉變成紀律嚴明的無產階級戰士，從一般的愛國者轉變為有共產主義理想的革命青年」〔註 53〕。

抗戰勝利後，華北聯合大學主體移入張家口，成為中國共產黨領導下又一所著名高等學府，名稱仍沿用「華北聯合大學」。1946 年春，延安大學併入華北聯合大學，周揚成為華北聯合大學副校長。新組建的華北聯合大學，下面設有文藝學院，包括文學、戲劇、音樂、美術、新聞五系，由沙可夫、艾青等實際負責〔註 54〕。華北聯合大學文藝工作團則由呂驥、周巍峙和張庚實際負責。此時的文藝學院教學，體現了多樣化和正規化。例如，除全院性的文藝講座、社會科學概論、國文（文學系免修）等外，文學系的課程有文學概論、近代中國文學史、創作方法、民間文學、文法與修辭、作品選讀（包括外國和中國的作品）、寫作訓練、文學活動等；美術系有美術概論、色彩學、解剖學、素描、創作實習、室外寫生、畫家研究（外國和中國的名畫家）、作品研究（外國和中國的名著）和民間美術研究等；戲劇系有戲劇概論、戲劇講座（包括戲劇運動史）、舞臺技術（包括裝置、燈光等）、化裝、編輯、導演、表演、秧歌舞、排演和音樂等；音樂系有音樂講座（包括音樂運動史、民間音樂研究等）、作曲法、指揮、樂隊、樂器、樂理、記譜、唱歌等。這些課程的設置，使我們想起了延安魯藝的「課程設置」。華北聯合大學仍舊繼承著延安學校創建的初衷，特別強調思想教育的重要性，「幫助同學清除舊中國的生活和教育給予他們思想意識上的影響，幫助他們認識世界和中國的過去和現在，認識人民群眾並認識自己，以建立科學的世界觀和歷史觀，建立為人民服務的人生觀」〔註 55〕。

〔註 53〕成仿吾：《戰火中的大學——從陝北公學到人民大學的回顧》，北京：人民教育出版社，1982 年，第 67 頁。

〔註 54〕成仿吾：《戰火中的大學——從陝北公學到人民大學的回顧》，北京：人民教育出版社，1982 年，第 129 頁。

〔註 55〕成仿吾：《戰火中的大學——從陝北公學到人民大學的回顧》，北京：人民教育出版社，1982 年，第 131 頁。

1948 年 6 月，伴隨革命形勢的變化，原華北兩大解放區晉察冀和晉冀魯豫解放區合併，成立華北解放區，隨之兩區的文化部門也進行相應的調整，兩區的兩所革命大學——華北聯合大學和北方大學也在 8 月 24 日合併，建立新的華北大學。在人民共和國成立前，新的華北大學已形成一定規模，分為 4 個教學部和 2 個學院，具體情況如下：

表格二：華北大學學部及設置目的等情況一覽表〔註 56〕

學院（部）及負責人	1. 主要目的 2. 學習時間	課程設置情況或教研室組成	教學方法
一部：政治訓練班 主任：錢俊瑞 副主任：陳唯實、李新	1. 給入學的知識青年以馬列主義及毛澤東思想的基本知識，初步奠定革命的人生觀，瞭解中國共產黨的綱領和政策，體會革命者應有的工作作風。2. 視革命形勢發展的具體情況而有所伸縮，3～6 個月。	基本理論（辯證唯物論與歷史唯物論、政治經濟學、社會發展史）、中國新民主主義革命運動史、中共介紹、政策、時事及工作方法講座。	自學輔導，理論與實際結合。
二部：教育學院 主任：何乾之 副主任：丁浩川	1. 專門培養中等學校之師資及其他教育幹部。2. 外語系兩年，其他各系為半年。	共同必修課程（國文、社會科學概論及教育概論）、近代文選、作文及文法、中國文字演變及中國新文學（國文系）、中國通史、史料選讀、世界革命運動史、美國侵華史及中外地理（史地系）、教育概論、教學方法、教育行政、教育統計及中國近代教育史（教育系）；社會科學概念、中國社會發展史、政治經濟學及哲學概論（社會科學系）、講座。	理論與實踐結合。

〔註 56〕成仿吾在《戰火中的大學——從陝北公學到人民大學的回顧》中對華北大學也有相應的交代，但與 1948 年華北聯合大學的總結之間有矛盾。成仿吾的回憶是 80 年代，顯然因年代久遠發生了某種偏差。這裡的製表以《人民日報》1948 年的原始資料為準，同時參照成仿吾的回顧內容。新華社：《華北三年以來的大學教育》，《人民日報》，1948 年 12 月 31 日。

三部：文藝學院 主任：沙可夫 副主任：艾青、光未然	1. 培養為工農兵服務的文藝幹部、培養一般藝術幹部。2. 臨時性學習，時間無限制。	設工學團、文工團、美術工廠及樂器工廠，以工學團和文工團為主，培訓劇團與參加文藝活動。	自學、互助、輔導、檢討與總結結合。
四部：研究部 主任：范文瀾 副主任：艾思奇	1. 研究一定的專門問題及培養與提高大學師資。2. 專門性學習，時間無限制。	八個研究室：中國歷史教研室（范文瀾）、哲學教研室（艾思奇）、中國語文教研室（吳玉章）、國際法教研室（何思敬）、外語教研室、政治教研室（錢俊瑞）、教育教研室（張宗麟）、文藝教研室（艾青）。	研究和輔助相結合。
農學院 院長：樂天宇	1. 培養農業建設人才。2. 臨時性學習，時間無限制。	三個系：經濟植物、畜牧獸醫、糖業系。	教育、研究、生產相結合。
工學院 院長：劉再生 副院長：惲子強、曾毅	1. 培養新民主主義國家的工業建設幹部。2. 半年到兩年不等。	兩個部：大學部（電機系、化工系）、高職部（化工班、機械版、電機班）。	現實需要設置課程，從精從簡，集中力量學好某一部分的技術知識。

從華北大學的教學系部組成、教學目的設計、教學內容安排、教學方法、學習時間等情況來看，它仍舊是綜合性的幹部培訓學校，並不是專門的藝術培訓學校。它專門設置的文藝學院，其立足點仍舊是「文藝幹部的培訓」工作，為革命的勝利培養自己的藝術管理幹部。顯然，華北大學文藝學院跟延安魯藝一樣，是為了適應中國共產黨在革命進程中對文藝幹部的「需要」。人民共和國成立後很多地方文藝管理幹部，大部分都有華北大學培訓的經歷。1949 年進入北平後的華北大學，主要以短期整治訓練為主，「大量招收知識分子」，並先後「在天津和正定各辦了一個分部」，課程以「社會發展史、辯證唯物論、中國革命史、新民主主義論」為主，「再加上一些時事、政策等」〔註 57〕。

總體而言，延安魯藝、陝北公學及其後來的華北聯大、華北大學，都是中國共產黨培養文學藝術家的學校，有的也還曾專門設立文學系。但是，這些學校「都不是專門培養作家的學校，而是集文學藝術各門類的綜合學校，有的還是以培養幹部為主的學校」，同時，「這些學校是共產黨一邊奪取政權，

〔註 57〕成仿吾：《戰火中的大學——從陝北公學到人民大學的回顧》，北京：人民教育出版社，1982 年，第 157 頁。

一邊爭取、吸引、改造、教育知識分子的場所。」〔註58〕華北大學在這方面的體現尤其明顯，其第一部政治訓練班就曾擔任過政治學習的「功能」〔註59〕。它們為中國共產黨創辦專門的文學藝術學校提供了「歷史經驗」。

四、郭沫若、茅盾、丁玲、劉白羽訪問蘇聯的「見聞談」

1945年5月28日晚上，蘇聯大使館二等秘書費德林博士造訪郭沫若寓所，遞交給他一封信，這是蘇聯科學院邀請郭沫若參加第220週年紀念大會的邀請信。6月9日至8月16日，是郭沫若在蘇聯訪問的時間，他認為他的蘇聯紀行是「抱著唐僧取經到西天去的精神到蘇聯去的」〔註60〕。他在蘇聯之行中受到了特別「優待」，「凡我訪問過的集體農莊、工廠、學校、研究所、博物館、圖書館和其他文化教育機構的領導們，總是親切熱情地迎接我」，「他們教會我許多東西；我相信，這些好客的老師正希望知道，這些知識被我領會和運用得如何」〔註61〕。中國的抗戰並沒有結束，郭沫若就收到來自莫斯科的「邀請信」，可謂不僅僅是一種榮譽的享受，更是一種身份的認定。1947年郭沫若寫下這樣的文字，顯然表明他對自己的「訪蘇經驗」是很看重的，但真正運用他的這些「蘇聯經驗」，卻是在人民共和國建立後〔註62〕。

1946年12月5日至1947年4月25日〔註63〕，茅盾訪問了蘇聯，前後長達四個多月，比郭沫若的50天蘇聯之行長許多。之後結集出版的《雜談蘇聯》《蘇聯見聞錄》等書，標示了茅盾作為「政治宣傳家」的政治身份。郭沫若認為，茅盾的訪蘇「停留的時間要長得多，訪問的地方也多。他有可能瞭解很多我在蘇聯沒有瞭解到的東西」〔註64〕。雖然郭沫若也訪問了蘇聯的文藝團體和文藝學校，但與茅盾的《雜談蘇聯》和《蘇聯見聞錄》相比，

〔註58〕刑小群：《丁玲與文學研究所的興衰》，濟南：山東畫報出版社，2003年，第10頁。

〔註59〕即高級知識分子思想學習的場所。

〔註60〕郭沫若：《蘇聯紀行．前記》，《郭沫若全集》（文學編）第14卷，北京：人民文學出版社，1992年，第266頁。

〔註61〕郭沫若：《附錄：〈蘇聯五十天〉（〈蘇聯紀行〉俄譯本序）》，《郭沫若全集》（文學編）第14卷，北京：人民文學出版社，1992年，第457頁。

〔註62〕人民共和國成立後，郭沫若擔任政務院副總理和文教委員會主任，負責全國文教具體工作的管理。

〔註63〕茅盾：《訪問蘇聯．迎接新中國——回憶錄（三十三）》，《新文學史料》1986年第4期。

〔註64〕郭沫若：《附錄：〈蘇聯五十天〉（〈蘇聯紀行〉俄譯本序）》，《郭沫若全集》（文學編）第14卷，北京：人民文學出版社，1992年，第458頁。

郭沫若對蘇聯的介紹，確實不如茅盾的詳細。茅盾的「訪問經驗」，在後來人民共和國建立後直接運用到文化事業的建構中，因為他擔任的正是文化部部長。

訪蘇過程中，茅盾主要訪問的對象集中於「文化機構」，特別是關於出版、文藝團體、文藝學校的詳細介紹，這奠定了中國文藝界對蘇聯的美好印象，使「大家對蘇聯的一切都感興趣」〔註 65〕。在對「文藝學校」的相關表述中，茅盾談到蘇聯作家的生活以及青年作家的培養問題。蘇聯培養青年作家，一種方式是實行「國家資助」，一種方式則是「介紹那些極有希望的青年作家進文學研究院」，「或者介紹他們的稿子到報章和雜誌上去發表」。這裡所說的「文學研究院」，就是高爾基文學院。它是蘇聯「專為培植青年作家」〔註 66〕的學校。在訪蘇期間，茅盾訪問的作家如卡達耶夫、西蒙諾夫等，正是高爾基文學院培養出來的優秀學員。

1949 年 4 月，丁玲前往法國巴黎參加「世界擁護和平大會」，由於當時特定的國際政治環境，她必須繞道蘇聯才能到達法國巴黎。在莫斯科停留的那段時間，丁玲對蘇聯文藝界進行了一些必要的「訪談」。如蘇聯作家協會，「到蘇聯時一定要去作家協會一次，要瞭解蘇聯文藝工作的組織情況，以及他們在搜集材料，創作方法，思想上如何領導的問題，我認為這是一件極有意義的事，最好不要錯過機會，我抱有很高希望」〔註 67〕。丁玲對法捷耶夫、西蒙諾夫等人的「訪談」，是有著重要的政治目的的。丁玲在拜訪法捷耶夫後，曾這樣說到：

> 我極簡單的說明了我們戰爭時期所採取的一些文藝組織形式和工作方式，以及如何來完成我們文藝上為人民解放戰爭與土地改革的任務，並且說到中國形勢很快有個大的變動，因此文藝工作也許將要產生新的組織和領導方式，我希望瞭解蘇聯社會主義的一些組織及如何領導的方法，以作為參考。〔註 68〕

丁玲利用自己的文化人身份，積極地積累文藝組織和領導方式的蘇聯經驗。

〔註 65〕茅盾：《訪問蘇聯．迎接新中國——回憶錄（三十三）》，《新文學史料》1986 年第 4 期。

〔註 66〕茅盾：《蘇聯見聞錄：西蒙諾夫訪問記》，《茅盾全集》第 13 冊，北京：人民文學出版社，1986 年，第 287 頁。

〔註 67〕丁玲：《法捷耶夫同志告訴了我些什麼》，《人民日報》，1949 年 4 月 28 日；丁玲：《歐行散記》，北京：人民文學出版社，1951 年，第 61～64 頁。

〔註 68〕丁玲：《法捷耶夫同志告訴了我些什麼》，《人民日報》，1949 年 4 月 28 日。

這顯然不僅僅是丁玲個人的「有意為之」〔註 69〕，而是帶著重要的政治使命。此一時期訪蘇的目的，並不僅僅停留在友好交流上，而是要從蘇聯的國家建設中取得直接的借鑒經驗。

人民共和國建立後，文藝界領導人紛紛前往蘇聯「取經」。丁玲、蕭三、劉白羽等人對蘇聯文藝界領導人、著名作家的訪問，親身聆聽他們對共和國文藝組織與運作的建議，這些訪問經驗留下的文字分別結集出版，形成共和國初期學習蘇聯經驗的歷史浪潮。蘇聯作家亦組織法捷耶夫、西蒙諾夫等組成代表團，來中國指導工作。

1950 年 6 月，劉白羽前往蘇聯訪問。他先後訪問了蘇聯著名作家愛倫堡、西蒙諾夫、波列伏依、阿扎耶夫、沙爾科夫、巴普連科等，並對蘇聯文藝界的情況進行全面而詳細的報導，這在共和國初期確實是很難得的。其中，他還專門訪問了「高爾基文學院」，對它作了詳細介紹：

> 高爾基文學院是一九三三年，由高爾基倡議開始創辦，屬於作家協會所領導，創辦的動機，並不是由於一種單純培養作家的觀點，而是高爾基鑒於工人群眾當中有很多人歡喜文學，高爾基看到在勞動人民中含有豐富的創作天才與智慧，所以這個學校當時是一所工人文學夜校，是個補習性質的學校。但後來由於蘇維埃社會的成長和成熟，人民文化水平的提高，對文學藝術的要求逐漸普遍，學校隨著這種社會現實的要求，而逐漸變為一個正規學校。〔註 70〕

從劉白羽的觀察視野中我們知道：高爾基文學院的發展歷程，經歷了從「業餘夜校」到「正規大學」的體制建構過程。這可以從他當天在高爾基文學院看到的學生面試中，窺見其中的內在秘密。同時，高爾基文學院在走向正規化的過程中，有自己獨特的經驗。比如在教學上，「除了必須學習的馬列主義、政治經濟學課程之外，占學習中鐘點最主要部分的是文學史、古代文學、民間文學、蘇聯文學、文學理論、詩、小說、兒童文學，以及各民族文學史、各民主國家文學史」。而在學習方法上，「是採取專門講授與專門實習結合的方法」:「比如講授一個作家的作品，就圍繞著這部作品，專門研究這位作家和他的創作風格，作品的主題思想及人物等問題」。為了增強教學的「實際效

〔註 69〕人民共和國成立前夕的出國，明顯地帶著中國共產黨的政治目的。這一點是不容忽視的。

〔註 70〕劉白羽：《莫斯科訪問記》，上海：海燕書店，1951 年，第 84 頁。

果」，「高爾基文學院」還請「專門經驗的蘇聯作家來做教員」〔註 71〕。劉白羽的這篇報導文章，後來專門發表在《文藝報》上，顯然也是有著某種暗示的，這為人民共和國初期文藝學校的創辦提供了重要的「歷史經驗」。

高爾基文學院的設立，其實是為了紀念「高爾基從事文學活動四十年」而組建的。它真正被建成是在 1933 年 12 月〔註 72〕。從它創建以來，培養的學員達 3000 多人，真正成為專業作家的亦有 1600 多人。前蘇聯很多著名的作家，如法捷耶夫、西蒙諾夫、卡達耶夫等，都出自高爾基文學院。高爾基文學院是蘇聯文藝學校體制建構中重要的實施途徑，也是蘇聯文藝隊伍的主要來源。高爾基文學院創辦之初，其章程就成為辦學的具體指導思想。

郭沫若、茅盾、丁玲、劉白羽等人對蘇聯的訪問，本身是中國共產黨的政治安排，而郭沫若、茅盾於 1946、1947 年訪問蘇聯，還帶著與國民政府做政治鬥爭的「味道」。丁玲和劉白羽則是在中國共產黨即將取得全國政權前夕或已經取得政權後去訪問的。在訪問蘇聯的過程中，他們特別留意文藝學校的辦學經驗，其政治目的顯而易見。耐人尋味的是，創建中央文學研究所時，並沒有利用中國現代文學家、大文豪魯迅的名字來命名這所學校。但到 20 世紀 80 年代，中央文學研究所的「變體」，最終被冠以「魯迅文學院」之名，顯然其內在思路是明顯的，它仍來自於「高爾基文學院」的啟發。

第二節　人民共和國初期文藝學校的「構想」

一、文藝學校的體制化建設被提上「議事日程」

1949 年 7 月召開的全國文代會，對人民共和國的文藝界及社會的影響，一直延伸到當下文學創作心理機制及文學制度建構中，這本身是一個重要的研究話題，直到近年才有研究者逐漸轉向對此話題的研究〔註 73〕。這次全國性的文代大會上，同業工會的文藝被正式納入到政黨體制的文藝（即「黨的

〔註 71〕劉白羽：《莫斯科訪問記》，上海：海燕書店，1951 年，第 85 頁。

〔註 72〕李其慶主編：《馬克思恩格斯列寧斯大林研究》，總第 17 輯，中央編譯局，內部版，第 171 頁。

〔註 73〕這方面的研究，斯炎偉和王本朝有詳細的論述。但斯著仍舊沒有論述到當前的文藝體制學校化，比如對魯迅文學院並沒有完全涉及。斯炎偉：《全國第一次文代會與新中國文學體制的建構》，北京：人民文學出版社，2008 年；王本朝：《中國當代文學制度研究（1949～1976）》，北京：新星出版社，2007 年。

文學」的框架〔註74〕）的建構中。文代大會的規模、參加代表人數的分配、代表資格的審查等方面，給我們留下了一條非常清晰的線索：文藝家身份的定位，不再是由文藝創作的實績來說話，而是文學體制化後的組織及其背後的政治集團決定你是不是文藝家。

所以，能夠說出「作家有什麼了不起，黨叫你當，你就是作家，黨不叫你當，你什麼也不是」這樣的話，在人民共和國的文學語境中，本身是不足為怪的事情〔註75〕。「文藝家」，首先是一種政治身份的確認，其次才是一個文藝創作的問題。人民共和國建立後，我們看到許多文藝家為他（她）的政治身份憂心忡忡，甚至患得患失。既然新政權對文藝工作者有政治價值的判斷，有時甚至為了這種政治價值的判斷而產生糾纏不清的人事關係，那麼，難道不可以直接通過自己的組織化培養，形成一支能夠直接產生信任的文藝隊伍？這就引發我們思考：新生的國家，完全可以選擇一批政治身份過硬的人，通過正規學校的「培訓」，把他們培養成為適合新意識形態要求的文藝家，以便進一步充實文藝隊伍，形成堅強的主導力量，從而實現對文藝隊伍力量的有效「支配」。

事實上，全國文代會籌備期間文代會會刊《文藝報》週刊〔註76〕上就曾討論過新文協的任務、組織、綱領等等相關問題。籌委會副主任茅盾談到，人民共和國成立後要仿照蘇聯文藝家協會建立「文藝研究院」的構想：「蘇聯作家協會有個文藝研究院，凡青年作家有較好成績，研究院如認為應該幫助他深造，可徵求他的同意，請到研究院去學習，在理論和創作方法方面得到深造。培養青年作家是非常重要的事。學生們經常提出問題來，有時個人解答覺得很難中肯，文協應該對青年儘量幫助和提高。」〔註77〕蘇聯作家協會

〔註74〕「黨文學」框架，「黨文學」概念是袁盛勇在博士論文中提出的重要概念，形象地概括了延安文學的基本特徵，對人民共和國文學的闡釋也有重要意義。袁盛勇：《黨的文學：後期延安文學觀念的核心》，《中國現代文學研究叢刊》2005年第3期。

〔註75〕這是一位身居領導地位的人對丁玲和周立波等人說的話。雖然這句話是1954年說出來的，其實共和國初期一直有著這樣的傾向。丁玲：《漫談文藝與政治的關係》，《丁玲全集》第8卷，石家莊：河北人民出版社，2001年，第122頁。

〔註76〕這並不是1949年9月25日創辦的《文藝報》，而是文代會前夕和文代會期間大會的交流報紙《文藝報》，週刊性質，主要介紹文代會籌備情況、文代會代表到京情況、文代會成立組織、文代代表選舉等等相關問題的介紹。

〔註77〕茅盾：《「新的文協的任務、組織、綱領及其他」座談會》，《文藝報》1卷5期（1949年11月25日）。其實在文代會籌委會期間，關於青年作家和工農兵作家的培養問題都是大會籌委會主要討論的問題之一，這方面的資料可以參

可以對青年作家的進一步深造提供幫助，即將建立的中華全國文協不也可以為青年作家提供這樣的機會？顯然，茅盾對青年作家的培養有他自己的「構思」。在文代會的發言中，丁玲表示：「培養青年作家和工農兵作家」〔註 78〕。作為文藝界領導人的茅盾、丁玲，顯然有著「作家是可以被培養出來的」的觀念。再結合前面談到的他們對蘇聯文藝界的訪問，成立「文學研究院」並不是幻想。

人民共和國成立後，「全國面臨著新形勢，正如毛主席所指示，文化部的文化建設任務也要增強」〔註 79〕，「文化高潮」〔註 80〕的預言將要得到實現，這必然要加強文藝培訓機構——「文藝學校」的設置，培養更多的文藝工作者。1950 年上半年，在中央人民政府文化部和教育部的具體指導下，中央美術學院〔註 81〕、中央音樂學院〔註 82〕、中央戲劇學院〔註 83〕先後成立。這些學校都是按照高等教育的目標來創辦的，它們標誌著新政府及中國共產黨在文藝門類上進行學校的體制化建構，邁出了重大一步。江西蘇區和延安時期的文藝學校體制化建設，顯然為共和國初期文藝學校走向體制化提供了重要的歷史經驗，特別是延安時期的魯迅藝術文學院和華北大學文藝學院，為人民共和國輸出文藝家和文藝工作者方面作出了很大的貢獻，這從文代會代表的學源中可以看出，文代會大部分代表曾在華北大學經過短期培訓，或者之前是魯藝學員。雖然中央人民政府文化部成立了有關藝術的三所高等學府，包含了美術、戲劇、音樂三大門類，但文學這一門類卻是「缺席」的。

閱《文藝報》週刊文藝動態欄目中的相關內容，比如第 4 期《文藝動態》就以座談會的形式談到「青年作家、工農作家的培養」問題。

〔註 78〕丁玲：《跨到新的時代來》，北京：人民文學出版社，1951 年，第 11 頁。

〔註 79〕《關於創辦文學研究院的建議書》，轉引自刑小群：《丁玲與文學研究所的興衰》，濟南：山東畫報出版社，2003 年，第 12 頁。

〔註 80〕毛澤東在中國人民政治協商會議第一次全體會議上的開幕辭中強調的文化建設目標。毛澤東：《中國人民站起來了》（1949 年 9 月 21 日），《毛澤東選集》第 5 卷，北京：人民出版社，1977 年，第 6 頁。

〔註 81〕1950 年 4 月，國立北平藝術專科學校和華北大學三部美術系合併組建成立中央美術學院，校址在北京王府井金街校尉胡同 5 號，校名係毛澤東題字。

〔註 82〕1950 年 6 月 17 日，南京國立音樂院、東北魯藝音樂系、國立北平藝術專科學校音樂系、燕京大學音樂系等合併組建成立中央音樂學院，當時校址在天津河東區十一經路 57 號，1958 年後遷往北京現址，校名係郭沫若題字。

〔註 83〕1950 年 4 月，華北大學文藝學院、南京國立戲劇專科學校等合併組建成立中央戲劇學院，校址在北京市東城區東棉花胡同 39 號，校名係毛澤東題字。

作為文學藝術界最高組織的中華全國文學藝術界聯合會，隨著文藝隊伍組織制度化的完成，培養新型的文學工作者是它義不容辭的責任；作為政府組織機構，文化部是主管國家文學藝術等意識形態的主要部門，理應承擔文學工作者培養的責任。這兩個部門表現出對文學工作者培養的熱情，成為順理成章的事情。但文化部代表的是政府，真正的決策卻是在意識形態的中樞部門中宣部手裏，它是執政黨的意識形態控制核心。所以，形成並建立新型的文學工作者培養學校，牽涉到複雜的政治因素、權力支配，真正的決定因素往往是政黨的意識形態理論建設，它牽涉到中宣部、文化部和中華全國文學藝術界聯合會的具體分工與有效協作〔註 84〕。只有在它們合作、組織的基礎上，才能真正成立新的文藝學校，對文藝隊伍進行新的形塑，培養新生的作家力量。

其實，早在 1949 年 10 月 24 日，中華全國文協向中央人民政府文化部提出建議，希望參照蘇聯建立高爾基文學院的辦法，創辦中央文學研究院。中華全國文協有充足的理由：「近十幾年來，各地已經湧現出許多文學工作者，有的實際生活經驗較豐富，尚未寫出多少好作品。有的已經寫出一些作品，但思想性、藝術性還是比較低的。他們需要加強修養，需要進行政治上的、文藝上的比較有系統地學習。」〔註 85〕不管是加強修養，還是政治上、文藝上需要有系統地學習，這不是中華全國文協通過組織能夠完成的，它需要的是文藝家在文藝學校的體制化下進行「培養」。

二、人民共和國外交政策影響下的文藝體制建構

人民共和國建國後的外交政策，實行的是「一邊倒」，「這個模式提供了國家組織的形式、面向城市的發展戰略、現代的軍事技術和各種各樣特定領域的政策和方法」。〔註 86〕共和國外交政策的這種「一邊倒」格局，導致其在政治、經濟、文化等方面，深刻地烙印上蘇聯影響的痕跡。文學藝術領域在

〔註 84〕後來事實上也證明，中央文學研究所是在這三個機構的「鼎力」相助之下成立的。

〔註 85〕《關於創辦文學研究院的建議書》，轉引自刑小群：《丁玲與文學研究所的興衰》，濟南：山東畫報出版社，2003 年，第 12 頁。

〔註 86〕【美】R・麥克法誇爾（Roderick MacFarquhar）、費正清（John King Fairban）編，謝亮生等譯校：《劍橋中華人民共和國史——革命的中國的興起》，北京：中國社會科學出版社，1998 年，第 65 頁。

具體的建構過程中，我們也能找到這種影子〔註 87〕，它在共和國的文藝組織、文藝家管理等方面都有具體的體現。其中，創建中央文學研究所這一文藝培訓學校，就是最明顯的表現之一。

為高爾基從事文學活動 40 年，表彰高爾基從工人和農民中培養新的文藝家所作出的貢獻，1932 年 9 月 17 日，蘇聯中央執行委員會主席團決定成立馬克西姆·高爾基文學院。1933 年 12 月 1 日，正式成立高爾基文學院〔註 88〕，當時名字為「工人文學夜大學」，1936 年才更名為高爾基文學院。高爾基文學院有它自己的文學構想和目標：為有創作才能的文藝家，尤其是從工人和農民階層中走出來的文藝家提供深造機會，「它的方針是幫助有才能的青年作家成為職業作家」〔註 89〕，幫助他們提高技能，全方面發展自己，批判地繼承過去的文學遺產；同時還是研究蘇聯各民族文學的實驗室。人民共和國成立後，文學界的領導人紛紛向蘇聯取經學習的熱潮，顯示出這方面的建構努力。成立高爾基文學院，是為蘇聯文藝隊伍，提供新的文學新生力量。從三十年代創辦高爾基文學院開始，蘇聯文學隊伍的作家培養，取得了可觀的成績，很大一部分著名文學家都是從高爾基文學院學習後逐漸走上文壇的，比如，法捷耶夫、西蒙諾夫、卡達耶夫、肖洛霍夫，甚至後來的索爾尼仁琴，都是來自高爾基文學院的。蘇聯文學界最高文學獎斯大林文學獎金的獲得者中，大部分都是來自於高爾基文學院的學員。

參照蘇聯文學建設的基本模式，人民共和國初期的意識形態建設過程中，也需要這樣的理想模式。中華全國文學藝術工作者聯合會召開後，面對複雜的文藝界狀況，為了實現新的文學形態建設，文藝領域需要新的文藝家群體來為新政權寫作。儘管人民共和國初期文藝隊伍很龐大，但這龐大的背後，是靠文藝戰線的「統一戰線」政策這一策略性思維作為其基本的思考出發點，文藝家們在思想上的表現是很複雜的，這些複雜的思想與新政權在文學觀念的建構上

〔註 87〕蕭三曾在談到蘇聯蘇維埃作家聯盟的體制建設時說到，蘇聯的作家聯盟中成立了文學研究院，這是作家聯盟辦的，招收各地被發現的青年作家入院學習。並且說到它培養了很多著名作家，如西蒙諾夫、格里巴車夫、阿熱也夫等。蕭三：《略談蘇聯蘇維埃作家聯盟近況》，《文藝報》1 卷 2 期（1949 年 10 月 10 日）。

〔註 88〕劉白羽：《訪問文學院和阿扎耶夫》，《莫斯科訪問記》，上海：海燕書店，1951 年，第 84 頁。

〔註 89〕文戎譯：《青年作家在蘇聯》，《文藝報》週刊第 4 期（1949 年 5 月 26 日）。

存在著牴觸，始終是需要清理〔註 90〕的。人民共和國初期文藝界需要安定團結的局面，不可能立馬大規模地對文藝隊伍展開類似這樣的清理活動。這就要求新的文學力量在進入文藝隊伍的過程中，能夠使文藝隊伍的力量構成向著理想的狀態發展，即文藝隊伍的政治信仰向著中國共產黨及其指導思想。

怎樣實現新的文學力量的形成呢？顯然，高爾基文學院的這種培養文藝家的方式，為人民共和國初期文藝界領導人提供了某種範式。文藝家們通過學校的培訓，可以形成新的文學力量。這種「新」，是相對於過往的文藝家們而言。塑造一種新的文藝家不是天然形成的，它更需要從組織上進行落實。所以，規範化的文藝家的培訓活動，成為一個不可迴避的話題。這個問題正是 1949 年 7 月中華全國文學藝術界聯合會成立後思考的中心問題之一。從《關於創辦文學研究院的建議書》〔註 91〕中，我們能清楚地體會到這點。中華全國文學藝術界聯合會向文化部的建議書，起草日期於 1949 年 10 月 24 日，這是文代會勝利召開後僅僅兩個月的時間〔註 92〕。這從側面反映出中華全國文學藝術界聯合會，對培養文藝家的敏感與緊迫。

三、年輕作家的迫切「需要」

最早提出要求年輕文藝家要有機會學習的，是華北聯合大學文學系一二班的同學，他們有很多學員學習畢業後，參加到部隊、工廠、機關、學校等各種工作崗位上，1949 年 4、5 月他們重新相聚時交談到：

> 現在華北大學第三部的藝術訓練班，有音樂、美術、戲劇三科，可惜沒有文學……自然這有其困難，但一些願意在文學上努力的青年，很遺憾沒有一個學習、鍛鍊的機會，大家認為，文學系那樣性質的學習，還是必須的，希望華北大學第三部不久能主辦文學研究所一類的機關，吸收在文學上有相當基礎的青年，來加以深造。……

同時他們希望「學習的時間不長，經常請有經驗的同志們講課，給以具體指

〔註 90〕這是為了保持文藝界主體的純潔性而展開的鬥爭策略。比如 1948 年為了迎接全國的勝利，共產黨左翼文藝內部開始對非左翼的文藝進行清理，也對左翼內部的異質性文學進行清理。更何況人民共和國成立，組織的確立為這種清理提供了合法與便利。

〔註 91〕這一份建議書是丁玲以「中華全國文協」的名義向文化部提出的。康濯：《往事．今朝》，重慶：重慶出版社，1992 年，第 108 頁。

〔註 92〕刑小群：《丁玲與文學研究所的興衰》，濟南：山東畫報出版社，2003 年，第 13～15 頁。

導，這樣一定能培養出一批新的文藝工作的生力軍」〔註 93〕。年輕文藝家對這種文藝學校的學習機會，是很渴望的。

人民共和國建國的初期，丁玲在解放區文藝界和新中國初期文藝界的「影響力」，是非常的大的，很多年輕的文藝家紛紛給她寫信，表達自己希望能夠得到學習的機會，進一步提高文學寫作的技巧和能力。這些給丁玲去信的人，「大都是戰爭時期根據地土生土長的青年作者」〔註 94〕。當然，這是很正常的現象。文藝青年們希望通過丁玲，提供實現這樣學習的機會。

紛繁戰亂的年代裏，年輕文藝家都經歷了血與火的洗禮，他們拿起筆開始寫作東西，但他們的文學閱讀和接受，卻沒有得到很好的培養和發展，「戰爭環境中讀書的機會很少，看作品的機會很少」〔註 95〕，「生活還有，也能寫，可就是寫不好，提不高，解放區一批文學青年，營養不良，先天不足，非得有個環境好好讀書不可」〔註 96〕。這裡有個現成的例子，五十年代初出名的文藝青年陳登科，曾經這樣寫作文學作品《活人塘》，成為文壇的一則新聞：

> 《活人塘》寄給《說說唱唱》的趙樹理，老趙看了好幾遍，又求我們幾個編委一定要再看一看，田間看了，說好，又說還不成文。錯別字太多，趙樹理給改了，有些用自造的符號代替的字，老趙也猜出了幾個，可還有一些沒有猜出。趙樹理要我看，我得知情況後堅決拒絕，但經不住他的纏磨求告，留下了稿子。等看下去以後，有時真高興，寫的太妙了，那麼強烈、動人，可有時又氣得不行，稿中經常出現一個「馬」，像「馬」字卻又沒有下面四點兒，這是個啥字？看著看著，多次從上下文反覆猜度，感到應是個「趴」字。後來發稿前請陳登科來京修改時一問，他說：是『趴』字呀！馬沒了四條腿，不就趴下哪！〔註 97〕

雖然陳登科有強烈的創作激情，表現出了獨特的創作才能，但他的語言功底卻很差，需要經過專業的培訓，提高其文化素質。現在，人民共和國成立了，國家進入和平的年代，文化建設需要新的文化形態，年輕文藝家通過一段時

〔註 93〕《「文學新兵」們的願望》，《文藝報》週刊第 6 期（1949 年 6 月 9 日）。
〔註 94〕馬烽：《京華七載》，《山西文學》1999 年第 2 期。
〔註 95〕刑小群 2000 年 2 月 10 日對陳明的訪談時，陳明談到的具體情況。刑小群：《丁玲與文學研究所的興衰》，濟南：山東畫報出版社，2003 年，第 2 頁。
〔註 96〕康濯：《往事．今朝》，重慶：重慶出版社，1992 年，第 107 頁。
〔註 97〕康濯：《往事．今朝》，重慶：重慶出版社，1992 年，第 108 頁。

間的靜心學習，形成新的文學風格，他們需要「一個學習提高的機會」〔註 98〕，這亦是一種思想進步的表現。

馬烽，本是延安解放區的知名青年文藝家，他的書《呂梁英雄傳》（與西戎合著）被「中國人民文藝叢書」收錄，顯示出他的文學創作實績，使他在共和國初期的文藝界贏得了地位和尊敬〔註 99〕。但他覺得自己還很不夠，當「文化部正在創建戲劇學院、音樂學院，並把原北平藝專改名為美術學院」時，馬烽反問「文協為什麼不可以辦個文學院呢？」這說明，美術學院和音樂學院、戲劇學院的創辦，都是各協會在具體辦理。在馬烽看來，「在創作上要想有所突破，重要的是要提高文學素養，最好能到像延安魯藝文學系那樣的單位學習二年」〔註 100〕，文協也應該在這方面做努力。馬烽在文藝家創作漫談會上談到自己經常的苦惱，「躺在床上想著這個故事很有意思，常常一寫出來就沒有意思了」，「一方面是自己體驗生活不深刻，一方面手頭上有一些材料，不知道怎樣處理。生活是需要的，但生活了兩三年，寫來還是小故事，那就是需要提高了。當時他提出生活一個時期研究一個時期的要求，希望迅速籌備起一個文學研究機構。」像馬烽這樣已經成名的青年文藝家，都還嚮往有一個學習的機會，更不用說其他未成名的文藝工作者，對這樣的學習機會的內心期待心情，是如何的真切和渴望。

王血波，《寶山參軍》的作者，1937 年就在河北省的一個地方劇團工作。他參加了三次土改和農民的各種鬥爭，他和農民們兄弟一樣地生活了十多年，但 1947 年以後，他就沒有寫出自己感到滿意的作品。1950 年 9 月天津文代會時，他為自己的創作生活停滯在一定階段的現象負有一種沉重的心情，他說：「在工作更需要我的時候，思想水準和表現能力限制了自己」〔註 101〕。

所有這一切，都呼喚著文學研究院的早日誕生。1950 年 2 月，周揚在《全國文聯半年來工作概況及今年工作任務》一文首先透露出籌辦中央文學研究所的消息，「最吸引一般青年文藝工作者注意的是『籌辦文學研究所』」，《文藝報》編輯部「幾乎每天都要收到好多封這一類信件」，「他們提出什麼時候開辦，怎樣才能入學」等問題。1950 年 7 月，中央文學研究所成立籌備委員

〔註 98〕馬烽：《京華七載》，《山西文學》1999 年第 2 期。

〔註 99〕他當選為全國青年聯合會第一屆委員會正式委員，並被青聯會宣傳部派往各學校演講，文代會後被當選為全國委員會候補委員，參與人民共和國初期的文協及大眾文藝研究會的具體工作。

〔註 100〕馬烽：《京華七載》，《山西文學》1999 年第 2 期。

〔註 101〕方明：《訪中央文學研究所和青年作家們》，《光明日報》，1951 年 1 月 14 日。

會，《文藝報》編輯部「同樣收到很多這一類信件」。各地的文藝青年或文藝愛好者對中央文學研究所的成立，表現出濃厚的熱情，「有的甚至把他們的作品和履歷表寄到編輯部來」，要《文藝報》編輯部「轉給文學研究所」。而籌委會委員康濯則說，「一樣的，我們每天也同樣收到很多這一類信件」〔註 102〕。這從側面也說明，文藝青年或文藝愛好者，對有這樣的文藝培訓學校表現出高漲的、濃厚的興趣！特別是一些學員通過了「資格審查」，進入中央文學研究所後，更表達出他們內心的喜悅心情。記者的筆下這樣寫道：「大家都懷著最興奮的心情踏進文學研究所的大門，有些工、農出身的文藝工作者興奮的睡不好覺，把翻身前後的生活對比一番，幸福地流出了熱淚。」〔註 103〕甚至連已經出版短篇小說集《葦塘紀事》的作家楊沫，也一度表達出自己想到中央文學研究所學習的動機，「今天讀了《文藝報》上一篇《訪中央文學研究所》的文章，說到研究所裏的學習任務是很重的。這樣我原想進去學習的念頭又冷了。老秦（兆陽）告訴我，他們招收的學員還不夠，如我病好，可與丁玲同志談談叫我進裏面學習。」〔註 104〕

從這些年輕的文藝工作者自身來看，他們得到學習的機會很少，這導致他們「過去本錢太差」〔註 105〕。文代會期間，周總理和青年文藝作家進行交談時，青年文藝工作者也提出了建立文藝學校的要求。這從側面反映出當時的文藝青年對提高文學修養的「渴求」。

四、新生政權需要新作家「充實」文藝隊伍

人民共和國成立之前，對知識分子的政策是，「民主政府對於他們必須採取保護並利用的政策，使他們發揮最大能力為人民共和國服務」，在中國共產黨看來，「我們可以設立各種各樣的培訓班，在政治和技術上培訓他們，逐步改造他們，然後給他們合適的工作，但一開始我們不能給他們重要的位置……同時我們也需要把知識分子與工人區分開來……培養他們中最有希望的人……從而使他們能在建設工作中發揮全部力量」〔註 106〕。顯然，人民共和國政府對知識分子是有所期待的，但這種期待還是有所保留，其原因在於知

〔註 102〕蘇平：《訪問中央文學研究所》，《文藝報》3 卷 4 期（1951 年 12 月 10 日）。
〔註 103〕謝蔚明：《訪中央文學研究所》，《文匯報》，1951 年 1 月 16 日。
〔註 104〕楊沫：《自白——我的日記》，廣州：花城出版社，1985 年，第 125 頁。
〔註 105〕馬烽：《京華七載》，《山西文學》1999 年第 2 期。
〔註 106〕【美】德克·博迪（Derk Bodde）著，洪菁耘、陸天華譯：《北京日記——革命的一年》，上海：東方出版中心，2001 年，第 117 頁。

識分子思想的複雜性，他們需要在政治上和技術上被培訓、被改造。所以，在「重要的位置」上，知識分子不會被直接重用和重視。

人民共和國建立後，文藝活動的全面組織化，成為文學活動的顯著特徵，「文學全部納入黨和國家意識形態的軌道」〔註 107〕。既然蘇聯文藝界的文藝家可以通過學校培養的方式培養出來，面對新的文藝隊伍建設，人民共和國確實需要一批在組織管理下的文藝家，所以，「黨和政府的領袖，文藝界的老前輩們對這個事業（以文藝學校的培養方式培養文藝家——筆者注）也十分關心」〔註 108〕。文藝為工農兵服務的方針確立後，培養一批工農兵文藝工作者，不正好可以切實地為工農兵文藝的寫作做出更大的貢獻嗎？在這以前，也有很多工農的新文藝作品，但因寫作者對於工人生活的不熟悉，「他自己沒有經驗過工廠生活，甚至他所見的，只是走在路上的工人而不是在工廠內工作中的工人」，因此，這些作品中的工人只能是「穿了工人服裝，其實還是知識分子」〔註 109〕。採取新的培養方式來形塑他們，不但可以彌補「青年作家們過去本錢太差」〔註 110〕的現狀，而且還可以使文藝隊伍更加充實，為進一步實現文藝為工農兵服務的方向提供堅實的基礎。

人民共和國初期的文藝戰線，是在「統一戰線」政策這一策略性思維下組建起來的複雜的文藝戰線。雖然在文代會上，來自國統區的文藝工作者和來自解放區的文藝工作者都擁護毛澤東提出的文藝為工農兵服務的口號，並把它作為文學寫作的總的指導思想，但文藝界思想情況的複雜性〔註 111〕，卻是被領導者清楚看到的。郭沫若曾強調，「文藝上和政治上一樣，統一戰線裏面有著不同的階級，就自然有著不同的藝術觀點。這些不同的觀點不可能一下子就歸於一致。」〔註 112〕雖然 1948 年在香港展開了清理，但這樣的清理，不可能採取暴力甚至革命的方式，只能是在文藝的「統一戰線」政策下，慢慢地作調整。而 1949 年文代會，正是在「統一戰線」政策的指導下召開的，原國統區、解放區文藝工作者表面上是平靜的、團結的，新政權需要這樣的平靜、團結的局面。

〔註 107〕刑小群：《丁玲與文學研究所的興衰》，濟南：山東畫報出版社，2003 年，第 1 頁。

〔註 108〕蘇平：《訪問中央文學研究所》，《文藝報》3 卷 4 期（1951 年 12 月 10 日）。

〔註 109〕茅盾：《略談工人文藝運動》，《小說月刊》3 卷 1 期（1949 年 10 月 1 日）。

〔註 110〕蘇平：《訪問中央文學研究所》，《文藝報》3 卷 4 期（1951 年 12 月 10 日）。

〔註 111〕在文藝界學習運動中，胡喬木的講話講的很嚴重。

〔註 112〕郭沫若：《為新中國的人民文藝而奮鬥》，《中華全國文學藝術工作者代表大會紀念文集》，北京：新華書店，1950 年，第 40 頁。

但這畢竟是過渡性的，新政權必然要求「有步驟地謹慎地進行舊有學校教育事業和舊有社會文化事業的改革工作」〔註 113〕，而在具體的改革過程中，「拖延時間不願改革的思想是不對的，過於性急、企圖用粗暴方法進行改革的思想也是不對的」〔註 114〕。中華全國文學工作者協會很快就著手培養新的作家，試圖讓他們參加到文藝隊伍中來，可以有效地起著一定的「抵制」作用，逐漸建構起共和國文學的主體力量。這些新生力量不一定能夠創作出非常重要的作品，但至少在文藝力量上所佔的比重，特別是在思想的形塑上，他們可以起到特定的作用。

作為當時文藝界的領導人，丁玲在經常接觸年輕文藝工作者的過程中也瞭解到，像馬烽、田間、康濯等同志，雖然能夠「寫東西」，「但是戰爭環境中讀書的機會很少，看作品的機會很少」，「如果在和平、安定的環境下給這些同志們創造一個學習的機會就好了」〔註 115〕，後來成為學員的陳登科在寫作《活人塘》時，趙樹理發現陳登科很多字都無法寫出來。看來，創建這樣的學習機會，在丁玲等文藝界領導人看來已是迫在眉睫、不可推卸的責任，因為她是當時文藝界的主要領導人。丁玲立即向組織反映了這些想法。

1949 年 10 月 24 日，中華全國文協給文化部寫了《關於創辦文學研究院的建議書》，正式提出創辦「中央文學研究院」的設想〔註 116〕。「建議書」中對過去文藝家的道路進行描述時這樣總結到：

> 自五四新文學運動以來，除延安魯迅藝術學院文學系及聯大文學系用馬列主義觀點培養文學幹部而外（經驗證明他們是很有成就的），一般的文學工作者大都是自己單槍匹馬，自己摸路走，這是他們不得已的事情，這是舊社會長期遺留下來的人們的學習方法。至於過去各大學的文學系，也由於教育觀點方法的限制及錯誤，從來很少培養出多少真正文學人才。〔註 117〕

〔註 113〕毛澤東：《為爭取國家財政經濟狀況的基本好轉而奮鬥》(1950 年 6 月 6 日)，《毛澤東選集》第 5 卷，北京：人民出版社，1977 年，第 19 頁。

〔註 114〕毛澤東：《為爭取國家財政經濟狀況的基本好轉而奮鬥》(1950 年 6 月 6 日)，《毛澤東選集》第 5 卷，北京：人民出版社，1977 年，第 19 頁。

〔註 115〕陳明的採訪中有詳細的記錄。邢小群：《丁玲與文學研究所的興衰》，濟南：山東畫報出版社，2003 年，第 1～2 頁。

〔註 116〕「中央文學研究院」這樣的名字，剛好與之後創辦的中央戲劇學院、中央音樂學院和中央美術學院構成高等學院的教學規模與體制。

〔註 117〕轉引自邢小群：《丁玲與文學研究所的興衰》，濟南：山東畫報出版社，2003 年，第 12 頁。

雖然在政治待遇上，中華全國文學藝術界聯合會是部級待遇的單位，但真正的權利隸屬上，它受到了中央宣傳部和文化部的共同支配。因而，要成立一個培訓文藝家的「學習機關」〔註118〕，需要徵得這兩個「上級」機構的同意後，才能真正執行。1950年2月，周揚（中央宣傳部常務副部長，主管意識形態）在中華全國文學藝術界聯合會第4次擴大常務委員會會議上作關於《全國文聯半年來工作概況及1950年工作任務》的報告中指出，1950年文聯應該作的工作有：

> 一、推動和組織文藝工作者到工廠、農村、部隊中去，幫助他們完成文藝創作的任務。二、籌辦文學研究所，徵調一定數量的有實際工作經驗和相當寫作能力的文藝青年，加以訓練，提高其寫作水平。三、建立批評小組，對作品經常進行研究、討論，有系統有計劃地組織和發表批評文字，克服目前文藝上缺少批評或批評無力的狀態。四、充實《文藝報》《人民文學》等刊物的內容，更進一步地密切其與群眾的聯繫，加強其對群眾的教育作用及對初學寫作者的具體幫助。……〔註119〕

周揚代表中宣部、中華全國文聯「表態」之後，籌辦中央文學研究所的工作才真正納入議事日程。

為了推進中央文學研究所的創辦，文化部和中華全國文學藝術界聯合會專門成立了籌備委員會，由丁玲、張天翼、沙可夫、李伯釗、李廣田、何其芳、黃藥眠、楊晦、田間、康濯、蔣天佐、陳企霞12人組成，丁玲、張天翼分別為正副主任委員。1950年7月6日，籌備委員會召開第一次會議，通過了籌辦計劃草案和研究人員分配名額的決議，還專門討論了行政、研究人員調集和教學計劃大綱等問題。中央人民政府文化部和全國文聯決定創辦「國立文學研究院」，顯然來自於蘇聯高爾基文學院的借鑒意義，後定名為「中央文學研究所」〔註120〕。中華全國文聯就此項工作致信中央人民政府文化部部長沈雁冰、副部長周揚。1950年10月18日，文化部長沈雁冰批覆如下：「一、同意中央文學研究所籌辦計劃草案及第一次籌委會會議決議七項照准，望即

〔註118〕謝蔚明：《訪中央文學研究所》，《文匯報》，1951年1月16日。

〔註119〕周揚：《全國文聯半年來工作概況及今後工作任務——在全國文聯四屆擴大常委會議上的報告要點》，《文藝報》1卷11期（1950年2月25日）。

〔註120〕新華社：《全國文聯和中央文化部籌備創辦文學研究所　培養新文學創作及文藝批評幹部》，《人民日報》，1950年8月10日。

據此進行。二、請此復發中央文學研究所籌備委員會長戳一枚。」〔註 121〕

10 月，中央文學研究所在北京積極籌備創建中，它的創建是人民共和國文學作家培養中的一件大事。這是人民共和國成立後，創辦的一所培養文藝作家的「學府」，是根據中央人民政府文化部的工作計劃、全國文聯四次擴大常委會的決議創辦的。

第三節　中央文學研究所學員簡況

1950 年 12 月 8 日，中央人民政府政務院第 61 次會議通過任免的各項名單，其中包括中央文學研究所正副主任的任命〔註 122〕，這標誌著中央文學研究所正式創建。在中央文學研究所籌備和創建期間，學員陸續到達中央文學研究所所在地北京鼓樓東大街 103 號〔註 123〕。1951 年 1 月 2 日，中央文學研究所宣布成立，1 月 8 日，舉行中央文學研究所的首屆學員開學典禮，50 多名學員參加了這次別開生面的開學典禮〔註 124〕，從而正式開始了中央文學研究所這所文藝學校的「政治使命」：

> 「這是在毛澤東文藝思想光輝照耀下為提高和培養人民作家的新型學習機關」，「它的成立給中國人民文學事業帶來了新的光彩，並為體現偉大的人民文學事業開闢了新的道路」。〔註 125〕

政務院副總理兼文教委員會主任、全國文聯主席郭沫若，文化部部長、全國文協主席、《人民文學》主編茅盾，中宣部副部長、文化部副部長、全國文聯副主席周揚，全國文協副主席、中宣部文藝處處長、《文藝報》主編、中央文學研究所所長丁玲，全國文協秘書長沙可夫，北京市文聯副主席、《說說唱唱》主編李伯釗，清華大學中文系主任李廣田教授，這些文藝界的「頭面人物」，都出席了中央文學研究所的開學典禮。雖然「典禮並沒有舉行什麼特別的儀式」〔註 126〕，但從前面所列參會人員的名單可見，中央文學研究所的成立是多麼的「隆重」。

〔註 121〕刑小群：《丁玲與文學研究所的興衰》，濟南：山東畫報出版社，2003 年，第 13～15 頁。

〔註 122〕主任丁玲，副主任張天翼。《政務會議通過的各項任免名單》，《人民日報》，1950 年 12 月 11 日。

〔註 123〕馬烽：《文研所開辦之前》，高深編：《文學的日子：我與魯迅文學院》，內部資料，魯迅文學院編輯出版，2000 年，自印本，第 8～10 頁。

〔註 124〕《中央文學研究所正式成立》，《新華社新聞稿》第 229 期，1951 年 1 月 15 日。

〔註 125〕謝蔚明：《訪中央文學研究所》，《文匯報》，1951 年 1 月 16 日。

〔註 126〕白原：《記中央文學研究所》，《人民日報》，1951 年 1 月 13 日。

1950 年 10 至 1951 年 1 月，進入中央文學研究所的學員組成中央文學研究所 1 期 1 班，學員 53 人〔註 127〕，學習時間為兩年；1952 年 9 月，北京大學、輔仁大學、復旦大學等高校部分畢業生，被選入中央文學研究所，組成 1 期 2 班學員，學習時間為一年。1953 年 6 月 30 日，中央文學研究所第 1 期學員順利結束學業。〔註 128〕經過兩年或一年的學習，中央文學研究所逐漸形塑起自己作為「文藝黨校」的形象。

下面這兩個表格，是我整理的 1951～1952 年 1 期 1 班和 2 班學員的基本情況。它包括知識程度、入學前的基本工作情況以及畢業後從事的主要工作〔註 129〕。

表格三：中央文學研究所 1 期 1 班學員基本情況統計表（53 人〔註 130〕）

研究員姓名	知識程度	入學前狀況	畢業後主要工作情況簡介
曹桂梅	小學，後自學	軍管會外僑辦事處青年警衛員，快板詩人，《長江文藝》通訊員〔註 131〕。	武漢文聯創作組工作，後轉入石家莊郊區作社員，務農。

〔註 127〕據 1951 年 4 卷 11、12 期合刊《文藝報．文藝動態》欄的報導，到 1951 年 8 月中旬，中央文學研究所的研究員總計為 50 餘人。綜合其他文學研究員的回憶，53 人是準確的數字。計劃中招生規模是 60 人，但最終招生的學員是 51 人，1951 年 2 月，王景山、王慧敏入學，總計為 53 人。表格中的學歷，針對的是 1951 年或 1950 年進入中央文學研究所時學員的最高學歷。工作情況也以進入學習時為標準。——筆者注。最近，刑小群老師複印給我的第 1 期文研所學員名單簡表中，也確認出 1 班學員人數為 53 人。

〔註 128〕據《丁玲年譜長編》：6 月 30 日，給文學研究所第 1 期第 2 班學員作總結報告。由此可以推斷，學員學習結束的時間應該是在 6 月底。王增如、李向東編著：《丁玲年譜長編》，天津：天津人民出版社，2006 年，第 302～303 頁。王景山在日記中記載也是 6 月 30 日結束學習。

〔註 129〕我在對中央文學研究所學員的基本情況考察中，一直覺得當時學員的基本情況有統一的表格。讀《訪問中央文學研究所》一文，已經證明了我的這些想法是可靠的。其實當時的表格主要內容包括：學員姓名、年齡、學歷、過去工作經歷、發表作品情況等。但目前，我還沒有在檔案中發現這些表格。

〔註 130〕最近，趙興紅在文章中認為是一期一班招收學員的準確數字為 52 人，顯然有錯誤，這與王景山的原始數據相矛盾。鄧友梅、趙興紅：《傳承與超越——魯迅文學院建院六十週年鄧友梅訪談錄》，《南方文壇》2010 年第 2 期。

〔註 131〕李季：《初步的收穫——在「〈長江文藝〉通訊員運動」一週年紀念會上的報告》，趙毅敏等：《開展文藝通訊員運動》，武漢：中南人民出版社，1951 年。

陳登科	小學	《鹽阜大眾報》、新華社合肥分社、《皖南日報》記者，文協會員。	從事專業創作，任安徽省文聯副主席，中國作協安徽分會主席，《清明》月刊主編，中國作協理事，中國文聯委員，1949 年加入中國作協。主要著作：長篇小說《活人塘》《杜大嫂》《黑姑娘》《雄鷹》《淮河邊上的兒女》《風雷》等，短篇小說集《百歲圖》，散文集《坎坷集》《俯仰集》，電影文學劇本《柳湖新頌》等。
陳孟君	陝北公學	部藝幹事，69 軍文工團長。	八一製片廠副廠長。
陳淼	華北聯合大學文藝學院	華北聯大文藝學院文學系研究生部，全國文協創作員。	中央文學研究所教務處秘書，中國作家協會秘書室主任，鞍鋼黨委組織部副部長，鞍山市文聯副主席，中國作家協會遼寧分會專業作家。1950 年開始發表作品。1952 年加入中國作家協會。著作有：《工長》（小說集），散文集《早晨集》《春雨集》，中篇小說《勞動姻緣》，短篇集《煉鋼工人》《紅榜的故事》，話劇劇本《紅旗歌》（合作）等。
陳亦絜	不詳	部藝幹事，21 軍營教導員。	揚州市文聯工作員，市文化局文藝處處長，市文聯主席。
楚白純（白村）	北京大學 華北大學	北京大學研究生，華北大學研究生。	《文藝報》助理編輯、編輯，《北京晚報》文藝編輯、組長，中國人民大學教師，《劇本》月刊理論批評組組長，河北省文聯文藝理論研究室研究員、副主任，省社科所文學研究室負責人，《文論報》主編，1980 年加入中國作協。論文有：《評〈野狼灣〉》《〈萬水千山〉的藝術成就》《反對粗暴的批評和對青年作者無情打擊的態度》《漫談生活與創作技巧》《群眾創作萬歲》《評〈風雲初記〉》等。
丁力（丁明哲）	不詳	南京青年文藝工作者協會常務理事；中國共產黨南京市委宣傳部組長。	留任中央文學講習所當助教，1955 年任《文藝學習》編輯部文藝評論組組長，1957～1964 年任《詩刊》編輯部主任，《歌曲》編委，文革後到中央音樂學院文學系任教授，《詩探索》副主編。1942 年開始發表作品，1956 年加入中國作協。主要著作有：詩歌集《從鄉下唱到城裏》《召喚》《災區的小故事》《北京的早晨》等，評論集《詩歌創作與欣賞》等。

董廼相	小學	天津北站鐵路擦車夫;《天津日報》通訊員。	天津機車車輛機械廠設計科科長。著作有:《老大哥》(小說)、《攜起手來》(小說集)《朱師傅》(小說集)等。
董偉	不詳	不詳	北京市文聯工作人員,曾創作工人題材小說《信》《小秋愛勞動漢》(小說集)等。
段杏綿	高小畢業	冀中軍區九分區文藝工作隊宣傳員，群眾劇社演劇隊演員，《中國少年報》編輯、記者，中央戲劇學院話劇系學員。	《中國少年報》編輯、記者，《火花》《汾水》編輯、編輯部主任、圖書編輯部副主編，編審，中國作家協會山西分會第二、三屆理事，1983 年加入中國作協。著作有：短篇小說報告文學集《聞喜有個小羅成》，短篇小說《新衣裳》，中篇小說《地下小學》，長篇紀實文學《劉胡蘭的故事》等。
剛鑒	不詳	遼寧省白山文工委工作員。	中國曲藝家協會工作人員。主要著作有:《老娘婆的轉變》《反特洋片》《馬恩全》等。
高冠英	不詳	石家莊電氣工人。	到東北文藝界工作，後在張家口涿鹿縣化肥廠工作，並在河南省參加省工會領導工作，曾擔任省宣傳部副部長、總工會副主席。
葛文	北平女一中高中畢業生	冀晉日報記者，渾源縣委宣傳部長，張家口圖書館長。	河北省作家協會專職作家，河北省文聯委員，1979 年加入中國作協。著作有：短篇小說集《鄉村新話》《噴泉記》《一封信》等。
謌焚(李步陵)	陝北抗日軍政大學	天津文聯副秘書長。	劇協北京分會會員，1956 年調入中國戲劇家協會任《劇本》月刊編輯部主任兼編委。主要著作有:短篇小說《接班人》《學習》等，獨幕劇《當家人》等，小歌劇《革命的家》等。
古鑒茲(李式古)	華北大學	華北聯合大學文藝學院文學系，華北大學國文系研究生。	全國文協組織部幹事,馬列學院哲學專業學員,中央文學研究所研究員,中國作協創委會研究員，中國共產黨基層區委書記、公社黨委副書記、工委副書記，中國作協文學講習所教學研究室主任,魯迅文學院副院長,中國作協機關黨委書記。著作有：長篇小說《窮棒子王國》等。
禾波(劉智清)	容縣中學	重慶市文聯《大眾文藝》編輯。	北京市文聯創作研究部工作人員，北京市作協分會創作員，《北京文藝》編輯部編輯,北京市曲藝團編輯和創作員。1937 年開始創作，1940 年開始發表作品。主要創作有:詩集《創造者》《三門峽的歌》《煤海浪花》等。

何世泰（何牧、何易）	中師生	小學教師。	重慶市文聯會員，《西南文藝》《紅岩》《峨眉》《四川文學》編輯、小說散文組組長，四川省作家協會編審。1946 年開始發表作品。著作有：短篇小說《阿方嫂》等。
胡昭（馮浪聲）	中學	《吉林日報》副刊組編輯。	畢業後留中央文學講習所教員數月，後回吉林任省文聯專業作者、作協黨組成員，《作家》雜誌編輯，《長春》副主編，中國作家協會理事。1949 年開始發表作品，1956 年加入中國作協，著作有：《播種及其他》（詩歌），詩集《光榮的星雲》《人生之旅》《小白樺樹》等，散文集《綠的回憶》《冰雪小劄》《影思的面影》等。
胡正（胡振邦）	延安部隊藝術學校	重慶《新華日報》副刊組長。	山西省文聯從事專業創作，山西省文聯秘書長，省作家協會理事、黨組書記、副主席、顧問、名譽主席，文學創作一級，省文聯委員、副主席，1959 年加入中國作協。著作有：長篇小說《汾水長流》，中短篇小說集《幾度元宵》，短篇小說集《摘南瓜》《七月古廟會》，短篇小說《除害》，散文報告文學集《七月的彩虹》，中篇小說《雞鳴山》《重陽風雨》等。
蘭占奎	不詳	西北部隊文藝工作者。	電影編劇，主要著作有：《三百三十四個》《英雄劉四虎》《小棒錘的故事》等。
李長俊	不詳	不詳	河南省作家協會專業作家，主要著作有：小說《傳樓》，戲劇《快陞官》等。
李方立（李茂雲）	延安魯藝	冀魯豫區文聯黨組成員，文協主任。	平原省文協主任，《平原》《新地》雜誌主編，華北文聯專業創作員，北京市文聯作家，文藝五級，北京市文聯作協理事，1950 年加入中國作協。著作有：《步步登天》（小說集），長篇敘事詩《孫李慶圓月》《黑二孩》等。
李納（李淑源）	延安魯藝	《東北日報》副刊編輯、《東北畫報》記者。	中國作協駐會作家，安徽文聯專業作家，1954 年調入中國作協從事專業創作，後下放到天津、青島、安徽等地體驗生活，擔任中國作協理事，中國少數民族作家協會常務理事，人民文學出版社編審，1949 年加入中國作協。著作有：《愛》（短篇小說）、《煤》（小說）、《刺繡者的花》（小說）等。

劉德懷（劉兆淮）	華北大學	華北聯合大學三部創作員，中央戲劇學院創作員。	中央文學研究所圖書室主任，《山西文藝》編輯，山西省文聯文藝理論研究室副主任，晉中地委宣傳部副部長、文聯主席，山西省文聯委員，省作協理事，一級作家，1962年加入中國作協。著作有：短篇小說《一架機器的復活》《搶糧》《老婆轉變》《愛國棉》，《夫妻關係》（小說集）等。
劉莎	不詳	不詳	中國兒童藝術劇院編導室。
劉藝亭（劉亦耕）	河北大名師範學校	《人山報》編輯、總編輯，《冀南日報》主編、記者。	《平原文藝》通訊員，《膠東文化》特約作者，冀南行署教育處編審科長，《冀南教育》主編，河北省文聯創作部長、省文聯黨組書記。著作有：《新犁》（小說）、《葡萄樹長葉的時候》（小說）、《前程萬里》（小說集）、《八月家書》（詩）、《劉藝亭作品集》等。
馬烽（馬書銘）	延安魯藝部隊藝術學校	解放區老作家，《晉綏大眾報》主編，晉綏出版社總編輯。	中央文學研究所副秘書長，中國作協青年部副部長，中國作協創作組組員，山西省文聯主席、作協主席，山西省委宣傳部副部長、省政協副主席，中國文聯副主席，中國作協黨組副書記、副主席，1949年加入中國作協，專業作家。著作有：長篇小說《劉胡蘭傳》《玉龍村紀事》等；中篇小說集《伍二四十五紀要》《袁九斤的故事》等；短篇小說集《金寶娘》《村仇》《結婚》《我的第一個上級》等；電影文學劇本《我們村裏的年輕人》《咱們的退伍兵》等。
馬琰	太原女子師範學校	西北藝術學院秘書。	西北文聯工作，任《西北文藝》執行編委，1954年調往吉林，任省文聯副主任，《長春》雜誌主編，中國作家協會吉林分會副主席。著作有：中長篇小說《於改秀》《第一次分紅》《看焰火聽來的故事》等。
馬蔭隱（馬壬寅）	不詳	廣州軍管會文藝處、嶺南大學中文系講師。	華南文聯文學部、出版部工作人員，《文藝快報》編輯，華南文聯專業作家，暨南大學教授，主要創作有：《花開時節》《僑眷辦社的故事》《青磚玉石》等。

瑪金	國立戲劇專科學校	《冀晉日報》編輯，天津市文協常務理事。	中國作家協會文講所教研組組長，《人民文學》編輯部主任，安徽省文聯專業作家、黨組成員、編審，安徽省文聯委員、作協常務理事，安徽人民出版社顧問，1980 年加入中國作協。著作有：《出發集》《彩壁集》《瑪金詩選》等。
孟冰	不詳	部隊文藝幹事，二野文工團政委。	總政文化部創作員。
潘之汀（筆名芷汀）	抗日軍政大學、魯迅藝術文學院	解放區作家，保定市文聯主任，《新保定報》編輯。	中國作協文學講習所教員，北京電影製片廠編劇、編輯部副主任，1949 年加入中國作協。主要著作有：短篇小說《馴「虎」英雄》，兒童文學《懸雲寺》，長篇報告文學《發電廠裏五十年》，中篇故事《老電工》，長篇報告文學《發電廠裏五十年》，長篇紀實文學《「古稀」漫憶》《大時代．小痕跡——芷汀文選》等。
沙駝鈴（李若冰）	魯迅藝術學院	解放區作家，中宣部助理秘書，西北軍區政治部秘書。	中國作協西安分會專業作家、副主席兼秘書長，陝西省文化局副局長，陝西省委宣傳部副部長，陝西省文化廳長、省作協黨組書記，陝西文聯主席，專業作家，文學創作一級，中國作協理事，1956 年加入中國作協。著作有：《在勘探的道路上》《柴達木手記》《山湖草原》等散文集。
聞山（沈季平）	西南聯合大學	地下革命工作者。	《文藝報》政論、文學、美術編輯和組長，《詩刊》編輯部副主任，1962 年加入中國作協，《文藝研究》編輯部主任，中國藝術研究院編審，中國現代文學館館長，1982 年參加中國書法家協會。著作有：評論集《詩與美》，詩歌《我們的鷹》《山，滾動了！》等。
司仃	延安魯迅藝術文學院	華北聯合大學文工團文學組長，抗敵劇協文藝組長，抗聯會宣傳部長。	中國共產黨通縣縣委宣傳部長，河北省文聯專業創作員，中國作協幹部。著作有：長篇小說《竹妮》《糧食》等。
孫迅韜（孫清江）	不詳	渤海區黨委宣傳部幹事，文藝創作組長。	《北京文藝》編輯部副部長、副主編、領導小組成員。1950 年開始發表作品。1972 年加入中國作家協會。著作有：短篇小說《回家》《家》《老伴進城》，散文《北大紅樓巡禮》《十三陵前鎖蛟龍》《戰鬥中的人們》《人們不會忘記她》《尷尬時刻》，小小說《趙老頭》，報告文學《祖國的女兒》等。

唐摯(唐達成)	上海新聞專科學校	新華社新聞訓練班學員。	《文藝報》編輯、編輯組長、總編室副主任、副主編，中國作協黨組書記、書記處常務書記、主席團委員，副部級，1956 年加入中國作協。著作有：評論集《藝文探微錄》《南窗亂彈》，雜文集《淡痕集》《世相雜拾》等。
王谷林	中學	《蘇北文藝》主編。	中央文學研究所所部秘書，《文藝報》秘書組長、社會生活組長、辦公室副主任，中國作協新疆分會副秘書長、副主席，《新疆文學》副主編，《民族文學》編輯部主任，中國作協專職黨委副書記、辦公廳主任，1979 年加入中國作家協會。著作有：小說《飲馬長江》等。
王慧敏	華北聯合大學	華北野戰軍 64 軍文工團文藝幹部，前衛劇社戲劇隊副隊長、劇社副指導員、劇社社長。	畢業後進入第二期學員學習至 1955 年，後任北京市南苑區委宣傳部副部長，《北京文藝》編輯部副主任，北京市委宣傳部文藝處文學創作組，中國共產黨北京市委宣傳部文藝處副處長，北京出版社總編室主任、黨支部書記中宣部文藝局文學處處長等職，1982 年加入中國作協。著作有：《戰地黃花》《我能愛他嗎？》《山丹花兒紅》等。
王景山	西南聯大(北京大學)	江蘇通州師範學校教員。	文學講習所圖書資料室主任、教學秘書，中國作協創作委員會研究員，北京師範學院（今首都師範大學）中文系主任、教授，魯迅文學院兼職教授，中國現代文學研究會及中國魯迅研究會名譽理事，中華文學史料學學會顧問，1979 年加入中國作協。著作有：《魯迅書信考釋》《向同學說》《旅人隨筆》《魯迅仍然活著》《魯迅名作鑒賞辭典》《臺港澳暨海外華人作家辭典》等。
王血波	華北聯大	老解放區作家，群眾劇社社長。	天津市委宣傳部文藝處幹部，全國文聯委員，全國劇協理事、天津分會主席，天津市文化局副局長，1950 年加入中國作協。著作有：歌劇劇本《紡棉花》《寶山參軍》《翻天》，話劇《王瑞堂》《六號門》（與張學新合作）等。

吳長英	文盲，後自學〔註 132〕	山東軍區被服廠工人。	工農速成中學教員，山東榮成縣圖書館館員。
徐剛	大專	新華社總社軍事宣傳記者，《大眾日報》特派記者。	留任中央文學研究所工作人員，後任中國作協文學講習所教務處處長、副所長，甘肅省文聯副主席、秘書長，省作協黨組成員、副主席、秘書長，魯迅文學院副院長，1962 年加入中國作協。著作有：《女戰士陳敏》（小說），《銀杏海棠花》（小說集），《日落日出》（回憶錄）等，報告文學《徂徠山上》《攻克蒙陰城》。
徐光耀	華北大學文學系	軍報編輯，隨軍記者。	加入中國作協任專業作家，後到河北老家搞初級農業合作社以體驗生活，河北省文聯、作協副主席，省文聯黨組書記、主席，文學創作一級，1943 年開始發表作品。著作有：長篇小說《平原烈火》，短篇小說《我的第一個未婚妻》等，中篇小說《小兵張嘎》《少小災星》等。
彥穎	北方大學藝術學院	人民日報社編輯。	《太原畫報》社編輯，《火花》編輯部詩歌組組長、山西晉中地區文聯主席，《晉中文藝》《鄉土文學》主編。主要作品有：《貴兒媳婦》《鄉村十景》《回娘家》等詩歌，散文集《漳河畔的姑娘》等。
楊潤身	私塾教育	解放區作家，華北群眾劇社創作組組長，群眾劇團演員。	編導並參加拍攝電影《白毛女》，1956 年調中國作協天津分會，天津市作協副主席，天津市文化局創作組組長，專業作家，文學創作一級。著作有：長篇小說《魔鬼的鎖鏈》《白毛女和她的兒孫》《白求恩的女兒》《天堂裏的凡人》等，中短篇集《楊潤身小說選》《千聽百見的故事》《五畝山凹地》，散文集《白毛女故鄉的風采》等。

〔註 132〕「我沒有進過學校，只是參加革命後在業餘時間自學的，自一九四五年才開始學文化。……九歲失去父母，被壞人賣給人家當童養媳……四五年八月到山東軍區後勤部做工。」這是吳長英向記者蘇平講述自己的生活經歷時談到自己的基本情況。蘇平：《訪問中央文學研究所》，《文藝報》3 卷 4 期（1950 年 12 月 10 日）。

郁波（王文純）	上海中華工商專科學校	上海《勞動報》副刊編輯。	上海《文藝月報》編輯，《山西文藝》《火花》《汾水》及中國作協山西分會圖書編輯部編輯、編輯組長、編輯部主任、副主編、編審，山西作協理事，1983 年加入中國作協。著作有：長篇小說《寒夜星火》，短篇小說《青春的回憶》《一份批判稿》等。
張德裕	私塾教育	中長鐵路房產段工人，工廠文藝幹事，工人作家。	專業作家，後在東北文藝界工作，任作協黑龍江分會專業作家。著作有：小說集《工地上的姑娘》（合著），短篇小說《小賈其人》《紅花還得綠葉扶》等。
張學新	小學畢業	解放區作家，天津搬運工人文工團員。	天津文聯、作協秘書長，天津人民藝術劇院副院長，天津社科院文學所副所長，中國作協天津分會理事，中國劇協天津分會理事，天津市文聯委員。著作有：劇本《六號門》（與王雪波合作）《訓海英雄》《張學新劇作選》等。
趙堅	私塾教育一年半，半文盲	北京汽車修配廠工人，工廠文藝幹事；《工人日報》特約通訊員。	北京市文聯、安達市文化館及湯原縣文化館創作輔導員、組長，北京市文聯創委會專業作家，1956 年加入中國作協。著作有：小說《檢查站上》、短篇小說集《互助》《磨刀》等。
鄭智	不詳	不詳	廊坊軍分區政治部副主任。
周雁如	中學	平原省文工團創作組副組長、冀魯豫《大眾日報》記者。	北京市文聯創作部專業作家，《北京文學》小說組組長，編輯部副主任，主任編審，副主編，中國作協會員，1979 年加入中國作協。著作有：話劇《呂堤事件》（合作），報告文學《浪子回頭金不換》《馬青山鬧糧》等。
朱東（王志英）	大專（延安部隊藝術學校）	第一野戰軍一軍文工團戲劇教員、導演、隊長。	《文藝報》辦公室主任，山西省《文化週刊》《山西文化》《山西戲劇》《群眾文藝》叢刊、《山西群眾文藝》主編，劇協山西分會副主席。著作有：大型歌舞《各民族團結》《藏舞》等。

表格四：中央文學研究所 1 期 2 班學員基本情況統計表（25 人〔註 133〕）

學員姓名	畢業學校	入學前狀況	畢業後主要工作情況簡介
白婉清	北京大學中文系	應屆畢業生	1953～1965 年先後在中國作家協會創作委員會詩歌組任幹事及詩刊社編輯，文革前到河北涿鹿縣中學任教，文革後在河北張家口師專中文系任教，學報主編，副編審。
曹道衡	北京大學中文系	應屆畢業生	畢業後轉向古典文學研究，北京大學文學研究所工作人員，中國社會科學院文學所研究員，1954 年開始發表作品。論著有：《關於陶淵明思想的幾個問題》《戰國策簡論》等。
邸金俊	輔仁大學中文系	應屆畢業生	中國作家協會創作委員會工作人員，甘肅人民廣播電臺文藝部編輯，甘肅文協刊物《甘肅文藝》小說散文組組長，《紅旗手》編輯，甘肅人民出版社編輯，甘肅省政協委員，主要著作《春滿人間》等，編輯出版有《袖珍常用古詩文名句手冊》《修辭知識十八講》等。
李仲旺	北京大學中文系	應屆畢業生	吉林省文聯工作，著作有：《反馬克思主義的胡風文藝思想》（與黃秋雲合著）。
劉真	東北魯藝	學員	1953 年 6 月學期結束後轉入第 2 期學員學習，後任中國作協武漢分會專業作家，中國作協理事，作協河北分會副主席，著作有：《小藤簍的故事》《核桃的秘密》《在我們村子裏》《英雄的樂章》和《長長的流水》等。
劉蕊華	輔仁大學中文系	應屆畢業生	《文藝學習》編輯部編輯。

〔註 133〕趙興紅最近在採訪鄧友梅的訪談中，說到：「1952 年 5 月，中央文學研究所制定第一期二班招生通知，決定於秋季從當年大學畢業生中招收 30 名，以北大、輔仁、燕京、復旦為主保送一批成績優異、符合要求的學員來學習。實際招生 25 人，有一部分學員是在抗日戰爭、解放戰爭時期參加過革命工作的。」鄧友梅、趙興紅：《傳承與超越——魯迅文學院建院六十週年鄧友梅訪談錄》，《南方文壇》2010 年第 2 期。另據毛憲文、賀郎的回憶，1952 年 9 月，又招收了第一期第二班學院，他們大都是應屆大學中文系畢業生，包括北京大學（白婉清、毛憲文、譚之仁、王有欽、許顯卿、張保貞、曹道衡、李仲旺、宋淑蘭）、輔仁大學（龍世煇、王樹棻、王鴻謨、邸金俊、劉蕊華、王文迎）、清華大學（周永珍）、復旦大學（張泰芳、楊文娟、張興渠）以及青年作家（瑪拉沁夫、劉真、左介貽、張鳳珠、錢鋒、嚴振奮）。毛憲文、賀郎：《丁玲——偉大的文學教育家》，《武陵學刊》2010 年第 1 期。

龍世輝（許晨）	輔仁大學中文系	應屆畢業生	人民文學出版社小說組副組長、《當代》編輯部副主任，作家出版社副總編輯，《北京黃埔》編委。中國作家協會會員。組稿、編輯、提供編輯意見的書稿有 200 餘部（集），包括長篇小說《林海雪原》《三家巷》《苦鬥》《前驅》《清江壯歌》《代價》，著有《龍世輝寓言集》等。
瑪拉沁夫	小學	文工隊員，縣委宣傳部長，中央電影劇本創作所。	1953 年學期結束轉入第 2 期學員學習，1954 年加入中國作協，《內蒙古文藝》編輯，後任中國作協內蒙古分會副主席，文化局副局長、文聯副主席，《草原》《花的原野》主編，《民族文學》雜誌副主編、主編，中國作協黨組副書記、主席團成員、書記處常務書記，作家出版社社長、總編輯。著作有：長篇小說《茫茫的草原》《春的喜歌》《花的草原》等，電影文學作品有《草原晨曲》《沙漠的春天》《祖國啊，母親》。
毛憲文	北京大學中文系	應屆畢業生	歷任《文藝學習》編輯、北京四中高級語文教師、魯迅文學院教務處副主任，副研究員、教授，2000 年加入中國作家協會。著作有：《毛憲文詩文選》《毛憲文廣告文學選》，散文集《好菜煮成粥》，論文集《有病不呻吟》等。
錢鋒	復旦大學中文系	應屆畢業生	1953 年學期結束後轉入第 2 期學員學習，畢業後在安徽文聯工作。
宋淑蘭	北京大學中文系	應屆畢業生	中央美術學院附屬中學教師。
白榕（譚之仁）	北京大學中文系	應屆畢業生	《人民文學》編輯部編輯，青海省文聯文藝記者和編輯，安徽省文工團任編導，安徽省文聯專業作家、一級編劇，安徽省散文學會常務副會長，安徽省音樂文學學會副主席。著作有：散文集《花街》，散文詩集《雲訴》，雜文集《芒寒集》，劇本《逃不出人民的眼睛》《車間裏的戰鬥》《白衣紅心》《在廣闊的天地裏》《紅衣曲》《紅色青春》《在鴨棚裏》《春江夜渡》《紅軍歌》《戰士的針線包》等。
王鴻謨	輔仁大學中文系	應屆畢業生	中國作協創作委員會幹事，《新觀察》雜誌編輯、記者，人民文學出版社編輯、組長、當代文學編輯室主任，編審，1980 年加入中國作協。著作有：縮寫本《紅旗譜》《前驅》等。
王樹棻	復旦大學中文系	應屆畢業生	國家出版局審讀。

王文迎	輔仁大學中文系	應屆畢業生	中國作家協會工作人員；北京社會科學研究所當代文學組文學編輯。
王有欽（賀朗）	北京大學中文系	應屆畢業生	留所任教，後擔任中國作協青年作家工作委員會任創作研究組長，《南方日報》編輯，《作品》小說散文組組長，《羊城晚報．花地》副主編、副刊部主任，廣東省文聯圖書編輯部副總編輯，廣東省社會科學院文學研究所研究員，廣東省文聯委員、作協理事，1979 年加入中國作協。著作有：長篇小說《躍馬揚鞭》《天涯路》，評論集《蕭殷論》等。
許顯卿	北京大學中文系	應屆畢業生	中國作協文學講習所教師，作家出版社編輯，人民文學出版社文藝理論組、小說組編輯，《華人世界》《海內外文學》雜誌副主編兼編輯部主任，人民文學出版社編審，1986 年加入中國作協。著作有：長篇小說《晨光曲》（合作），報告文學《反倒算鬥爭》《辛莊第一社》，中篇小說《女兒國》《伍子胥》等。
嚴振奮	復旦大學中文系	應屆畢業生	《劇本》月刊副主編。
楊文娟	復旦大學中文系	應屆畢業生	上海文藝出版社編輯。
張保貞	北京大學中文系	應屆畢業生	《人民文學》編輯，後到安徽省文聯、安徽人民出版社做編輯工作，兒童文學家。
張鳳珠	東北大學歷史系	《東北文藝》雜誌社編輯。	丁玲秘書，《新觀察》《寧夏文藝》雜誌編輯，作家出版社副總編輯，《中國作家》雜誌副主編。著作有：散文集《他是天邊一顆遙遠的星》等。
張泰芳	復旦大學中文系	應屆畢業生	甘肅省人民廣播電臺編輯。
張興渠	復旦大學中文系	應屆畢業生	上海作家協會，《上海戲曲志》編輯。
周永珍	清華大學中文系	應屆畢業生	中國社會科學院考古研究所研究員。
左介貽	中央政治大學、湖南人民革命大學	研究班學生	歷任中南作家協會專業創作員，《長江文藝》編輯，武漢師院漢口分院教師，後併入江漢大學並繼續任教，1983 年加入中國作協，著作有：長篇小說《九曲柳》，長篇報告文學《散兵七日》，中篇小說《紅花朵朵開》《初夏》等。

第四節　「文藝學校」的體制化探索及經驗——微觀考察中央文學研究所

前面的行文中，我們已多次提及，人民共和國初期文藝界的思想狀況是相當複雜的〔註 134〕。雖然全國文代會形成表面的團結局面，但其複雜性是被中國共產黨高度地估計著的，或者是中國共產黨需要這樣的估計。全國文協作為共和國文藝界的重要組織機構，它提出創建中央文學研究院的目的，也是鑒於文藝界複雜的思想狀況。面對這種複雜的思想情況，新生的政權建立後，必然對它進行有效的清理。

但共和國文藝界嚴格遵循著文藝戰線的「統一戰線」政策，對這時的文藝隊伍的清理活動，不可能採取過激的行為，特別是面對具有「統戰」意義的知識分子們時，更需要謹慎地處理。這從側面說明，「統一戰線」政策有重要的歷史意義，它仍能發揮局部的作用。雖然在文藝戰線上中國共產黨強調團結，但實現團結的主要途徑，還得依靠鬥爭的手段。很多工農幹部對建國初期的「統一戰線」政策產生「疑問」，他們紛紛質疑「統一戰線」政策：「革命勝利了，為什麼還要統一戰線」〔註 135〕？這從側面說明，中國共產黨在具體貫徹「統一戰線」政策時，其實給基層幹部有明確的表達，那就是「統一戰線」政策的時效性。否則，如果真是一種長期的文藝政策，這些幹部也不可能提出這樣的質疑。這引起毛澤東和統戰部長李維漢高度重視，他們從國家利益的角度出發，向黨內工農幹部講解「統一戰線」政策的政治意義。毛澤東指出，「要向幹部講明這個道理，並且拿事實證明，團結民族資產階級、民主黨派、民主人士和知識分子是對的，是必要的」，「這些人中間有許多人過去是我們的敵人，現在他們從敵人方面分化出來，到我們這邊來了，對這種多少有點可能團結的人，我們也要團結」，「現在我們需要採取這個策略」〔註 136〕。李維漢則強調，「統一戰線工作是一種極其複雜的政治鬥爭，各級統一戰線工作部的同志必須注意學

〔註 134〕這種複雜，不僅體現在作家隊伍的成分複雜，還在於各自不同的文學審美趣味等諸多方面。

〔註 135〕在李維漢看來，人民共和國初期有關統一戰線的「質疑」，包含的實質其實就是：黨內一部分負責幹部存在著關門主義的傾向。李維漢：《人民民主統一戰線的新形勢與新任務》（1950 年 3 月 21 日），《建國以來重要文獻選編》第 1 冊，北京：中央文獻出版社，1992 年，第 157 頁。

〔註 136〕毛澤東：《不要四面出擊》（1950 年 6 月 6 日），《毛澤東選集》第 5 卷，北京：人民出版社，1977 年，第 23 頁。

習黨的理論和黨的政策，必須嚴格遵守黨的指示和紀律」〔註 137〕。

顯然，共和國初期相當長一段時間裏，有關「統一戰線」政策的思考，一直是中國共產黨高層及文藝界領導們的重點〔註 138〕。隨著原國統區革命的、進步的文藝工作者進入共和國初期的文藝界，為了維護新政權及文藝界的「穩定」和「團結」，對這些知識分子進行教育和改造，是需要的，也是必要的。建國初期，各地創辦的各地軍政大學和人民革命大學〔註 139〕，就是知識分子改造的主要場所，他們承擔著對新區知識分子進行改造的責任〔註 140〕。中央文學研究所就是在這樣的歷史語境下著手創辦起來的，其對學員們思想的清理，也是必然現象。

一、學員構成，嚴格遵循文藝的「統一戰線」政策

共和國初期，文學藝術領域作為文藝戰線和文教戰線，它也貫徹著《共同綱領》這一國家根本大法，「統一戰線」無疑是最基本的、堅守的政治底線。這在中央文學研究所的創辦過程中，得到了體現。1 期 1 班的 53 人名學員，是按照「統一戰線」政策來分配。按 1951 年 1 月開學時學員們的情況統計表，當時招收學員 51 人〔註 141〕，其中 41 人是「在老區從事多年創作工作的幹部」，包括馬烽、王血波、徐光耀、李納等，所佔比例為 80.4%；工人農民作家 6 名，包括張德裕、曹桂梅、董廼相、高冠英、趙堅、吳長英，所佔比例為 11.8%；4 名小資產階級知識分子（來自新區的革命的小資產階級知識分子），包括馬蔭隱等，所佔比例為 7.8%。從這裡的比例數字可以看出：當時組成的中央文學研究所 1 期 1 班學員，主要是來自部隊的文藝工作者，所佔比例高達 80.4%。

〔註 137〕李維漢：《人民民主統一戰線的新形勢與新任務》（1950 年 3 月 21 日），《建國以來重要文獻選編》第 1 冊，北京：中央文獻出版社，1992 年，第 158 頁。

〔註 138〕毛澤東、周恩來、劉少奇、鄧小平、陳雲、朱德、李維漢等都有相關的論述。

〔註 139〕當時各大區，除開東北和西北沒有這樣的人民革命大學之外，華東有華東人民革命大學、西南有西南人民革命大學、中南區有中南人民革命大學，甚至在華北區也有華北人民革命大學。

〔註 140〕沈從文被送往華北人民革命大學學習，就是明顯的例子，常任俠也被安置在華北人民大學學習。

〔註 141〕謝蔚明：《訪中央文學研究所》，《文匯報》，1951 年 1 月 16 日；新華社：《中央文學研究所成立》，《文匯報》，1951 年 1 月 16 日；方明：《訪中央文學研究所和青年作家們》，《光明日報》，1951 年月 14 日。按照我目前掌握的資料，1951 年 2 月，王景山和王慧敏成為 1 期 1 班學員。參見王景山 1951 年 2 月日記和王慧敏《憶母校》。

部隊文藝工作者大部分經歷戰爭的洗禮，「半數以上的人有較長的文學工作歷史並發表過比較成功的作品」〔註 142〕，有的甚至還經歷過 1942 年的延安文藝整風，他們最終能夠成長為革命的文藝工作者，顯然是因為在思想上受到中國共產黨的信任。讓這些文藝管理幹部學習後，充實到文藝隊伍之中，對那支不能完全信任的文藝隊伍來說，顯然是比較理想的「捷徑」。

伴隨著經濟上的翻身，工人和農民也要求文化的翻身。培養工農文藝作家，由工農作家自己來書寫工農文藝作品，成為文藝學校創建的「應有之義」。1 期 1 班的學員構成中，工農作家也是一道亮麗的「風景線」。雖然我們看到單列的工農作家只有 6 名（張德裕、曹桂梅、高冠英、趙堅、吳長英、董廼相），所佔比例僅 1/9 強。但如果再仔細考察來自部隊的某些文藝學員的「前背景」，他們仍是工人和農民成長起來的文藝家。比如：陳登科、徐光耀、楊潤身等，雖然是部隊的文藝工作者，但我們不能否認他們的農民出身〔註 143〕。在新的時代裏，工農作家成為重要的文藝作家培養對象。他們和直接來自部隊的文藝工作者一起，構成了學員的絕大部分。

在當時的歷史語境下，小資產階級知識分子作家，由於思想上的複雜性，普遍帶有小資產階級情緒，他們需要得到徹底的思想改造後，才能在共和國的文藝事業中發揮積極作用。所以，1 期 1 班學員中，小資產階級知識分子文藝家的比例相當低，在 51 名學員中，僅招收了 4 名小資產階級作家（即使加上之後進入文學研究所的王景山，也只有 5 名），他們都是來自「新區」的「革命的小資產階級知識分子」，其中著名的是馬蔭隱，「曾任華南大學助教、從事創作生活十五年」〔註 144〕，還有唐達成等人。這裡，小資產階級知識分子作家明顯地是作為「統戰」的對象進入到文學研究所學習的。正如丁玲在中央文學研究所的講話中指出的，「我們今天聯合小資產階級，是聯合進步的、和我們靠攏的小資產階級，並非一切小資產階級思想都是合法的」，「我們是要以無產階級的思想來教育小資產階級，而不是到小資產階級中間去宣傳小資產階級思想」〔註 145〕。小資產階級思想的從屬地位，決定了小資產階級知

〔註 142〕記者在介紹時談到，「其中有四十二人是在抗日戰爭時期參加革命工作的」。新華社：《中央文學研究所成立》，《文匯報》，1951 年 1 月 16 日。

〔註 143〕新華社：《中央文學研究所成立》，《文匯報》，1951 年 1 月 16 日。

〔註 144〕謝蔚明：《訪中央文學研究所》，《文匯報》，1951 年 1 月 16 日。

〔註 145〕王景山 1951 年 7 月 31 日日記。王景山：《我所知道的中央文學研究所和所長丁玲》，《新文學史料》2002 年第 4 期。

識分子在學校的角色扮演。所以，這 4 名小資產階級知識分子作家能夠進入中央文學研究所，也是丁玲及中央文學研究所的一種實驗方式：看小資產階級能否接受無產階級的思想改造。

這裡，我們可以看出：作為學員的基本構成，中央文學研究所按照工人農民作家、部隊作家和小資產階級作家的三種成分建立起來，對應著人民共和國初期的《共同綱領》規定和文藝戰線的「統一戰線」政策。為了能夠有效地形塑人民共和國的文藝隊伍，來自部隊和工廠的作家明顯地居於主導的地位。這從部隊文藝工作者和工人作家的人數比例上可以看出，兩者在中央文學研究所學員的比例上高達 92.2%。小資產階級作家僅僅是一種「陪襯」，其比例僅僅占 7.8%。這切合了共產黨有關「統一戰線」的政治內涵和基本精神。按照毛澤東的說法，「人民民主專政的基礎是工人階級、農民階級和城市小資產階級的聯盟，而主要是工人和農民的聯盟，因為這兩個階級佔了中國人口的百分之八十到九十」〔註 146〕。中央文學研究所學員的這種比例關係，切合了人民共和國初期的這一基本現實。

其實，小資產階級知識分子學員在中央文學研究所學習期間，一直被作為思想的「對立面」予以強調。作為中央文學研究所所長的丁玲，經常強調小資產階級知識分子的潛在「危險性」。比如，1951 年 7 月 31 日，丁玲為中央文學研究所第二學季「文藝思想和文藝政策」單元學習總結的啟發報告中強調，「小資產階級想方設法想篡位，想以小資產階級統治世界，改造世界」，「我們警惕性要高」，「沒有很好的學習毛主席文藝思想，沒有站穩立場，就會警惕性不高，甚至會投反對票，就會犯自由主義」〔註 147〕。其實，按照王景山與丁玲的一次談話，我們可以看出，中央文學研究所 1 期 1 班招收了馬蔭隱等新區的小資產階級知識分子作家，作為中央文學研究所的學員，其目的並不是為了要把他們這些小資產階級知識分子作家培養成工農文藝幹部，而是「希望這些知識分子能幫助工農提高文化，反過來再受工農的生活感情的影響」〔註 148〕。這即是說，他們在中央文學研究所充當的是「被改造的知識分子」這一角色扮演者。這種思路明顯地按照「統一戰線」的基本

〔註 146〕毛澤東：《論人民民主專政》，《人民日報》，1949 年 6 月 30 日。

〔註 147〕王景山 1951 年 7 月 31 日日記。王景山：《我所知道的中央文學研究所和所長丁玲》，《新文學史料》2002 年第 4 期。

〔註 148〕王景山 1951 年 2 月 20 日日記。王景山：《我所知道的中央文學研究所和所長丁玲》，《新文學史料》2002 年第 4 期。

思維來建構，「團結」是目的，「鬥爭」是手段，把小資產階級知識分子置於鬥爭的對立面，是為了有效地團結這些小資產階級知識分子。但到 1951 年 4、5 月間，丁玲和中央文學研究所領導發現，這樣的學員構成是有問題的，特別是在寫作上，存在很大的問題。他們的文化素質普遍並不高。據王景山透露，著名作家、文藝理論家來中央文學研究所做專題講座的記錄，絕大部分都是由他親自整理出來的，其他學員是無法完成這樣的任務的，這從側面也啟發丁玲，學員還得有基本的文化素質。所以，動議招收第二班學員時，丁玲把眼光轉向了剛畢業的大學生，這是合乎邏輯的必然發展。1 期 2 班雖然有少量的被選送來的文藝學員，但絕大部分是來自剛走出大學校門的畢業生。

從這個意義上來說，中央文學研究所的創辦後招收 1 期 1 班學員，嚴格遵循著文藝界的「統一戰線」政策，工農作家在共和國文藝工作者的主體地位得到了真正的體現，小資產階級知識分子作家也名正言順地在中央文學研究所裏進行「思想改造」。為了這種改造的隆重性和嚴肅性，中央文學研究所在兩年時間裏，僅僅發展了兩名黨員，一名是馮振山，所裏的勤工人員；一名是王景山，唯一的小資產階級知識分子〔註 149〕。從這兩個人的出身可以看出，在很大程度上，他們的入黨只是一種「象徵」意義。

二、思想的多次「清理」，形塑學員們思想的「純潔性」

中央文學研究所的創辦，其目的主要是為了培養「實踐毛澤東文藝方向的文學創作及文藝批評的幹部」〔註 150〕，即新的文藝工作幹部，那麼，對他們在思想教育上的加強是必然的。這在籌備會議期間就已取得了明確共識，即：進入中央文學研究所學習，是有條件的。周揚曾經指出，「要區別無產階級思想與一切非無產階級思想的界限，保衛無產階級思想的純潔性、嚴肅性，並把革命的小資產階級文藝家真正吸引到無產階級方面來，是思想戰線上的一個特殊重

〔註 149〕王景山在文章《我與魯院——從中央文學研究所到文學講習所到魯迅文學院》中曾提及此事：「文學研究所的老革命、老同志、老黨員多，整整三年裏只發展了兩個新黨員，一個是貧雇農家庭出身、從小在門頭溝背煤、正在當公務員（即勤雜工）的馮振山，一個就是知識分子的我」。2009 年 6 月 19 日我與王景山交談時再次談及此事的細節，在此感謝王景山的「提醒」。

〔註 150〕新華社：《全國文聯和中央文化部籌備創辦文學研究所　培養新文學創作及文藝批評幹部》，《人民日報》，1950 年 8 月 10 日；《文化部籌辦計劃草案》，蘇平：《訪問中央文學研究所》，《文藝報》3 卷 4 期（1950 年 12 月 10 日）。

要的、困難的、複雜的戰鬥任務」〔註151〕。文學藝術界作為人民共和國社團的重要組成部分，在思想的複雜性上，中國共產黨是有著清醒認識的。所以，他們常常把思想戰線的鬥爭，看成是一場場「戰鬥」。無產階級思想與非無產階級思想之間內在的「緊張」關係，被周揚的這番話〔註152〕表露得很直白。

1949年10月24日，中華全國文協給文化部的《關於創辦文學研究院的建議書》中強調，「全國面臨著新形勢」，「文化部的文化建設任務要增強，思想教育也更有重要意義」〔註153〕。「思想教育」被凸顯到更加重要的「位置」上，這必然在中央文學研究所學員的選擇過程中，得到真正貫徹。中央文學研究所籌備期間，規定了學員的主要來源是靠「徵調」的形式，名額則以「分配」的方式確定。當時計劃招收60名學員〔註154〕。這種「徵調」，其實是把思想考察的權力下放到各大行政區、各地文藝隊伍的文協機構，希望他們在「選調」學員的過程中，按照特定的標準〔註155〕，把政治思想素質和寫作素質比較過硬的人選到中央文學研究所學習。但這種「徵調」的方式，不可能防止個人情感的「使然」。比如，成為1期1班學員的胡昭，當時東北局已經完成了名額推薦，他卻苦苦糾纏時為吉林省文聯主任的詩人夏葵，要求夏葵最後選送名單時把他也算進去。至於最終能不能成為學員，還得經過東北局文化部和中央文學研究所的審查〔註156〕。年僅18歲的胡昭，就是通過這樣的方式，進入中央文學研究所的〔註157〕。其他學員的入學狀況，雖然沒有詳細

〔註151〕周揚：《堅決貫徹毛澤東文藝路線——在中央文學研究所的講演》，《文藝報》5卷4期（1951年6月25日）。

〔註152〕周揚說此番話的身份是中宣部副部長、全國文聯副主席，某種程度上他的話代表了中共高層的一般看法。

〔註153〕《關於創辦文學研究院的建議書》，刑小群：《丁玲與文學研究所的興衰》，濟南：山東畫報出版社，2003年，第12頁。

〔註154〕「該所第一批研究人員名額定為六十名，暫不大量招生」。新華社：《全國文聯和中央文化部籌備創辦文學研究所　培養新文學創作及文藝批評幹部》，《人民日報》，1950年8月10日。

〔註155〕資料顯示，這種特定的標準主要立足於兩個方面，一個是思想素質，一個是寫作能力。

〔註156〕胡昭在紀念中央文學研究所的追述中談到，「當時中央限定每省選送一名，省裏把我的簡歷和僅有的幾篇習作報到東北文化部，東北文化部認為年齡太小且成績有限，又報中央審定」。從這裡可以看出，對學員資格的審查是層層深入的。胡昭：《燈》，高深編：《文學的日子——我與魯迅文學院》，內部資料，魯迅文學院編輯出版，2000年，自印本，第335頁。

〔註157〕當然，這裡指出胡昭的入學，並不是說胡昭的思想素質不過硬，而是說在具體的人員推薦過程中，無法避免人為的情感使然。

資料證明，但也無法排除這方面的因素〔註 158〕。學員們都懷著美好的理想，想進入中央文學研究所，這是「新中國的第一所培養作家的學校」，「熱愛文學的年輕人誰不夢寐以求地想去學習呢！」〔註 159〕年輕的文藝青年都珍惜這樣的機會，都懷著美好的「願望」：他們都渴望成為作家。這就使進入中央文學研究所的學員，在思想上存在著複雜的一面。我們不可能懷疑各地在推薦過程中對學員思想鑒定的不細緻，但學員在回答他進入中央文學研究所學習的意圖中，肯定有迎合提問者的成分或因素，其目的是爭取他自己獲得這珍貴的入學機會。

中央文學研究所籌備成立後，隨著學員們陸續報到，籌備委員會加緊了端正學員們思想意識的教育工作，這仍舊是在思想上進行的「清理」活動。

首先，他們對學員的「資格」作再審查。一是「臨時學習」，增強學員們的政治責任感。1951 年 10 月，學員們陸續從全國各地到達北京，儘管這些學員都來自工農兵，並經過基層組織的政治審查，但為了進一步端正學員的思想意識，使他們能夠很快進入學習的角色中，從 1950 年 10 月 16 日開始，學員們參加了籌委會組織的「臨時學習」，持續到 1951 年 1 月 2 日，長達 70 多天。這種「臨時學習」，「初步研究了《辯證唯物主義與歷史唯物主義》（程度低的摘讀了《大眾哲學》）；學習了古今中外名著二十三篇，進行了政治與文學講座共十二次，並組織過一次抗美援朝的創作運動，以及其他幾次各種專題座談會」〔註 160〕，「幫助大家解決了創作思想上所存在的一些問題」〔註 161〕。特別是在思想上，學員們進入文學研究所後，「開始也有各種不同的思想情況」：「有人以為文學研究所可以給什麼寫作的法寶；有人以為可以關起門寫兩年的作品；有人只想在這裡聽些大報告」。〔註 162〕他們夢想著怎樣成為作家，整天做著作家夢。經過這次「臨時學習」，政治上達到了一定效果，使學員們「明

〔註 158〕楊沫的日記中也有這樣的透露，當時她很想到中央文學研究所學習，通過秦兆陽的關係進去，但後來看到學習任務的繁重，她最終退卻了。楊沫：《自白——我的日記》，廣州：花城出版社，1985 年，第 125 頁。

〔註 159〕胡昭：《燈》，高深編：《文學的日子——我與魯迅文學院》，內部資料，魯迅文學院編輯出版，2000 年，自印本，第 335 頁。

〔註 160〕記者：《中央文學研究所第一學季學習情況與問題》，《文藝報》4 卷 7 期（1951 年 7 月 25 日）。

〔註 161〕主要集中於對「趕任務」和「寫真人真事」的認識。本報記者謝蔚明：《訪中央文學研究所》，《文匯報》，1951 年 1 月 16 日。

〔註 162〕謝蔚明：《訪中央文學研究所》，《文匯報》，1951 年 1 月 16 日；《中央文學研究所成立》，《文匯報》，1951 年 1 月 16 日。

確了學習方法，端正了學習態度」，「幫助大家解決創作思想上所存在的一些問題」。這為開學典禮後的學習奠定了堅實的基礎。二是檔案再審查，核查思想上存在的問題。劉德懷在回憶中央文學研究所的審查工作時，說到一段「插曲」。明顯地，中央文學研究所的籌備工作從 7 月份就已開始，本預計兩個多月的時間就可以籌備成立，但後來政務院關於人事的任免通知卻遲遲沒有下達。從籌委會給各地學員的通知可看出，中央文學研究所預計十月份將開學。所以，儘管中央文學研究所還沒有成立，但學員們卻陸續抵達北京鼓樓東大街 103 號籌委會所在地。這時，學員中有一個「來自遼寧的小個子，自稱是縮編《鋼鐵是怎樣煉成的》作者」，恰好來的學員中，有人認識縮編這本小說的人，陳淼和劉德懷及其他學員背後議論，「可能是冒名頂替」的人。後來經過查閱他的檔案，「手續也不完備，漏洞百出，於是打長途電話向瀋陽他所在的單位查詢，回答說他早被該單位除名，終於揪出他的狐狸尾巴，報了案，公安機關來人將他帶走，臨行前他留下一包材料讓我保存，我剛認識他幾天，並無深交，打開紙包一看，全是他行騙的偽證，急忙都交給公安機關」〔註 163〕。在這樣的情況下，中央文學研究所很快組織成立了黨支部，也參與到對學員的審查工作中，「和人事科共同審閱調幹學員的檔案材料」〔註 164〕，進一步肅清學員的思想複雜性。

中央文學研究所開學之後，其思想學習一直處於高密度狀態中。王景山 1951 年 2 月 23 日進入中央文學研究所，成為 1 期 1 班學員。從他 1951 年 2 月到 5 月〔註 165〕的日記中可以看出，這種思想學習的緊密程度：2 月 24 日上午 7 點半到 9 點，政治學習，學習《實踐論》；2 月 27 日，到前門外大眾劇場聽歸國志願軍代表報告；3 月 1 日，下午舉行政治學習；3 月 8 日，政治學習大組討論；3 月 29 日，理論小組開討論會，集中討論何其芳和周文關於《實踐論》學習的文章；4 月 7 日，政治學習，集中討論何其芳和周文關於《實踐論》學習文章的問題；4 月 23 日，小組進行總結，檢討學習態度；5 月 2 日，到勞動人民文化宮看美蔣特務罪證展覽和中國煤礦生產展覽；5

〔註 163〕劉德懷：《建所初期憶故舊》，高深編：《文學的日子：我與魯迅文學院》，內部資料，北京：魯迅文學院編輯出版，2000 年，自印本，第 148 頁。

〔註 164〕馬烽：《文研所開辦之前》，高深編：《文學的日子：我與魯迅文學院》，內部資料，北京：魯迅文學院編輯出版，2000 年，自印本，第 10 頁。

〔註 165〕因 5 月發生批判電影《武訓傳》《關連長》和《我們夫婦之間》後，這種政治學習更加頻繁，此處就不在羅列 5 月中旬之後的政治學習。

月 7 日，參加鎮壓反革命動員大會〔註 166〕。除去一般性的課程學習外，王景山的日記因屬於私人記載，對當時的文藝運動並沒有完全涉及，如電影《武訓傳》批判之前中央文學研究所的安排與部署，因屬於文藝界及研究所高層對文藝的管理，作為學員的王景山亦不可能知道得很詳細。但從他在日記中記下了 2 月～5 月第一學季〔註 167〕的政治學習情況，可以想見，這種安排的「緊密程度」。

三、學制及課程設置的「背後」

學制構想，從側面反映出在學校體制建構上的深入思考。延安時期及內戰時期，因為戰爭環境的影響，延安魯藝及華北聯大都帶有某種程度的政治因素，他們本身是為了順應政治而建立的學校，主要目的是為了很快地培養出能夠推進革命的文藝工作者。所以，延安時期的文藝學校，以「短期訓練性質」〔註 168〕為基本核心，努力培訓幹部為主。

但人民共和國成立後，政治環境相對安定下來，文藝學校的建設應該從長遠的規劃來考慮。從創辦中央戲劇學院、中央美術學院、中央音樂學院等高等院校來看，當時新政權試圖使藝術人才的培養走正規化的道路。按照當時的學制構想，經過兩年的正規學習，1 期 1 班學員完成學習任務後，重新走上工作崗位（大部分是回到原來的工作崗位），以便推進共和國文藝的建設事業。1950 年 4 月，中央對報紙和刊物編輯部及編輯的思想開展整頓後，編輯部及編輯的重要性，亦成為丁玲及文學研究所領導人思考的問題，1951 年 5 月電影《武訓傳》等暴露出「文化界思想混亂達到了很等的程度」〔註 169〕，特別是 1951 年底文藝整風運動〔註 170〕，各報刊、各出版社均響應建立獨立的

〔註 166〕王景山 1951 年 2 月～5 月日記。王景山：《我所知道的中央文學研究所和所長丁玲》，《新文學史料》2002 年第 4 期。

〔註 167〕《文藝報》為此還專門報導了中央文學研究所第一學季的學習情況，這裡指的是 1951 年 1 月至 4 月的情況。記者：《中央文學研究所第一學季學習情況與問題》，《文藝報》4 卷 7 期（1951 年 7 月 25 日）。

〔註 168〕成仿吾：《戰火中的大學：從陝北公學到人民大學的回顧》，北京：人民教育出版社，1982 年，第 26 頁。

〔註 169〕《人民日報》社論：《應當重視電影〈武訓傳〉的討論》，《人民日報》，1951 年 5 月 20 日。

〔註 170〕刊物整頓是這次文藝整風學習中重要的舉措，全國文聯針對《人民文學》《文藝報》《新電影》《說說唱唱》等國家級文學刊物，進行了有效的整頓，要麼停刊，要麼重新確立編輯方針。胡喬木在講話中也強調，「全國文聯已經作出

編輯部。這給予文藝隊伍很大的啟示，中央文學研究所順應時代的要求，決定招收編輯人才，注意編輯力量的培養，進而有效地形塑編輯，使刊物和出版社不再出現不該出現的失誤。招收 1 期 2 班學員，其目的就是「培養優秀的編輯、教育工作、理論研究者」〔註 171〕。

總體來看，1 期 1 班學員，「他們絕大部分都是經過多年實際鬥爭生活的鍛鍊」：「過去他們在軍事戰線上或生產戰線上曾不斷地在自己的文學作品中表現了英雄們的鬥爭史實；而他們自己，往往也是這些被描寫的英雄中的一員。」〔註 172〕選擇這樣的學員來學習，首先是政治身份的認可。所以，當時有很多文學青年和文學愛好者都想到中央文學研究所學習，這不僅是學習的機會，更是身份的象徵。「文藝為工農兵服務」，這在學員的組成上，得到了真切的體現。在具體的課程學習上，1 期 1 班學員經過兩年學習，「在馬列主義理論方面，研究員須要學完《辯證唯物主義與歷史唯物主義》（斯大林）以及《毛澤東選集》的一部分，讀三本幹部必讀的馬列主義理論書籍，並研究有關國家建設的基本政策。對文藝理論以及作品的研究，須要學完《毛主席在延安文藝座談會的講話》及簡要的中外文學史。請作家報告創作經驗以及中國古典文學與民間文學。每個研究員進行研究問題與總結自己的創作經驗，並從中國的、近代的、蘇聯的作品開始，研究十部重要名著。此外，還要求每個研究員閱讀五十本左右的著名文藝作品。」〔註 173〕1 班學員在中央文學研究所的具體學習規定中，完成了相關學習。1951 年 1 月至 4 月是文學研究所的第一學季，主要進行政治學習和業務學習。政治學習，主要「閱讀和討論了《實踐論》和《馬恩列斯思想方法論》（程度低的讀《大眾哲學》）」，「組織了幾次閱讀《實踐論》的報告和討論」；業務學習，主要「進行了《五四以來的新文學史》這一課程」及這一課程「配合的《作品選讀》」、專題講座 12 次、組織重要報刊文章學習、電影戲劇欣賞，特別是組織進行了電影《武訓傳》的批判討論〔註 174〕。

了整頓文藝期刊的勇敢的決定，希望這個決定能夠堅決地迅速地實施，並且希望今後的文藝期刊能夠為反對粗製濫造、提高文藝作品的思想性和藝術性而鬥爭」。胡喬木：《文藝工作者為什麼要改造思想——十一月二十四日在北京文藝界學習動員大會上的講演》，《人民日報》，1951 年 12 月 5 日。

〔註 171〕徐剛、刑小群：《丁玲與中央文學研究所》，《山西文學》2000 年第 8 期。

〔註 172〕蘇平：《訪問中央文學研究所》，《文藝報》3 卷 4 期（1951 年 12 月 10 日）。

〔註 173〕白原：《記中央文學研究所》，《人民日報》，1951 年 1 月 13 日。

〔註 174〕《中央文學研究所第一學季學習情況與問題》，《文藝報》4 卷 7 期（1951 年 7 月 25 日）。

從 1 期 1 班學員們畢業總結報告中可以看出，他們不僅業務上得到了一定程度的提高，在政治思想素質上也有明顯的提高。這個以工農作家的培養為主要目標的中央文學研究所，在50年代文學刊物上，我們看到了學員們的「成績」。《人民日報》《工人日報》《人民文學》《中國青年》《文藝報》《說說唱唱》《長江文藝》《天津日報》等報紙和刊物上，有趙堅、董迺相、曹桂梅、徐光耀、劉藝亭、張學新等工農兵作家的名字。側重於編輯與文學批評目標培養上，唐達成、沙駝鈴、龍世煇、白婉清、毛憲文、楚純白等，他們在中央研究所學習期間及之後，已經展露出批評家的素質，先後在《文藝報》《人民文學》《人民日報》《光明日報》《文匯報》《中國青年》等刊物上，表現出新一代文學批評家的形象。按前面統計表格的資料，第 1 期學員畢業後，擔任編輯工作的人員達 29 人；從事專業創作的僅僅占 22 人。雖然按照目標進行培養，但由於學員們自身文化素質的潛在影響，並不是每個學員都能夠成為合格的文藝家，或者文藝編輯，如曹桂梅和吳長英，「曹桂梅畢業後到石家莊郊區當了農民，吳長英則到山東容縣圖書館作了一般工作人員」。〔註 175〕

其實，丁玲在主持中央文學研究所期間發現：工農作家和知識分子出身的作家之間，存在著「緊張」的關係。雖然文藝戰線上強調「統一戰線」政策，目的是「團結」，但在文藝學校里居然出現這樣的問題，顯然是很棘手的問題。作為學員當事人，王景山記下了他和丁玲的談話：「原來主要是要培養工農出身的作家」，「現有學員四十多人，絕大多數是從各處抽掉來的工農出身的寫作幹部」，「不過也招收了少數知識分子」，如馬蔭隱等人，「原意是希望他們能幫助工農們提高文化，反過來再受工農的生活感情的影響」，「後來發覺不成，知識分子看不起工農的文化，工農看不慣知識分子的生活習慣，有一個知識分子不吃窩頭，工農們大不以為然。」〔註 176〕不可否認，知識分子出身的作家，由於自身的優越感，瞧不起工農兵，是一種普遍的現象。雖然丁玲強調文藝隊伍的「工農兵化」，但真正要實現這種標準，難度還是相當的大〔註 177〕。她很清楚，沒有一定的知識水平，僅憑熱情是不能

〔註 175〕王景山給我提供的學員聯繫方式資料中，關於吳長英的聯繫地址仍舊是山東榮縣圖書館。2008 年 6 月 18 日我在北京拜訪王景山時，他再次談到這一話題。

〔註 176〕王景山：《我所知道的中央文學研究所和所長丁玲》，《新文學史料》2002 年第 4 期。

〔註 177〕反右運動期間，很多學員成為右派，比如張德裕就是典型例子之一，在東北文藝界的反右運動中是重點批判的對象。這從側面說明，一旦工農兵成為作家後，必然帶有一定程度的知識分子氣。

夠創作出真正的文學作品的。

中央文學研究所的定位，始終關係到它在未來的發展方向。丁玲對此雖有著清醒意識，但卻沒有規範化的定位，總體上顯得比較籠統。如 1951 年 10 月 6 日，丁玲參加了由中華全國文學藝術界聯合會主辦的 15 國文藝家大聚會，她談到已經創辦的中央文學研究所在青年作家「培養辦法和經驗上」〔註 178〕，認為這是「一類短期學習的機構」〔註 179〕。中央文學研究所的學習，經常被政治運動和文藝運動中斷。從某種程度上說，中央文學研究所併沒有完全超越延安魯迅藝術學院及華北大學文藝學院的具體辦學經驗。

當然，在丁玲主編的《文藝報》上，中央文學研究所和學員的消息還是相當多的。比如：1951 年 7 月，《文藝報》就有「編者按」，專門談到中央文學研究所的情況。其「編者按」內容如下：「許多讀者來信，經常關心地向我們問起中央文學研究所的學習情況，以及在學習中存在和解決的問題。我們特派記者進行採訪。」因為在丁玲看來，中央文學研究所應該是「培養能忠實地執行毛主席文藝方針的青年文學幹部的學校」。〔註 180〕這決定了中央文學研究所的「文藝黨校」〔註 181〕性質。這些文藝青年能夠進入中央文學研究所，顯然是按照中國共產黨的需要來進行培養的。他們被「培養」出來，主要的目的是為意識形態的建構服務。這樣的作家培養出來後，他們進入人民共和國的文藝隊伍，將進一步充實文藝隊伍的建設，使文藝隊伍得到更加堅強的力量。

「丁玲是不是曾想把文學所辦成當時蘇聯的高爾基文學研究所那樣」，王景山在回憶中已經不能明確地證實丁玲有沒有這樣的想法。但丁玲一度曾考慮派王景山和古鑒茲到那裡去學習，這倒是事實〔註 182〕。其實，到底辦不辦成高爾基文學院的規模與體制，並不影響中央文學研究所的文藝黨校性質。從 1 期學員學習後的工作情形來看，這些年輕的文藝工作者經過這次正規的

〔註 178〕朱樹蘭：《記中華全國文學藝術界聯合會歡迎國際文學家、藝術家的盛會》，《人民日報》，1951 年 10 月 8 日。

〔註 179〕丁玲：《丁玲全集》第 7 卷，石家莊：河北人民出版社，2001 年，第 280 頁。

〔註 180〕《中央文學研究所第一學季學習情況與問題》，《文藝報》4 卷 7 期（1951 年 7 月 25 日）。

〔註 181〕這是王景山在回憶錄的自序中對自己走過的人生路的回憶，他認為：「新中國成立後在中央文學研究所學習，當時該所幾乎被認為是文藝黨校」。《自序》，王景山：《王景山文集（一）·粉筆生涯》，北京：首都師範大學出版社，2007 年，第 1 頁。

〔註 182〕王景山：《我所知道的中央文學研究所和所長丁玲》，《新文學史料》2002 年第 4 期。

學校訓練後，都能在文學藝術界產生特定的影響，他們要麼用他們的筆寫作文章（包括小說創作、詩歌創作、戲劇創作，還包括文學評論），要麼堅守在刊物和出版社的編輯部，充當了「文藝哨兵」的角色〔註183〕。在胡風看來，丁玲的中央文學研究所創辦，其實就是「把一些作者收在那裡面改造文藝思想和學習創作『技巧』，其意是，非改造好了學習好了是無法創作的」〔註184〕。這樣的「改造文藝思想」與「學習創作『技巧』」結合起來，正是一種新型的文藝工作者的形塑方式。

四、開闢「窗口」，形塑中央文學研究所和學員的「新生力量」意義

這裡所謂的「窗口」，其實就是共和國的媒介渠道，包括報紙、文學刊物和雜誌、人民廣播電臺〔註185〕，如《人民日報》《光明日報》《文匯報》《文藝報》《人民文學》、中央人民廣播電臺等。學員們主要依靠選調的方式，但這種選調並不是秘密地進行，它成為公開活動。從中央文學研究所學員的成分考察中，我們發現，很多學員都是來自於部隊文藝幹部或文工團員，之前的身份梳理還揭示出學員們「在舊社會一直被埋沒」，是中央文學研究所的成立，讓他們「得到了施展自己才能的機會」〔註186〕。

1.「媒介視域」中的中央文學研究所及學員

人民共和國成立後，媒介的管理逐漸走向集中。有政治敏銳性的人，經常會選擇《人民日報》《光明日報》和《文藝報》閱讀，從而捕捉、瞭解國家信息的變動。處於這樣的社會形塑過程中，媒介力量無形中被樹立起來。從某種程度上說，媒介是不可忽視的文化力量，對共和國文學而言，「它不僅推動了文學生產、傳播，影響著精神生態環境，而且催生文化市場的形成，改

〔註183〕因為這些成為編輯的學員，在50年代的文學編輯活動中，「不僅引導作者提升了文學的主題，情節的設置，還為作者修改稿子」，形成一些經典性的文本。突出的例子是龍世輝。陳改玲：《重建新文學史秩序：1950～1957年現代作家選集的出版研究》，北京：人民文學出版社，2006年，第6頁。

〔註184〕這是胡風1976年12月～1977年3月在成都郊區清江縣勞改局醫院住院治療時寫的各項有關材料中的話，收錄在《簡述收穫》。胡風：《胡風全集》第6卷，武漢：湖北人民出版社，1999年，第640頁。

〔註185〕此處受杜英的博士論文啟發，她的博士論文曾經專門考察上海廣播電臺業在社會主義時期被改造的過程。杜英：《上海：文人分流與文化生產方式的一體化走向（1949～1954）》，指導教師：趙園教授，中國社會科學院研究生院博士論文，2007年，未刊稿。

〔註186〕蘇平：《訪問中央文學研究所》，《文藝報》3卷4期（1950年12月10日）。

變著作家的生存方式、思維觀念」〔註 187〕。其實，當我們關注中央文學研究所這一文藝學校在共和國文藝中的地位時，媒介對它的形塑也是這樣的。據統計，1950～1952 年《人民日報》刊載中央文學研究所它總計有 24 條。它是我們觀察共和國媒介對中央文學研究所形塑的最直接材料。

1950 年 2 月 13 日，《人民日報》通報了將「籌備文學研究所」〔註 188〕的消息。這是在全國文聯常委會議上討論的事情，顯然它表達出了潛在的重要意義，給人一種強烈的政治震撼力。之後，《文藝報》也通報了這一消息，傳達出文藝界在文藝學校的建設上邁出重大一步。8 月 8 日，中央文學研究所籌備會議召開，《人民日報》於 10 日發布消息〔註 189〕，通報了會議的主要內容，讓更多的人瞭解中央文學研究所的創辦目的，學習方式、學習方針、主要學習內容，學員的選擇標準等。11 月 29 日，《文藝報》記者蘇平訪問中央文學研究所〔註 190〕。康濯、陳淼接待了他，並作詳細交談，就中央文學研究所創辦的情況，從 1949 年文代會籌備期間講起，一直到 1950 年 6 月正式籌備。12 月，政務院第 58 次會議通過中央文學研究所人事的任命，丁玲為研究所所長，張天翼為研究所副所長〔註 191〕。這表明，中央文學研究所是依靠行政命令建立起來的行政機構。1951 年 1 月 8 日，中央文學研究所舉行開學典禮。《人民日報》《光明日報》和《文匯報》派記者前往採訪，這就是白原的《記中央文學研究所》、方明的《訪中央文學研究所和青年作家們》和謝蔚明的《訪中央文學研究所》三則通訊。白原的《記中央文學研究所》，詳細交代了中央文學研究所創辦的緣起、籌備的情況、學員的組成情況、文學所的辦學條件、辦學計劃、以及來賓郭沫若、茅盾、周揚、李伯釗的講話。謝蔚明的《訪中央文學研究所》，著重交代了中央文學研究所創辦的意義、學員的基本狀況（組成狀況和思想狀況）、臨時學習情況、教學方法、教學規劃，同時在這則通訊的旁邊發表《中央文學研究所成立》消息一則。《人民日報》當時是發行量最大的報紙，《文匯報》是知識分子閱讀的主要報紙，1950～1951 年，它曾一度

〔註 187〕陳偉軍：《傳媒視域中的文學：建國後十七年小說的生產機制與傳播方式》，桂林：廣西師範大學出版社，2009 年，第 3 頁。

〔註 188〕新華社：《全國文聯半年來工作概況及今年工作任務——周揚在全國文聯四屆擴大常委會議上的報告》，《人民日報》，1950 年 2 月 13 日。

〔註 189〕新華社：《全國文聯和中央文化部籌備創辦文學研究所　培養新文學創作及文藝批評幹部》，《人民日報》，1950 年 8 月 10 日。

〔註 190〕蘇平：《訪問中央文學研究所》，《文藝報》3 卷 4 期（1950 年 12 月 10 日）。

〔註 191〕新華社：《政務會議通過的各項任免名單》，《人民日報》，1950 年 12 月 11 日。

想轉型為共產主義青年團的機關報，吸引著大量年輕文藝愛好者的注意。

1950 年 11 月 16 日，已經到中央文學研究所報到的學員李納、丁力、董廼相、潘之汀、劉藝亭、刑野、徐光耀、馬蔭隱、孟冰、李方立、陳淼、劉德懷、周豔茹、楊潤身、張德裕、沙陀鈴等代表在京文學工作者，聯名發表《在京文學工作者宣言》，抗議「兇惡的美帝國主義不顧全世界和平人民的嚴厲警告，武裝侵略我神聖國土臺灣和我鄰邦朝鮮，侵略戰爭的大火延燒到我國東北邊境，直接威脅到我國的安全、亞洲的和平以及全世界的和平」〔註 192〕。12 月 11 日，中央文學研究所學員參加「慶祝平壤解放．向侵略者示威」〔註 193〕的北京文藝界遊行大會，響應「決心運用一切文藝武器進一步打擊美帝」的號召。在響應這一偉大號召過程中，中央文學研究所學員開展了為期 25 天的抗美援朝創作運動，全所研究員完成習作 74 篇，包括小說、詩歌、劇本，其中大多數作品介紹給北京各報紙副刊、文藝雜誌採用，到 1951 年 1 月中旬，已經發表了 10 多篇〔註 194〕。

1951 年 5、6 月份，電影界掀起了對電影《武訓傳》《關連長》和《我們夫婦之間》的批判。學員們也被安排，積極參與到電影《武訓傳》《關連長》的批判運動中。顯然，電影《武訓傳》因孫瑜攜拷貝到首都北京後，很快在京津地區上映，學員們早在 4 月份都看過此電影。但 5 月 20 日，《人民日報》發表社論《應當重視電影〈武訓傳〉的討論》後，社會輿論為之一變。《人民日報》編輯部向全體共產黨員發出號召，要求「每個看過這部電影或看過歌頌武訓的論文的共產黨員都不應對於這樣重要的思想政治問題保持沉默，都應當積極起來自覺地同錯誤思想進行鬥爭」，「如果自己犯過歌頌武訓的錯誤，就應當作公開的自我批評」，「擔任文藝工作、教育工作和宣傳工作的黨員幹部，特別是與武訓、《武訓傳》及其評論有關的北京、上海、天津、山東、平原等地文化界的幹部，尤其應當自覺地、熱烈地參加這一原則性的思想鬥爭，並按照具體情況作出適當的結論」〔註 195〕。電影《武訓傳》於四月份在京津地區上映，學員們 4 月份看過《武訓傳》，其中不乏讚賞者〔註 196〕。這種讚賞

〔註 192〕《在京文學工作者宣言》，《文藝報》3 卷 3 期（1950 年 11 月 25 日）。

〔註 193〕新華社：《慶祝平壤解放．向侵略者示威　京文藝界舉行遊行大會，決心運用一切武器進一步打擊美帝》，《人民日報》，1950 年 12 月 11 日。

〔註 194〕謝蔚明：《訪中央文學研究所》，《文匯報》，1951 年 1 月 16 日。

〔註 195〕《共產黨員應當參加關於〈武訓傳〉的批判》，《人民日報》，1951 年 5 月 20 日。

〔註 196〕2009 年 12 月 11 日，我拜訪王景山交談五十年代人民共和國的文人事時，他仍舊認為電影《武訓傳》是「一部很有意義的電影，是好電影」。

的姿態，與國家對意識形態的需要之間產生了某種緊張關係。為了統一學員們的思想認識，5 月 26 日，他們再次前往「電影藝術局再看《武訓傳》」；6 月 9 日，學員們原定作品學習計劃暫停，「全力學習批判《武訓傳》」；6 月 15 日，上下午開武訓問題座談會；6 月 16 日，「上午繼續討論，爭論的重點是關於劃分界限的問題」〔註 197〕。

6 月 2 日，抗美援朝運動深入發展，赴朝慰問團 6 月回國後，中央文學研究所參加了「歡迎赴朝慰問團歸國大會」。中央文學研究所主任丁玲，著名作家、文學所教員周立波，所裏的工作人員康濯、學員馬烽等等，紛紛響應中國人民抗美援朝總會關於捐獻飛機大炮的號召，當場捐獻 1200 餘萬元、兩個金戒指購買飛機。歡迎大會上，還通過下列決議:「一、保證為支持志願軍多寫稿，以所得收入，捐獻前線。二、立即組織討論與訂立愛國公約，並保證經常檢查，徹底執行。三、在一定時期內組織赴朝文藝工作小組。四、建議文藝界多寫慰問信寄前方。五、向全國文聯提議，號召全國文藝工作者，為宣傳抗美援朝積極創作，踊躍捐獻飛機大炮，爭取短期間內文藝界至少捐獻一架飛機，並提議把飛機命名為『魯迅號』」。〔註 198〕中央文學研究所的這種認購與捐獻活動，與老作家們相比而言，他們更多的是喜悅，來自內心深處對國家的責任，老作家們卻對此有抱怨和不滿，比如宋雲彬在日記中就有不滿情緒的流露〔註 199〕。

中央文學研究所及學員們在媒介視域中頻頻亮相，無疑傳達出一個可靠的信息：中央文學研究所的創辦是正確的，學員們在中央文學研究所的學習引發全國的關注。學員們在文藝運動中，扮演著一股新生的力量，成為媒介視域中的「亮點」。

2. 「工農作家群」:趙堅、董廼相、吳長英、曹桂梅、高冠英等學員的經典意義

作為「文化翻身」的具體表現，中央文學研究所無疑體現在「工農作家群」這一獨特的文化現象上。趙堅、董廼相、吳長英、曹桂梅、陳登科、高冠英，作為具有象徵意義的工農作家，進入中央文學研究所成為學員。怎樣

〔註 197〕王景山 1951 年 5 月～6 月日記。王景山:《我所知道的中央文學研究所和所長丁玲》,《新文學史料》2002 年第 4 期。

〔註 198〕《中央文學研究所發起捐獻「魯迅號」飛機》,《人民日報》,1951 年 6 月 3 日。

〔註 199〕宋雲彬:《紅塵冷眼——一個文化名人筆下的中國三十年》，太原：山西人民出版社，2002 年，第 234～235 頁。

塑形這群學員成為作家，顯然是中央文學研究所著意努力的。

1951年5月1日，偉大的五一勞動節，趙堅、吳長英、董廼相、曹桂梅、張德裕、高冠英響應中國共產黨的號召，發出「迎接偉大的五一勞動節」的號召，他們聲稱：

> 「我們工人階級，在毛主席的領導下，不但掌握了政權，掌握了機器，同時也開始掌握起文化建設的技術和工具。黨和政府關心我們的文化學習，也在培養我們從工人隊伍中出來的、工人自己的文藝工作者。……我們這幾個工人，是文藝戰線上的新戰士。我們，在黨和政府的培養以及專業文藝工作者同志們的幫助下，正在開始學習使用筆桿。——為和平而鬥爭的決心、工人弟兄們在愛國主義運動中的英雄事蹟，促使我們要求自己盡最大的努力，來描繪火熱的生產競賽；我們工人的文藝戰士，還是在初生、和成長的時期，我們還沒有學習得很好，我們需要專業文藝工作同志們更多的幫助，使文藝戰線上的新軍日益壯大起來。」〔註200〕

他們以「工農作家」的身份進行公開的政治活動，代表著一種新生的文藝力量。

在記者眼中，這群工農作家無疑是重要的關注對象。1951年5月1日下午，《文藝報》社專門組織「工人作家文藝座談會」，向社會發布有關工人作家的信息。趙堅、董廼相、張德裕、曹桂梅、高冠英和吳長英，成為重要的形塑對象，「想到『工人』兩個字下面會加上『作家』，這真是新鮮事！」而在中央文學研究所學習的工人作家，「更一致對黨和政府對他們的培育表示無限的感激，『只有我們自己站起來了，我們自己成為主人了，才有這樣的機會』！」〔註201〕記者還分別介紹「他們怎樣開始寫作，為什麼要寫作，如何寫作？」、「他們對下廠作家及目前描寫工人的作品的意見」。他們自學成才的經歷，更是青年學習的榜樣，《中國青年》為此樹立他們作為榜樣的地位，試圖引導青年文學愛好者。媒體也通過他們的現身說法，「說明我們黨和人民政府如何在培養肯力求上進的人」〔註202〕。

〔註200〕趙堅、董廼相、張德裕、曹桂梅、高冠英、吳長英等：《迎接偉大的五一勞動節》，《文藝報》4卷1期（1951年4月25日）。

〔註201〕記者：《記工人作家文藝座談會》，《文藝報》4卷1期（1951年4月25日）。

〔註202〕記者：《和六個工農作家談自學的經歷》，《中國青年》第66期（1951年6月2日）。

《人民日報》1951 年 7 月 3 日版面上，趙堅以「讀者來信」的方式，談了他的人生成長情況。這篇「讀者來信」不長，我們可以細細品讀：

趙堅:《在共產黨的教養下我成了個文藝戰士》

毛主席、共產黨領導中國人民革命，已經解放了除臺灣之外的全中國。解放以後，我們勞動人民的生活，在政治上、經濟上、文化上，都大大變了樣。就以我來說吧，我小時候在農村，窮得連糠餅子都吃不上。後來當了學徒，受的苦更不用說了。提夜壺、做飯，給老闆娘捉蝨子，全得幹。兩眼累得通紅，還要侍候麻將桌子。

後來雖然學會了手藝，還是照樣受壓迫、受剝削，賣盡了力氣，掙的錢吃不飽肚子；有時候失業了，更要挨凍受餓。我就這樣過了二十年。

北京解放後，我就像出了地獄，見了青天。

我萬分熱情地參加工會活動，參加學習，參加會議，努力工作。我好像吃了大力丸，有時忙得一天不吃飯，也不覺得餓。

從那時起，我開始學文化。最初我只會寫封詞不達意的家信，後來慢慢學著給工廠油印小報寫「順口溜」，進而向報紙投稿。這中間，曾得到《工人日報》《北京工人》以及其他報紙雜誌編輯的幫助，給我改稿子，解釋政策，講寫作方法。我的寫作能力和政治水平逐漸提高了。從寫「順口溜」，進而寫通訊，寫小劇，一直學會了寫小說。

我在黨的幫助和教養下，才二年的工夫，就寫了一百多篇文章。當然這些東西大部分都是比較粗糙的。其中比較好一點的，如《夫妻寫蛤蟆》等短文，被選入業餘學校中級課本;《檢查站上》被選入《工人文藝創作選集》,《陳玉梅上墳》(評劇)也不斷在劇院和廣播電臺演唱,《工人對著太陽笑》還被艾青先生評為好詩。

因為有了這點萌芽的成績，黨和政府又調我到中央文學研究所學習，進一步培養我，使我真正成為工人階級的文藝戰士。我這樣一些進步，要不是在共產黨毛主席領導下的新中國，是不可能出現的。因此，我深深體會到，只有共產黨，才是為工人階級、為全體勞動人民謀幸福的。我決定不辜負黨對我的教養，一定加強學習，用黨交給我的文藝工具，努力創作，好好為人民服務。

趙堅從敘述自己悲慘的身世開始，表達了這樣的感恩思想：按照過去他的成長環境來說，他不可能成為文藝戰士。但人民共和國的成立，共產黨和人民政府讓這個處於地獄中生活的汽車修理工人，成為共和國培養文藝家的「中央文學研究所」學員，試圖「培養」他「真正成為工人階級的文藝戰士」。

讓曹桂梅、趙堅、董廼相、高冠英、吳長英、張德裕等這樣工農學員在媒介中頻頻「亮相」，其主要目的只有一個，它表達出中國共產黨在形塑工農作家上的盡心盡力，進一步凸顯出工農在文化上的「翻身」。

3. 利用文協創辦刊物，展現學員們的寫作能力，形成工農兵文藝創作的「典範」

按照中央文學研究所創辦的設想，它是要為人民共和國文藝事業培養文藝幹部和文藝作家。而這些文藝青年要在創作上體現出實績，必然要求作品在刊物上發表。茅盾對青年作家和工農作家的培養上，曾經介紹過蘇聯的經驗：

> 「在蘇聯，青年作家的文章能在《真理報》上發表，是光榮的事，也可以增強青年作家的自信。但工農的青年作家的詩作是否主要地依賴全國性的大報紙給發表呢？那又不盡然。事實上，他們的作品最大多數先在工廠和集體農場的壁報或刊物上發表，有了成績的，再投給全國性的大報，例如《真理報》。工廠和集體農場的壁報和刊物對工農青年作家的作用很大。」〔註 203〕

其實，很大一部分學員在進入中央文學研究所學習之前，都是在各自工作崗位上出名的「文化人」。例如董廼相，就是他們車間的文化好手。即使他進入了中央文學研究所，他也要每兩周回廠一次，「廠裏的工人關心著自己的作家，他也惦念著他的同伴和廠裏的生產」〔註 204〕。董廼相與車間的生活形成緊密的關係，特別是他發表《我的老婆》後，成為著名的「工農作家」。

因中央文學研究所的隸屬上歸文化部和全國文協，全國文協雖然只是協辦單位〔註 205〕，但中央文學研究所的日常事務處理基本上依靠全國文協。但全國文協利用自己在共和國文藝組織上的便利條件，為學員們提供了發表作品的平臺和機會。據《全國文學作品目錄調查》的統計，中央文學研究所學員發表作品情況如下：

〔註 203〕茅盾：《談談工人文藝》，《天津日報》，1949 年 5 月 14 日。

〔註 204〕方明：《訪中央文學研究所和青年作家們》，《光明日報》，1951 年 1 月 14 日。

〔註 205〕蘇平：《訪問中央文學研究所》，《文藝報》4 卷 3 期（1950 年 12 月 10 日）。

張德裕、徐光耀、陳淼、馬烽、陳登科、李納、劉德懷、歌焚、董廼相、葛文、瑪拉沁夫、劉真、楊潤身、左介貽、劉藝亭、胡昭、刑野、曹桂梅、周豔茹等人，先後有作品在《人民文學》《人民日報》《光明日報》《中國青年報》《進步日報》《天津日報》《人民戲劇》《解放軍文藝》《說說唱唱》《長江文藝》等發表，或者由新華書店、天下圖書公司、人民文學出版社、知識書店、工人出版社、文化工作社、青年出版社、通俗文藝出版社出版。

據學員劉藝亭回憶，中央文學研究所曾經組成了「收穫文藝叢書編委會」，側重編選學員作品，由工人出版社出版〔註 206〕。這確有其事。據《人民文學》書刊廣告透露，當時集結的「收穫文藝叢書」，包括了在學的中央文學研究所學員和工作人員：劉藝亭、李納、劉德懷、葛文、陳淼、董偉、田間、王血波、刑野、張學新。「收穫文藝叢書」僅僅 12 冊，而中央文學研究所學員就佔了 10 冊，作為工農作家的劉藝亭更有典型性，他出版了兩部作品：小說集《前程萬里》和詩歌集《八月家書》。出版這套書，主要就是展現這批年輕的文藝工作者的創作實績，「遵從毛主席的指示，在火熱的鬥爭中鍛鍊自己，努力使自己成為一個實踐毛澤東文藝路線的文藝戰士」〔註 207〕。但其最重要的目的，還是表現學員們在中央文學研究所學習的進步，為工農兵文藝創作提供經典例子。

4. 學員畢業後工作崗位的管窺

1 期學員兩個班共計 78 人於 1953 年暑假畢業，除王慧敏、劉真、瑪拉沁夫、錢鋒四人留下來進入 2 期學習外，按照中央文學研究所創辦的設想，這些學員學業結束後「仍返回原地工作」〔註 208〕，成為原先工作單位重要的文藝管理幹部。按馬烽的回憶，「第一期學員結業以後，基本上是哪裏來的回哪裏去，只有少數幾個人做了調整」〔註 209〕。這少數的幾個人，包括胡正、馬琰、段杏綿〔註 210〕，「胡正原是《重慶日報》推薦來的，但他本人要求回山西」，「理由就是熟悉那裡的生活，便於創作」，後來經過兩個單位

〔註 206〕劉藝亭：《憶在中央文學研究所學習的日子》，《當代人》1997 年第 6 期。

〔註 207〕《「收穫文藝叢書」廣告》，《人民文學》1952 年第 1 期。

〔註 208〕新華社：《全國文聯和中央文化部籌辦文學研究所　培養新文學創作及文藝批評幹部》，《人民日報》，1950 年 8 月 10 日。

〔註 209〕馬烽：《京華七載》，《山西文學》1999 年第 3 期。

〔註 210〕馬烽的回憶中還包括馬琰，但據目前我考證的資料及馬琰的生平傳記資料中發現，馬琰並不是畢業就前往長春，而是先回《西北文藝》從事編輯工作之後再調入長春的。顯然，馬烽在這裡的回憶是有誤的。

協商，「都無異議，於是他就調到山西文聯去了」，段杏綿因與馬烽已經結婚，組織上把段杏綿調到《中國少年報》當記者。1 期 1 班的學員大部分都回到原先的工作單位，切合了中央文學研究所辦學的方針。而 2 班學員的分配，則「比較簡單」，「那時候北京各出版社、文藝刊物編輯部都缺年輕編輯，他們很快就被一搶而空」〔註 211〕。

這裡，我們以第三節所列表格中學員畢業後從事的主要工作為依據，考察中央文學研究所在文藝作家及文藝工作幹部的培養上，到底達到了什麼樣的目的。

表格五：學員畢業後從事工作數據統計表

班次	專業創作	所佔比例	編輯工作	所佔比例	文藝管理工作	所佔比例	未成材	所佔比例
1 期 1 班	20	37.7%	15	28.3%	17	32.1%	1	1.9%
1 期 2 班	2	8.0%	18	72.0%	5	20.0%	0	—
合計	22	28.2%	33	42.3%	22	28.2%	1	1.3%

1 期 1 班總計 53 人，它嚴格按照「實踐毛澤東文藝方向的文學創作及文藝批評的幹部」〔註 212〕的培養目標，對學員們加以形塑。按上面的數據顯示，這 53 人僅僅 1 人沒有最終成為文藝幹部，那就是曹桂梅。他進入中央文學研究所之前，曾經以《曹桂梅自學記》《回憶石家莊》《槐底鄉變遷》《蔡小二轉變》《歌唱國徽》《張德強參軍》〔註 213〕等作品聞名於中南區，李季在《初步的收穫》一文中曾對曹桂梅有過關注。但成為學員後，曹桂梅逐漸遠離了文學創作。或許，曹桂梅是一個獨特例子。不管怎麼說，這 53 名學員在中央文學研究所的兩年學習中，大部分達到了文學所招生的「預期目的」，他們在共和國初期文藝事業的建設上，曾經扮演過重要角色。特別是這些學員畢業後從事的工作，更能說明其中的問題。

根據表中的統計，我們可以看到中央文學研究所學員的工作分布情況，

〔註 211〕馬烽：《京華七載》，《山西文學》1999 年第 3 期。

〔註 212〕新華社：《全國文聯和中央文化部籌辦文學研究所　培養新文學創作及文藝批評幹部》，《人民日報》，1950 年 8 月 10 日。

〔註 213〕這裡所列作品，均以 1953 年 6 月中華全國文學工作者協會資料室編的作品列表為準，它不僅收錄了單行本，還對全國性的報紙雜誌及各大行政區出版的報紙雜誌上的文學作品進行了整理收錄。中華全國文學工作者協會資料室編：《全國文學作品目錄調查 1949.7～1953.6》，內部資料，1953 年 6 月。

主要集中在文藝創作、文藝編輯和文藝管理三個方面。從事文藝創作的學員們，顯然是按照他們在中央文學研究所培訓的方式進行的，這方面比較典型的例子，如馬烽、陳登科、趙堅、徐光耀、董廼相，他們代表了工農兵的「文化翻身」，成為 50 年代共和國文學中年輕的一代，顯示出了工農作家培養的成績，是共和國文藝隊伍的重要力量。從事文藝編輯工作的學員，則在共和國重要的文學出版社或文學刊物，把關文學作品的出世，成為文學事業的「把關人」，這方面突出的例子是白婉清、龍世輝、毛憲文、禾波。

總體來看，在人民共和國媒介視域與公共空間中，中央文學研究所學員們曾扮演了重要角色。他們是一支新生力量，在中國當代文學史上有過積極作用，特別是在參與共和國的文學運動、推動共和國文藝的發展上，當我們看到老作家普遍走向創作匱乏時，是這群年輕的文藝工作者，支撐起了共和國文藝界的局面。他們以實際行動，報答了國家賦予他們的歷史責任，顯示出獨特的文學成就及思想價值。至於成功與不成功，那是歷史給予他們的回答。

行文至此，對中央文學研究所的微觀考察，可以暫告一段落。作為共和國初期文藝學校的「雛形」，中央文學研究所 1950 年 10 月創辦、1951 年 1 月開學之後，雖然後來經歷眾多變遷〔註 214〕，歷經滄桑，但它的核心觀念，並沒有發生改變。那就是：為中國共產黨培養文藝幹部和文藝作家。從魯院 50 週年慶典回憶文章的作者名單來看，經過中央文學研究所或中央文學講習所、魯迅文學院培訓的學員，大部分成為各省市重要的文藝幹部，有的直接成為國家在文藝界的領導人，如當前中國作協主席鐵凝，就曾經是魯院的學員；有的成為文藝界活躍的文藝作家，如王安憶等。因後來發展的魯迅文學院不是論文考察的主體內容，這裡從略。

在具體微觀考察中央文學研究所開學後招收的 1 期 1 班和 2 班學員的基本情況之後，我們驚異地發現：中央文學研究所 1 期 1 班學員，以工農兵文藝作家的培養為主，丁玲借文協試圖以學校培養文藝新人的方式，形塑工農兵文藝作家在思想素質、寫作素質上的能力。在作學員的期間裏，這些學員已經開始活躍在共和國文藝戰線上。如：1950 年 12 月，抗美援朝文藝創作

〔註 214〕創辦緣起中共實文協是想建立「全國文學研究院」，但最終籌備時定名為「中央文學研究所」，1953 年 9 月起，更名為「中央文學講習所」，新時期恢復中央文學講習所建制後，於 80 年代初期更名為「魯迅文學院」，終於達到了建所初期向「高爾基文學院」發展的構想。

運動中，他們的文藝創作形成一股亮麗的風景線；1951年5月，對電影《武訓傳》《我們夫婦之間》和《關連長》時，他們這股「新生力量」，對當時所謂的「反動電影」展開嚴厲的批判，是共和國文藝運動的重要參與者，顯示出強烈的戰鬥力量；1951年8月，第二學季結束後，中央文學研究所全體研究員 50 餘人分成八個小組分赴鞍山鋼鐵廠、天津國棉二廠、石景山鋼鐵廠（包括電廠）、北京第六汽車裝配廠、河北建屏、山西大寨、朝鮮前線，「主要目的，在於改造和提高自己的思想，以求在今後創作實踐中，進一步掌握毛主席的文藝思想與文藝政策，在文藝戰線上更好的為人民服務」〔註215〕；1952年開展三反五反運動後，他們更是奔赴祖國各地，積極參與到對不法商人的政治鬥爭中。畢業後，他們大部分在工作崗位上都成為人民共和國文藝建設的重要力量。2 班學員，則主要以文學編輯為主要工作崗位，先後活躍在《人民文學》《詩刊》《文藝學習》《劇本》《文藝月報》《北京文藝》等文學刊物的編輯崗位上，以及人民文學出版社等出版機構，還有的活躍在廣播電臺〔註 216〕。他們所從事繁重的工作，成為人民共和國意識形態的「守夜人」〔註217〕。

〔註215〕《文藝動態．中央文學研究所學員分赴各地實習》，《文藝報》4 卷 11、12 期合刊（1951 年 10 月 1 日）。

〔註216〕如 1 期 2 班學員張泰芳，畢業後就在甘肅人民廣播電臺工作。

〔註217〕這裡受啟發於王富仁先生對魯迅的「評價」，「守夜人有守夜人的價值，守夜人的價值是不能用走路的多少來衡量的。在夜裏，大家都睡著，他醒著，總算中國文化還沒有都睡去。」在一個獨特的文化環境裏，這些報刊雜誌的編輯，某種程度上，正充當了這樣的角色。王富仁：《中國文化的守夜人：魯迅》，北京：人民文學出版社，2002 年，第 4 頁。

第三章　宿命的「召喚」：1951 年崑崙影業公司的「命運」——以電影《武訓傳》和《我們夫婦之間》批判為視角

本章中，我們把眼光轉向私營電影業崑崙影業公司。但要對崑崙影業公司進行有效剖析，我們先對都市上海在近現代歷史變遷中的過程作必要的、簡單的交代。

眾所周知，近代以來，隨著中國被迫拖進現代世界發展潮流之後，上海作為新的現代化都市，成為中國現代化程度最高的城市。特別是自晚清以來，它在中國現代化進程中扮演著重要角色〔註 1〕。在中國新文學發展進程中，上海無疑是重要的角色扮演者和文學藝術的發生場〔註 2〕。但它的開放性帶來的負面影響，也直接影響到它進入人民共和國後，成為一種精神上的負擔〔註 3〕。

〔註 1〕李歐梵在考察這一話題時有詳細的論述。李歐梵：《摩登上海——一種新都市文化在中國 1930～1945》，北京：北京大學出版社，2001 年，第 3～53 頁。

〔註 2〕朱壽桐在這方面有詳細的梳理，他以表格的形式對中國現代文學中心進行百分比考證，「上海作為中國現代文學中心地點的歷史地位是十分穩固的，擁有時段總長約 20 年，正好占到整個中國現代文學史的 60%；而在人們印象中似乎更應是中國現代文學中心地點的北京卻只擁有 12%的『中心時段』，上海作為中心支撐中國現代文學的時間是它的 5 倍」。朱壽桐：《論作為現代文學中心的上海》，《學術月刊》2004 年第 6 期。

〔註 3〕茅盾就有明確地表達，「三十年來，上海是立於文化戰線的前哨地位，鬥爭最為激烈，而上海一向又是帝國主義文化、封建文化、買辦文化的『共存共榮圈』，其頑強性恐為全國冠」。茅盾：《還須準備長期而堅決的鬥爭——為「五四」三十週年紀念作》，《人民日報》，1949 年 5 月 4 日。

人民共和國誕生之後，上海的政治活動雖沒有北京那麼搶眼，但由於新文學的永久魅力以及都市化程度的最高，上海的潛在影響仍是北京無法相比的。從某種程度上說，上海是現代化的標誌，它引領著中國的現代精神文明；北京則是古典化的標誌，它成為文化傳統堅守的堡壘。顯然，北京和上海，它們分屬不同的審美層面，各自彰顯著自己獨特的文化底蘊。上海與現代都市文明的「聯姻」，更值得我們關注。在這種現代都市文明的「聯姻」中，一種新的藝術表達方式依附於它而生長起來。其實，它也只有依靠洋場文化才能誕生。這就是來自西方的現代電影業。

1905 年，電影業很快在上海扎根並生長起來。隨著上海成為中國金融中心、國際化大都市，大量的資金湧向這裡，形成了它可供利用的資金。部分民族資本家把資金投向電影業〔註 4〕，使這一新興藝術很快在中國站穩了腳跟。但中國早期電影業，以影片輸入為主要生存方式。30 年代，中國電影業迎來了好的發展時機。作為一種新興的文化現象，自 30 年代進步的電影藝術工作者開展中國左翼電影事業以來，中國電影業裏展開著三條路線的鬥爭，即左翼電影與國民政府資本運營的官辦國營電影及歐美進口電影之間的鬥爭。在這當中，中國左翼電影依憑的是私營電影業。他們依靠民族資產階級的投資來運營電影，尋求進步的新興電影的生存〔註 5〕。處於官辦電影片和歐美進口電影片夾縫中的私營電影業，始終在搖擺中曲折的前進著。

抗戰時期，中國電影業的發展模式被分成三大版塊：國統區電影、淪陷區電影和解放區電影。抗戰結束時，淪陷區電影被組合成解放區電影和國統區電影。1947 年，是中國電影業發展的一個重要時間點。處於電影發展中心的上海，其電影製片業「很興盛過一時」，此時因電影的巨大經濟效益，出現很多「一片公司」〔註 6〕。到 1948 年，中國電影的新走向逐漸形成。按照電影研究史家的話說，「新中國電影起步前夕即 1948 年前後，中國電影製片業

〔註 4〕「1917 年，出於偶然收購美商廉價轉讓的攝影器材，於 1919 年開始試製影片，並呈請特許免稅，獲得批准。年底，美國環球公司拍攝影片《金蓮花》在上海拍外景，委託商務代為沖洗」。于麗主編：《中國電影專業史研究——電影製片、發行、放映卷》，北京：中國電影出版社，2006 年，第 13 頁。

〔註 5〕比如三十年代的藝華影業公司，就是依靠黃金榮的弟子嚴春堂的資金建立起來的。陽翰笙：《泥濘中的戰鬥——影事回憶錄》，《陽翰笙百年紀念文集　第二卷　紀實》，北京：中國戲劇出版社，2002 年，第 253 頁。

〔註 6〕電影投機者以短期資金投資電影業，租賃攝影棚拍戲。施本：《製片人怎樣迎接新使命——看上海的電影業》，《文匯報》，1949 年 6 月 25 日。

的狀況如何呢？當時，存在著兩個電影生產基地」〔註 7〕。這裡所指稱的「兩個電影生產基地」，一個是「上海傳統」為基地的都市上海電影生產，一個是「東影傳統」為基地的解放區電影生產。他們雖然都屬於中國電影業的重要組成部分，但在電影業真正具有影響力的，我們不得不提及「上海傳統」在人民共和國電影發展歷史上的意義。

據 1952 年上海市文化局電影管理處的統計，「上海的電影事業，不論是製片業，發行業，或器材業，是全國最發達的」〔註 8〕。「東影傳統」拍攝的電影，特別是早期電影，適應的是中國共產黨在戰爭中的「動員模式」，以新聞紀錄片、美術片、科教片為主〔註 9〕。「上海傳統」中，以崑崙、文華影業公司等為代表，拍攝的影片如《八千里路雲和月》《新閨怨》《一江春水向東流》《假鳳虛凰》《夜店》《豔陽天》等，「不僅思想內容鮮明，而且在藝術上也有很高的造詣，不論在編劇、導演、表演以至攝影、音樂、美工處理等等方面，就當時來說，都已達到了第一流的水平」〔註 10〕，顯示出很高的藝術成就。崑崙影業公司甚至打破了國產影片的記錄，「曾經一舉打破了外國影片獨霸中國電影發行放映的壟斷局面，使國產片第一次稱雄於中國電影市場」〔註 11〕。當時上海還有其他私營電影業，如國泰、上聯、華光、蘭心等，但它們與崑崙、文華影業公司相比，卻顯示出「經營方針的兩面性」：「一方面同官僚資產階級有著聯繫，另一方面又想通過拍攝進步影片來獲得利益」，同時，「又與官僚資產階級有著密切的聯繫，聘請了張道藩、潘公展之流來當公司的董事長」，它們出品的電影，「不僅不同程度地受了美國反動落後影片的影響，還摻和著中國封建文化的糟粕，是當時國民黨統治區半殖民地半封建的政治和經濟在電影中的反應，是與當時高漲的人民運動根本相對立的」〔註 12〕。

〔註 7〕孟犁野：《新中國電影藝術史稿（1949～1959）》，北京：中國電影出版社，2002 年，第 1～2 頁。

〔註 8〕《上海市人民政府文化局電影事業管理處三年來工作總結》，1952 年，檔案號：B127-1-87，上海檔案館。

〔註 9〕程季華主編：《中國電影史》第 2 卷，北京：中國電影出版社，1963 年，第 386～393 頁。

〔註 10〕程季華主編：《中國電影史》第 2 卷，北京：中國電影出版社，1963 年，第 252 頁。

〔註 11〕任宗德：《回首崑崙（三）》，《電影創作》2000 年第 3 期。

〔註 12〕程季華主編：《中國電影史》第 2 卷，北京：中國電影出版社，1963 年，第 278、282 頁。

共和國政權即將建立前夕，第一次文代會在北平召開，崑崙、文華影業公司都有進步電影藝術工作者到北平開會〔註 13〕，體現出新政權對他們的「接納」。這是對它們的政治定位，它們成為共和國電影力量的基本組成。而反動電影公司，則被排除在外。考察全國文代會後成立的中華全國電影藝術工作者協會，其中除來自解放區的電影藝術工作者外，基本的構成，正是崑崙影業公司和文華影業公司的導演和演員們。其中，來自崑崙影業公司的有：陽翰笙、沉浮、蔡楚生、史東山、夏衍、孫瑜、陳白塵、鄭君里、趙丹、陳鯉庭、朱今明、吳蔚雲、田漢、鄭伯璋、歐陽予倩、白楊、徐韜、藍馬、舒繡文等人；來自文華影業公司的有：曹禺、黃佐臨、柯靈、應雲衛等人〔註 14〕。

明顯地，共和國初期電影業的基本力量在逐漸形成的過程中，儼然以文藝戰線上的「統一戰線」政策，推進著電影戰線的建設。團結對象是明確的，那就是進步的原國統區電影藝術工作者。這種以政治價值為標準的站隊方式，政治的定性，是第一要義，它逐漸形成了政治的第一要求，而崑崙影業公司、文華影業公司的政治定性，顯然在中國共產黨的「統一戰線」政策的包括之中。其他小影業公司如華光、大華、益華、群力等，因他們在經濟上對國民黨電影壟斷的依附性，「決定了它們在政治上對國民黨反動派的依附」〔註 15〕。其實，崑崙影業公司和文華影業公司的被「統戰」，不僅來自於政治、文化層面的原因，更來自於經濟層面的原因。作為 40 年代重要的私營電影業，在革命進程中扮演過進步角色，這為崑崙、文華影業公司進入共和國電影事業奠定了堅實的政治基礎和經濟基礎。全國解放前夕，崑崙、文華影業公司扮演著進步電影藝術工作者的「庇護所」，隨著電影工作者被確定為進步的電影藝術工作者，崑崙、文華影業公司的政治價值得以確立。崑崙影業公司的同人進入共和國電影的領導層，也為它提供了一層政治的「保護色」。

「團結」電影界藝術工作者，是共和國前夕的既定方針，新政權需要穩定的政治局面、社會環境和經濟環境。但上海作為消費型城市的代表，中國共產黨人往往把眼光集中於它的都市消費性，以及它作為窗口與歐美電影的聯繫。作為窗口之一的消費文化體現，電影成為我們考察上海文化變遷的視

〔註 13〕具體可以參見文代會代表名單中的南方代表第二團。

〔註 14〕中華全國文學藝術工作者代表大會宣傳處編：《中華全國文學藝術工作者代表大會紀念文集》，北京：新華書店，1950 年，第 584～585 頁。

〔註 15〕程季華主編：《中國電影史》第 2 卷，北京：中國電影出版社，1963 年，第 297 頁。

角之一。我們把眼光轉向與上海有關的都市文化，以及私營電影業在上海的遭遇問題。

進入共和國初期的文化語境後，由於政治價值選擇的差別，「上海傳統」與「東影傳統」呈現出差別，「東影傳統」後來成為主流電影的基本價值方向，而「上海傳統」逐漸在社會主義改造的過程中向「東影傳統」靠攏，最終在經歷 1951 年私營電影業的批判聲浪之後，於 11 月與國營電影業合併。在私營電影業被改造成社會主義國營電影事業的過程中，上海私營電影業是怎樣實現轉變的呢？像作為進步電影陣地的崑崙影業公司是怎樣實現轉變的？它的內在思路體現在什麼地方？

目前，學術界在關注共和國電影事業時，特別留意的是私營電影業在思想上出現的問題〔註 16〕。他們根本沒有考慮，為什麼對私營電影業的批判要緊緊圍繞著思想問題來展開。也就是說，為什麼單獨地指出思想上出現問題並緊緊地抓住這一點加以批判？這與 1950 年經濟恢復後出現的經濟因素之間有什麼樣的內在關聯？共和國初期有關政治話語的策略性建構、人事關係的複雜性，正是研究中最缺乏的〔註 17〕。本章裏，我們把眼光轉向人民共和國初期的崑崙影業公司，以《武訓傳》《我們夫婦之間》的批判為觀察視點，試圖窺探並勾勒出崑崙影業公司在 1951 年的批判聲浪中的最終命運走向。為了論述的方便，我們先從國統區電影總結入手。

第一節　電影經驗總結透視與人民共和國電影界的「統一戰線」政策

這裡所指稱的「電影經驗」，既包括國統區電影經驗，也包括解放區電影經驗。解放區電影藝術的經驗總結，儼然以 1942 年 5 月毛澤東的《「文藝講

〔註 16〕有關電影《武訓傳》的研究著作，均體現了這樣的思路。他們還停留在 1951 年 5 月 20 日《人民日報》社論的基礎上，對所謂的思想界混亂達到嚴重的程度的反駁，根本沒有考慮到人民共和國成立後文學藝術界複雜的人事關係和經濟上對國家文化建設的重要意義。

〔註 17〕這一點，陳子善的文學史視點和觀念給予我深刻影響。他在表達他的文學史觀念時曾經說過這樣一段話：「我研讀中國現代文學史，歷來注重歷史的細節，作家的生平、生活和交遊細節，作品的創作、發表和流傳的細節。……我對法國年鑒學派的治學路向是雖不能至而心嚮往之」，「歷史的細節往往是原生態的、鮮活的，可以引發許許多多進一步的研究。」陳子善：《邊緣識小》，上海：上海書店出版社，2009 年，第 2 頁。

話」》為準繩。但有關國統區電影藝術的經驗總結，卻不同。國統區電影藝術的總結，關涉到兩個層面的問題：一是作為電影中心的「上海經驗」，新生政權是怎樣看待的；二是整個國統區電影事業，在解放區電影事業的對照中，它將以什麼樣的方式被再確認。在形塑共和國電影的理論資源時，顯而易見，原國統區的電影經驗是重要資源。但它絕對不是唯一資源。即將進入人民共和國的偉大建設，電影業將以什麼樣的面貌來形塑過去的經驗呢？面對來自原國統區和來自解放區的電影藝術工作者，他們在多大程度上實現了團結？人民共和國成立前，電影界及執政黨在具體總結經驗時，已經出現無法迴避的盲區：它無可辯駁地成為解放區電影的「陪襯」。

一、上海：政治到電影業的「政治站隊」

1. 上海的「政治站隊」

1949 年 5 月 27 日，上海勝利解放。從此，上海不再是所謂的國統區，她是一個新的解放區。但她作為國統區的經驗，一直沒有被新政權遺忘。作為中國最大的經濟中心，上海的解放，「表示中國人民無論在軍事上、政治上和經濟上都已經打倒了自己的敵人國民黨反動派」;「表示中國人民已經確立了民族獨立的基礎」；上海的解放，「在中國人民解放事業中具有特殊的意義」，「是中國工人運動、革命文化運動和各民主階層愛國民主運動的主要堡壘之一」〔註 18〕。有著現代化傳奇城市的上海，在革命的歷史書寫中，她是中國革命勝利的「象徵」。

但中國共產黨高層逐漸形成了對上海的「政治站隊」。顯然，在政治上，中國共產黨高層有自己的考慮。作為即將成為新政權執政黨的中國共產黨，對「城市」(這當然包括上海在內)仍舊保持著「警惕」的心理。他們認為，城市是「資本主義的大本營」，上海「更是十里洋場、聲色犬馬各種嗜好的樂園」〔註 19〕。夏衍在回憶錄中也特別提到，他進入上海前與中國共產黨領導人毛澤東、周恩來、劉少奇等的談話，其中涉及到中國共產黨高層對待上海的態度，「上海是個好地方，又是一個爛泥坑，花花世界，冒險家的樂園，鄉下人進城，會眼花繚亂的，你們得分出點時間來，分別對你們分管的幹部講講上海情況，凡是要注意、要提防的事情，你們講比我去講更好，你們有

〔註 18〕新華社社論：《祝上海解放》,《人民日報》, 1949 年 5 月 30 日。

〔註 19〕陳永發：《中國共產革命七十年》上冊，臺北：聯經出版事業公司，1998 年，第 496 頁。

感性知識」〔註 20〕。上海被當做「爛泥坑」、「花花世界」、「冒險家的樂園」，這種私人交談性談話透露出的「信息」，與中國共產黨七屆二中全會的會議精神，有著驚人的一致。它為我們揭示了中國共產黨高層對上海的基本看法。

解放戰爭期間，中國共產黨接管「城市」後，「城市」並不像廣大農村那樣，很快地進入中國共產黨的「預設」的軌道之中。面對農村的農民，革命政黨可以以「土地革命」的分配方式，用土地作為勝利果實，以實物的形式，激發起廣大農民的階級鬥爭熱情，維護新生政權的「穩固性」。城市裏，革命政黨將面對的是工業化大生產，以及經濟的快速「恢復」。接管城市之後，共產黨並不能把工廠和其他工業化鏈條的非工業財產，按照「土地革命」的方式，分配給城市的工人及市民，相反，它要立即以這樣的工業基礎、經濟基礎，恢復生產，滿足城市民眾對生活的日常需要。

但此時的「城市」，卻因為政治鬥爭的殘酷性和長期性，加之國民黨特務的猖獗活動，掀起了聲勢浩大的抵制共產黨的活動，引發城市的「物價上漲」〔註 21〕。上海在這場戰鬥中，扮演了重要的角色。「兩白一黑」〔註 22〕在「城市」的日常生活中處於首要的地位，關係到平常人的基本生活。但上海都市裏的商人卻「惟利是圖」，加上抱著不可告人的政治目的，對這三種日常消費品進行囤積，試圖把共產黨的力量「擠出」城市。正是這給新生的執政黨一種不好印象，導致人民共和國初期在政策上，新政權出現了一些「波動性」的變化。

在中國共產黨領導層看來，「上海的命運實際上是近代中國歷史的縮影」〔註 23〕。30 年來，「上海立於文化戰線的前哨地位，鬥爭最為激烈」〔註 24〕。茅盾對上海的革命史地位的「定位」，也作如是說。但上海作為現代都市，存在著它自身無法避免的不足：帝國主義的冒險家們，「曾經把上海看成是自己

〔註 20〕夏衍：《懶尋舊夢錄》（增補本），北京：三聯書店，2000 年，第 399 頁。

〔註 21〕後來中共黨史書寫的是「穩定物價、統一財經」運動，這場運動為「新中國經濟管理體制」的確立奠定了堅實的基礎，成績亦相當卓著：「統一了財政收支，保證了國家計劃和急需；實現了物資的全國統一調度；增加了國家財政收入，減少了支出，出現了國家財政收支接近平衡的新局面；金融物價開始穩定，銀行存款急劇增加，從根本上扭轉了通貨膨脹的局面」。陳明顯：《中華人民共和國史》，北京：北京理工大學出版社，1993 年，第 29 頁。

〔註 22〕「兩白一黑」指的是棉花、大米和煤炭。

〔註 23〕新華社社論：《祝上海解放》，《人民日報》，1949 年 5 月 30 日。

〔註 24〕茅盾：《還須準備長期而堅決的鬥爭——為「五四」三十週年紀念作》，《人民日報》，1949 年 5 月 4 日。

的樂園，在上海製造了種種盜劫、屠殺、侮辱和愚弄中國人民的罪惡」〔註 25〕；「帝國主義在中國的最後一個大走狗，中國封建主義的最後一個暴君和官僚資本主義的集大成者蔣介石」，「就是由上海的流氓組織起家，因為造成了上海工人的大流血得到國內外反革命勢力的喝彩，建立起他的以上海買辦經濟為基礎的二十二年的黑暗統治，並且直到最後」〔註 26〕。30 年代，茅盾的長篇小說《子夜》，有對都市上海的深刻描寫，其中涉及到的交易所，人際關係，完全是以肮髒的政治、商業等的交易為前提，這背後主要是茅盾的政治文學觀最終的起支配作用。早期中國左翼文學中有關都市的描繪，主要以「政治理性」、「無產階級生活」和「階級鬥爭」為核心詞語，以小說家的誇張式想像，在政治理性的實現過程中明顯地帶著樂觀主義的傾向。左翼文學這種都市先驗的觀念，一直成為政治觀念的直接表述和演繹，為後來政黨政治經驗提供了借鑒。很多左翼文學青年，在後來的革命征途中，直接成長為重要的革命者，甚至革命的領導者。他們這種根深蒂固的觀念，不可能得到真正的改變。面臨人民共和國的誕生，他們也帶著這樣的政治觀念觀察著上海這個「現代都市」。

2. 上海電影業的「政治站隊」

為了有序地維持解放後上海在政治、經濟、文化等方面的日常秩序，1949 年 5 月 27 日，上海軍事管制委員會宣布成立，陳毅任主任，夏衍等任副主任。顯然，設置上海軍事管制委員會，是為了順應解放初期不穩定的政治環境。這種軍事管制委員會，是一種過渡性質的行政軍事化管理和運作方式，統轄著當時上海的市政、財經、文教和軍事。這四個部門分別叫做：軍事管理委員會，粟裕負責；市政管理委員會，周林、曹漫之負責；財政經濟管理委員會，曾山、許滌新、劉少文負責；文化教育管理委員會，陳毅兼任，韋慤、夏衍等具體負責，成員有夏衍、范長江、錢俊瑞等人。其中，文化教育管理委員會內設文藝

〔註 25〕陽翰笙的回憶錄中也特別提到，抗戰結束後，上海成為美國人的天堂，大批美國人在上海尋歡作樂，玩弄中國女子，「過去上海是日本人的世界，現在是貴國（指的是美國）的世界羅！」陽翰笙：《泥濘中的道路——影事回憶錄》，《陽翰笙百年紀念文集　第二卷　紀實》，北京：中國戲劇出版社，2002 年，第 284 頁。

〔註 26〕這裡仍舊借用當時報紙對蔣介石的評價，因蔣介石的評價本身是複雜的，也不是本文的論述範圍，這裡從略。社論：《祝上海解放》，《人民日報》，1949 年 5 月 30 日。

處，夏衍、于伶擔任正副處長，負責對文藝界的接管工作。〔註 27〕

在夏衍、于伶的帶領下，軍管會文教管理委員會文藝處，很快對上海的高等教育單位、中小學教育單位、新聞出版單位、文藝單位進行接管。但電影方面的接管卻很複雜。上海市軍管會文化教育管理委員會 6 月 2 日、3 日派遣軍事代表于伶、鍾敬之、王宣化等接管了前國民黨中央電影攝影廠總管理處和中國電影製片廠、中央電影攝影廠第一廠和第三廠。由於上述三廠的職工們，「護廠組織健全，接管順利，軍事代表慰問並嘉獎了各該廠在解放前英勇護廠的全體職工，希望他們安心工作，為新中國的電影事業而努力」〔註28〕。但在具體的文化接管過程中，對這樣的電影業現狀，則必須區別對待〔註 29〕。其實，在對上海電影業進行清點的過程中，文管會文藝處按政治傾向對上海的電影業作了界定：

> 一、國名黨官辦的電影製片機構三個，包括中央電影企業公司（簡稱「中電」）、中央電影製片公司（簡稱「中製」）和國民黨市教局所辦的電影隊；二、國民黨官辦的駐滬電影機構四個，包括國民黨行政院直屬電影檢查所、中華教育電影製片廠、中華農村教育製片廠和西北影片公司；三、官僚資本與私人資本合營的製片與發行機構三個，包括上海實驗電影工場、中華電影工業器材公司和中國電影聯合營業處；四、進步的私營電影製片機構一個，崑崙影業公司，其製片方針完全符合共產黨在蔣管區的電影政策；五、傾向進步的私營電影製片機構一個，文華影業公司，其創作人員中黃佐臨、曹禺、費穆等被認定為進步藝術家；六、私營、製片態度中立，而最高負責人反動或資本有疑問的製片機構三個，包括國泰、啟明和

〔註 27〕夏衍：《懶尋舊夢錄》（增補本），北京：三聯書店，2000 年，第 404 頁。

〔註 28〕《上海軍管會接管電影廠》，《人民日報》，1949 年 6 月 5 日。

〔註 29〕夏衍認為，「抗戰勝利後，國民黨接管了汪偽政權所屬的電影機構，利用接收過來的廠棚、設備、技術人員，建立了 CC 系統的『中電一廠』、『中電二廠』、軍統系統的『中製攝影場』和三青團系統的『上海實驗電影廠』，以及管制電影發行放映、進出口業務的『中央電影企業總管理處』、『電影審查委員會』，按政策，這些產業和機構都應該接管，但考慮到這些製片廠的藝術、技術人員除極少數外，大部分都是愛國的，而且在解放前夕，已經和地下黨及進步電影工作者有了聯繫，所以我們採取了先接後管的方針，每個單位只派出一名聯絡員，讓他們自己組織臨時管理委員會，負責清點器材，登記造冊，進行政治學習。」實際的接管過程中，夏衍嚴格地做了區分。夏衍：《懶尋舊夢錄》（增補本），北京：三聯書店，2000 年，第 407～408 頁。

清華；七、私營、背景複雜，專出色情、墮落意識反動影片的製片機構十個，包括大同、華光、大中華、中聯、五華、大華、益華、大風、大地和美藝。〔註 30〕

這種所謂的清理活動，其實是一種變相的「政治站隊」，即政治定位。人民共和國成立前後，它其實暗含了上海電影業的接管與改造的基本命運及私營電影業的最終走向。同時，它也奠定了電影史家撰寫 40 年代中國電影發展史的基本敘事框架。在具體的電影發展史敘述中，政治的定性成為電影發展史敘事的基本內在核心價值的體現〔註 31〕。在這樣的電影史敘事框架中，崑崙影業公司的地位得以凸顯出來，它被確認為「戰後進步電影運動的基本陣地」：「它團結了廣大的電影工作者，對戰後進步電影運動的發展具有重大的意義與作用」〔註 32〕。

分析上海電影業文化接管的過程，我們發現，這種對電影業的文化接管，至少分為兩個層面：一是對電影財產的「接管」，即對電影機構的接管；一是對電影人員的「接收」，即舊人員的安置問題。但電影財產的接管，涉及到電影從業人員的進步性確認。所以，在接管過程中，哪些電影業的從業人員可以參與到文化接管的工作中，顯然有共產黨在政治上的基本考慮。

據任宗德回憶，為了有效地推進上海電影業的文化接管工作，時為文化教育管理委員會文藝處副處長的于伶，決定從崑崙影業公司抽調 20 多人參加文化接管工作。這從側面反映出，在中國共產黨高層看來，崑崙影業公司在政治上是值得信任的。怪不得夏衍進城後第二天，就給崑崙影業公司老闆任宗德掛電話，首先表達了他們回來了的意思。其次，夏衍要任宗德「回公司組織職工慶祝解放，準備恢復影片拍攝，創作出適應新時代新社會的新影片」〔註 33〕。

崑崙影業公司在財產和從業人員上，是沒有問題的，它值得信賴〔註 34〕。

〔註 30〕《文化部工作計劃草案（第三篇）》，1949 年，檔案號：B177-1-46，上海市檔案館。

〔註 31〕其內容集中於《中國電影發展史》第 2 卷第 7 章，在對崑崙、文華、清華、華藝、國泰、大同等影業公司進行電影史定位時，程季華的基本標準從此處引申開去。程季華主編：《中國電影發展史》第 2 卷，北京：中國電影出版社，1963 年，第 137～336 頁。

〔註 32〕程季華主編：《中國電影發展史》第 2 卷，北京：中國電影出版社，1963 年，第 210 頁。

〔註 33〕任宗德：《回首崑崙（六）》，《電影創作》2000 年第 6 期。

〔註 34〕任宗德的回憶錄中有所交代，他的北上係電影局長袁牧之親自邀請，到北平商談有關崑崙的事宜。而任到北平後的第二天，周恩來專門舉辦晚會，主要目的之一就是歡迎任到北平。任宗德：《回首崑崙（六）》，《電影創作》2000 年第 6 期。

自 1946 年崑崙影業公司的前身聯華影藝社創辦以來，它就在中國共產黨地下黨組織的領導下積極地展開電影活動，陽翰笙、史東山、蔡楚生等進步電影工作者參與攝製電影，為崑崙積累了深厚的革命歷史〔註 35〕。任宗德能夠於 1949 年 6 月在北平大出風頭，是有深刻的歷史原因和政治原因的。任宗德甚至為了讓崑崙影業公司渡過難關，不惜變賣自己的房產，這為它最終走向勝利、保護大量的進步文化人提供了堅實的經濟保障。

文華影業公司，卻因其資本的「買辦性」，以及吳性栽 1949 年攜資金前往香港迴避新中國解放，被排斥在文化接管的革命工作之外〔註 36〕。特別是隨著陽翰笙在共和國初期電影界領導地位的上升，因文華影業公司和崑崙影業公司曾經有不愉快的事情發生〔註 37〕，文華影業公司逐漸被冷落，至少在政治上，新政權對它是有所保留的。文華的編導人員中，「有一部分是進步的或傾向進步的，因而使文華的創作，在一定程度上也體現了這一時期黨領導的進步電影的基本方針」，同時，「也由於有些落後的，或搖搖擺擺的創作人員的參加，所以又拍攝出了一些在傾向上不好或內容有害的影片」，這些影片包括「《不了情》《太太萬歲》《小城之春》《哀樂中年》等」〔註 38〕。所謂的進步電影藝術工作者，顯然指的是曹禺、黃佐臨、桑弧、柯靈等人，他們最終在共和國電影業裏成為重要力量。

曾經在中國現代電影發展史上起過積極作用的國民黨官辦電影製片廠及電影機構，卻被定位為「反動電影財產」，採取直接沒收的強硬政治措施，其他帶有小資情調的電影製片公司，也一併定位為不進步的電影製片廠，最終被排除在共和國電影事業的視野之外，這些影業公司包括大業、綜藝、新時代、

〔註 35〕《青青電影》雜誌的記者曾經報導：崑崙影業公司老闆任宗德在北平大出風頭。記者對崑崙的定位是「前進而又嚴肅的製片公司」，任宗德的北平之行，「任宗德到了北平，大受文藝工作者的歡迎」，「歷來的影片公司老闆在背後總是毀多譽少，任宗德確實第一個『例外』。」《崑崙老闆北平出風頭》，《青青電影》第 17 年 17 期（1949 年 8 月 25 日）。

〔註 36〕至於曹禺此時能夠被重用，成為共產黨的「統戰」對象，並不是他與文華影業公司的關係決定了他，而是抗戰期間他的喜劇創作曾經在戰時重慶引起廣泛的影響。

〔註 37〕這裡指的是 1948 年文華影業公司老闆吳性栽試圖通過崑崙影業公司董事長夏雲瑚，達到收買崑崙的目的。後來被陽翰笙得知吳性栽的真實想法，採取堅決抵制的措施。任宗德：《回首崑崙（二）》，《電影創作》2000 年第 2 期。

〔註 38〕程季華主編：《中國電影發展史》第 2 卷，北京：中國電影出版社，1963 年，第 256 頁。

群力、萬方、大地、大風、國風、東亞、華星、中國聯合、嘉年、光華等〔註39〕小型電影製片廠。所以，上海私營電影業雖然有崑崙和文華等具有政治進步意義的私營電影業，但它不能根本改變作為都市的上海具有的一些「陋習」〔註40〕。中國共產黨中央委員會在進入城市之前，就已經對此有明確的認識。毛澤東在七屆二中全會上特別強調進入城市後，要防止資產階級「糖衣炮彈」的進攻〔註41〕。對城市，中國共產黨始終保持著一種警惕的心理。

在共產黨人看來，上海作為都市，「消費性」成為它的主要文化特徵，甚至消費成為它的具體表徵的承載體，這在電影業中得以顯現。30 年代中國新感覺派的都市文學書寫中，都市的消費性被展現得很深刻，都市的場景中，有舞廳、咖啡廳、跑馬場、電影院……這一切，都沒有逃脫消費文化的「藩籬」。電影院，作為都市文化重要的表徵場所，它構建過很多現代都市場景〔註42〕。上海的電影院，據 1952 年的統計，高達 47 家，後來建立了流動電影放映隊，公營的 39 家，私營的 11 家〔註43〕。

電影主題的選擇、拍攝的經過、電影廣告宣傳，在都市文化的影響下，儘管與現代化的文明進程有千絲萬縷的聯繫，但它更注重的還是市民文化的審美趣味，即文化消費。電影作為消遣性文化的表現，這在 30、40 年代的都市上海，不僅不會受到多大的質疑，反而會贏得讚譽的聲音〔註44〕。但到 50

〔註39〕以上所列小影片公司依據程季華對小公司的羅列，並結合上海市人民政府文化局電影管理處1952年總結中指出的小公司加以排除後形成的。程季華主編：《中國電影發展史》第 2 卷，第 295 頁；《上海市人民政府文化局電影事業管理處三年工作總結》，1952 年，檔案號：B172-1-87，上海市檔案館。

〔註40〕即使到 80 年代，黃佐臨仍舊認為：「關於石揮，過去有些不同的議論。我始終是這樣看的，他從舊社會來，難免沾有一些舊習慣，舊作風」。雖然石揮從未玷污過演劇藝術，但作為長期生活在都市上海的電影藝術工作者，石揮無法逃避被舊習慣、舊作風侵染，從而染上一些不好的思想（黃佐臨：《石揮談藝錄・序》）。石揮：《石揮談藝錄》，上海：上海文藝出版社，1982 年，第 1～2 頁。

〔註41〕資產階級會出來捧場，「用糖衣裹著的炮彈的進攻」。毛澤東：《在中國共產黨第七屆中央委員會第二次全體會議上的報告》，《毛澤東選集》第 4 卷，北京：人民出版社，1991 年，第 1438 頁。

〔註42〕這在中國新感覺派作家施蟄存、穆時英等的小說中有很多的表現，施蟄存的小說《在巴黎大戲院》，把一個都市女郎的現代消費性充分展現了出來。

〔註43〕《上海市人民政府文化局電影事業管理處三年工作總結》，1952 年，檔案號：B172-1-87，上海市檔案館。

〔註44〕當然，左翼的革命者不一定對此有讚揚的態度。他們對都市的消費主義文化始終保持著警惕，在丁玲的小說《一九三零年春在上海》中有其細膩的表現。

年代的共和國政治環境裏，「城市」在政治意義上，並不是小市民階層的城市，「城市，要看是誰的城市，我們要適合城市的哪些人，要我們的新文藝適合那些飽食終日的人們，作為茶餘飯後的消遣品麼？要適合那些拜倒在帝國主義、資產階級的封建的藝術之下的欣賞者麼？……今天我們的藝術絕不能適合這些人，也不可能適合一切的人」〔註 45〕。人民共和國成立後，在城市形象的傳達過程中，他們努力塑造的是工人階級眼裏的「工業城市」，而不是市民階級眼裏的「商業城市」。城市，已成為工人階級的工業城市，與市民社會的商業性不會再發生直接的關係。

茅盾早在解放前夕，就談到了文藝為工農兵服務的話題，「寫市民，寫給市民看和聽絕不等於『為市民服務』，……熟悉市民生活的文藝工作者不妨寫市民乃至意識地寫給市民看和聽，但不可忘了這是為工農兵服務」，「更其不可忘了城市文藝工作的重點也還不在市民而在工人階級——寫工人，寫給工人看和聽」〔註 46〕。也就是說，在城市的想像中，工人階級仍舊是想像的主體對象，扮演著城市的「主人」。隨著對美國好萊塢電影的徹底「清洗」〔註 47〕，到 1951 年 11 月，「上海四十家電影院接受廣大觀眾的要求，一律拒映美國影片」，「毒害了中國觀眾達二十五年之久的美國影片，於此便從中國的電影市場，被驅除出去。」〔註 48〕中國本土國產電影的生產逐漸走上正規化後，消費與娛樂往往被看成是小資產階級的審美「趣味」。

對上海電影業的重組過程中，中國共產黨電影事業的設計者袁牧之，曾設想以上海的進步電影工作者為骨幹，組成「第二種國營廠」，這種國營廠與東影和北影是有差別的，第二種國營廠，主要立足於新區，「其出品雖也應該以工農兵電影為努力目標，但不一定開始就占主要比重，可以暫時適應一般

〔註 45〕陳荒煤：《天津文藝工作者的光榮任務》，《為創造新的英雄典型而努力》，北京：人民文學出版社，1952 年，第 2 頁。

〔註 46〕茅盾：《關於目前文藝寫作的幾個問題》，《進步青年》創刊號（1949 年 5 月 4 日）。

〔註 47〕1950 年 9～11 月間在上海《文匯報》副刊《影劇半週刊》上展開對美帝影片看法的討論，「你對美帝影片的看法如何？」參加的人員有學生、工人、商人和市民，這次討論的意義是糾正部分觀眾對美帝影片的不正確看法，揭露了美帝影片在許多觀眾的思想中所染上的深深毒害，以及對文藝工作者的教育。吳倩：《談談美帝電影的「藝術性」——上海通訊》，《文藝報》3 卷 3 期（1950 年 11 月 25 日）。

〔註 48〕新華社：《中國人民電影事業一年來的光輝成就》，《人民日報》，1951 年 1 月 3 日。

進步電影工作者之特殊情況」。袁牧之清楚地知道，「要從其習慣於反映小資產階級生活的作品立刻轉到反映工農兵及其幹部生活的作品，在思想感情生活及創作方法等都會有困難，故可暫時以其熟悉描寫的對象而為工農兵利益的作品占相當比重，則不至於頓感難於措手而可繼續工作可有出品，並將以此在輿論上及爭取觀眾上戰勝私營中的同類對象而無思想之出品」〔註 49〕。這就是說，在政治待遇上，新組建的上海電影製片廠與「北影」和「東影」相比，是有差別的〔註 50〕。進步的上海影業公司的上海電影製片廠，扮演的是「二等國民」的角色。而私營電影業的「遭遇」，在這種所謂的第二國營廠的擠壓下，生存的處境會更加艱難。隨著上海的解放，作為「上海傳統」的電影生產，以強大的優勢進入共和國電影事業中，他們將以什麼樣的方式切合併真正參與到共和國的電影事業建設事業中呢？

總之，上海作為現代都市，上海電影業作為中國現代電影業，即將進入共和國的前夕，它們逐漸在中國共產黨的政治定位中，形成了自己的「政治站隊」。這種「政治站隊」，直接影響到之後他們在新中國的命運。崑崙影業公司正是在這樣的「政治站隊」中，逐漸浮出歷史的水面，成為共和國初期私營電影業中值得注意的現象。

二、國統區電影經驗總結的「背後」

隨著解放戰爭捷報頻傳，接管原國統區電影事業成為一項重要的工作。這時，東北電影製片廠成為新解放區電影接管的主要力量和重要的建議者。為了能夠爭取、團結進步的上海電影藝術工作者，1948 年 12 月，時為東北電影製片廠長的袁牧之，向中國共產黨中央建議：派遣與上海地下黨組織關係密切的鍾敬之，到南京和上海參加對國統區電影資產的文化接管工作。依照袁牧之的想法，他試圖以這樣的人事安排，進一步團結進步的上海電影藝術

〔註 49〕袁牧之：《關於電影事業報告（二）》（1948 年 12 月 18 日），《人民電影的奠基者：寧波籍電影家袁牧之紀念文集》，寧波：寧波出版社，2004 年，第 196 頁。

〔註 50〕儘管後來的事實證明袁牧之這種想法沒有實現，但上海電影製片廠在 1950 年拍攝的電影中，並不能真正實現北影和東影的拍片的政治高度。而上影 1949 年 11 月成立後，大部分時間是「組織全廠演職人員進行學習，主要學習毛澤東的《在延安文藝座談會上的講話》等」，同時「等待中央電影局下達生產任務」，它實質上是一個「影片加工廠」，上影廠「沒有決定劇本和導演的權力」。張碩果：《上海電影製片廠的「社會主義改造」（1949～1952）》，《電影藝術》2009 年第 1 期。

工作者，至少表現出中國共產黨在政治上信任上海電影藝術工作者的態度，「在地下黨領導下由該地的電影工作同志負責接收（以節省老區之人力並對上海同志的尊重）」〔註 51〕。作為 30 年代在上海從事進步電影工作的進步文化工作者，袁牧之此時深感對上海電影工作者的「政治信任」之重要意義。或許，在上海電影藝術工作者的眼裏，他們也是革命的勝利者。所以，從上海解放時他們激發的政治熱情來看，他們也成為新時代的主人，儼然以人民共和國的主人自居。

但 1949 年 6 月 9 日，身處北平文化中心的著名現代戲劇家、電影編劇曹禺〔註 52〕，卻給在滬的文華影業公司同人黃佐臨等人寫信，表達了他對共和國的「電影走向」的看法，特別談到新的形勢變化與電影拍攝的「新趨向」，這裡摘錄如下：

> 文華公司現在照常進行否？如何進行？我料想，剛一解放，滬上電影界還未見得十分明瞭現在的文藝要求，或者還不急於拍片。于伶兄想已見到，他自然會有些說明。我們在北平看到東北影片公司出品的《橋》，一部將鋼鐵工人積極完成任務支持前線的影片（思想性很高，東西也很結實，除了微小的技術毛病，是一部很成熟的作品）。如果中國影片將來須一律走向在工農生活中找題材，材料自然異常豐富，但民營的電影事業可能要經過一度整理和準備時期。民營電影過去通常以小市民為對象，編劇、導演、演員對工農兵生活均不熟悉，恐怕非下工夫體驗一下不可。解放區演戲有一個不可及的特點，即「真實」（自然，先將思想內容的正確這一點放下不談），看了他們的戲、電影，不能不承認每個演員、編劇、導演，都在生活體驗這一方面作了很深的調查研究，這一點我們上海的朋友們固然也注意到，相形之下解放區的劇藝可扎實多了。所以如果民營電影也要完全以工農為對象，上海弄電影的朋友們必須從思想上生活上都要重新學習一下才成。現在有兩種看法，有人主張不必顧到都市觀眾，小市民在全國人數比例太小，該以工農為主，也就是完全

〔註 51〕袁牧之：《關於電影事業報告（二）》（1948 年 12 月 18 日），《人民電影的奠基者：寧波籍電影家袁牧之紀念文集》，寧波：寧波出版社，2004 年，第 195 頁。

〔註 52〕曹禺於 1949 年 4 月參加巴黎世界和平大會後，一直居留於北平，等待文代會的召開。

為工農。工農，尤其是工人，是今日革命的主要力量。又有一種說法，只要立場正確，有了立場，就應該連都市的小市民也一起被教育。前一種意見可以宋之的兄為代表，後一種意見即以茅盾先生為代表。現在民營電影應該走哪一條路？這是我們應該切實考慮的問題。文華影片公司的日後發展有待這個問題的確切的解答。

到現在為止，都市中的文藝、戲劇、電影的種種問題還沒有剖析明白，卻是在醞釀著。大家都在想、在研究怎樣具體地解決這些與解放大城市俱來的小市民觀眾讀者的問題。我料想，在 6 月 25 日的文學藝術代表大會上可能有一個解答，至少在各種報告中我們可以明白一個方向。對這個問題，我們也可以提出來，要求大家一個討論，把這個問題弄清楚，把大家的意思集中起來，成一個可以遵守的意見。〔註 53〕

曹禺是文華影業公司的著名編劇和導演，此時身處北平政治漩渦中心的曹禺，對新的文藝動向（包括電影的服務對象）有敏銳的「把捉」。他知道，文華影業公司肯定對新的文藝要求並不瞭解，不急於拍片是當然的，但他表現出對文華影業公司前途的牽掛，表達出一個文化人特有的敏感，卻是值得我們注意的。國營電影製片廠東北電影製片廠拍攝的第一部國產藝術影片《橋》，此時正在北平隆重上演，招待到平的文化藝術工作者和民主人士。曹禺觀看後注意到影片的「思想意義」。作為一個敏感的電影工作者，他覺得民營（或私營）電影業處於這樣的時代變動中，應該有一個「整理和準備時期」。面臨共和國建立，文華影業公司應該以等待的心態加入新電影的製片中。由於文華影業公司等民營電影業過去以小市民為對象，這與《橋》所表現的工農兵主題顯然存在著矛盾。曹禺屬於中國共產黨在文藝戰線上重要的「統戰對象」，此時說出這樣的話，顯然有來自共產黨方面的思想幫助之「痕跡」。

1949 年 5 月 30 日，蔡楚生看完了《橋》這部影片後，寫下了這樣的文字：「作為一個電影文化工作者，長期間地蟄伏在國統區工作，這實在是一樁很少有人能夠完全體會到的痛苦的事情」，「比起在解放區中工作的朋友們來又算得了什麼呢？而回顧我們那些千回百轉的所謂作品，在今天看起來，也真是不再值得一提了」！在新的時代面前，蔡楚生說出了他自己心中的「慚愧」，

〔註 53〕《文華影訊》中刊載的曹禺於 1949 年 6 月 9 日給友人作霖、培林的信。田本相：《曹禺傳》，北京：北京十月文藝出版社，1988 年，第 361～362 頁。

所以，在新的時代裏，他高呼電影《橋》的出現：

> 而《橋》，它雖然只是這個大時代中的一個小插話，但它是如此之忠實而堅實地反映了這個大時代的內在的精神，也具體地執行了毛主席對文藝工作者所指示的任務。因此，在這戲裏是再也看不到帝國主義者和反動政權用以麻醉人民、毒害人民的黃色電影中所扮演不休的殺人越貨、酥胸大腿、神怪武俠、淫亂胡鬧……等等無恥而醜惡的場面，以至於它的影子也被連根拔去了！〔註 54〕

《橋》的「出現」，為原國統區進步的電影藝術工作者提供了共和國電影發展的另一種思路。選擇進步的文藝工作者到北平來之時放映《橋》這部影片，中國共產黨本身也有「引導」的意思，讓他們把眼光轉向來自解放區的電影。在蔡楚生的文章之後，還有幾位來自解放區的文藝工作者的集體創作文章，他們是嚴辰、呂劍、蕭殷。這三位年輕的文藝工作者，特別強調的正是《橋》的「思想性」〔註 55〕。

其實，抗戰復員回上海後，曹禺與文華影業公司、蔡楚生與崑崙影業公司的關係就極為緊密。他們也應算為國統區重要的進步電影藝術工作者，此時卻在政治轉變過程中，積極地向中國共產黨的意識形態靠攏，或許這表現出他們在政治上的積極進取。但深層次裏我們卻發現，國統區的進步電影藝術工作者立場的逐漸轉變，直接導致國統區電影藝術總結的「貧乏」，甚至出現「價值解構」的傾向：國統區電影藝術成為批判的對象〔註 56〕。

1949 年 5 月，這種「盲區性」的評價開始集中於上海這一城市在現代革命進程中的角色扮演。茅盾在五四三十週年紀念的時刻，表達出他對上海的一種既定的看法，「三十年來，上海是立於文化戰線的前哨地位，鬥爭最為激烈的，而上海一向又是帝國主義文化、封建文化、買辦文化的『共存共榮圈』，其頑強性恐為全國冠」〔註 57〕。茅盾此時正積極籌備與寫作關於國統區文藝

〔註 54〕蔡楚生：《頌〈橋〉——和一些感想》，《文藝報》週刊第 6 期（1949 年 6 月 9 日）。

〔註 55〕蕭殷執筆：《談〈橋〉的思想性》，《文藝報》週刊第 6 期（1949 年 6 月 9 日）。

〔註 56〕蔡楚生在日記中記載到，袁牧之擬以較寬鬆的政策對待上海電影節，而蔡卻採取不贊成的態度，他反而覺得袁牧之「對滬上情形幾乎是一無所知也」。蔡楚生：《蔡楚生文集》（第三卷．日記卷），北京：中國廣播電視出版社，2006 年，第 281 頁。

〔註 57〕茅盾：《還須準備長期而堅決的鬥爭——為「五四」三十週年紀念作》，《人民日報》，1949 年 5 月 4 日。

運動的總結報告，他把這種既定的思維模式帶入了對國統區文藝的總結之中。7 月全國文代會上，茅盾提出國統區的文藝工作者應該「抱著最堅強的決心與勇氣，來爭取進步，改造自己，而參與到人民民主的新中國的文化建設事業的」〔註 58〕。雖然 7 月全國文代會上，文華影業公司和崑崙影業公司都有文藝代表參加這一盛會，但總結國統區電影的，不是這些私營電影業的「主持人」或「負責人」，而是早已被共產黨統戰了的茅盾和早已是中國共產黨地下黨員的陽翰笙來主持。他們必然帶著中國共產黨的黨化意識形態來「形塑」原國統區電影。

列寧曾經說過，「在所有的藝術中，電影對我們最為重要」〔註 59〕。1949 年 11 月，黃源甚至把電影比喻為「機械化兵團」〔註 60〕，凸顯出電影作為藝術表現形式的重要性，比起文工團，它有強烈的優勢。但上海解放後，「目前的劇本荒有點顯著嚴重」，「好像帶腳鐐的囚犯，一朝獲釋，拿下腳鐐，就覺兩腳輕飄飄不會走路一樣」，「解放了，題材也解放了」，「可是劇作家反而沒辦法了」〔註 61〕。上海電影工作者希望：新生的人民政府在這方面「能給一點原則上和現實上的指示，好使編劇的人有所遵循」。就在上海電影藝術工作者沉浸在勝利的喜悅中時，中國共產黨已經開始想辦法怎樣接管上海的電影業。1949 年 6 月底，上海影劇協會有代表前往北平參加北平舉行的第一次文代會，上海影劇界希望這幾位代表能帶回點「具體議案來」〔註 62〕。從這裡可以看出，上海的電影藝術工作者，並沒有在政治上作過多的考慮，他們反而積極地要求參加到人民共和國的文化建設中來。作為國統區重要的電影藝術工作者，吳祖光在 1949 年的新年獻詞中，寫下了「為審查制度送終」的新年祝福。他認為，「一個民主的國家，所貴就在言論、學術、思想的自由」，「操

〔註 58〕茅盾：《在反動派壓迫下鬥爭和發展的革命文藝——十年來國統區革命文藝運動報告提綱》，《中華全國文學藝術工作者代表大會紀念文集》，北京：新華書店，1950 年，第 66 頁。

〔註 59〕轉引自史東山：《目前電影藝術的做法》，《人民日報》，1949 年 8 月 7 日。

〔註 60〕黃源在上海電影製片廠成立時的大會談話記錄。《上海電影製片廠成立大會記錄》，1949 年 11 月 16 日，檔案號：B177-1-1，上海市檔案館。

〔註 61〕施本：《製片人怎樣迎接新使命：看上海的電影業》，《文匯報》，1949 年 6 月 26 日。

〔註 62〕甚至幾位編劇也多少有點「遲疑」：「真難下筆啊！思想先得搞通。生活經驗不夠。先得學習，先向工農兵學習。寫是寫了，解放前好像分量過重，解放後就覺不夠分量了」。施本：《製片人怎樣迎接新使命：看上海的電影業》，《文匯報》，1949 年 6 月 26 日。

之於少數人的事前審查，遠不如交給廣大的讀者與觀眾予以公平的裁判」〔註63〕。顯然，吳祖光為首的國統區電影藝術工作者，希望「終結」國民政府時期的電影審查制度。

原定於 6 月初召開的全國文代會，一方面，因為戰爭的影響，導致國統區大量的進步文藝工作者無法準時趕到新的文化中心北平；另一方面，因為起草對國統區經驗總結中，茅盾和胡風出現了嚴重的矛盾和分歧〔註 64〕，需要進行新的整合〔註 65〕。作為國統區電影總結人，陽翰笙的發言先期刊登在《文藝報》週刊上。這次刊登的文章，卻與後來收錄入《中華全國文學藝術工作者代表大會紀念文集》中陽翰笙有關國統區戲劇電影的發言形成一定的緊張關係〔註 66〕。陽翰笙認為：

> 現在全國解放在即，解放區與國統區的電影工作者全部會師也指日可待，在將來為新民主主義的電影事業奮鬥的道路上，我想這些朋友們還能貢獻出更大的力量……如果說抗戰勝利後在電影事業上開了一朵花，這朵花是從石頭縫裏開出來的，將來在遼闊的原野上，有新鮮的空氣，我想這朵花一定會開得更美麗、更矯健的吧！〔註 67〕

其實，這朵「更美麗、更矯健」的花，在陽翰笙的心目中僅僅想像性的綻放不到一個月的時間。

7 月，國統區進步的電影藝術工作者和解放區革命的電影藝術工作者在北平勝利會師。團結的局面下，國統區電影藝術的工作經驗和解放區電影藝術

〔註 63〕吳祖光：《為審查制度送終》，《文匯報》，1949 年 1 月 24 日。

〔註 64〕這種矛盾和分歧，最終涉及到的都是政治價值的判斷。同時，茅盾和胡風之間的分歧還有更深的左翼文藝內部的宗派主義情結包含其中。

〔註 65〕此時期《人民日報》報導過有關推遲文代會召開的原因，它特別強調因為戰爭的影響。近讀胡風日記發現，在具體起草有關國統區文藝總結時，內部矛盾開始出現，這也直接影響了全國文代會的召開。但從《文藝報》週刊的閱讀中，我發現，其實很多文藝工作者的發言都在上面發表過，而陽翰笙有關國統區電影總結的文章，也發表在此刊物上，這與後來收錄入《中華全國文學藝術工作者代表大會紀念文集》中的發言存在很大的差別。經過長時期的醞釀後，顯然，陽翰笙改變了自己在 6 月初的看法。陽翰笙：《略論國統區三年來的電影運動》，《文藝報》週刊第 5 期（1949 年 6 月 2 日）。

〔註 66〕這裡出現了所謂的版本問題，收錄到文代會大會紀念文集的文章，與《文藝報》週刊發表的文前後不一致。

〔註 67〕陽翰笙：《略論國統區三年來的電影運動》，《文藝報》週刊第 5 期（1949 年 6 月 2 日）。

的工作經驗，在文代大會中得到了交流。其實，國統區的電影藝術工作者，主要來自於上海和香港，他們大多數自 20 年代、30 年代登上中國電影舞臺，一直默默地探索中國電影的發展走向。為了更進一步地團結來自國統區的電影藝術工作者，文代會期間還放映國統區的進步電影，這種放映不僅是對國統區電影藝術工作者成績的肯定，它的背後還有對進步的私營電影業的統戰政策的考慮。據透露，從 7 月 21 日到 28 日，是國統區電影演出的時間。被選定的電影有《祥林嫂》（1948）、《希望在人間》（1949）、《夜店》（1947）、《一江春水向東流》上下集（1947）、《八千里路雲和月》（1947）、《憶江南》（1947）等〔註 68〕。對這幾部電影背後的製片公司進行梳理，我們發現：崑崙影業公司 3 部，文華影業公司 1 部，啟明影業公司 1 部，國泰影業公司 1 部。

即將面臨新的電影局面，原國統區電影事業能不能上升到行為與規範之中呢？經驗的總結，是最好的、也是最有效的規訓方式。關於原國統區電影藝術的基本情況，茅盾的國統區文藝總報告顯得比較「寬泛」，電影藝術的實際總結人是陽翰笙。由於文代會確定了大會的基本基調，要以「團結」為基礎，所以，他認為，「和解放區比較起來是有它的特點的」〔註 69〕，這表現在：

> 1. 在進步力量的成長與增長上，是從無到有、從小到大，直到今天我們已經擁有大批優秀的工作者，在編劇、導演、攝影、演員……等各部門，我們都有著技術熟練的專家。2. 從總的方面看，在過去的各個時期中，我們都能阻擊和粉碎了國民黨反動派的圍剿，迫使他們無法運用這兩個武器作反共反人民的工具。同時，也尚能適應各個時期政治上的客觀需要，雖屬迂迴曲折，卻也始終是積極地在運用著戲劇電影的功能，暴露和控訴了國民黨反動派的罪惡，與或明或暗地指出人民大眾鬥爭的道路。3. 一般的說，我們在藝術和技術上都有著相當的成就與發展。4. 在運動上，戲劇電影是此僕彼起，輪番作戰的，因而使多數的工作者都訓練得具有兩種服務於人民的能力。

原國統區的電影藝術取得了突出的成績，但由於受到環境和實際政治鬥爭的限制，陽翰笙認為原國統區的電影工作者還是存在著缺點的，具體表現在：

〔註 68〕柏生：《文代大會演出戲劇電影招待全體代表》，《人民日報》，1949 年 7 月 20 日。

〔註 69〕陽翰笙：《國統區進步的戲劇電影運動》，《中華全國文學藝術工作者代表大會紀念文集》，北京：新華書店，1950 年，第 248 頁。

1. 思想上，「我們對馬列主義——特別是對毛澤東的思想和方法的研究不深；或者就沒有機會去研究，有的甚至還沒有認識到這種研究的重要性」；2. 生活上，「由於客觀環境的限制於主觀努力的不夠，我們的工作都沒有太多的機會去接近廣大的工農兵群眾，因而使大家的生活經驗都很狹窄，生活體驗也就不夠豐富、不夠充實」；3. 創作上，「由於有上述的兩大缺點，我們有些作品因此在思想性上便表現得很貧弱，在生活性上也就表現得很不充分」；4. 藝術形式上，「我們不善於運用為工農兵所喜聞樂見的形式」〔註 70〕。

顯然，陽翰笙的《國統區進步的戲劇電影運動》報告，是建立在茅盾關於國統區文藝報告的基礎上的。陽翰笙只是在具體藝術形式的細節上，更細緻地作了總結。我們從這份報告中可以看出，中國共產黨希望原國統區進步的電影藝術工作者，應該加強對毛澤東思想的學習〔註 71〕。這說明：原國統區文藝的參照體系不是來自於自己的歷史經驗，而是來自於解放區文藝的經驗。「延安經驗」成為主導人民共和國初期電影的基本歷史經驗，在具體推進過程中，國統區的經驗必然被置於批判的對立面。文代會上確立「文藝為工農兵服務」的指導思想，為進步的原國統區電影藝術工作者的學習，提供了理論上的「支持」。

陽翰笙的總結，和袁牧之 1948 年有關人民共和國電影布局的構想不謀而合。在給中國共產黨中央有關電影事業的報告中，袁牧之認為，共和國的國營電影廠由兩種構成：一是「東影、北平、石家莊、南京基本上將以老區幹部為骨幹，其作風等也將為老區的，其出品的將以反映工農兵及其幹部的主要生活占重要比重，其他只占次要」；二是「滬港的進步電影工作者為骨幹，且事實上也必然會多數」，「留下一部分熟悉當地者組成第二種國營廠，與私營出品作文化鬥爭前哨」〔註 72〕。文代會上形成的這種話語表達方式，是文

〔註 70〕陽翰笙：《國統區進步的戲劇電影運動》，《中華全國文學藝術工作者代表大會紀念文集》，北京：新華書店，1950 年，第 270～271 頁。

〔註 71〕任宗德回憶 1949 年 6 月底到北平的情形，離開北平前，時為電影局局長的袁牧之「送了我兩本馬列主義的著作，希望我認真學習」。作為長期被中共統戰的對象，任宗德在政治上仍舊需要學習。從這裡可以看出新中國初期對國統區進步電影工作者在政治上的信任度。任宗德：《回首崑崙（六）》，《電影創作》2000 年第 6 期。

〔註 72〕袁牧之：《關於電影事業報告（二）》（1948 年 12 月 18 日），《人民電影的奠基者——寧波籍電影家袁牧之紀念文集》，寧波：寧波出版社，2004 年，第 195～196 頁。

代會確定的基本方針的使然。這與吳祖光期待是有差別的。吳祖光以對電影藝術工作者的政治理想的信任為基礎，但實際操作的人卻已經樹立起對原國統區電影藝術工作者的「不信任」心理。8 月下旬至 10 月中旬，上海文藝界展開了「關於可不可以寫小資產階級」問題的論爭〔註 73〕，雖然這是關於電影工作服務對象的具體論爭，其實涉及的仍舊是關於電影藝術主題、審美標準、審美傾向等等問題的爭論〔註 74〕。它是對《「文藝講話」》的異質性態度之表達。但上海文藝界關於文藝服務對象問題的重新思考，無疑走在全國其他地方的「前面」。它思考的基本前提是，面對新的欣賞對象，上海電影界該作怎麼「調整」的問題。私營電影業在上海的角色扮演中進行怎樣的調整？這是上海私營電影業，甚至是來自原國統區的電影藝術工作者必然面對的問題。

三、人民共和國初期電影界的「統一戰線」政策

1. 革命進程中電影業的基本狀況

電影作為一種新型的大眾化藝術形式，20 世紀初進入中國文化市場後，一直處在夾縫中生存著〔註 75〕。早期中國電影的起步以輸入電影為主，它分為兩個階段。輸入電影的初期階段，主要受著法國電影影響，20 年代以後受著美國電影影響，電影的消費性和娛樂性得到很大程度的發展，這對中國電影有過積極影響。30 年代中期，「硬性電影」和「軟性電影」的論爭〔註 76〕之後，左翼電影的政治宣傳效應與時代承擔意識，逐漸成為三四十年代中國電影的一種精神追求。但由於中國的社會現實及國際地位，電影的處境是很艱難的，「正像一切工商業一樣，中國的電影事業，長期處於半殖民地半封建的

〔註 73〕這場論爭是由文代會回到上海的代表發表講話引起的，陳白塵的講話由記者報導後引發了爭議。這從側面可以看出上海文藝界在關於「文藝為工農兵服務」這一總的指導方針上存在的分歧，顯示出他們不同的政治傾向和審美傾向。

〔註 74〕從參加的人員來看，這些電影藝術工作者包括冼群、陳白塵等人，他們都是人民共和國初期電影界活躍的文藝工作者。

〔註 75〕「舊中國的電影市場長期以來基本是由外國影片控制的。早期主要是法國影片，二十年代前後，則開始了美國好萊塢電影長達三十年的壟斷時間」。《當代中國》叢書編輯部:《當代中國電影》(上)，北京:中國社會科學出版社，1989 年，第 7 頁。

〔註 76〕從 1933 年劉吶鷗、黃嘉謨、穆時英等人引發論爭開始，左翼電影界對此展開批評，持續時間近兩年。

被壓迫地位」，「原料和機器等生產工具絕大部分仰給於外國的，尤其是美國帝國主義的供應」，「影片市場，國際的根本沒有開拓，國內的百分之九十被控制在美國帝國主義手裏，就製作方面說，四大家族不僅壟斷了所謂『國營』的製片廠，並伸其魔手扼殺脆弱的民營製片廠」〔註 77〕。人民共和國成立前夕，美國電影仍舊是輸入中國的主要電影，據上海影劇業工會影片發行分會西片聯合委員會 1950 年的統計材料，從 1945 年 8 月到 1949 年 6 月，單從上海進口的美國影片（包括長、短片在內），即達 1896 部，首輪映出美國電影中長故事片達 1083 部，十之八九都是八大影片公司的出品（其中，「米高梅」158 部，「環球」153 部，「哥倫比亞」120 部，「華納」120 部，「二十世紀福斯」120 部）〔註 78〕。

民營電影業在夾縫中，獲得了一定程度的生存空間，特別是自 30 年代左翼電影開創新局面和抗戰期間電影管理的鬆動，為電影事業的發展注入了新的活力。左翼進步電影的發展，一方面得力於共產黨的政治指導，使進步文化人進入電影界，更在於民族資產階級的投資，進步電影獲得資本的支持。

在這一過程中，民族資產階級扮演著重要的角色。人民共和國成立的前夕，為了更加有效地團結民族資產階級，必然對民族資產階級的歷史作用進行準確的「政治定位」。1949 年 3 月，隨著中國共產黨的工作中心由農村轉移到城市，其政策必然發生相應的變化。為此，3 月 5 日至 13 日，中國共產黨在河北省平山縣西柏坡村召開了七屆二中全會，毛澤東在會上作了專題發言〔註 79〕。他認為，「從現在起，開始了由城市到鄉村並由城市領導鄉村的時期。黨的工作重心由鄉村移到了城市。……黨和軍隊的工作中心必須放在城市，必須用極大的努力去學會管理城市和建設城市。必須學會在城市中向帝國主義者、國民黨、資產階級作政治鬥爭、經濟鬥爭和文化鬥爭，並向帝國主義者作外交鬥爭」。但進入城市之後，新的政策執行依靠什麼階級呢？當時有這

〔註 77〕歐陽予倩等：《電影政策獻議》（1949 年 1 月），文化部存檔資料。轉引自吳迪編：《中國電影研究資料》（1949～1979）上卷，北京：文化藝術出版社，2006 年，第 3 頁。

〔註 78〕程季華主編：《中國電影發展史》第 2 卷，北京：中國電影出版社，1963 年，第 161～162 頁。

〔註 79〕其實，考察後來在全國政治協商會議全體會議上通過的《共同綱領》，其理論的基礎主要來自於毛澤東在這次會議上的專題發言，特別是人民共和國的經濟政策，尤為明顯。

樣幾種觀點：（1）貧民群眾；（2）工人階級；（3）資產階級。在對待經濟上，也有兩種觀點：（1）幫助私營企業發展為主；（2）私營企業已經無足輕重。毛澤東嚴厲地批判了這些觀點，認為這些觀點是「糊塗思想」。同時，毛澤東還認為：「我們必須全心全意地依靠工人階級，團結其他勞動群眾，爭取知識分子，爭取盡可能多的能夠同我們團結合作的民族資產階級分子及其代表人物站在我們方面，或者使他們保持中立，以便向帝國主義者、國民黨、官僚資產階級作堅決的鬥爭，一步一步地去戰勝這些敵人」〔註 80〕。這裡，毛表述的仍舊是共產黨戰時堅持的「統一戰線」政策，「團結」、「鬥爭」構成其基本內核。在《新政治協商會議籌備會上的講話》中，毛澤東強調了作為「統一戰線」政策的現實基礎，「中國的革命是全民族人民大眾的革命，除了帝國主義者、封建主義者、官僚資產階級分子、國民黨反動派及其幫兇們而外，其餘的一切人都是我們的朋友，我們有一個廣大的和鞏固的統一戰線」，「整個統一戰線是如此廣大，它包含了工人階級、農民階級、城市小資產階級和民族資產階級」，「這個統一戰線是如此鞏固，它具備了戰勝任何敵人和克服任何困難的堅強的意志和源源不竭的能力」〔註 81〕。

經歷戰亂之苦後，新生政權成立最需要做的事情就是「恢復經濟」。電影業也經歷了戰亂之苦，需要尋求新的發展機遇，以便適應新社會的需要。雖然在對官僚資本的政治、經濟進行接管的過程中，形成並組建了強大的國營經濟基礎，它的經濟屬性決定了它將扮演重要的經濟角色，「國營經濟成為整個國民經濟的領導成分」，「這一部分經濟，是社會主義性質的經濟，不是資本主義性質的經濟」〔註 82〕。共和國成立之初，私營電影業和國營電影業在比例上，還是有很大差距。從經濟比例上說，私營電影業佔據了人民共和國初期電影業的主導地位。從電影從業人員素質上講，國營電影業顯然無法與私營電影業相比。在這樣的現實基礎上，新政權需要得到私營電影業的「支持」。這樣，團結私營電影業，成為電影界政策制定的基本出發點。于伶和夏衍在上海電影製片廠成立時也特別強調，「工作同志新解放區的占多數，要相互學習，相互團結」，「團

〔註 80〕毛澤東：《在中國共產黨第七屆中央委員會第二次全體會議上的報告》（1949 年 3 月 5 日），《毛澤東選集》第 4 卷，北京：人民出版社，1991 年，第 1427～1428 頁。

〔註 81〕毛澤東：《在新政治協商會議籌備會上的講話》（1949 年 6 月 15 日），《毛澤東選集》第 4 卷，北京：人民出版社，1991 年，第 1465～1466 頁。

〔註 82〕毛澤東：《在中國共產黨第七屆中央委員會第二次全體會議上的報告》（1949 年 3 月 5 日），《毛澤東選集》第 4 卷，北京：人民出版社，1991 年，第 1431 頁。

結私營電影工作者，出更多、更好的片子，驅逐美帝有毒的片子」〔註 83〕。

2.「統一戰線」政策：人民共和國初期電影界的現實要求

人民共和國成立之前，不僅在政治上實行「統一戰線」政策，經濟領域、文化領域，甚至外交領域都有「統一戰線」政策的影子。電影界作為文藝戰線的一個分支，它必然要求「統一戰線」政策的具體實施。其實，考察人民共和國成立前夕的中國電影業，「統一戰線」是它的現實要求。這主要體現在以下幾個方面：

（1）政治與經濟形勢的需要。隨著中國革命局勢的變化，進步的或革命的文藝工作者那種分散、流離與分割的局面，在 1948 年東北全境解放後，逐漸得到改善。隨著東北全境的解放，文化工作者包括電影藝術工作者紛紛進入新解放區。革命的進程，還伴隨著大量的文化接管工作。在文化接管的基礎上，中國共產黨很快在東北成立了東北電影製片廠（簡稱「東影」），由袁牧之擔任廠長。1948 年 12 月，中國共產黨開始安排國統區進步的文化工作者、著名民主人士轉移到香港，後進入新解放區。在這樣的安排下，國統區的電影藝術工作者紛紛前往解放區，1949 年 1 月 31 日北平解放，進步的電影藝術工作者進而匯聚於北平，迎接人民共和國的誕生。北平和平解放後，中國共產黨也通過文化接管的方式，很快在北平建立起北平電影製片廠（簡稱「北影」）。1949 年 4 月，為了便於管理人民共和國電影事業，中國共產黨中央決定成立中央電影管理局，隸屬於中國共產黨中央中宣部，「今後將由它來統一領導這一個新的人民文化事業」〔註 84〕。

通過梳理全國文代會籌備情況的有關資料，我們發現：中央電影管理局於此時成立，是有重要使命的。那就是組建共和國電影界的工作隊伍，並對即將參加文代會的電影藝術工作者作政治考察。按夏衍的回憶，「恩來同志就一再指示，要做好文藝界的『會師』工作，所謂會師，指的是國統區（包括在國外的、在香港的）文化工作者和解放區文化工作者的團結合作」〔註 85〕。7 月，全國文代會在北平舉行，曾經生活在不同地區的電影藝術工作者，終於勝利地「會師」了。會師是兩支或多支隊伍的「會師」。大體而言，電影藝術

〔註 83〕于伶在上海電影製片廠成立大會上的講話。《上海電影製片廠成立大會記錄》，1949 年 11 月 16 日，檔案號：B177-1-1，上海市檔案館。

〔註 84〕劉衡：《解放區的電影事業》，《人民日報》，1949 年 6 月 24 日。

〔註 85〕夏衍：《懶尋舊夢錄》（增補本），北京：三聯書店，2000 年，第 436 頁。

工作者的「會師」，主要是來自解放區的電影藝術工作者和來自國統區的電影藝術工作者的「會師」，這是中國共產黨實行文藝戰線上的「統一戰線」政策的結果，它形成了共和國電影界從業人員的基本格局。為什麼在共和國電影界要實行這樣的「統一戰線」政策呢？難道這僅僅是出於政治上團結的需要？

1952 年，袁牧之對共和國電影界的回憶給我們另外一種交代：共和國成立後，面臨新的「作戰任務」，「必須肅清統治中國電影市場有 40 餘年歷史的英美帝國主義有毒影片和有 30 餘年歷史的中國封建落後以至反動影片，為年輕的人民電影掃清道路」〔註 86〕。由於中國電影業深受英美帝國主義電影的影響，每年進口英美電影的量是很大的。共和國初期要求經濟上的獨立，電影界很快把鬥爭的矛頭對準了英美帝國主義電影，當時形成一種觀念，「百年來上海是帝國主義侵略中國的大本營，美帝文化侵略以電影為重要武器」，的確，共和國前，上海是美帝電影發行的總樞紐，「有美帝好萊塢八大公司的分公司及英帝鷹獅公司的代辦所」，「所以解放初期美英帝國主義的毒素影片在上海仍然是非常猖獗的」，他們以絕對優勢壓倒國營影片和蘇聯電影。按 1949 年 9 月建國前夕的統計數字，「美帝影片的觀眾為一百二十萬人，國營影片只有十三萬人，蘇聯影片為二萬餘人」〔註 87〕。考慮到歐美影片在中國電影市場所佔的比重，加上共和國成立後實行「一邊倒」的外交政策，必然在電影業上向蘇聯電影靠攏，加大對蘇聯電影的引進和宣傳的力度。所以，蘇聯電影成為時代的必然選擇。但這種引進蘇聯電影或加大國營電影的投資力度，需要私營電影業的積極配合，才能最終完成。這種聯合作戰，需要「統一戰線」政策的支持，私營電影業成為重要的依靠對象。

在這種嚴峻的現實處境下，必須「按照當時敵、我、友的力量對比，確定作戰的計劃和步驟」。1949 年提出「爭取進步片優勢，保證工農兵電影主導」，「爭取進步片優勢」，「說明了與進步影片結成一個陣營，向中外消極影片做鬥爭，以進步影片逐漸代替消極影片，以達到肅清這些消極影片的目的」〔註 88〕。

〔註 86〕袁牧之：《兩年來的電影工作及今後任務》（1952 年 1 月 5 日在北京中央電影局整風學習學委會上的發言），《人民電影的奠基者——寧波籍電影家袁牧之紀念文集》，寧波：寧波出版社，2004 年，第 214 頁。

〔註 87〕《上海市人民政府文化局電影事業管理處三年來工作總結》，1952 年，檔案號：B172-1-87，上海檔案館。

〔註 88〕袁牧之：《兩年來的電影工作及今後任務》（1952 年 1 月 5 日在北京中央電影局整風學習學委會上的發言），《人民電影的奠基者——寧波籍電影家袁牧之紀念文集》，寧波：寧波出版社，2004 年，第 214 頁。

（2）國營電影業所佔比例的劣勢地位。作為重要的力量構成，電影藝術工作者的人數在全國文代會上也佔據著重要的比例。但從電影藝術工作者人員的來源看，來自解放區的電影藝術工作者其實並不多。並且，解放區裏真正成長起來的電影藝術工作者，就更少。電影本身是現代化的產物，它必然依託現代都市文明，才能夠獲得長足發展。即使像袁牧之、陳波兒等著名的解放區電影藝術工作者，他們的前背景仍舊是都市上海。上海這個現代化的大都市在革命的浪潮中，自 20 年代開始，電影藝術工作者就積極地為革命事業展開著複雜而尖銳的鬥爭，特別是抗戰後在上海及其他國統區展開的第二條戰線鬥爭，上海進步電影藝術工作者成為一支重要的力量。他們「為擴大陣地多拍進步影片，對其他民營公司採取團結、爭取、幫助的方針」，「還積極團結、爭取和幫助在國民黨電影機構中工作的進步力量，抵制拍攝反共影片」，「為了提高觀眾的鑒賞能力，扶持與鼓勵進步國產片的設置，積極開展了影評工作」〔註 89〕。1949 年 5 月解放，電影藝術工作者成為重要的團結對象，卻也成為共產黨在上海文化接管中的重要難題。

針對電影界的文化接管，時為東北電影製片廠廠長的袁牧之早在 1948 年就給中國共產黨建議，「可否在地下黨的領導下由該地的電影工作者同志負責接收（以節省老區之人力並對上海同志的尊重）」〔註 90〕。袁牧之提出這樣的建議，是有重要原因的。袁牧之清楚知道上海電影界的複雜情況，在建國伊始，安定和團結是最重要的。他這樣建議，至少可以穩定上海電影工作者隊伍，達到團結的政治目的。1949 年 7 月 12 日，上海市軍管會文化管理委員會召開戲劇電影工作者會議，主持人夏衍講到：「公營電影廠的出品，在全國電影生產商的比例還不多，私營製片廠出品還占著多數。所以電影藝術宣傳教育的責任一大部分落在私營電影廠的肩上。」〔註 91〕1949 年 11 月，上海電影製片廠（簡稱「上影」）成立。這樣，東影、北影、上影相繼成立，成為人民共和國國營電影的主要支柱性力量。但共和國初期國營電影製片廠的實力與規模，顯然不是我們想像的那麼大〔註 92〕。

〔註 89〕金炳華主編：《上海文化界：奮戰在「第二條戰線」上史料集》，上海：上海人民出版社，1999 年，第 28 頁。

〔註 90〕鍾大豐：《新中國電影工業：初創設想及其實施》，陸弘石主編：《中國電影：描述與闡釋》，北京：中國電影出版社，2002 年，第 284 頁。

〔註 91〕《文管會邀請戲劇電影工作者舉行編導座談會》，《文匯報》，1949 年 7 月 13 日。

〔註 92〕1949 年東影拍攝電影 6 部，1950 年三大國營電影製片廠拍攝電影 29 部，同時期的私營電影製片廠拍攝電影達 50 多部，而私營電影業的 50 多部影片還是故事片，沒有紀錄片。

在共和國電影界，還存在著很多私營電影業公司，比較出名的有崑崙影業公司、文華影業公司、國泰影業公司、大同電影企業公司、大光明影業公司、華光影業公司、大中華影業公司等七家主要私營電影公司。這些私營電影公司，都集中於上海，在現代電影史上有著重要影響。他們先後拍攝過一些經典的電影，比如《夜店》《小城之春》（文華拍攝），《八千里路雲和月》《一江春水向東流》《萬家燈火》（崑崙拍攝），《無名氏》（國泰拍攝），《弱者，你的名字是女人》（大同拍攝），《野火春風》《水上人家》（大光明拍攝），《從軍夢》（華光拍攝）。這些私營電影公司，有自己的文化市場，在電影的拍攝過程中逐漸形成自己的風格，他們在題材上「大都取之於城市市民、知識分子生活與歷史故事」〔註 93〕，特別是文華影業公司和崑崙影業公司，形成了自己獨特的電影風格〔註 94〕。1949 年 8 月，人民共和國即將成立的時候，中國共產黨中央宣傳部就發布了關於電影的指示，其中特別強調：「電影藝術具有最廣大的群眾性與普遍的宣傳效果，必須加強這一事業，以利於在全國範圍內，及在國際上更有力地進行我黨及新民主主義革命和建設事業的宣傳工作」。〔註 95〕電影作為藝術宣傳的一種方式，它的這種獨特性決定了它在共和國具有巨大的吸引力，茅盾就以蘇聯電影作為榜樣這樣地說到：「蘇聯的電影一直就是當作教育工具，而且是作為社會主義文化發展之一翼的。」〔註 96〕共和國外交政策的「一邊倒」，必然使這樣的觀念被普遍接受。但電影藝術畢竟是一種藝術形式，它絕不僅僅停留在政治的宣傳效應上，電影也不完全等於「教育工具」。既然電影有重要的政治意義，怎麼處理電影事業以便更好地為新中國服務呢？既然私營電影業有那麼重要的比例，而國營電影事業的基礎如此薄弱，共和國初期必然依靠私營電影業來推進國營電影事業的建設。1950 年在電影拍攝分配上就已經證明這一構想的正確性。

（3）電影幹部力量及素質的貧乏。「電影幹部是決定一切問題的關鍵」，袁牧之特別強調電影幹部的重要性。從袁牧之給中央的電影事業報告中，我

〔註 93〕孟犁野：《1949～1952 私營製片廠電影及其歷史地位》，《電影藝術》1995 年第 5 期。

〔註 94〕金鐵木的《文華影業公司：1946～1949》對文華影業公司電影藝術的風格有專門的分析，這是目前對私營電影業最系統的藝術分析。陸弘石主編：《中國電影：描述與闡釋》，北京：中國電影出版社，2002 年。

〔註 95〕《中央宣傳部關於加強電影事業的決定》（一九四九年八月十四日），《中共中央文件選集》第 18 冊，北京：中共中央黨校出版社，1992 年，第 420 頁。

〔註 96〕茅盾：《蘇聯的電影事業——雜談蘇聯之二》，《人民日報》，1949 年 6 月 7 日。

們可以看出：解放區的電影幹部在數量上是缺乏的，特別是電影創作幹部，「難以一下培養一大批」，「電影幹部培養需要長期，因電影之複雜是綜合藝術和綜合科學二者之綜合，幹部非一時所能成熟，特別是電影創作幹部，如編劇、導演、新聞攝影與編輯、作曲等，尤以編劇與導演更為困難」。他們在電影技術素質上，更加貧乏。為了充實電影界的骨幹力量，袁牧之曾提議「抽調相當數量在毛主席文藝方向下努力有為的各姐妹藝術幹部如文學、戲劇、音樂、美術等創作幹部，以及藝術部門中行政組織幹部以補充電影事業」〔註 97〕。

1948 年 12 月，中國共產黨通過其地下黨組織，轉移國統區的優秀電影藝術工作者如蔡楚生、史東山等人，雖然這一方面是為了「統一戰線」的需要，但從另一方面說，新解放區的電影藝術工作者是缺乏的，蔡楚生到香港後，在日記中記下了這樣的話：「坐中夏衍兄告我，牧之有信來，謂北方現所急需者為技術人才，編導則恐暫無工作可做，故意緩去為佳。」〔註 98〕程季華的回憶給我們這種啟示，他於 1949 年 6 月到北平參加新的革命工作。原本從事戲劇工作的程季華，卻在此時轉向到電影，這並不是表示他本人想參加到電影界的工作中，「我對電影情況不瞭解，是組織上分配我來的，說全國解放，電影要大發展，急需補充大量幹部，看我還比較合適，就介紹我來了」〔註 99〕。建國前夕電影界工作人員的缺乏，這與電影業強大的宣傳工具作用，是很不相稱的。為了充實電影界從業人員的人數，袁牧之才有前面的「建議」。

1948 年 9 月給黨中央的報告中，袁牧之也強調「統一戰線」政策的問題，他著眼的是經濟上的「利益」：「電影事業除文化戰線上的鬥爭任務外，還有經濟戰線上的鬥爭任務。經濟戰線上的勝利將是文化戰線擴展的物質基礎，而要取得經濟戰線上勝利，首先要將應歸國有的電影生產機構及市場統一。」〔註 100〕這種所謂的「市場統一」，共和國建立後針對的其實是國營電影業與私營電影業在電影格局中的支配與被支配的關係。雖然袁牧之強調電影界應該

〔註 97〕袁牧之：《關於電影事業報告（二）》（1948 年 12 月 18 日），《人民電影的奠基者——寧波籍電影家袁牧之紀念文集》，寧波：寧波出版社，2004 年，第 201 頁、第 194 頁。

〔註 98〕蔡楚生：《蔡楚生文集》（第三卷．日記卷），北京：中國廣播電視出版社，2006 年，第 266 頁。

〔註 99〕程季華：《首任中央電影局局長——袁牧之同志片段》，《人民電影的奠基者——寧波籍電影家袁牧之紀念文集》，寧波：寧波出版社，2004 年，第 61 頁。

〔註 100〕袁牧之：《關於電影事業報告（一）》（1948 年 9 月），《人民電影的奠基者——寧波籍電影家袁牧之紀念文集》，寧波：寧波出版社，2004 年，第 191 頁。

形成良好的市場關係，但這背後是使私營電影業最終走向國家資本主義經濟的軌道上。在他看來，私營電影業始終由於各自的經濟利益驅使，他們只能是「各個分離、彼此矛盾的小魚」，而國營電影製片廠則不同，「只要統一就形成一條有力的大魚」。這裡的「大魚」、「小魚」是一種形象的比喻，這也看出國營電影業需要在電影幹部上形成絕對優勢的人員數字。當然，在具體實施電影界的「統一戰線」政策時，共和國電影界積極地在兩個方面展開，一是爭取進步的電影藝術工作者，參加到國營電影事業中去，一是積極扶持進步的私營電影業，讓他們很快渡過難關，恢復經濟發展與電影的拍攝工作，實行的是所謂的「加工訂貨」。

第二節　人民共和國初期的電影格局與崑崙影業公司

《當代中國》叢書係建國四十週年獻禮圖書系列，叢書編撰過程中對共和國電影歷程進行總結時，編輯部有這樣一句話值得玩味：「新中國電影事業的發展與整個國家的經濟建設和政治形勢同步」〔註 101〕。在沒有進入對共和國電影事業考察之前，我對這句話只是做簡單的理解，並沒有從經濟的、人事的角度去作根本性的思考。隨著研究資料的廣泛閱讀，我們發現要真正闡釋共和國文藝界很多複雜的問題，經濟、人事是必然要考慮的因素。共和國初期的私營電影業，從起步到最終被「整合」為國營電影業，都是在思想意識、經濟和人事等的多重力量的作用下實現的。我們先看共和國初期的電影格局。

一、人民共和國初期的電影格局

人民共和國成立後的中國電影事業，是在 40 年代國統區電影業和解放區電影業的基礎上發展起來的。隨著解放區在政治格局中地位的上升，解放區電影事業的主導性地位得到了最大程度的彰顯。但是，這不能忽視國統區電影藝術的進步、革命的意義。在革命勝利進程下，中國共產党進行全面的文化接管，把國統區電影業中屬於官僚資本的一部分資產，直接轉變為國營電

〔註 101〕《當代中國》叢書編輯部：《當代中國電影》（上），北京：中國社會科學出版社，1989 年，第 57 頁。

影事業的基礎，先後成立了東北電影製片廠（1946）、北平電影製片廠（1949）和上海電影製片廠（1949）。國營電影業的三足鼎立之勢於 1949 年 11 月形成，這就是以長春（長影）、北京（北影）和上海（上影）為中心的國營電影製片廠。

按照袁牧之對解放區電影事業的總結，解放區電影事業的發展，是以部隊文藝為基礎上的，「解放區開始有電影工作是在一九三八年秋季，在延安八路軍總政治部領導下成立了電影團，下轄一個攝影隊和一個放映隊」〔註 102〕。1940 年後，攝影隊回到延安，組建延安電影團，先後拍攝的電影有《延安第一屆參議會》《十月革命節》《邊區工業展覽會》《生產與戰鬥結合起來》，這些影片明顯地帶有紀錄片的痕跡，「完成宣傳的任務」〔註 103〕。

隨著戰爭進程的發展，解放區電影事業迎來了新的發展機遇。抗日戰爭結束後，中國共產黨派遣趙東黎、劉健民進入偽「滿影」（即「滿洲映畫株式會社」），「組織進步職工進行護廠鬥爭，反對國民黨特務分子的破壞陰謀」〔註 104〕。1946 年 5 月，受中國共產黨中央派遣，袁牧之趕到長春，參加對日偽電影的接管工作。在東北解放區電影接管過程中，他們全面清點了日偽電影企業「滿影」的資產後，於 1946 年 10 月 1 日在戰亂中組建起東北電影製片廠，袁牧之任廠長，吳印咸、張新實任副廠長，田方任秘書長，陳波兒擔任中國共產黨「東影」支部書記，並負責藝術創作領導工作，錢筱璋負責技術領導工作〔註 105〕。1946 年，華北軍區政治部領導下成立了華北電影隊。由於華北局勢處於戰爭的殘酷環境中，他們「大多是用手工業的方式來完成一些新聞紀錄片」〔註 106〕。1949 年 1 月，北平和平解放。4 月，以華北電影隊為基礎，黨中央抽調東影工作人員，以石家莊電影製片廠為基礎，結合中電三廠的職工，接管國民黨在北平的中電三廠，並在此基礎上建立了北平電影製

〔註 102〕袁牧之：《關於解放區電影工作》，《中華全國文學藝術工作者代表大會紀念文集》，北京：新華書店，1950 年，第 198 頁。

〔註 103〕袁牧之：《關於解放區電影工作》，《中華全國文學藝術工作者代表大會紀念文集》，北京：新華書店，1950 年，第 198 頁。

〔註 104〕蘇雲：《長春電影製片廠的發展過程》，《中華人民共和國電影事業三十五年》（1949～1984），北京：中國電影出版社，1985 年，第 23～24 頁。

〔註 105〕程季華主編：《中國電影發展史》（第二卷），北京：中國電影出版社，1963 年，第 383 頁。

〔註 106〕袁牧之：《關於解放區電影工作》，《中華全國文學藝術工作者代表大會紀念文集》，北京：新華書店，1950 年，第 200 頁。

片廠，田方任廠長、汪洋任副廠長〔註 107〕。1949 年 5 月，上海解放。中國共產黨派遣鍾敬之等接管南京的國民黨電影機構後，迅速前往上海與于伶、徐韜匯合，接管上海的國民黨電影機構如中電一廠、二廠和中製的攝影場等，在此基礎上成立上海電影製片廠，于伶任廠長、鍾敬之任副廠長，陳白塵任藝術委員會主任。

東北電影製片廠、北平電影製片廠和上海電影製片廠，是共和國成立初期三大國營電影製片廠。它們成為電影事業的主導力量，代表著電影的發展方向。1949 年之前的電影拍攝中，東北電影製片廠以「新聞紀錄片」的拍攝為主要傾向，因為「我們的電影必需為支持戰爭而擔負起責任來」〔註 108〕。

但民族資產階級投資建立的民營電影公司，即私營電影業，仍舊活躍在共和國初期電影界中。特別是上海，成為私營電影業的集中地。共和國成立後，以毛澤東《「文藝講話」》提出的文藝方向為共和國文藝的方向後，上海作為中國最大的城市，要真正實現「文藝為工農兵服務」的這一指導方向，具體操作與實踐起來，卻是有困難的〔註 109〕。從本質上說，「文藝為工農兵服務」，這無疑是政治上的目的，但這樣的方針放進上海這一市民為主體的社會中，它必然引起審美興趣上的牴觸情緒。上海文藝工作者提出「可不可以寫小資產階級」這一問題，顯然是他們從實際出發的努力探索。文藝怎樣為主體服務——市民階層，這是在從事創作之前他們必須要重新思考的問題。雖然 1949 年 11 月，上海電影製片廠成立了，但上海電影製片廠的主體構成並不是來自解放區的電影藝術工作者，而是以上海的老電影藝術工作者（即進步的電影工作者）為主體。加上以崑崙、文華影業公司等私營電影業為基礎，上海電影界其實只是在政治體制上進行了「更換」，人員還是以舊人員為主體。它與北影和東影在人員組成上還是有很大差別的。

1949 年 9 月第一次全國政治協商會議全體會議之後，《共同綱領》扮演了「臨時憲法」的作用。《共同綱領》規定了私營經濟在共和國的意義，這為私

〔註 107〕汪洋：《北京電影製片廠誕生三十五週年》，《中華人民共和國電影事業三十五年》（1949～1984），北京：中國電影出版社，1985 年，第 56 頁。

〔註 108〕陳波兒：《故事片從無到有中的編導工作》，《文藝報》2 卷 1 期（1950 年 3 月 25 日）。

〔註 109〕「大城市中，不但有工人，也還有更多的小市民（包括知識分子）；而且這數目龐大的市民階層，又構成了都市中最為主要的讀者和觀眾」。由此提出了「為市民服務」的口號。茅盾：《關於目前文藝寫作的幾個問題》，《進步青年》創刊號（1949 年 5 月 4 日）。

營經濟提供了法律上的依據。作為私營經濟性質的私營電影業，在這樣的方針下，獲得了生存的空間。同時，雖然國營電影業很快在共和國的電影事業中發揮著他們各自的作用，國產影片的生產，成為電影生產中的主導方向，但建國初期國營電影業在設備、人才等方面，顯然不能跟有著 30 多年發展經驗的私營電影業相比。由於共和國政權建立在人民民主「統一戰線」的政治基礎之上，它要求：在經濟戰線和文藝戰線上，廣泛地團結民族資產階級和進步的文藝工作者。私營電影業及從業人員在這樣的歷史語境下，其存在有了一定的合理性。私營電影業，按照當時的說法，「除『東影』『北影』『上影』三家國營（有）的電影廠外，還有八家民辦的私營（內有一家為『公私合營』）電影廠，全部集中在上海」〔註 110〕。其實，這忽視了另一股私營電影業的地位，那就是香港私營電影業〔註 111〕。從目前的資料透露來看，香港私營電影業主要負責南中國及東南亞華人區的中國電影片供應，他們為南中國及東南亞電影業的發展，以及宣傳共和國革命事業曾起過不可忽視的作用。但因它在本書中不是論述的重點，這裡從略。

按我們現在的觀念來看，共和國電影事業中的私營電影業，無疑地集中在上海，它們在電影事業中扮演著重要的力量，這從 1951 年的電影事業統計中可以看出，「崑崙、文華等私營製片廠也相繼出品了 61 部故事片」〔註 112〕。崑崙影業公司、文華影業公司，是人民共和國初期私營電影業的領軍製片業公司，其廠址都在上海。由於當時新政權對電影管理上有清晰的認識，國營電影片的供應無法滿足影院上映的需要。以當時的上海為例，1950 年初上海電影院有 47 家，每月所需影片供應量約 200 部左右，而當時國產影片每月僅能供應四五部，蘇聯影片也僅能供應三四十部，故中央電影局制定了「穩步前進，量力而行」的總指示，只要私營電影業及影院生產或進口的影片，在內容上遵循「三反三不反」〔註 113〕的原則，公私營電影事業大家相安無事。即使在 1950 年的電影製片計劃中，公營電影業的故事片製片，仍舊無法與私

〔註 110〕孟犁野：《新中國電影藝術史稿（1949～1959）》，北京：中國電影出版社，2002 年，第 67 頁。

〔註 111〕蔡楚生的 1948～1952 年的日記中對此有詳細的披露。蔡楚生：《蔡楚生文集》（第三卷・日記卷），北京：中國廣播電視出版社，2006 年。

〔註 112〕《當代中國》叢書編輯部：《當代中國電影》（上），北京：中國社會科學出版社，1989 年，第 27 頁。

〔註 113〕「三反」即反帝、反封建、反官僚主義；「三不反」即不反共、不反蘇、不反人民。

營電影業相比〔註 114〕。

當時上海的私營電影製片廠，包括：崑崙、文華、國泰、大同、大光明、華光、大中華、東華、惠昌、新中華、中國五彩、合作、中企 13 家〔註 115〕。翻閱在上海出版的報紙如《解放日報》《文匯報》《大公報》《新聞日報》等時，我們會有意無意地瀏覽到大量的「電影廣告」。上海這些私營電影業所拍攝和影院所放映的電影，都喜歡在報刊和雜誌上作廣告，形成一定的「宣傳聲勢」，產生巨大的廣告效應。從這些電影廣告的宣傳畫面可以看出，上海電影院放映的電影，主要是以「愛情」的喜劇或悲劇方式構建它的故事情節，「愛情」是都市上海電影的基本元素。這與國營電影製片的政治趣味相比，是有很大的差別的〔註 116〕。也就是，私營電影業仍舊按照解放前的市民趣味，拍攝部分電影在中國電影市場上產生作用。比如，崑崙 1950 年還在準備繼續拍攝蔡楚生的《西湖春曉》影片〔註 117〕。

作為進步的私營電影公司，崑崙影業公司在共和國初期電影格局中該怎麼定位，又怎樣順應此時電影事業的發展呢？我們把眼光轉移到崑崙影業公司。

二、崑崙影業公司在人民共和國成立前後的「政治待遇」

要對崑崙影業公司在人民共和國成立前後進行考察，這裡，我們不得不先簡單交代解放前崑崙的基本情況。抗戰勝利後，從聯華影藝社到崑崙影業公司的發展，它們都直接受益於中國共產黨對國統區的文藝政策，陽翰笙實際領導崑崙影業公司的電影製片工作後，組建起「電影編導委員會」，「選擇

〔註 114〕公營電影廠的故事片製片和私營電影廠的製片分別為二十六部和三十四部，相差八部。

〔註 115〕「這不包括曇花一現的一片公司」。《上海市人民政府文化局電影事業管理處三年來工作總結》，1952 年，檔案號：B172-1-187，上海市檔案館。

〔註 116〕同時期的國產影片主要有：《趙一曼》《光榮人家》《衛國保家》《呂梁英雄》《農家樂》《鋼鐵戰士》《紅旗歌》《民主青年進行曲》《大地重光》《遼遠的鄉村》《劉胡蘭》《高歌猛進》《團結起來到明天》《偉大的戰鬥》《白毛女》《內蒙春光》《榮譽屬於誰》《紅色戰鬥員》《走向新中國》《新兒女英雄傳》《陝北牧歌》《海上風暴》《上饒集中營》《翠崗紅旗》《耿海林回家》《女司機》共計 26 部。從這些影片的題目可以看出，他們往往集中於革命戰爭史的描寫，政治宣傳的功能在影片中得到最大的表現。

〔註 117〕蔡楚生在日記中寫到：「又任要我返上海拍《西湖春曉》」。這裡的「任」，指的是崑崙總經理任宗德。蔡楚生：《蔡楚生文集》（第三卷‧日記卷），北京：中國廣播電視出版社，2006 年，第 332 頁。

題材、劇本，確定主創人員，安排拍攝計劃，督察攝製過程」〔註 118〕都在「電影編導委員會」的控制之下，故崑崙影業公司拍攝的電影，更傾向於進步的故事片拍攝。同時，崑崙影業公司給進步電影藝術工作者提供了安全的「庇護所」。據任宗德回憶，1948 年，崑崙影業公司實際上成為進步電影藝術工作者聚集的地方。這裡聚集了陽翰笙、田漢、蔡楚生、史東山、陳白塵、陳鯉庭、鄭君里、徐韜、王為一、于伶、孫瑜、趙明、嚴恭、張客、王林谷、白楊、舒秀文、上官雲珠、吳茵、王人美、黃晨、王蘋、鳳子、沙莉、黃宗英、趙丹、陶金、藍馬、沈揚、周峰、石羽、衛禹平、孫道臨、李天濟、王龍基等〔註 119〕。

人民共和國成立前夕，被稱為「崑崙三老」的陽翰笙、蔡楚生、史東山成為中華全國電影藝術工作者協會的重要領導人〔註 120〕，這也為崑崙影業公司的「革命史」敘述，提供了「政治資本」。先後以電影藝術工作者身份在上海從事地下革命活動的徐韜、周竹安等人，本身就是中國共產黨地下黨員，他們依憑的身份，正是崑崙影業公司從業人員，崑崙公司成為他們的保護場所。同時，崑崙因陽翰笙、蔡楚生、史東山等人的參與，電影拍攝在共產黨看來，有重要的教育意義，至少在新生政權看來，「崑崙是戰後進步電影運動的基本陣地，它團結了廣大的電影工作者，對戰後進步電影運動的發展具有重大的意義與作用」〔註 121〕。崑崙先後拍攝的進步影片有：《八千里路雲和月》（1947）、《一江春水向東流》（1947）、《新閨怨》（1948）、《萬家燈火》（1948）、《關不住的春光》（1948）、《麗人行》（1949）、《希望在人間》（1949）、《三毛流浪記》（1949）和《烏鴉與麻雀》（1949）。這些影片都在解放前開拍，有的解放前已經拍攝完畢並上映，有的是解放後才最終完成拍攝的。每一部影片的背後，都有崑崙與中國共產黨地下黨組織聯合革命的悲壯故事。這些影片的創作，「為中國電影歷史寫下了光輝的一頁，並且在很大程度上影響了其他民營公司及國民黨控制的電影製片廠的電影創作，推進

〔註 118〕任宗德：《回首崑崙（三）》，《電影創作》2000 年第 3 期。

〔註 119〕任宗德：《回首崑崙（三）》，《電影創作》2000 年第 3 期。

〔註 120〕陽翰笙係中華全國電影藝術工作者協會主席，陽翰笙、蔡楚生、史東山系協會的常務委員，蔡楚生、史東山還分別擔任電影局藝術委員會和技術委員會的實際負責人。

〔註 121〕程季華主編：《中國電影發展史》第 2 卷，北京：中國電影出版社，1963 年，第 210 頁。

了這一時期整個進步電影運動的發展」〔註 122〕。

1949 年 4 月，任宗德過訪在香港的蔡楚生，蔡建議上海崑崙影業公司派廠中工作人員「攝京（編者注：即南京）滬解放前後之紀錄片，期於解放軍入上海時公映」，積極參與新中國解放紀錄片的攝製〔註 123〕。1949 年 5 月，在迎接解放的過程中，「崑崙公司早就有應變的準備，和苦吃的決心」。他們是「準備吃大鍋飯」。雖然上海解放前夕，崑崙影業人「五月間每人只拿到一點錢，暫時維持，薪水工錢都談不到了」〔註 124〕，但「各人情緒除因物價外，均極積極」〔註 125〕。此時，崑崙仍舊在拍攝《三毛流浪記》，並花四千美金從中央電影製片公司買過《武訓傳》，擬投入崑崙拍攝。顯然，崑崙能夠苦苦支撐場面，與來自中國共產黨地下黨組織的幫助有很大的關係。試想，大部分生活在上海的電影工作者，可以不計報酬地為崑崙影業公司打工，這需要來自精神上的動力支持。而崑崙大部分從業人員，其實與中國共產黨地下黨組織本身，有著密切的聯繫，有的本身就是中國共產黨地下黨員，如陽翰笙、周竹安、徐韜等人。而在 1948 年 12 月，「崑崙三老」的轉移，更是來自中國共產黨地下黨組織的「安排」，到香港後他們還對上海的崑崙公司事做統籌兼顧的工作，這從任宗德、夏雲瑚頻繁往返於滬港兩地，可見一斑〔註 126〕。

1949 年 5 月 27 日，上海解放，崑崙影業公司迎來新的政治局面和發展前景。而在文化接管的過程中，崑崙影業公司被認定為「進步的私營製片機構」，「其製片方針完全符合共產黨在蔣管區的電影政策」〔註 127〕。6 月初，崑崙被抽調部分人員參加上海電影業的文化接管工作。這些人員參加了原國民黨中央電影企業公司一廠、二廠的接管工作後，在此基礎上建立起上海電影製

〔註 122〕程季華主編：《中國電影發展史》第 2 卷，北京：中國電影出版社，1963 年，第 255 頁。

〔註 123〕蔡楚生 1949 年 4 月 28 日日記。蔡楚生：《蔡楚生文集》（第三卷 · 日記卷），北京：中國廣播電視出版社，2006 年，第 275 頁。

〔註 124〕施本：《製片人怎樣迎接新使命——看上海的電影業》，《文匯報》，1949 年 6 月 25 日。

〔註 125〕蔡楚生：《蔡楚生文集》（第三卷 · 日記卷），北京：中國廣播電視出版社，2006 年，第 269 頁。

〔註 126〕蔡楚生 1948 年 12 月～1949 年 5 月間的日記中有透露。蔡楚生：《蔡楚生文集》（第三卷 · 日記卷），北京：中國廣播電視出版社，2006 年，第 246～282 頁。

〔註 127〕《文藝部工作計劃草案（第三篇）》，1949 年，檔案號：B177-1-46，上海市檔案館。

片廠，成為人民共和國初期電影事業中重要的國營電影製片廠之一。其中大部分藝術骨乾和技術骨幹，都來自於崑崙影業公司。同時，崑崙還積極參加迎接上海解放的文化活動，如「崑崙公司同仁在復興公園搭臺演戲，演了半個月，慶賀解放」〔註 128〕。

蔡楚生、陽翰笙等人於 5 月 16 日北上，25 日到達北平。蔡楚生、陽翰笙隨即進入電影管理的核心領導層，受到中國共產黨的「禮遇」，先後參與建議並籌劃共和國電影事業的規劃。比如：袁牧之擬採取「較放任政策」對待上海的電影界，蔡楚生則「殊未能盡贊其議」。因為在蔡楚生看來，袁牧之「對滬上情形幾乎是一無所知也」〔註 129〕。同時，崑崙影業公司的問題也被提上了中央電影局的討論之中。6 月中，蔡楚生先後與陽翰笙、史東山、沉浮、陳鯉庭、鄭伯璋、吳蔚雲等，「共談崑崙事」，涉及崑崙「今後的形態如何」、「今後之體制」〔註 130〕，顯然是為了崑崙在人民共和國電影事業中更好地發揮它應有的作用。其實，從 1949 年 6 月到 1951 年 7 月，有關崑崙影業公司的信息，在蔡楚生的日記中前後出現達 30 多次。這對處於繁忙的影片審查中的蔡楚生而言，足以說明崑崙影業公司成為中央電影局及他本人日常生活中的重要事務，雖然蔡本人與崑崙有密切的關係，但從側面也看出，崑崙影業公司在中央電影局及人民共和國電影格局中的位置的「重要性」。

全國文代會期間有 5 部影片獲獎，其中崑崙影業公司製作的影片，就包括了 3 部（《八千里路雲和月》《一江春水向東流》《希望在人間》）〔註 131〕，顯示出它在過去的進步電影業中重要的地位。中華全國電影藝術工作者協會成立，全國委員中有崑崙影業公司背景的達 18 人，比例為 46.2%；常委名單總計 9 人，崑崙同仁佔據 4 席，比例為 44.4%〔註 132〕。8 月，成立文化部電影局藝術委員會和製作委員會，崑崙同仁蔡楚生和史東山擔任這兩個委員會

〔註 128〕任宗德：《回首崑崙（六）》，《電影創作》2000 年第 6 期。

〔註 129〕蔡楚生 1949 年 5 月 28～29 日日記。蔡楚生：《蔡楚生文集》（第三卷．日記卷），北京：中國廣播電視出版社，2006 年，第 281 頁。

〔註 130〕蔡楚生 1949 年 6 月 14、28 日日記。蔡楚生：《蔡楚生文集》（第三卷．日記卷），北京：中國廣播電視出版社，2006 年，第 283～284 頁。

〔註 131〕《五部影片得獎　周信芳帶來錦旗》，《青青電影》17 年第 17 期（1949 年 8 月 25 日）。

〔註 132〕所統計數字來源於中華全國電影藝術工作者協會的人員名單。中華全國文學藝術工作者代表大會宣傳處編：《中華全國文學藝術工作者代表大會紀念文集》，北京：新華書店，1950 年，第 584～585 頁。

的主任，這種人事關係的「便利」因素，為崑崙影業公司在人民共和國電影業中扮演重要的生力軍角色，起到了不可否認的潛在作用。

7 月底〔註 133〕，崑崙影業公司老闆任宗德應電影局局長袁牧之的邀請，前往北平商談崑崙影業公司的相關事宜。顯然，這次談話，袁牧之這位電影局長代表的是中國共產黨中央，他給崑崙影業公司在政治上給予了「定位」，「崑崙是進步電影的中堅，實力雄厚，人才濟濟，一定要爭取盡快拍出一批好影片」，周恩來甚至要求「現在解放了，崑崙要力爭拍出更多的好影片」〔註 134〕。即將誕生的新政權，仍舊在電影事業上寄予崑崙影業公司很大的期望，希望它成為人民共和國電影事業的「左右兩翼」。或許，處於政治興奮時期的崑崙人，正為國家的解放喜悅著。

三、不同的角色扮演和價值定位：私營電影業與國營電影業

1948 年 11 月，周恩來在給香港的夏衍的電報中談到，人民共和國電影事業的發展，應該有「原則性」的堅持，這就是：「我們電影事業的方針，應使黨所領導的國營電影在質量與數量上占絕對優勢，這樣來推動私營電影的進步」〔註 135〕。人民共和國電影業及電影格局的構想中，中國共產黨早已有明確的規劃和打算，那就是私營電影業只能在國營電影業的「推動」下得到進步性的發展。袁牧之亦特別強調，「電影事業除文化鬥爭的任務外，還有經濟戰線上的鬥爭任務」〔註 136〕，「至於所製的影片內容在文化鬥爭上的比重除滬港進步電影工作者外，舊電影界中卻包含著殖民地封建及資產階級的各種複雜的思想，要使電影成為新民主主義的文化組成部分而為全民族中百分之九十以上的工農勞苦民眾服務，要使工農兵的電影取得優勢，則必須經過各種方式的鬥爭」〔註 137〕。

〔註 133〕這裡有兩個時間回憶：蔡楚生的日記記載任宗德是 1949 年 7 月 24 日到北平，但任宗德的《回首崑崙（六）》中提到他到北京的時間卻是 1949 年 6 月底。我們以蔡楚生的日記為準。

〔註 134〕任宗德：《回首崑崙（六）》，《電影創作》2000 年第 6 期。

〔註 135〕周恩來：《調集電影人才，發展電影事業》（1948 年 11 月 21 日），趙春生主編：《周恩來文化文選》，北京：中央文獻出版社，1998 年，第 94 頁。

〔註 136〕袁牧之：《關於電影事業報告（一）》（1948 年 9 月），《人民電影的奠基者——寧波籍電影家袁牧之紀念文集》，寧波：寧波出版社，2004 年，第 191 頁。

〔註 137〕袁牧之：《關於電影事業報告（二）》（1948 年 12 月 18 日），《人民電影的奠基者——寧波籍電影家袁牧之紀念文集》，寧波：寧波出版社，2004 年，第 195 頁。

1949 年 9 月，中國人民政治協商會議第一屆全體會議在北平召開，會議通過了《中國人民政治協商會議共同綱領》，其中規定：「中華人民共和國經濟建設的根本方針，是以公私兼顧、勞資兩利、城鄉互助、內外交流的政策，達到發展生產、繁榮經濟之目的。……各種社會經濟成分在國營經濟領導之下，分工合作，各得其所，以促進整個社會經濟的發展。」〔註 138〕這就為人民共和國成立後經濟上採取「公私兼顧、勞資兩利」等策略，提供了法律依據。但人民共和國的經濟，仍舊以國營經濟為主導經濟，私營經濟只能在國營經濟的主導下，發揮相應的經濟作用和社會歷史使命。這種所謂的國營經濟領導下的「分工合作，各得其所」，其實就是針對整個國家經濟形態而言的。作為私營電影業和國營電影業，它們在經濟性質上顯然屬於不同的經濟形態：私營電影業的創辦與投資者是民族資產階級，它在經濟屬性上顯然屬於私營經濟。它只能是國營經濟的「左右手」，絕對不能完全支配國營經濟的地位和屬性。私營電影業在這樣的經濟政策指引下，也只能作為國營電影業的「兩翼」。12 月，電影局在制定 1950 年電影生產計劃時，其生產情況的安排如下：國營電影製片廠生產故事片 26 部（上影 8 部、東影 14 部、北影 4 部），新聞片 17 部（北影 16 部、上影 1 部），新中國簡報 48 部（北影 36 部、上影 12 部），翻譯片 40 部（東影 30 部、上影 10 部）；私營電影製片業生產故事片 34 部（崑崙 4 部、文華 6 部、大同 12 部、國泰 12 部），翻譯片 17 部（文華 6 部、國泰 6 部、大同 5 部）〔註 139〕。從製片計劃可以看出，電影製片中嚴格遵循「公私合作」的政策，實行文藝戰線上的「統一戰線」政策，兼顧到「勞資兩利」的基本現狀。但是，涉及到宣傳人民共和國形象的影片拍攝時，比如新中國簡報的拍攝時，中央電影局卻認為私營電影業根本不可以參與，在翻譯片的製作上，私營電影業與公營電影業還是有區別的，東北電影製片廠成為翻譯片的主要供應商，這是因為共和國文藝政策向蘇聯「傾斜」，蘇聯影片成為國外影片的主要進口渠道。崑崙影業公司，雖然作為進步的私營電影製片公司，在政治的安排上，並沒有體現出它應有的價值。

1950 年 1 月，文化部電影局依據《共同綱領》精神，召開電影局第二屆

〔註 138〕《中國人民政治協商會議共同綱領》，《人民日報》，1949 年 9 月 30 日。
〔註 139〕《文藝動態・電影製片計劃》，《新華月報》1 卷 4 期。

擴大行政會議，會議規定當前的電影政策方針，「必須要注意到公私兼顧，勞資兩利的原則，由公營帶頭聯合起私營電影業，負起新中國電影的偉大使命。」〔註 140〕從這裡我們可以看出，私營電影業作為人民共和國電影事業的重要組成部分，雖然國家政策在政治上特別強調它的意義，但真正涉及到電影業的發展方向時，它的從屬地位便是不可懷疑的顯現出來了。特別是涉及到電影的「製片方針」時，更有明顯的表現：「解放後的中國電影製片業，在製片方針上，自然地有一個絕大的轉變。轉變後的公司，多數的製片家在向著東北電影製片廠出品的影片方面看齊和學習。」〔註 141〕對 1950 年私營電影業以文華和崑崙的電影生產為考察對象時，我們驚異地發現，文華和崑崙在製片方針上已經開始轉移，所拍攝的電影題材不再是過去的以城市市民、知識分子生活與歷史故事為主，而是緊緊追隨著東影、北影的電影題材展開，如文華影業公司的《思想問題》《腐蝕》《我這一輩子》，崑崙影業公司的《人民的巨掌》〔註 142〕，都表現出這樣的傾向。後來崑崙和文華能夠加緊拍攝電影《我們夫婦之間》和《關連長》，也是 1950 年電影發展的必然要求。

人民共和國初期對私營電影業的政治定位及價值定位，是建立在文藝的「統一戰線」政策的基礎上的。「統一戰線」政策的核心觀念強調的是團結和鬥爭，團結是目的，鬥爭是手段。要使進步電影業獲得優勢，必然要聯合國內的小資產階級進步電影業組成聯合陣營，「以驅逐中外消極影片」。但要保證工農兵電影的主導地位，即「在戰勝中外消極影片鬥爭的同時，還要在進步影片的聯合戰線內部首先贏得工農兵電影」〔註 143〕。它無疑透露出：人民共和國初期電影界的「統一戰線」政策的策略性考慮。一旦消極片和歐美帝國主義電影被清理完畢後，進步電影業內部的清理也會即將開始。崑崙影業公司作為私營電影業，在這樣的角色扮演和價值定位過程中，它將以什麼樣的角色進入電影事業中呢？這必然是我們面對它時應該思考的問題。

〔註 140〕轉引自胡菊彬：《新中國電影意識形態史》，北京：中國廣播電視出版社，1995 年，第 6 頁。

〔註 141〕《從艱難中建設起來的東北電影製片廠創立經過》，《青青電影》第 17 年 17 期（1949 年 8 月 25 日）。

〔註 142〕新華社：《中國人民電影事業一年來的光輝成就》，《人民日報》，1951 年 1 月 3 日。

〔註 143〕袁牧之：《兩年來的電影工作及今後任務》（1952 年 1 月 5 日在北京中央電影局整風學習學委上的發言），《人民電影的奠基者——寧波籍電影家袁牧之紀念文集》，寧波：寧波出版社，2004 年，第 214～215 頁。

第三節　私營電影業的新處境與崑崙影業公司的拍片——《武訓傳》和《我們夫婦之間》的拍攝簡況

一、私營電影業的「新處境」

50 年代初期，共和國外交「一邊倒」的政策，使蘇聯電影界經驗成為新中國電影「取經」的重要資源。雖然蘇聯「早已把電影作了國營的重要事業之一」，但因中國在文藝界實行的是文藝戰線上的「統一戰線」政策，電影界還允許私營電影業的存在，「一切私營製片公司，凡致力於進步影片具有成績之攝製者，應當予以積極之扶助」。「電影是一種具有較優越性的文教工具，它的表現力強大，傳播力廣泛，……它能更有效地服務於人民」〔註 144〕，這樣的認識，一直持續到人民共和國初期的 1951 至 1952 年間，甚至 1990 年代之前的大陸社會主義時期的電影進程中。中央人民政府文化部也強調：「電影事業在整個文化藝術工作中，是第一個重點，這是因為電影是最有力量的藝術形式。」〔註 145〕從電影本身的特質來看，它「具有最廣大的群眾性與普遍的宣傳效果」〔註 146〕。

我們把眼光轉向上海的私營電影業。上海解放後，新的電影環境的形成，給電影製片人新的啟發，特別是國內電影市場對電影的需求量，給上海的電影業展露了「非常美麗的遠景」：「據統計，國內市場每年需要國片四百部，這說明了市場需要的強烈」〔註 147〕。這為私營電影業的發展提供了美好的前景。

1949 年 6 月，剛獲得解放的上海電影界，如國泰、大同兄弟影業公司，「製片工作倒還一直維持著沒有耽擱」，「解放後，這兩家想改變作風，決心慎重將事，工作比以前還要嚴肅，還要謹慎」，文華影業公司「也是這樣，老闆非常樂觀，準備積極生產，下年準備趕緊拍戲，兩齣戲同時拍，一年出十二部」。但隨著新電影藝術工作者進城後，國泰、大同影業公司「再底下接什麼呢？

〔註 144〕文化部檔案資料。轉引自歐陽予倩等：《電影政策獻議》，吳迪編：《中國電影研究資料》（1949～1979），上卷，北京：文化藝術出版社，2006 年，第 3～4 頁。

〔註 145〕《中央人民政府文化部一九五零年全國文化藝術工作報告與一九五一年計劃要點》，《人民日報》，1951 年 5 月 8 日。

〔註 146〕《中央宣傳部關於加強電影事業的決定》，《中共中央文件選集》第 18 冊，北京：中共中央黨校出版社，1991 年，第 420 頁。

〔註 147〕王連：《從演員們的希望看上海的電影業》，《文匯報》，1949 年 6 月 29 日。

目前還沒有」，文華影業公司「計劃是足夠偉大，但同樣是沒有劇本」，「目前的劇本荒有點顯著嚴重」〔註 148〕。90 年代中期，夏衍在回憶人民共和國初期的上海電影界情況時說到：「在地下黨和進步電影工作者的配合下，接管工作很順利，但一到秩序安定下來，各廠要恢復生產的時候，很快就發生了一個沒有電影劇本的問題（當時就叫『劇本荒』)。新成立的中央文化部電影局提出『電影為工農兵服務』、『塑造工農兵形象』，但在上海，熟悉工農兵的不會寫電影劇本。會寫電影劇本的不瞭解工農兵。」〔註 149〕

現實中熟悉工農兵的人，卻寫不出劇本；能寫出劇本的人，卻不能很好地表達工農兵形象。這是造成「劇本荒」的直接原因。其次，老闆對劇本越來越不放心，他們害怕劇本出問題，「總想事先越慎重越好」，而電影編劇們寫作的遲疑，「思想先得搞通」、「生活經驗不夠」、「先得學習，先向工農兵學習」〔註 150〕成為他們寫作前常常思考的問題。同時，電影政策的不明確，雖然上海解放了，但中央電影局關於上海電影製片需要遵循的電影製片政策，卻並沒有明確的規定，「大家都希望人民政府在這一方面能給一點原則上和現實上的指示，好使編劇的人有所遵循」〔註 151〕。經歷對國統區電影藝術經驗的總結之後，1949 年 8 月，中央電影局提出「電影為工農兵服務」、「塑造工農兵形象」的口號，但這並沒有起到緩解「劇本荒」的現實困境。

顯然，「劇本荒」給電影製片公司帶來很大的經濟影響。首先，電影公司不能拍劇本，它還得為簽訂合約的導演、演員支付薪水；其次，電影公司無法回收已經墊付的企業或影片資金。1949 年電影業本身就開始蕭條，這樣的「劇本荒」，對經濟的困頓無疑是雪上加霜。為了改變這樣的局面，改編小說和其他文學形式的非電影文本，成為電影界思考的基本出發點。在夏衍看來，解決這問題的關鍵是思想觀念的「改變」，他提出「白開水」〔註 152〕的理論，為解決「劇本荒」尋找到了一條出路。1950 年，當文華、崑崙影業公司向夏

〔註 148〕施本：《製片人怎樣迎接新使命——看上海的電影業》，《文匯報》，1949 年 6 月 25～26 日。

〔註 149〕夏衍：《懶尋舊夢錄》(修訂本)，北京：三聯書店，2000 年，第 440 頁。

〔註 150〕施本：《製片人怎樣迎接新使命——看上海的電影業》，《文匯報》，1949 年 6 月 26 日。

〔註 151〕施本：《製片人怎樣迎接新使命——看上海的電影業》，《文匯報》，1949 年 6 月 26 日。

〔註 152〕即「電影題材只要不反共，不提倡封建迷信，有娛樂性的當然可以，連不起好作用，但也不起壞作用的『白開水』也可以。」夏衍：《懶尋舊夢錄》(修訂本)，北京：三聯書店，2000 年，第 440 頁。

衍要劇本時，處於政務繁忙的夏衍，無法滿足他們的要求，建議他們可以從新小說中改編。在夏衍看來，文協主辦的《人民文學》發表過的作品中加以改編，變成電影文本，是沒有什麼政治問題的，何況有的小說發表後，在全國文藝界還受到好的評價〔註 153〕。他向文華、崑崙影業公司推薦了 1950 年《人民文學》發表的朱定的《關連長》和蕭也牧的《我們夫婦之間》。

《我們夫婦之間》和《關連長》，是兩部短篇小說。在文協的機關刊物《人民文學》上發表，後被《新華月報》轉載。《人民文學》上發表的作品，或《新華月報》轉載它們，在共和國文化語境中，這本身就是一種政治的定性。隨即，文華影業公司和崑崙營業公司開始把眼光轉向解放區作家文學文本的改編。1950 年，《我們夫婦之間》和《關連長》發表後，迅速被改編成電影文本，《我們夫婦之間》由夏衍主持的上海電影文學研究所改編，《關連長》由文華影業公司編劇楊柳青改編。在電影改編者看來，首先，政治上，小說是沒有「問題」的，如果有「問題」，《人民文學》亦不可能登載這樣的小說，《新華月報》亦不會轉載；其次，小說的作者都是來自解放區的年青作家，一個是蕭也牧，一個是朱定。蕭也牧來自老解放區，朱定來自新解放區，他們都是進步的文藝工作者，甚至是黨的文藝工作者。孫瑜的電影小說《武訓傳》，相繼在 1950 年、1951 年發表和出版〔註 154〕。它是在崑崙影業公司拍攝完畢電影《武訓傳》後，由導演孫瑜從電影劇本改編成電影小說文本，出版它是為了進一步掀起對《武訓傳》的宣傳。而電影《武訓傳》，有著它自己的革命鬥爭史經歷，本身就是一種革命的「榮耀」。

它們被私營的文華影業公司和崑崙影業公司「接受」，於 1950、1951 年改編電影文本後拍攝同名電影〔註 155〕。崑崙、文華精心形塑這幾部影片，1950 年 12 月後陸續出品，最先在華東區公映〔註 156〕。作為私營電影公司崑崙拍攝的電影，《武訓傳》和《我們夫婦之間》還是有著內在的一致性，因為它們都是私營電影製片廠拍攝的影片。為什麼在 1951 年的文藝運動中，這兩部電影

〔註 153〕夏衍：《懶尋舊夢錄》（修訂本），北京：三聯書店，2000 年，第 441 頁。

〔註 154〕孫瑜：《武訓傳》，上海：新亞書店，1951 年。

〔註 155〕《武訓傳》於 1950 年 12 月拍攝完畢，1951 年 1 月開始在華東區公映，《關連長》1951 年 4 月拍攝完畢，1951 年 4 月在華東區上映；《我們夫婦之間》1951 年 3 月拍攝完畢，4 月開始在華東區上映。

〔註 156〕「其中有些電影的劇本而且還是上海文化藝術工作的負責人夏衍同志領導的電影文學研究所編寫的」。嚴子琤：《資產階級創作方法的失敗——關於上海電影文學研究所》，《文藝報》1952 年第 5 號。

卻成為電影批判的焦點？

私營電影業的從業人員，並沒有經過思想改造，其小資產階級的思想意識必然在電影拍攝過程中被「暴露」出來。私營電影製片業屬於私營經濟的性質，它主要依靠民族資產階級的投資來建設。雖然共和國成立後中國共產黨加強了對私營電影業的管理和控制，但人民共和國初期國營電影業，在製片和從業人員的技術等方面有天然的「缺陷」，它還需要私營電影業的生產。這正如莫里斯．邁斯納（Maurice Meisner）分析的，「鼓勵『民族資本主義』的復興並不純粹是出於意識形態上的考慮」，共產黨「主要考慮的，是現實的緊迫問題」，「要重建被毀壞的經濟從而為未來的經濟發展奠定基礎，最簡便的方式莫過於重建原來就已存在的經濟，然後再在此基礎上進一步發展」〔註 157〕。電影業也一樣。前面我們也提及，人民共和國電影界實行「統一戰線」政策，有其現實的政治及經濟因素的考慮。

所以，人民共和國成立之後，私營電影業面臨新的處境，一方面他們雄厚的經濟基礎及電影製作經驗，使它們在電影恢復時期有著重要的作用，另一方面私營電影業的從業人員的思想複雜性，卻呈現在電影領導們的面前。

二、電影《武訓傳》拍攝的背後：崑崙影業公司的經濟問題

1. 「病魔纏身」的崑崙影業公司經濟狀況

按任宗德對崑崙的回憶，崑崙影業公司創辦之初，就帶著經濟上的很多困難，「資金短缺，經濟困難可以說是始終困擾崑崙公司的一大難題」〔註 158〕。1946 年 6 月，崑崙前身聯華影藝社成立後不久，內部出現矛盾，作為總召集人的實業家章乃器，「日漸感到自己在創作、管理尤其是在經濟上都做不了主，也不及時向他通報有關情況，愈來愈對聯華影藝社的狀況不滿意」〔註 159〕。儘管《八千里路雲和月》的拍攝工作已經完畢，並一炮打響，贏得好評，章乃器仍舊堅持退出聯華影藝社〔註 160〕。

〔註 157〕【美】莫里斯．邁斯納（Maurice Meisner）著，杜蒲、李玉玲譯：《毛澤東的中國及後毛澤東的中國：人民共和國史》，成都：四川人民出版社，1989 年，第 124 頁。

〔註 158〕任宗德：《回首崑崙》（三），《電影創作》2000 年第 3 期。

〔註 159〕任宗德：《回首崑崙》（二），《電影創作》2000 年第 2 期。

〔註 160〕章乃器退出聯華影藝社的理由有二：「一是影片的攝製預算、成本、開支控制不住，隨意開銷，難以經營；二是夏雲瑚不好相處，難以共事」。任宗德：《回首崑崙》（二），《電影創作》2000 年第 2 期。

為了支撐起國統區進步電影的立足點，1947 年 5 月，聯華影藝社改組成立崑崙影業公司，由夏雲瑚、任宗德和蔡叔厚共同投資，但這次合作的時間不長，拍攝《一江春水向東流》下部時，夏雲瑚提出「他不願意再幹了，要撤出資金，出國另謀發展」，其實夏雲瑚並不是急於出國發展，而是有自己的打算，「意欲把崑崙歸併到文華影業公司老闆吳性栽的麾下」。夏雲瑚的這種堅持，使崑崙影業公司陷入財政困境中。到底歸併不歸併到文華影業公司，成為崑崙影業公司的一大難題。文華影業公司老闆吳性栽認為，合併後的公司業務要實行全權獨裁，「上什麼片子，拍什麼題材，用哪位人才，花多少資金，要由他作主，由他說了算」。這讓陽翰笙很反感，「如果按吳性栽說的辦，那我們就沒有領導權、決定權了，崑崙的性質就發生了變化，就不是我們的文藝陣地了，就失去了存在的價值」〔註 161〕。在陽翰笙、史東山、任宗德的堅持下，最終陽翰笙和地下黨組織經過深思熟慮後，決定由任宗德獨立支撐起崑崙影業公司。任宗德「四處奔波籌措，打通關節，融資借貸」，「甚至典賣了兩幢房屋」，也無法讓崑崙影業公司擺脫經濟的困頓。1948 年，上海物價飛漲，貨幣貶值，金融市場混亂，崑崙影業公司「在資金的籌集周轉上一直無法擺脫困境」。

儘管出現經濟困難，但在任宗德的堅持和投資下，崑崙影業公司還是強撐到解放前夕，為進步電影堅守住了一塊屬於自己的「陣地」。崑崙影業公司從創辦初期開始，就有黨組織活動，其中陽翰笙的作用非同小可。正是由於崑崙影業公司有中國共產黨地下黨組織的參與，其拍攝的電影在解放前夕都具有很大的進步意義，也為進步的電影藝術工作者提供了政治的庇護所。其實，崑崙拍攝的電影都是陽翰笙、史東山、蔡叔厚等人的安排。用任宗德的話說，「崑崙的大政方針、影片生產、人事安排，都是由陽翰笙代表黨組織決策拍板的」。陽翰笙、蔡叔厚等人的中國共產黨地下黨人背景，保證了影片在政治思想上的進步性。崑崙影業公司還組織了陽翰笙、陳白塵為正副主任的「編導委員會」，「不僅在影片創作上起著主導作用，而且實際上是指導全公司經營活動的中心」〔註 162〕。

前面提及，1948 年崑崙影業公司成為進步電影藝術工作者聚集的地方〔註 163〕。但 8 月 19 日，國民政府實行金圓券新金融政策，代替前不久發行的法

〔註 161〕任宗德：《回首崑崙》（二），《電影創作》2000 年第 2 期。
〔註 162〕任宗德：《回首崑崙》（三），《電影創作》2000 年第 3 期。
〔註 163〕任宗德：《回首崑崙》（三），《電影創作》2000 年第 3 期。

幣，「公司老闆和觀眾的口袋都被搜劫一空」，「營業情形日漸下落，最壞的情形，有的影片在上海頭輪演下來，不夠拷貝成本，有的則連報紙廣告費，招貼，路牌廣告的錢都不夠」。1949 年，隨著戰局的發展，國統區的經濟狀況更加紊亂，「到今年就更不成了，前幾個月正是偽金元券加速貶值的時候，製片業和別的工商業毫無二致，滿樣是捉襟見肘，拮据不堪」：

> 中電二廠，前一陣每次發薪只能先發半個月的一半，即全月的四分之一，剩下的一半慢慢再給，五月中聽說要每次先發給八分之一，不知道為什麼後來沒有實行（該廠有的演員五月下半月薪到現在還沒拿到）。民營公司裏素以資本雄厚見稱的文華公司，雖然還沒有到發不出薪水的階段，可是脫期已不能免。佐臨的《表》倒一直沒有停工，可是也只盡先拍演員趙錢孫一個人的戲，據說通告演員多了連預備飯都有問題。國泰廠為同人薪水，有一陣兒成天跑到影戲院票房間坐等票款。

崑崙影業公司因有中國共產黨地下黨組織的「安排」，早有應變的準備和苦幹的決心。但這種所謂的「準備」，「並不是說手頭有充分的錢，而是準備吃大鍋飯的決心」，「薪水工錢都談不到了」〔註 164〕。他們希望這種強制支撐的經歷和精神，能讓崑崙影業公司挺過最困難的 1949 年。

所以，1949 年 5 月上海解放前夕，崑崙影業公司的經濟狀況，「仍舊不太好」，解放後，崑崙影業公司試圖加緊拍攝新片，如《三毛流浪記》《烏鴉與麻雀》《大路》，如能拍攝完畢上映，可以暫時緩解經濟的困境。但在電影拍攝中，他們遇見到了很大的困難，《烏鴉與麻雀》這一解放前的劇本「通不過」，「在解放前拍了一小部分，則準備全部廢掉，現在劇本又經修改，然後整個再拍」。這對於經濟而言，是相當大的「壓力」，解放前拍攝的一小部分全部廢掉，則意味著投入資金的巨大損失。因此上海解放後，崑崙加快了對《烏鴉與麻雀》的拍攝。《烏鴉與麻雀》拍攝之後，崑崙影業公司也面臨著嚴重的「劇本荒」，他們接下來拍什麼電影，也沒有明確的目標。特別是崑崙影業公司抽調部分工作人員參與人民共和國的國營電影事業，人員也開始逐漸缺乏〔註 165〕。

〔註 164〕施本：《製片人怎樣迎接新使命——看上海的電影業》，《文匯報》，1949 年 6 月 25 日。

〔註 165〕此時，著名導演史東山、蔡楚生已經離開崑崙，到北平接受共產黨的新任命。

7 月底，電影局長袁牧之邀請任宗德作北平之行，這為崑崙在人民共和國電影事業中的政治定位，產生積極的作用〔註 166〕。即將誕生的新政權仍舊在電影事業上寄予崑崙很大的希望，希望它成為電影事業的「左右兩翼」。或許，處於政治興奮時期的崑崙人，正為國家的解放喜悅著。但北平之行，並沒有讓任宗德靜下心來，他知道崑崙影業公司強撐下去必將面臨重大的經濟困難。8 月底 9 月初，文華影業公司「正鬧勞資糾紛」，鄭君里在致史東山的信函中透露，「『崑崙』近亦在鬧人事糾紛」〔註 167〕。顯然，真正的導火線，都來自於崑崙和文華影業公司經濟的「困頓」。

9 月 24 日，崑崙影業公司製片廠長楊師愈前往北京，代表老闆任宗德向電影局長袁牧之提出崑崙影業公司存在的重要經濟困境。楊師愈的談話涉及四個問題，一是經濟困難，二是崑崙加入國營廠的工作人員的薪水至今仍舊由崑崙承擔，三是國家從崑崙徵購的器材沒有作價，四是國營墊款並沒有全部到賬。〔註 168〕這種經濟及器材上的困難，給困頓中的崑崙影業公司，造成更大的困難。據《人民日報》的消息透露，1949 年 10 月，「上海崑崙、國泰、大同等影片公司，曾因資金周轉困難，生產一度停頓。」〔註 169〕

為了維護和恢覆電影製片工作，上海市軍管會文藝處電影室和文化局電影事業管理處，於 10 月開始，曾先後予以貸款、借給部分原料、協助辦理出口、發行等方式，積極扶植與鼓勵其經營、攝製進步影片。但據蔡楚生日記透露，崑崙影業公司擬向上影貸款的事情，到 11 月中旬，貸款仍舊沒有結果〔註 170〕。年底，華東影片經理公司和政府均有貸款給崑崙影業公司，「人民銀行上海分行曾先後貸與崑崙等四公司發行貸款 20 億 9 千萬元」，「中央人民政府文化部中央電影局對崑崙、文華等公司，曾供給副片（印考貝用的原料）8 萬英尺；代做押匯 20 萬元港幣，並代為發行至香港、南洋等地，使私營影片

〔註 166〕首先是受邀於電影局長袁牧之，其次在舉行的晚宴上周恩來親自赴宴，對任宗德高度讚揚。任宗德：《回首崑崙（六）》，《電影創作》2000 年第 6 期。

〔註 167〕蔡楚生 1949 年 9 月 15、18 日日記。蔡楚生：《蔡楚生文集》（第三卷．日記卷），北京：中國廣播電視出版社，2006 年，第 304～305 頁。

〔註 168〕蔡楚生 1949 年 9 月 24 日日記。蔡楚生：《蔡楚生文集》（第三卷．日記卷），北京：中國廣播電視出版社，2006 年，第 309 頁。

〔註 169〕《在政府扶植下的上海私營電影業文華等公司業務好轉》，《人民日報》，1950 年 7 月 27 日。

〔註 170〕蔡楚生 1949 年 11 月 15 日日記。蔡楚生：《蔡楚生文集》（第三卷．日記卷），北京：中國廣播電視出版社，2006 年，第 322 頁。

公司度過了 9 個月的困難。」〔註 171〕應該說，「私營電影到目前為止仍能繼續拍片的原因，大半是政府推動之力所促成，最近崑崙在華東影片經理公司的支持下，已借到了人民銀行貸款 9000 萬元，國泰、大同各借到 6000 萬元，完全是無條件低利借與，頓使電影工業透露曙光」〔註 172〕，但這些貸款，也並不是馬上就到賬的，蔡楚生在日記中也有透露，1950 年 5 月 24 日，于伶專致夏衍和袁牧之信函，「備述『崑崙』在借款上失約之三事，真令人頭痛」〔註 173〕，也就是說，國家給予崑崙影業公司的貸款，最後到賬時間，其實已經到了 1950 年的 6 月份。崑崙影業公司最後能夠堅守並渡過到 1950 年，與這批貸款有密切的關係。

雖然有國家投資或貸款的方式，給困頓的崑崙影業公司的經濟，注入了新的「活力」，但作為私營的影業公司，崑崙還得依靠自身拍攝電影獲得盈利來維持公司的進一步發展。從事電影藝術工作的人都知道，「必須體認電影這一藝術的經濟所發生的密切的關聯，換一種說法，就是作品在作者手上它應該是『藝術品』，但當它流入市場時，我們就必須勇敢地承認它是『商品』。」〔註 174〕電影投資者最大的目的，就是把影片推向市場，以便換取自己的資金投入並賺取利潤。但從 1949 年解放後，崑崙的拍片基本上處於停頓的狀態。1949 年 12 月底，任宗德到北京，一是談向中央借款的事情，一是希望蔡楚生能夠返回上海崑崙公司主持拍攝蔡楚生自己編導的《西湖春曉》〔註 175〕。鄭君里 1950 年 1 月也到北京，與蔡楚生商量的，仍舊是崑崙影業公司的「前途」問題。顯然，鄭君里的北京之行，也是背負著任宗德的「囑託」，崑崙公司同仁希望崑崙直接併入國營電影業中，以便澄清崑崙的所有債務，成為國家工作人員。但國家此時還忙於經濟建設，不可能騰出大量資金來挽救崑崙這樣的私營電影製片公司，只答應「暫決由國家還清『崑崙』債務——二十二億五」，「進而將崑崙改為公私合營，仍保存『崑崙』名義，夏雲瑚與任宗德雖

〔註 171〕《在政府扶植下的上海私營電影業文華等公司業務好轉》，《人民日報》，1950 年 7 月 27 日。

〔註 172〕《私營製片廠獲得貸款》，《青青電影》17 年第 22 期（1949 年 11 月 15 日）。

〔註 173〕蔡楚生 1950 年 5 月 24 日日記。蔡楚生：《蔡楚生文集》（第三卷・日記卷），北京：中國廣播電視出版社，2006 年，第 358 頁。

〔註 174〕蔡楚生：《關於粵語電影》，香港《大公報》，1949 年 1 月 28 日；蔡楚生：《蔡楚生文集》（第二卷・文論卷），北京：中國廣播電視出版社，2006 年，第 168 頁。

〔註 175〕蔡楚生 1950 年 1 月 1 日日記。蔡楚生：《蔡楚生文集》（第三卷・日記卷），北京：中國廣播電視出版社，2006 年，第 332 頁。

已無資本（因還債尚不夠），但仍維持其名位，其他人事上則加改組」〔註 176〕。蔡楚生此時又不願拍電影《西湖春曉》，崑崙影業公司為電影《武訓傳》也已經花費了數萬美元的資金，如果此時不拍攝，就等於這筆資金無法回收。這於處於經濟困頓的崑崙影業公司而言，顯然是一筆不小的「損失」。陸萬美的回憶也證實了當時崑崙的經濟處境，這一影片「解放前已拍好三分之二，投下資本已近七億，而崑崙影業公司現在境況非常困難，今晚一定要去幫助解決要不要繼續拍攝的問題」〔註 177〕。正是在這樣的背景下，1950 年 1 月，崑崙影業公司重提電影《武訓傳》的拍攝，並把它作為崑崙 1950 年重點推出的影片。確定《武訓傳》拍攝後，《武訓傳》也「成為崑崙公司上下全力以赴的頭等大事」〔註 178〕。

2. 作為革命鬥爭產物和經濟復蘇寄託的電影《武訓傳》

這裡，我們不得不重提電影《武訓傳》的「革命故事」。

電影《武訓傳》進入導演孫瑜的視野，與教育家陶行知的推薦有關。1944 年夏天，陶行知把《武訓先生畫傳》送給孫瑜，他希望孫瑜「有機會時能夠把武訓一生艱苦辦義學的事蹟拍成電影」〔註 179〕。作為中國共產黨在抗戰時期重要的「統戰對象」〔註 180〕，陶行知在中國現代教育史上有著重大的貢獻，但限於抗戰時期，孫瑜所在的中華教育電影製片廠，還沒有足夠的設備來拍攝電影《武訓傳》。受陶行知的建議啟發，孫瑜此時開始構思《武訓傳》的分場劇情。

抗戰勝利後，國民政府派出接收大員，對敵偽時期的電影企業做大肆的文化接收。作為電影企業的重鎮——上海，國民政府先後組建起中央電影企業公司、中國電影製片公司、國民黨市政教育局電影隊、電影檢查所、中華教育電影製片廠、中華農村教育製片廠、西北影片公司、上海實驗電影工場、

〔註 176〕蔡楚生 1950 年 1 月 17 日日記。蔡楚生：《蔡楚生文集》（第三卷・日記卷），北京：中國廣播電視出版社，2006 年，第 336 頁。

〔註 177〕陸萬美：《我對拍攝電影〈武訓傳〉底初步檢討》，《雲南日報》，1951 年 7 月 29 日。

〔註 178〕任宗德：《回首崑崙（六）》，《電影創作》2000 年第 6 期。

〔註 179〕孫瑜：《銀海泛舟——回憶我的一生》，上海：上海文藝出版社，1987 年，第 172 頁。

〔註 180〕從周恩來與陶行知的通信中可以看出。陶行知去世後，共產黨在延安版《解放日報》等報刊上出專輯紀念陶行知。

中華電影工業器材公司和中國電影聯合營業處〔註 181〕。成立的這些電影製片廠或電影業務機構，成為國共兩黨展開政治鬥爭的重要場所。中國共產黨安排大量的進步電影工作者，進入這些製片廠或電影機構，以便有效抵制國民黨推行「反共戡亂」的影片製作，《武訓傳》就是這樣一部影片。這為影片《武訓傳》無疑增添一圈光輝的「革命光環」。

1948 年，孫瑜所在的單位為中國電影製片廠（簡稱「中製」）。「中製」係國民黨控制的反動電影製片廠。孫瑜希望電影《武訓傳》的拍攝，能夠依靠進步電影製片廠的崑崙影業公司，後來「中製」人員調整，袁留莘接替羅靜予擔任「中製」廠長，「正策劃籌拍兩部所謂的『反共戡亂片』」，這更增加了孫瑜把《武訓傳》轉向崑崙影業公司的願望〔註 182〕。但作為中國共產黨地下黨的負責人，陽翰笙認為，崑崙影業公司的「資金並不雄厚，攝影棚和人力」也存在很多問題，孫瑜「正可以《武訓傳》這部耗資大、人物多、攝製時間長的『歷史巨片』來擠掉『中製』的『反共戡亂片』計劃」〔註 183〕。陽翰笙通過鄭君里，把這一想法告訴給孫瑜後，他「即在『中製』作《武訓傳》的準備」。1948 年 7 月，《武訓傳》開始拍攝外景，但到 11 月，「中製」廠經濟陷入困難，此時國內政治發生急劇變化，袁留莘發出通告，「宣布停止《武訓傳》的拍攝」。1949 年 2 月，崑崙影業公司以 4 千美金的便宜價格，積極購買「中製」拍攝的《武訓傳》底片和拷貝，孫瑜隨即加入崑崙公司。但電影《武訓傳》的拍攝權買進來之後，崑崙影業公司此時「無力繼續，只好暫時擱置」。顯然，《武訓傳》被擱置的最大原因，還是來源於經濟的困頓。當時崑崙影業公司正在趕製《三毛流浪記》和《烏鴉與麻雀》，經費的支出已經很大，「《武訓傳》暫難推上拍攝日程」〔註 184〕。

作為同國民党進行政治鬥爭的產物，人民共和國成立後再對《武訓傳》的拍攝，顯然具有重要的政治意義。為此，孫瑜在北平參加文代會期間，專門利

〔註 181〕《文化部工作計劃草案（第三篇）》，1949 年，檔案號：B177-1-46，上海市檔案館。

〔註 182〕孫瑜：《銀海泛舟——回憶我的一生》，上海：上海文藝出版社，1987 年，第 184 頁。

〔註 183〕轉引自唐旻紅：《對電影〈武訓傳〉和「武訓精神」的批判》，鄒榮庚主編、中共上海市委當時研究室編：《歷史巨變：1949～1956》，上海：上海書店出版社，2001 年，第 339 頁。

〔註 184〕孫瑜：《銀海泛舟——回憶我的一生》，上海：上海文藝出版社，1987 年，第 185 頁。

用機會向周恩來請教，希望能夠進一步拍攝電影《武訓傳》。針對武訓的情節故事，周恩來聽說武訓辦了三個義學，但最後都被地主拿過去了〔註 185〕。這小小的「建議」給予孫瑜很大的政治啟發。孫瑜為電影《武訓傳》的拍攝，還向郭沫若、袁牧之、史東山、蔡楚生、夏衍徵求意見〔註 186〕。全國文代會結束後，8 月初回到上海的孫瑜回想起自己曾經看到過的那麼多熱火朝天、漾溢著高度革命豪情的文藝節目，再一次閃現出武訓「行乞興學的故事」，他積極向崑崙老闆任宗德建議，希望電影《武訓傳》能夠加快拍攝。得到任宗德的同意之後，孫瑜抓緊時間修改電影《武訓傳》劇本。但崑崙影業公司此時忙於《烏鴉與麻雀》的攝製，「私營的崑崙公司在沒有其他適當的電影劇本可供拍攝、生產上又不能『停工待料』的緊急情況下，大家決定修改《武訓傳》」〔註 187〕。任宗德的北京之行，並沒有真正打動蔡楚生拍攝《西湖春曉》的計劃，不得不最終擱置下來。12 月，《武訓傳》最終被推上崑崙影片的拍攝日程。孫瑜改編的《武訓傳》，成為崑崙影業公司新的看點，它們開始「包裝」電影《武訓傳》。1950 年 1 月 15 日，電影《武訓傳》的拍攝預告，最先在《人民日報》刊登出來，這則預告中強調說，「孫瑜編導的《武訓傳》，已用新的觀點加以批判的修改拍攝，本月十日左右將由工作人員孟君謀，趙丹等九人赴濟南武訓故鄉繼續開拍」〔註 188〕。

電影《武訓傳》是崑崙影業公司 1950 年重點推出的故事片之一，它能夠繼續開拍，顯然有來自政府的支持。孫瑜既然徵得郭沫若、袁牧之、蔡楚生、史東山、夏衍、任宗德的同意，雖然「劇本荒」此時並沒有解決，拍攝完《烏鴉與麻雀》後，崑崙影業公司其實沒有多的劇本可供拍攝。同時，孫瑜根據新的時代要求，對電影劇本進行了細節性修改，得到崑崙影業公司同仁的「認同」，開拍成為理所當然。從夏衍的回憶中我們看出，當時崑崙影業公司為了能夠正常拍攝電影《武訓傳》，曾經向華東局申請要求貸款 3 億元〔註 189〕，後

〔註 185〕孫瑜：《銀海泛舟——回憶我的一生》，上海：上海文藝出版社，1987 年，第 187 頁。

〔註 186〕任宗德：《回首崑崙（六）》，《電影創作》2000 年第 6 期。

〔註 187〕孫瑜：《銀海泛舟——回憶我的一生》，上海：上海文藝出版社，1987 年，第 188 頁。

〔註 188〕上海訊：《上海三影片公司訂今年製片計劃》，《人民日報》，1950 年 1 月 15 日。

〔註 189〕夏衍認為，當時文化局本身沒有錢，文教委員會郭沫若主任既然支持，這筆錢應該向政務院或文教委員會請求為好。同時夏衍強調自己的觀點，「武訓不足為訓」，「在目前的情況下，不必用這麼多的人力物力去拍這樣一部電影」。夏衍：《懶尋舊夢錄》（增補本），北京：三聯書店，2000 年，第 444 頁。

來轉而求助於文教委員會郭沫若貸款，才在資金上準備充足，以開拍電影《武訓傳》。雖然陸萬美認為，「影片所提出的問題，和我們今天的現實生活已隔離得太遠」，「武訓當時的悲劇和問題，實際早已解決」，但這一影片，「解放前已拍好三分之二，投下資本已近七億，而崑崙公司現在境況非常困難，今晚一定要去幫助解決要不要繼續拍攝的問題」〔註 190〕。陸萬美的這段話，給我們揭示了崑崙公司為什麼要重點推出電影《武訓傳》的真正原因。原來，《武訓傳》已經讓崑崙公司投入了巨大的投資資金，如果中途終止拍攝，受到經濟影響的，不是國家，而是崑崙影業公司自己，而當時崑崙公司已經背負起二十二億五千萬的經濟債〔註 191〕。

孫瑜的回憶，也證實崑崙影業公司確實存在經濟上的困難，「崑崙公司是一家私營公司，當時經濟境況確很困難」。為了能夠拍攝《武訓傳》，孫瑜徵集多數人的意見，把 1948 年「正劇」結尾的《武訓傳》更改為「悲劇」結尾，並試圖「以女教師講訴武訓興學的失敗，周大繼續英勇的武裝鬥爭」作為結論。《武訓傳》拍攝到 1950 年 9 月份，崑崙影業公司資方突然要求導演孫瑜把影片排成上下兩集。孫瑜堅決抵制崑崙這樣的「要求」。他認為，「一部完整的電影，加戲分為上下兩集公映，戲分散了，拖長了，會損失藝術效果」。但崑崙公司資方任宗德、夏雲瑚、蔡叔厚此時提出這樣的要求，顯然主要來自於經濟方面的原因，「明天大家的工資都要發不出了，還講什麼藝術效果？」〔註 192〕看來，崑崙影業公司投入巨大的資金拍攝電影《武訓傳》，最大的目的就是希望電影《武訓傳》拍攝後能夠盡快上映，換得票房收入，以維持它的經濟運轉。

1950 年 12 月，電影《武訓傳》拍攝完畢。因電影投資方要求，電影被拍成上下兩集，孫瑜希望在影院裏連續一次放映，戲不中斷，「但這樣觀眾要出兩倍的票價，而資方收益興隆」〔註 193〕，也就是說，《武訓傳》本是一倍的成倍，此時為了緩解崑崙影業公司困頓的經濟現狀，它被資方計算為兩倍的成本，以兩部影片的票價，向觀眾收取經濟效益。

〔註 190〕陸萬美：《我對拍攝電影〈武訓傳〉底初步檢討》，《雲南日報》，1951 年 7 月 29 日。

〔註 191〕蔡楚生 1950 年 1 月 17 日日記。蔡楚生：《蔡楚生文集》（第三卷．日記卷），北京：中國廣播電視出版社，2006 年，第 336 頁。

〔註 192〕孫瑜：《銀海泛舟——回憶我的一生》，上海：上海文藝出版社，1987 年，第 190 頁、第 192 頁。

〔註 193〕孫瑜：《銀海泛舟——回憶我的一生》，上海：上海文藝出版社，1987 年，第 194 頁。

《武訓傳》1951 年 1 月開始上映，反映良好，崑崙影業公司的經濟收益，也獲得了巨大的進展。為了獲得更大的經濟效益，崑崙希望影片能夠獲得全國上映的機會，以便獲得更大的票房價值。此時，導演孫瑜也希望影片能夠在全國上映，「以這一電影激勵今天的廣大觀眾為人民的利益而艱苦鬥爭，革命到底的決心和行動」〔註 194〕，同時也帶有向周恩來「報喜」的潛在政治考慮。儘管在考慮問題的出發點上，孫瑜和崑崙影業公司資方存在不同的想法，但途徑卻是一樣的，那就是：必須依靠電影《武訓傳》。

三、電影《我們夫婦之間》：崑崙影業公司「追趕」時代主潮

中國革命的勝利，導致革命重心向城市轉移。為了順應這樣的革命新形勢，中國共產黨第七屆中央委員會第二次全體會議召開，毛澤東在會上強調：

> 在拿槍的敵人被消滅以後，不拿槍的敵人依然存在，他們必然地要和我們作拼死的鬥爭，我們決不可以輕視這些敵人。如果我們現在不是這樣地提出問題和認識問題，我們就要犯極大的錯誤。……必須學會在城市中向帝國主義者、國民黨、資產階級作政治鬥爭、經濟鬥爭和文化鬥爭，並向帝國主義者作外交鬥爭。既要學會同他們作公開的鬥爭，又要學會同他們作隱蔽的鬥爭。〔註 195〕

在中國共產黨高層看來，進入城市，其實是一場「戰爭」：「資產階級的捧場則可能征服我們隊伍中的意志薄弱者。可能有這樣一些共產黨人，他們是不曾被拿槍的敵人征服過的，他們在這些敵人面前不愧英雄的稱號；但是經不起人們用糖衣炮彈的攻擊，他們在糖衣炮彈面前要打敗仗。」〔註 196〕在毛澤東看來，生活在城市裏的資產階級，是不會甘心他們的失敗的。他們要頑強地掙扎，對革命進行反撲，採取「糖衣炮彈」的進攻策略，對革命陣營進行腐蝕性「侵襲」。

人民共和國成立初期，剛進城的「老幹部們」，表達出他們對「城市改造」的普遍心態，韋君宜的話很有代表性：「解放初期那一陣，大家因為剛剛擺脫

〔註 194〕孫瑜：《銀海泛舟——回憶我的一生》，上海：上海文藝出版社，1987 年，第 194 頁。

〔註 195〕毛澤東：《在中國共產黨第七屆中央委員會第二次全體會議上報告》，《毛澤東選集》第 4 卷，北京：人民出版社，1960 年，第 1427 頁。

〔註 196〕毛澤東：《在中國共產黨第七屆中央委員會第二次全體會議上報告》，《毛澤東選集》第 4 卷，北京：人民出版社，1960 年，第 1427、1365、1376 頁。

國民黨那種貪污、橫暴、昏庸無以不備的統治，的確感到如沐初升的太陽。就是我們這些從老解放區來的知識分子，也一下子擺脫了常年受歧視的境遇，一變而為『老幹部』。我記得剛進城時，我和楊述在北平街頭閒步，指著時裝店和照相館的櫥窗裏那些光怪陸離的東西，我們就說:『看吧！看看到底是這個腐敗的城市能改造我們，還是我們能改造這個城市！』當時真是以新社會的代表者自居，信心十足。」〔註 197〕不僅僅是韋君宜有這樣的「心態」，延安走出來的青年作家馬烽，也有相似的文字傳達:「……雖然比起北京飯店來顯得很陳舊，不過畢竟是一幢現代化的四層高樓(五十年代作為危樓已拆除了)。但對我們這些山溝裏出身的土包子來說，也算是開洋葷了。……我們同屋一個小夥子急於要解手，跑到『男廁』裏看了看又跑回來了，他見所有的便器都是白瓷的，比他家的和麵盆都好，竟然不敢使用。」〔註 198〕這兩則材料給我們揭示出問題，即:進入城市之後，革命者面對城市裏的一切，都表現出很大程度上的「驚訝」。對於過慣了鄉村生活的這些所謂的「老革命」、「革命老幹部」而言，他們所要征服的「城市」，原來是「陌生」的。所以，蕭也牧寫作《我們夫婦之間》，把日常生活中的平常事件納入到文藝家的思考視野中，這是一個文藝家的敏銳眼光。但《我們夫婦之間》也不至於像後來批判者那樣，無限拔高到蕭也牧創作思想的政治高度上。

「老幹部」進城後，出現離婚的現象，他們拋棄了曾經的糟糠之妻。這倒是一個很現實的問題。蕭也牧的小說《我們夫婦之間》，無疑扮演的是「問題小說」的角色。最大的期望，是黨的領導人能注意這種現象。夏衍認為，這篇小說既經《人民文學》發表，改編成電影劇本，是沒有問題的。電影改編者也認為:改編這篇小說為電影，「原意是在提示革命幹部:進城後，不論是工農出身或知識分子出身，都應該不斷克服自身侷限，適應城市生活和工作特點，由外行轉為內行，以利城市建設。」〔註 199〕蕭也牧小說的故事發生場，顯然是在城市裏，而仔細閱讀小說，它隱含的城市，是新中國的首都——北京，主人公是城市小知識分子和工農幹部，這對熟悉城市生活的私營電影製片廠提供了電影劇本的素材。

〔註 197〕韋君宜:《思痛錄·露沙的路》(最新修訂版)，北京:文化藝術出版社，2003 年，第 21 頁。

〔註 198〕馬烽:《京華七載》，《山西文學》1999 年第 2 期。

〔註 199〕趙丹:《雪上加霜——〈我們夫婦之間〉》，《地獄之門》，上海:文匯出版社，2005 年，第 148 頁。

作為私營電影業公司，崑崙影業公司雖然有自己的拍片方式和追求，但隨著電影政策的出臺，它亦不可能老是圍繞舊的藝術片追求，來拍攝電影，它必然向「工農兵服務」方向靠攏。前面提及，人民共和國成立的初期，私營電影業出現「劇本荒」，1950 年雖然電影《武訓傳》成為崑崙的「重頭戲」，但作為影業公司，它還得有長遠的考慮和打算。其實，他們 1950 年接受夏衍的建議後，把眼光轉向《人民文學》的改編上，夏衍主持的上海電影文學研究所為了崑崙影業公司出現的「劇本荒」，把蕭也牧的小說《我們夫婦之間》改編為電影劇本。從某種程度上，夏衍所領導的上海電影文學研究所，部分地緩解所謂的「劇本荒」。

蕭也牧在檢討文字中，對自己創作小說《我們夫婦之間》進行了「說明」：「進了北京以後，遇到資產階級小資產階級的反動的文藝思想向無產階級文藝思想的挑戰，自己不但毫無警惕之心，反以為是。這是因為自己的骨子裏原來就有這些東西，是『裏應外合』的結果。」〔註 200〕蕭也牧小說故事發生的地點在「北京」，即使沒有上海作為城市的「腐朽」，但城市生活作為一種客觀的存在，在蕭也牧看來，城市中無處不存在資產階級小資產階級的反動文藝思想〔註 201〕。毛澤東在中國共產黨第七屆全國委員會第二次會議上的「警告性」發言，完全在蕭也牧《我們夫婦之間》中被揭示出來。而改編成電影後的《我們夫婦之間》，故事發生地發生變化，變成了「上海」。從某種程度上說，這是「我們夫婦」從「北京」南下到「上海」，都市上海接受了影片《我們夫婦之間》。

9 月，崑崙影業公司擬組建公私合營影業公司，採取國家加工訂貨的方式，繼續推進它的電影發展事業。在這一批加工訂貨的貨件中，《我們夫婦之間》名列其中〔註 202〕。《我們夫婦之間》本身是由夏衍領導的上海電影文學研究所改編的劇本，至少在政治上，崑崙影業公司覺得沒有問題，夏衍不僅推薦此小說，而且親自帶領文學研究所的編劇們改編劇本，它可以作為故事片為國家故事片的進步生產起到幫助作用。9 月，崑崙影業公司開始拍攝電影《我們

〔註 200〕蕭也牧：《我一定要切實地改正錯誤》，《人民日報》，1951 年 10 月 26 日；蕭也牧：《我一定要切實地改正錯誤》，《中國青年》1951 年第 77 期。

〔註 201〕這樣的「檢討」文字，顯然是來自政治上的「壓力」。馮雪峰、丁玲的批判文字，使蕭也牧知道這些批判是來自文藝高層的主要意見。

〔註 202〕新華社：《公私合營中華聯合電影公司即將成立》，《人民日報》，1950 年 7 月 12 日。

夫婦之間》，著名導演鄭君里「接納」了這對從北京南下上海的「知識分子與工農幹部結合的典型」的「我們夫婦」，趙丹扮演丈夫李克，蔣天流扮演妻子張英，吳茵扮演黨的幹部形象秦豐，劉小滬扮演小娟，文銘扮演張母，王桂林扮演小娟的父親，程漠扮演根福，張乾扮演舞廳老闆，傅伯棠扮演紗廠廚司〔註 203〕。1951 年 4 月，文字裏我們體會的《我們夫婦之間》，終於在上海及華東區的電影院裏，成為生動的舞臺表現。

其實，影片《我們夫婦之間》的拍攝，顯示出的是，崑崙影業公司為了適應新的時代要求，「以可貴的政治熱情」〔註 204〕，拍攝工農兵題材的故事片。但這樣的拍攝，到底達到，還是沒有達到文藝為工農兵服務的要求呢？

第四節　宿命的「召喚」：批判聲浪中私營電影業的「命運」

但誰也沒有想到，一場聲勢浩大的電影批判運動，卻在暗暗地湧動著。只是，一般的人根本不曉得這樣的批判會來的如此的迅猛。我們把眼光轉向這場批判運動。

一、1950 年：國營電影業奠定堅實的發展基礎

1949 年 6 月，在上海的文化接管中陳毅曾說到，「上海本來是一個消費城市」。電影也是上海的一種重要消費品，但人民共和國初期國營電影生產上，當時卻存在著很大的困難。1950 年計劃生產故事片時，私營電影業的生產量大大超過國營電影業的水平，其差距是 8 部〔註 205〕。在一片「政治接管」的強大聲浪中，當時有人建議：把「戲院、電影院、書場、遊樂場所」等被當做是藏污納垢的地方，直接取締掉。陳毅卻告誡他們，「我們並沒有新的節目給人家看，多少年來，還只有一齣《白毛女》」，「不能天天都是《白毛女》，只好逐步地改。估計真正做到符合工農兵的要求，需要十年」，「如果現在就把什麼都反掉，痛快是痛快，卻會使三十萬人沒有飯吃」〔註 206〕。陳毅在這

〔註 203〕中國電影資料館、中國藝術研究院電影研究所編：《中國藝術影片編目》（上冊），北京：文化藝術出版社，1982 年，第 80～81 頁。

〔註 204〕孟犁野：《新中國電影藝術史稿（1949～1959）》，北京：中國電影出版社，2002 年，第 76～77 頁。

〔註 205〕國營製片廠生產故事片 26 部，私營電影廠生產故事片為 34 部。

〔註 206〕夏衍：《從心底懷念我們的好市長》，《解放日報》，1979 年 5 月 27 日。

裡說到的還只是立足於話劇，並沒有指涉到電影。實際上，當時國營電影製片廠東影拍攝出來的藝術故事片，僅僅只有電影《橋》。

人民共和國成立前夕，上海這個中國最現代化的城市，歐美電影片在市場上佔據著重要比重，有數據資料顯示：「據不完全統計，1948 年國民黨統治區全年映出的 356 部影片中，國產片 85 部（其中只有極少數是進步片），占 24%；外國片 271 部（其中 90%是美國片），占 76%。1949 年 4 月，上海市電影院映出的 194 部影片中，國產片 62 部，蘇聯片 8 部，美國片 124 部，美國片占這個月上映影片總數的 64%。」〔註 207〕

1949 年 12 月，中央電影局依照國內電影市場局面，製定出「爭取進步片優勢，保證工農兵電影主導」的口號，經文化部批准後，成為當時「力量劃分、力量部署、力量爭取」的重要標準〔註 208〕。同時，電影局制定出 1950 年電影生產的計劃，其中國營電影製片廠生產故事片 26 部、新聞片 17 部、新中國簡報 48 部、翻譯片 40 部，私營電影製片廠生產故事片 34 部、翻譯片 17 部。在電影任務的安排中，國營電影製片與私營電影製片還是有很大的差別的。因考慮到私營電影製片在故事片生產上的「優勢」，私營電影業在這方面的數量超過了國營電影製片，其他方面的計劃安排，顯然有來自中國共產黨在意識形態方面的監管，甚至有的地方根本不讓私營電影製片業滲透其中。

到 1950 年 4 月，談到人民共和國文化事業的發展問題時，中宣部部長陸定一說：「現在國營的電影廠在全國電影生產量上已經佔了優勢。在國民黨統治時期，美國的影片要占到全國上演影片的四分之三，這些影片絕大部分是宣傳著黃色的文化和法西斯思想。在全國解放後，這種狀態是逐漸地但是堅決地被改變著。一九五 0 年國營電影事業計劃生產電影四十四部，新聞片四十八號，翻譯蘇聯片四十部。」〔註 209〕10 月，人民共和國成立一週年時，文教委員會主任郭沫若就一年來的文教工作作總結，他指出：「在電影事業方面，我們的基本方針是逐步肅清帝國主義的有毒影片，加強人民電影的教育作用，並使電影深入工農兵大眾。在反動時期，英美影片奪佔了我國 70%以上的市

〔註 207〕馬石駿：《我國電影發行放映工作的回顧與展望》，《中華人民共和國電影事業三十五年（1949～1984）》，北京：中國電影出版社，1985 年，第 335 頁。

〔註 208〕袁牧之：《兩年來的電影工作及今後任務》（1952 年 1 月 5 日在北京中央電影局整風學習學委上的發言），《人民電影的奠基者——寧波籍電影家袁牧之紀念文集》，寧波：寧波出版社，2004 年，第 214 頁。

〔註 209〕陸定一：《新中國的教育與文化》，《人民日報》，1950 年 4 月 19 日。

場。一年來，由於我國國營和私營電影事業的努力，這種形勢已經基本改變了。以過去美國影片最為風行的上海為例，美國影片的觀眾過去曾占全部觀眾的 75%，今年六月份卻已降到 28.3%。這是我國電影事業上的一大勝利。此外為了擴大電影的普及，我們已經訓練了 1800 名放映隊員，準備明年在全國成立 700 個放映隊。」〔註 210〕這裡，我們不厭其煩地引用文學史料，特別留意其數據，無非是想揭示一個重要的事實：國營電影業和私營電影業經過一年多的「聯手」，最終徹底清除了歐美帝國主義影片在中國市場的流通，實現了中國電影事業的質的「轉變」。

12 月 8 日，政務院舉行第 63 次政務會議，文化部長沈雁冰就 1950 年的電影發展情況，特別指出：「一九五 0 年製片計劃，原定為：故事片二十六部，紀錄片十七部，美術片一部，翻譯片四十部，新聞簡報四十八本，翻譯教育短片三十六本。以上數字，本年內均可望完成，而在翻譯片及新聞紀錄片方面並可望超過計劃。故事片已完成的計有：《趙一曼》《光榮人家》《衛國保家》《呂梁英雄》《農家樂》《鋼鐵戰士》《紅旗歌》《民主青年進行曲》《大地重光》《遼遠的鄉村》《劉胡蘭》《高歌猛進》《團結起來到明天》等十三部；年底可完成工作拷貝者有：《偉大的戰鬥》《白毛女》《內蒙風光》《榮譽屬於誰》《紅色戰鬥員》《走向新中國》《新兒女英雄傳》《陝北牧歌》《海上風暴》《上饒集中營》《翠崗紅旗》《耿海林回家》《女司機》等十三部。」〔註 211〕茅盾在總結報告中所指的這些電影，其實主要是東影、北影、上影三家國營電影製片廠 1950 年計劃拍攝的影片，它們絕大部分以中國革命史為故事的構建背景，「反映新中國建立前後，工人階級在中國共產黨領導下，為自身利益和解放、建設新中國，與統治階級進行經濟、政治鬥爭，或對人民內部的錯誤思想、工人自身的弱點進行自我教育——主要是體現、張揚工人階級與市民階層的當家做主意識，批判舊制度，歌頌新社會，具有鮮明的時代特徵」〔註 212〕。它們凸顯的是毛澤東文藝方針的正確性，努力形塑人民共和國電影的主流——文藝為工農兵服務。這表明，國營電影業逐漸走上了正規化的軌道，並表現

〔註 210〕郭沫若：《一年來的文教工作》，《人民日報》，1950 年 10 月 1 日。

〔註 211〕沈雁冰：《中央文化部關於電影工作的報告（1950 年 12 月 8 日）》（節錄），文化部存檔檔案，轉引自《中國電影研究資料（1949～1979）》上卷，北京：文化藝術出版社，2006 年，第 76 頁。

〔註 212〕孟犁野：《新中國電影藝術史稿 1949～1959》，北京：中國電影出版社，2002 年，第 11 頁。

出一定的優勢。

1951 年 1 月，中央電影局攜東影、北影和上影的職工，向毛澤東主席彙報 1950 年（這過去的一年）裏電影發展的基本情況：「北京電影製片廠全年生產故事片五部（原計劃是四部）、紀錄與教育片十七部（原訂十六部），新中國簡報五十號（原訂三十四號）、翻譯教育短片四十二本（原訂三十六本）。東北電影製片廠一年中超過了過去四年的生產總額，攝製十三部描寫工農兵生活及經濟建設，與解放戰爭的故事片，翻譯了三十部富有教育意義的蘇聯影片。抗美援朝運動開始後，又超額譯製了揭露帝國主義製造戰爭的蘇聯影片《秘密使節》與《陰謀》。上海電影製片廠一年中製作了八部故事片、一部美術片（包括二個動畫片和一個木偶片）、十一部翻譯片、一個大型紀錄片、六個紀錄短片和十三個新聞簡報（原訂任務為影片二十部、簡報十二個）。」〔註 213〕

顯然，經歷 1949～1950 年恢復期後，1951 年電影事業終於開啟了新的發展機遇，「這些影片不僅在國內教育鼓舞了全國人民，打垮了反動的英美影片，並使年輕的人民電影，在國際上獲得一定榮譽」〔註 214〕。歐美帝國主義電影被清除出中國電影市場，這標誌著人民共和國初期電影業清理掉一個重要的革命對象。國營電影製片廠生產的電影，如《鋼鐵戰士》《白毛女》等影片在國際上獲獎，標誌中國電影事業走向國際市場，這也是國營電影製片業發展的新的「契機」。

中國革命的歷史，喜歡講求分步走，當一種革命結束時，另一種革命也即將揚起「風帆」，這是中國革命的基本規律。接下來在中國電影界需要清理的，是什麼呢？既然反動的歐美電影徹底被清理，作為進步的私營電影業，必然要實現它向國營電影業的轉變。那麼，私營電影業，就是下一個革命的目標。這場革命的「突破口」，將選擇在哪裏呢？

二、電影《武訓傳》：作為新批判的「突破口」

1.「好評如潮」的電影《武訓傳》

1950 年 12 月，電影《武訓傳》拍攝完畢後，首先在上海及華東區各大電

〔註 213〕《中央電影局北京、東北、上海製片廠向毛主席報告超額完成任務》，《人民日報》，1951 年 1 月 8 日。

〔註 214〕《中央電影局北京、東北、上海製片廠向毛主席報告超額完成任務》，《人民日報》，1951 年 1 月 8 日。

影院獻映〔註 215〕，一直持續到 3 月份，其廣告詞為：「犧牲小我，忍辱行乞興義學；一生奔走，歷盡風霜掃文盲。一囊一缽，僕僕風塵，一磚一瓦，積累成金；市上售歌，街頭賣藝，為牛為馬，歷盡酸辛。」從廣告宣傳中我們可以看出，《武訓傳》在皇后、大華、虹光、杜美等影院「連日狂滿」、「天天滿，場場滿，聲望最高，售座最盛」、「連映連滿，雄視全滬」、「觀眾輿論一直讚揚，今天務必要早」。為了滿足觀眾的需要，甚至在 1951 年 1 月 1 日的廣告中強調「十時半，各加早場」〔註 216〕。能演出「早場電影」，可以想像 1951 年年初上海電影觀眾的「盛況」。

戴伯韜在看了電影《武訓傳》的公演之後，感慨地說到：「《武訓傳》是一部具有思想性的影片。這不是表揚什麼關於武訓的苦操奇行，而是說明在兇惡的封建地主階級統治之下，被壓迫與被損害者的奮鬥史。影劇的作者與導演，很明朗的說明像飽受封建統治階級拷打囚禁的周大那樣結夥上山痛殺地主惡霸既不能解救苦難的人民，但像武訓一心以為讀了書就不會被人欺騙侮辱也是幻想。只有到了近代中國史上有了無產階級與無產階級的政黨共產黨及其領袖毛主席來領導農民革命，才結束了三千多年來中國農民階級的災難史，全國人民才得到解放。從這裡，我們深切地感到中國人民勝利的偉大，深切感到革命舵手、中國人民的領袖與救星毛主席的偉大。」〔註 217〕戴伯韜當時看的僅僅是《武訓傳》正集，它著重於「暴露封建勢力壟斷文化、參保地壓榨勞苦人民之罪惡」，續集則「著重於表現勞苦人民因不堪迫害而在各方面發出的普遍反抗」。〔註 218〕

電影《武訓傳》公開上演的時間，正是新解放區轟轟烈烈地展開土地改革運動的時間，很多電影評論者認為：「《武訓傳》給了在廣大的新解放區，今天正在轟轟烈烈地展開土地運動的人們，是有力地提供了燃起對地主階級仇恨的現實題材，大家可以清楚地看到地主階級醜惡的嘴臉，幫助我們站穩自己的階級立場，是有益處的。這也是《武訓傳》的思想性與藝術性相結合

〔註 215〕這是由人民共和國初期電影法則規定的，上海私營製片廠拍攝的電影，只能在華東區放映，如果要在全國上映，它必須先徵得中央電影局的同意，並發給全國上映執照後，才能全國公映。

〔註 216〕《〈武訓傳〉廣告》，上海《新聞日報》，1951 年 1 月 1～7 日。

〔註 217〕戴伯韜：《看了〈武訓傳〉之後的意見》，上海《新聞日報》，1951 年 1 月 1 日。

〔註 218〕邱昶：《〈武訓傳〉續集觀後》，上海《新聞日報》，1951 年 1 月 17 日。

的地方。」〔註 219〕電影以「鄉村女教師」〔註 220〕的身份，來說明電影拍攝的主要目的，顯然是有「用意」的。黃宗英飾演的女教師，在電影的開頭和結尾出現，其臺詞分別如下：

> **開頭：**今天，我們解放了，我們的政府給了窮人充分受教育的機會。翻了身的人，不再做睜眼的瞎子。今天我們紀念武訓，要辦好我們的冬學，掃除文盲，提高文化；要加緊學習文化，來迎接文化建設的高潮。
>
> **結尾：**武訓先生為了窮孩子們爭取受教育的機會，和封建勢力不屈服地、堅韌地鬥爭了一輩子。可是他這種個人的反抗是不夠的。他親手辦了三個『義學』，後來都給地主們搶過去了。所以，單憑念書，也解放不了窮人。周大呢——單憑農民的報仇心理去除霸報仇，也沒有把廣大的群眾組織起來。在當時那個歷史環境裏，他們兩人都無法獲取決定性的勝利。中國的勞苦大眾，經過了幾千年的苦役和流血鬥爭，才在中國共產黨組織領導之下，推翻了「三座大山」，得到了解放。

從這些臺詞的「設計」來看，電影編導和電影審查部門都希望《武訓傳》讓觀眾獲得更大的教育意義。他們帶著批判的精神「審視」武訓精神，並有效地把中國革命的歷史經驗鎔鑄在電影的敘事過程中。

電影《武訓傳》的公映，得到了觀眾很高的評價，孫瑜在回憶錄中有這樣的「交代」：「觀眾反應極為強烈，可算得好評如潮，『口碑載道』。給我印象最深刻的是，幾位文藝界的男同志告訴我，他們都被電影感動流淚。」其實，在電影的拍攝過程中，孫瑜和趙丹「也沒有在暗中比別人少流眼淚」。

為了進一步推廣「武訓精神」的學習，孫瑜於 2 月中旬攜片到北京中央電影局，希望通過中央電影局的同意後，對電影進行新的剪輯，之後能夠獲得全國公映的機會。2 月 21 日晚上，電影在中南海放映廳放映，參加觀看的人包括周恩來、朱德、胡喬木、袁牧之、史東山等 100 多人，大家看後都感覺電影不錯，朱德認為電影很有「教育意義」，周恩來只希望在「廟會廣場上賣打討錢的畫面時間應該縮短」，其他亦沒有什麼意見。胡喬木並沒有提出意見。

〔註 219〕王鼎成：《從〈武訓傳〉談起》，上海《新聞日報》，1951 年 1 月 27 日。
〔註 220〕當時蘇聯的影片《鄉村女教師》，1950 年譯製後在中國影院公映，對中國電影導演的影響是很大的。《武訓傳》這一臺詞設計，顯然受到它的影響。

2 月 25 日，孫瑜接受周恩來的藝術處理意見後，影片《武訓傳》正式在北京、天津上映，這標誌著電影《武訓傳》獲得全國上映的機會。上映後的電影《武訓傳》，「稱譽和推薦的文章，在報刊接踵而來」，孫瑜在北京逗留期間，在電影局放映間等處會見了很多看過片子的領導和同業們，「他們都說《武訓傳》的社會效果頗好，特別是關心教育事業的同志們」〔註 221〕。2 月 27 日，觀看電影《武訓傳》後有一位觀眾給《人民日報》反映意見，「我們覺得這類歷史人物的傳記是很有意義的」，「中國歷史上的偉大人物，尤其是近百年、近三十年來中國人民革命過程中可歌可泣的事蹟真是太多了」〔註 222〕。

從《武訓傳》拍攝完畢，到《武訓傳》上映，上海文化教育界掀起了一場對「武訓精神」的學習運動，時為華東文化教育委員會委員、上海市文化教育委員會副主任的戴白韜，他的讚賞《武訓傳》及「武訓精神」的這篇文章，無疑為華東區學習武訓精神提供了重要的「動力」。在戴白韜的引導下，上海《新聞日報》、上海《大公報》《大眾電影》《新民報》《光明日報》《進步日報》《工人日報》《天津日報》等〔註 223〕報刊、雜誌，都紛紛刊登有關武訓精神的學習文章。一時間裏，電影《武訓傳》「好評如潮」。而東北區，還通過文教系統及《東北教育》，進一步學習「武訓精神」。這些啟發，都來自於電影《武訓傳》的觀看。

2. 影片《武訓傳》：電影批判的「突破口」

但影片《武訓傳》的命運，並不以觀眾的「好惡」為標準。1948 年 12 月，袁牧之曾指出，「要使電影成為新民主主義的文化部分組成而為全民族中百分之九十以上的工農勞苦民眾服務，要使工農兵的電影取得優勢，則必須通過各種方式的鬥爭」〔註 224〕。但這種鬥爭，需要尋求「機會」。1949 年剛剛安頓下來的電影界局面，沒有理由立即開展這種清理活動，更何況還有強大的歐美電影充斥中國市場。1950 年通過國營電影業與私營電影業的

〔註 221〕孫瑜：《銀海泛舟——回憶我的一生》，上海：上海文藝出版社，1987 年，第 194～196 頁。

〔註 222〕程慶圖、李琮、高書平：《建議將〈魯迅傳〉拍成電影》，《人民日報》，1951 年 2 月 27 日。

〔註 223〕這裡所列報刊以 1951 年 5 月 20 日《人民日報》社論《應當重視電影〈武訓傳〉的討論》為大體範圍進行羅列。

〔註 224〕袁牧之：《關於電影事業報告（二）》（1948 年 12 月 18 日），《人民電影的奠基者——寧波籍電影家袁牧之紀念文集》，寧波：寧波出版社，2004 年，第 195 頁。

「聯手」，最終清除了歐美電影在中國市場的地位。下一個革命對象立即浮出水面。文藝界及電影界高層，積極地為展開《武訓傳》作了很多「鋪墊」的工作。

時間定格在 1951 年 3 月、4 月間。導演孫瑜重新剪輯電影《武訓傳》後，在京津上映的時間是 2 月 25 日，京津上映則意味著向全國發行。但不到一個月的時間，有關電影《武訓傳》的討論，卻成為政務院文化部、電影局集中關注的「焦點」。

3 月 24 日，政務院召開了有關電影工作的領導等問題的會議，參加者包括沈雁冰（文化部部長）、陸定一（中央宣傳部部長）、胡喬木（新聞總署署長）、陽翰笙（中華全國電影工作者協會主席）、丁西林（文化部副部長）、周揚（中央宣傳部副部長）、夏衍（上海市文化局局長）、江青（毛夫人，中央宣傳部電影處處長）、袁牧之（中央電影局局長）、陳波兒（中央電影局藝術處處長）、蔡楚生（中央電影局藝術委員會主任）、史東山（中央電影局電影製作委員會主任）。這十二人中，除胡喬木〔註 225〕外，全部是電影指導委員會〔註 226〕成員。會議由政務院總理周恩來主持，其中涉及到對電影《武訓傳》的相關議論，這裡照抄如下：「以《榮譽屬於誰》與《武訓傳》兩部影片作典型，教育電影工作幹部、文藝工作幹部和觀眾。由中央宣傳部與電影工作指導委員會計劃於四月份召開座談會對上述兩部影片組織討論與批判，《新電影》和《人民日報》發表批評《武訓傳》的文章。對《武訓傳》的批評需事先與該片編劇孫瑜先生談通。」〔註 227〕蔡楚生在當日的日記中也寫到，「最後集中談對《武訓傳》與《榮譽屬於誰》之批判，各部長等均有極精彩之發言（我另有記錄）。最後由總理指示於四月以前展開對上列兩劇之批評與檢討，用此

〔註 225〕此時胡喬木擔任的是新聞總署署長、中宣部副部長，亦是中國共產黨意識形態建設中的核心成員之一。

〔註 226〕1950 年 7 月成立電影指導委員會，包括的成員有：沈雁冰、周揚、丁西林、沙可夫、袁牧之、蔡楚生、史東山、陳波儿、李立三、陸定一、錢俊瑞、廖承志、蕭華、蔣南翔、徐冰、鄭拓、劉格平、張致祥、沈兹九、丁玲、艾青、老舍、趙樹理、陽翰笙、田漢、洪深、歐陽予倩、曹禺、李伯釗、江青、周巍峙、王濱等三十二人，主任委員為沈雁冰。新華社：《提高國產影片的思想藝術水平　文化部成立電影指導委員會》，《人民日報》，1950 年 7 月 12 日，第 3 版。

〔註 227〕《電影工作的領導等問題》（1951 年 3 月 24 日），文化部存檔資料。轉引自《中國電影研究資料（1949～1979）》上卷，北京：文化藝術出版社，2006 年，第 84 頁。

兩具體例子對幹部作有效之教育。」〔註 228〕中央已經明確地表達，要以《武訓傳》和《榮譽屬於誰》作為教育電影工作幹部、文藝工作幹部和觀眾的「工具」。

4 月 17 日，周揚在電影局幹部大會上作工作發言，其中涉及到對三部影片的處理問題，這就是《榮譽屬於誰》《內蒙風光》和《武訓傳》。因三部影片的問題性質差異，在具體的處理措施上，也嚴格地區別開來：一、對於私營電影製片廠崑崙影業公司拍攝的《武訓傳》，公開批評；二、對《內蒙春光》，因為它充分表現了人民的力量，只是在描寫對待上層人物的策略上犯了錯誤，所以可以修改；三、《榮譽屬於誰》對於中國革命的力量與中國人民的傳統，作了錯誤的描寫，在根本上錯了，無法修改。〔註 229〕從這裡可以看出，《榮譽屬於誰》在性質上顯然比《武訓傳》要嚴重得多，因為它基本上「無法修改」。電影局的這次會議，顯然是對電影藝術工作者的一次「通氣會」。

4 月 20 日，政務院第 81 次政務會議的報告中，副部長周揚談到了私營電影業的問題，其內容如下：

> 對私營電影製片業，我們雖在經濟方面分別情況地給予了不同程度的扶助，但對其製片的思想領導卻是不夠的。例如，崑崙公司的《武訓傳》就是一部對歷史人物與歷史傳統作了不正確表現的，在思想上錯誤的影片。因此加強對全國電影製片的思想領導已成為整個文化藝術工作中一項極端重要的任務。〔註 230〕

雖然這則消息發布的時間是 5 月 8 日，但我們從會議的舉辦方來看，它代表的是政務院文化部，暗示了文化部下一項工作的「中心」，已經轉移到私營電影業的「處置」的問題上了。其實，按照文化部的統籌規劃與安排，時為文藝學員培訓學校的中央文學研究所，正接到這一使命，分頭做準備，擬參加對電影《武訓傳》《關連長》和《我們夫婦之間》的批判。同時，這則史料還向我們透露出，《榮譽屬於誰》這部曾被定位為比電影《武訓傳》犯有更加嚴重錯誤的影片，最終被電影局及文化部、中宣部「遮蔽」了它的嚴重性。它

〔註 228〕蔡楚生 1951 年 3 月 24 日日記。蔡楚生：《蔡楚生文集》（第三卷·日記卷），北京：中國廣播電視出版社，2006 年，第 395 頁。

〔註 229〕《周揚在電影局幹部大會的講話記錄稿》，轉引自孟犁野：《新中國電影藝術史稿 1949～1959》，北京：中國電影出版社，2002 年，第 18 頁。

〔註 230〕《中央人民政府文化部 1950 年全國文化藝術工作報告與 1951 年計劃要點》，《人民日報》，1951 年 5 月 8 日。

明顯地透露出，電影局領導人對私營電影業帶有「偏頗」觀念，因為《榮譽屬於誰》是國營電影製片廠攝製的電影。《文藝報》透露了這一信息，「四月間，並開始進行批判電影《武訓傳》的討論」〔註 231〕。

4 月 25 日，《文藝報》4 卷 1 期登載賈霽的《不足為訓的武訓》《魯迅先生談武訓》、江華的《建議教育界討論〈武訓傳〉》三篇文章，儼然按照政務院工作要點和文化部的工作步驟，為《武訓傳》的批判積極地展開著前期的準備工作——輿論準備。在這三篇文章之前，《文藝報》加注「編者按」：「《武訓傳》影片上演後，引起了對於武訓這一歷史人物，對於影片《武訓傳》的思想與藝術內容的論爭，不僅反映了很多同志，還缺乏堅強的階級觀點，與正確的歷史觀點，而且對於中國革命傳統的認識，尤其反映了很多胡塗觀念。《文藝報》為了幫助讀者更深一步瞭解這一問題，本期重載了魯迅先生關於武訓的意見，這篇文章雖然十分簡短，卻一樣能觸發我們去深刻的思考。另一篇賈霽同志對於影片《武訓傳》的批評，著重於影片中武訓這一人物的思想意義與藝術效果的分析，其中一些論點，雖然可能還不夠全面（例如對於武訓這一人物按歷史真實給以批判這一點，是十分不夠的等等），但他所提出的一些理論上和思想上的原則問題，是值得為我們來研究的。」〔註 232〕作為一種獨特的文體，「編者按」在某種程度上代表了編輯部的真實意圖和想法，它是對「移動的、不確定的文學現象」，「作出的引導、規勸和限制」〔註 233〕。顯然，《文藝報》有關電影《武訓傳》批判文章的「編者按」，暗含著中華全國文協、中國共產黨中央宣傳部對目前文藝界思想的「批評」的態度，「缺乏堅強的階級觀點，與正確的歷史觀點，而且對於中國革命傳統的認識，尤其反映了很多胡塗觀念」〔註 234〕。

4 月 29 日，《人民日報》對《文藝報》的文章刊登，表示了「讚賞」，認為批評電影《武訓傳》的文章，「也是值得注意的文章」〔註 235〕。

5 月 10 日，《文藝報》4 卷 2 期繼續刊登涉及《武訓傳》的批判文章，楊

〔註 231〕記者：《中央文學研究所第一學季學習情況與問題》，《文藝報》4 卷 7 期（1951 年 7 月 25 日）。

〔註 232〕《〈文藝報〉編者按》，《文藝報》4 卷 1 期（1951 年 4 月 20 日）。

〔註 233〕程光煒：《〈文藝報〉編者按》，《當代作家評論》2004 年第 5 期。

〔註 234〕《〈文藝報〉編者按》，《文藝報》4 卷 1 期（1951 年 4 月 20 日）。

〔註 235〕《國內文藝動態·〈文藝報〉闢「新語絲」專欄》，《人民日報》，1951 年 4 月 29 日。

耳的《試談陶行知表揚「武訓精神」有無積極作用》、鄧友梅《關於武訓的一些材料》兩文。5 月 16 日，《文藝報》4 卷 1 期、2 期發表的關於《武訓傳》討論的文章，全部被《人民日報》轉載〔註 236〕，並加上《人民日報》的「編者按」〔註 237〕：「歌頌清朝末年的封建統治擁護者武訓而污蔑農民革命鬥爭、污蔑中國歷史、污蔑中國民族的電影《武訓傳》的放映，曾經引起北京、天津、上海等地報紙刊物的廣泛評論。值得嚴重注意的是最早發表的評論（其中包括不少共產黨員所寫的評論）全部是讚揚這部影片或者是讚揚武訓本人的。而且直到現在，對於武訓、《武訓傳》以及關於《武訓傳》的種種錯誤評論，也還沒有一篇有系統的科學的批判文字。這裡我們發表了楊耳同志《陶行知先生表揚『武訓精神』有積極作用嗎》一文，這篇文章雖然只接觸了這個問題的一個側面，見解卻比較深刻。我們希望能藉此引起進一步的討論。這篇論文原載文藝報第四卷第二期，發表在這裡的文字和題目都曾經作者稍加修改。為了幫助讀者瞭解這篇文章的論點，我們把文藝報同期鄧友梅同志的《關於武訓的一些材料》，文藝報第四卷第一期賈霽同志的《不足為訓的武訓》，江華同志的《建議教育界討論〈武訓傳〉》，和同期重新發表的魯迅先生的《難答的問題》，一併在這裡發表。」（《不足為訓的武訓》一文見明天本報）

熟悉 50 年代「文學生態」的人都知道，《人民日報》刊登文章出來和《人民日報》轉載文章，是兩種性質不同的文章發表方式，「轉載」意味著問題的「嚴重性」。它不僅涉及到原問題出處的嚴重性，而且意味著只有《人民日報》才高度重視此問題。顯然，電影《武訓傳》被推到批判的歷史高度，達到了政務院和中宣部電影局的組織安排的意圖。《不足為訓的武訓》一文，也在「編者按」中做了「預告」，它將是一篇重要的文學批評文章，即將開啟一場文藝運動，已經拉開「帷幕」。

在賈霽的文章《不足為訓的武訓》轉載後的第四天，即 5 月 20 日，《人民日報》發表社論《應當重視電影〈武訓傳〉的討論》，並在「黨的組織與生活」欄目中發出《共產黨員應當參加關於〈武訓傳〉的批判》，要求：「每個看過這部電影或看過歌頌武訓的論文的共產黨員都不應對於這樣重要的思想政治問題保持沉默，都應當積極起來自覺地同錯誤思想進行鬥爭」。因此，崑

〔註 236〕賈霽的《不足為訓的武訓》於 1951 年 5 月 17 日轉載。在 5 月 16 日轉載《文藝報》的文章時，編者按中專門提到這樣的安排。

〔註 237〕《編者按》，《人民日報》，1951 年 5 月 16 日。

崙影業公司拍攝的電影《武訓傳》，為 1951 年私營電影業的「清理」提供了合理的「突破口」。自此，我們清晰地勾勒出電影《武訓傳》批判的時間線索，之後有關《武訓傳》的批判文章，將緊緊圍繞著來自高層的「安排」，文教界因受《武訓傳》的影響「最深」，所以，來自文教界的有關批判武訓和檢討自我思想的文章亦是最多的。

3. 批判波及範圍的擴大化：上海私營電影業及文教界的批判

但這一批判聲浪絕不僅僅指向電影《武訓傳》，他們把眼光繼續關注到崑崙拍攝的其他電影。影片《我們夫婦之間》最終進入了批判者的視野中。但不管是電影《武訓傳》的批判，還是《我們夫婦之間》的批判，其最終指向的，是這兩部影片背後的影片拍攝公司——崑崙影業公司。《我們夫婦之間》只是一個「堂而皇之」的藉口，批判者試圖把批判的「火藥」引向文藝界而已。蕭也牧最終成為批判的「靶子」。但批判者們還把範圍擴大，文華影業公司作為當時最重要的私營電影業公司，最終納入他們的視野範圍，電影《關連長》是在這樣的背景下，成為電影批判的「靶子」的。

公私合營的長江影業公司拍攝的《夫婦進行曲》也成為批判的影片。批判者把它作為《我們夫婦之間》的「姊妹片」，以強烈的政治口吻對電影下結論：「像《我們夫婦之間》《夫婦進行曲》這樣的作品，使緊張複雜的革命鬥爭，與轟轟烈烈、巨大規模的國家建設，在藝術反映中，都黯然消失在夫婦之間的瑣事裏面；所謂夫婦進行曲在這裡淹沒了時代的聲音；小資產階級知識分子的思想感情在這裡佔據了大部分的鏡頭。工農兵的活動，都只在作者們所需要的時候才被隨意加以擺佈。他們彷彿是這樣告訴觀眾：『你們不是要革命麼？就照這樣革吧！既風趣，又時髦。至於工農兵，那當然是主人翁呵！他們在等你一旦革命之後，便將誠心誠意來侍候你。這輩主人翁既缺少文化，又不懂得技術，他們所能做的，便是來侍候你』。」〔註 238〕

批判電影《武訓傳》本身，涉及到人民共和國初期電影界的人事糾紛，因趙丹、孫瑜、陶行知熟悉 30 年代曾經在上海生活過的演員藍萍個人生活，而昔日的藍萍，現在成為至高無上的「毛夫人」〔註 239〕。陶行知因對藍萍「鶯燕」的比喻，使江青最終知曉其中的「內幕」，故對陶行知推行的「教育思想」，

〔註 238〕鍾惦棐：《〈夫婦進行曲〉是一部壞電影》，《人民日報》，1951 年 8 月 28 日。
〔註 239〕蔡楚生在日記中稱江青都是「毛夫人」，標誌著政治話語形成了江青身份的定位。

試圖從思想上加以「清理」，同時以便達到對電影界著名人士的擠壓目的。電影《武訓傳》正是陶行知長期宣揚的「武訓精神」的體現，而拍攝電影的人員，正是趙丹、孫瑜等熟悉三十年代藍苹舊事的當事人。之後，《武訓歷史調查記》的「出籠」，背後本身有複雜的人事關係糾纏。有關《武訓歷史調查記》的過程，目前亦有大量的資料披露，揭示了這一文章背後複雜的政治鬥爭和人際關係。

電影《武訓傳》批判開始之後，共和國的文教界對其問題估計得更加「嚴重」，《人民教育》是這一時期文教界最好的觀察「窗口」，涉及陶行知教學方法的所有從教人員，及對武訓精神大加「讚賞」的文教工作人員，大都在《人民教育》這一全國教育期刊上發表文章，檢討自己深受陶行知錯誤教育思想的影響。從某種程度上說，這也是一次清理共和國教育思想的重要運動。教育部部長馬敘倫、副部長錢俊瑞、韋慤等都對武訓教育思想、辦學思想進行嚴厲的批評，馬敘倫還為此寫了「檢討書」，對自己曾經宣揚武訓精神的行為進行深刻的檢討：「我過去對武訓的同情和表揚，實在是錯誤的。尤其是在解放戰爭勝利，人民掌握政權以後，我已經站在為人民服務的立場，並且還在領導全國的教育工作，卻還來盲目地表揚武訓，更是不可饒恕的錯誤。」〔註 240〕

三、宿命的「召喚」：1951 年的私營電影業

1. 私營電影業走向消失

自 1949 年 5 月北平電影製片廠、11 月上海電影製片廠相繼成立之後，共和國國營電影業的基礎得以建立。之後，在中央電影管理局的領導之下，國營電影業加大了拍攝的力度和進程，1949 年年底，三家國營電影製片推出了 10 部故事片，1950 年增加到 29 部故事片。而同期的私營電影製片廠，僅出品了 19 部故事片。〔註 241〕

1950 年 1 月，第一屆電影局行政會議召開。在這次行政會上，中央電影局專門談到了國營電影業與現實需要之間的矛盾，指出一方面國營電影業出品「還遠不能滿足電影市場和廣大工農兵群眾和幹部的需要；另一方面國營

〔註 240〕馬敘倫：《我過去表揚過「武訓」的自我檢討》，《人民教育》1951 年第 7 期。
〔註 241〕孟犁野：《新中國電影藝術（1949～1959）》，北京：中國電影出版社，2002 年，第 6 頁。

電影事業經費還不能自給，開支很大」〔註 242〕。在國家經濟政策的引領下，1949、1950 年，公私營電影業大家「相安無事」。1950 年 10 月抗美援朝運動掀起後，公私營電影業聯合起來，開展對美帝影片的抵制活動，最終於 11 月清除了長期在共和國電影市場處於霸權地位的美帝影片。

1950 年 10 月 1 日，係共和國成立一週年的盛大節日慶典，文化部長沈雁冰就一年來的電影發展狀況做總結，強調到，「特別要提起的，綜合藝術的電影，在質、量兩方面都有了飛躍的發展。單舉一件事就可以說明：當本年春季，全國各大城市電影院上映的無聊乃至有毒的外來影片平均尚占百分之五十左右，可是到了本年秋季，就已降而為百分之二十左右。我們的公營和私營的製片廠所出產的影片已經掌握了市場」。〔註 243〕人民共和國電影經歷一年多的「整頓」，終於邁開了腳步，走向新的發展方向上來。

但共和國電影有基本的價值取向，「必須堅定地繼續貫徹工農兵方向，多方面地反映中國人民解放戰爭和人民革命鬥爭以及新中國建設的主題，要提高故事片的思想性和藝術性，使之從紀錄片提高到藝術片的水平。在製作上，除要求大型故事片外，還應攝製一些較通俗的而又有教育意義的小故事片，以適應廣大工農兵群眾的不同需要。」〔註 244〕所以，私營電影業雖然作為人民共和國初期電影業的重要組成部分，甚至被稱為國營電影業的「兩翼」，但隨著國內形勢的發展，它必然逐漸得到有效的「清理」。這種「清理」，本身是有重要目的的。袁牧之 1949 年構想中國電影業時就特別強調，「對清算之後而合法存在的私營廠，總的道路將是漸進與改良」〔註 245〕。它的漸進和改良的最終目的，就是向國營電影廠的方向發展，組成袁牧之所指稱的「第二種國營廠」。「清理」，是為了建立一種新型的電影管理體制和電影生產體制。文華影業公司、崑崙影業公司是人民共和國初期重要的私營電影製片廠，它們有著優良的革命傳統，在中國現代革命史上，曾經起過積極的、進步的作用。怎樣「清理」這兩大電影製片廠，是人民共和國初期電影局思考的重要

〔註 242〕《文化部電影局首屆行政會議決定今年影片生產計劃　堅定地繼續貫徹工農兵方向》，《人民日報》，1950 年 1 月 17 日。

〔註 243〕沈雁冰：《爭取發展到更高的階段》，《人民日報》，1950 年 10 月 1 日。

〔註 244〕《文化部電影局首屆行政會議決定今年影片生產計劃　堅定地繼續貫徹工農兵方向》，《人民日報》，1950 年 1 月 17 日。

〔註 245〕袁牧之：《關於電影事業報告（二）》（1948 年 12 月 18 日），《人民電影的奠基者——寧波籍電影家袁牧之紀念文集》，寧波：寧波出版社，2004 年，第 196 頁。

問題。人民共和國最初能夠容納這兩大私營電影業，其目的，也是希望這兩大私營影業公司，能夠直接為電影事業服務。

經濟上和意識形態上的建設，新生政權需要電影生產的「國有化」，電影管理的「國有化」，電影放映的「國有化」，這必然要求政府對私營電影業進行必要的清理活動。而清理文華影業公司和崑崙影業公司這兩大進步的私營影業公司，是需要一定的「說服力」的。因為文華影業公司和崑崙影業公司，還不同於國泰影業公司、大同影業公司等其他私營電影業，用電影史家的話說，「『國泰』、『大同』的這些反動落後出品，不僅不同程度地受了美國反動落後影片的影響，還摻和著中國封建文化的糟粕，是當時國民黨統治區半殖民地半封建的政治和經濟在電影中的反映，是與當時高漲的人民運動根本相對立的」〔註 246〕。也就是說，國泰影業公司、大同影業公司因在政治上的定性，對它們可以採取「非常」的手段，而文華、崑崙這樣的電影公司，卻是有著進步革命追求的影業公司，只能採取「特殊」的處理方式。

特殊的方式需要尋找恰當的「契機」。社會主義意識形態的建設，成為一個很好的「突破口」。早在 1948 年 12 月建立共和國電影事業的初創期，袁牧之就特別強調：「電影事業除文化鬥爭的任務外，還有經濟戰線上的鬥爭任務。經濟戰線上的勝利是文化戰線擴展的物質基礎，而要取得經濟戰線上的勝利，首先要將應歸國有的電影生產機構及市場統一」〔註 247〕。私營電影業無法改變其經濟上營利的目標，因為私營電影業的主要投資者是民族資本家，它們需要在經濟上獲得利益，以便資本的積累和增長。但崑崙和文華這樣的私營電影業，進入共和國後面臨著經濟上很大的困難，它們完全依靠國家的投資維持自己的生存，這無疑給國家經濟背上沉重的包袱。據統計，「在 1949 年、1950 及 1951 年上半年度，我們根據『公私兼顧，勞資兩利』的政策，對公私合營和私營影片廠協助其向國家銀行、私營銀行或華東影片經理公司進行生產或發行貸款，共計 1950 年 82 億 9 千萬元，1951 年 40 餘億元，並協助其向國外購置膠片器材等生產工具」〔註 248〕。這就說明，當時私營電影業能夠維

〔註 246〕程季華主編：《中國電影發展史》，第 2 卷，北京：中國電影出版社，1963 年，第 282 頁。

〔註 247〕袁牧之：《關於電影事業報告（一）》，《人民電影的奠基者——寧波籍電影家袁牧之紀念文集》，寧波：寧波出版社，2004 年，第 191 頁。

〔註 248〕《上海市人民政府文化局電影事業管理處三年來工作總結》，1952 年，檔案號：B172-1-87，上海市檔案館。

持基本的運轉，完全依靠著國家的資助。

這種國家資助私營電影業的策略，是在電影業的「統一戰線」政策下，經濟政策與工商政策、文化政策的具體實施，但國家有理由要求私營電影業完全按照國家規劃的方向發展。再加上國家的這種投資，不僅沒有達到改善私營電影業拍攝電影的目的，相反，卻引發了「文化界的思想混亂達到了何等的程度」〔註 249〕的深思。（這些拍攝的影片包括：《武訓傳》《我們夫婦之間》《關連長》《夫婦進行曲》《中朝兒女》《無限的愛》《只不過是愛情》等片。）這進一步給電影管理者和國家這樣的暗示：「我們才如大夢初醒的認識到對私營廠物質經濟上的援助並不能根本解決私營廠的問題，因為私營廠的主要困難，不在經濟和原料，而在出品的低劣。私營電影廠的藝術和技術工作者的思想改造問題是急不待緩的問題」〔註 250〕。繼續投資，在電影局的領導人看來，只會出現更多的有問題的電影。

客觀公允地說，不僅私營電影業生產出「有問題」的電影，國營電影製片中也不乏這樣的現象。1951 年 4 月 20 日，政務院召開會議，其中會議特別強調，「國營廠所出影片中雖產生了若干優秀的故事片（如《白毛女》《鋼鐵戰士》《新兒女英雄傳》等）和優秀的紀錄片，但也產生了一些思想性、藝術性薄弱，甚至在政治思想上有嚴重缺點錯誤，在藝術作風上反現實主義的作品（如《榮譽屬於誰》）。對私營電影製片業，我們雖在經濟方面分別情況地給予了不同程度的扶助，但對其製片的思想領導卻是不夠的。例如，崑崙公司的《武訓傳》就是一部對歷史人物與歷史傳統作了不正確表現的，在思想上錯誤的影片」〔註 251〕。電影《武訓傳》和《榮譽屬於誰》，在動議「加強對全國電影製片的思想領導」這一國家任務的過程中，它們都有強烈的現實批判效果。但最終 5 月下旬上演的批判運動，卻僅僅圍繞電影《武訓傳》。這是為什麼呢？

電影《武訓傳》，它本身作為私營電影製片廠拍攝的電影，如果按照文藝戰線上的「統一戰線」政策，它完全可以被「網開一面」，加以低調的處理。因為與國營電影製片廠攝製的電影《榮譽屬於誰》相比：首先，《榮譽屬於誰》涉及到敏感的話題，那就是黨內不良現象滋生，這如果在當時要上綱上線，

〔註 249〕《人民日報》社論：《應當重視電影〈武訓傳〉的討論》，《人民日報》，1951 年 5 月 20 日。

〔註 250〕《上海市人民政府文化局電影事業管理處三年來工作總結》，1952 年，檔案號：B172-1-87，上海市檔案館。

〔註 251〕《中央人民政府文化部一九五零年全國文化藝術工作報告與一九五一年計劃要點》，《人民日報》，1951 年 5 月 8 日。

絕對是一個很好的「機會」；其次，《榮譽屬於誰》的製片廠是東北電影製片廠，它本身是國營電影製片的「領頭羊」，在人民共和國初期電影製片中往往被當做方向。它出現這樣的錯誤，難道這樣的影片不更應該批判嗎？

但從前面我們對 1951 年 3、4 月間電影局及政務院的工作安排的勾勒中來看，電影《武訓傳》卻被無限地「放大」，最終成為整頓私營電影業的「藉口」，進而演化為思想改造的「契機」，文教界清理反動教育觀念的「切入口」。而電影《榮譽屬於誰》，卻悄然地躲過了這一劫〔註 252〕。從這裡我們可以窺探出，在構建電影《武訓傳》批判的過程中，電影局、中宣部及政務院文化部其實已經確定了對國營電影及國營電影廠的「保護措施」。而私營電影及私營電影企業，卻被排斥在這種保護的範圍內。電影《武訓傳》的接受者主要以教育界、文藝界幹部為主，確立它作為教育幹部和電影觀眾的「切入口」，那麼，這場批判運動最終主要集中於教育界〔註 253〕和文藝界（特別又和電影藝術工作者密切聯繫）的思想批判。

1951 年 8 月，《文藝報》「文藝動態」欄目有這樣的信息：「綜合各地報刊對《關連長》《我們夫婦之間》等影片的批評看來，小資產階級的不正確思想、感情對某些電影作品的危害，是相當嚴重的。有必要及時展開對這些影片的嚴格批評，同時更希望負責編導和表演的電影工作者，重視電影工作的巨大教育作用，認真改造自己，以高度負責的精神，對待自己的工作。」〔註 254〕這已放出了「批判」的信號，預示文藝界的思想改造必將在近期展開。電影《武訓傳》本身指向的是文教界，但作為電影文本《我們夫婦之間》和《關連長》，卻直接把矛頭轉向了人民共和國初期的文藝界。到 9 月、11 月，潛藏在在電影《武訓傳》批判的「背後」的一場針對文教界、文藝界的聲勢浩大的文藝思想改造運動，終於被推動起來。

2. 「統一戰線」政策的具體實施：作為進步電影藝術工作者的孫瑜、趙丹、石揮、鄭君里

前面已經交代，電影《武訓傳》批判運動展開之前，來自政治高層有相

〔註 252〕蔡楚生在日記中有一些交代。

〔註 253〕從這裡引發開去，我們才知道為什麼 1951 年 7 月，共產黨高層其實開始決定開展教育界的思想改造運動。而選擇馬寅初到北京大學擔任校長職務，雖然沒有詳細的檔案透露，但從這些細節史料中我們可以大膽推斷出，其中潛藏的政治秘密。

〔註 254〕《文藝動態》，《文藝報》4 卷 8 期（1951 年 8 月 10 日）。

應的政策保護措施。我們看到對電影《武訓傳》批判的「策略」之下，導演孫瑜及崑崙老闆任宗德、演員趙丹，其實並沒有很大的「衝擊力」。

在布置有關電影《武訓傳》的批判步驟中，「布置者」特別強調，「對《武訓傳》的批評需事先與該片編劇孫瑜先生談通。」〔註 255〕或許，在很多研究者的眼裏，這句話「無足輕重」。但聯繫人民共和國初期文藝戰線上實行的「統一戰線」政策，我們從這裡可以推斷，只對電影《武訓傳》展開嚴厲批判，但不涉及對孫瑜、趙丹這些著名的電影導演、演員的批判。這是基於這樣一種「判斷」：電影《武訓傳》只是作為批判的「切入口」，真正指向的目標，是人民共和國的私營電影業。因為在中央電影局及中國共產黨的領導人看來，產生消極片的不是導演，不是公司的老闆，而是有著私有制經濟根源的「私營電影業」。為了積極展開對私營電影的批判運動，同時貫徹黨中央的「真實意圖」，夏衍受中央委託，曾經要于伶把中央批判影片《武訓傳》的「真實意圖」轉告孫瑜，並希望孫瑜能夠到北京會見周恩來總理。但因孫瑜當時忙於電影《通寶河的故事》的拍攝工作，「沒有去北京聽聽周總理對我有什麼指示」〔註 256〕。以後的幾年裏，黨的領導人仍舊關心著孫瑜，希望他不要因《武訓傳》批判思想上背上包袱。1952 年春，周恩來到上海，專程接見孫瑜，也是出於「統一戰線」政策的考慮。為孫瑜減輕思想包袱，提高孫瑜拍攝電影與導演電影的積極性，周恩來還推薦孫瑜參加電影《宋景詩與武訓》的導演工作，蔡楚生在日記中寫到：「總理並指示應由孫瑜參與導演《宋景詩》，是一個賢明的做法」〔註 257〕。這種所謂的「賢明的做法」，其實是對這些著名電影人士的一種有效的「統戰」策略。

趙丹知道電影《武訓傳》即將展開批判，是于伶告訴他的。而于伶則是受到周恩來的「指示」，希望他能夠做好趙丹和孫瑜的工作，顯然周恩來這樣的「安排」，是有重要的「統戰意義」包含其中的。剛從外國訪問回來的夏衍，也充當「說客」的角色，對孫瑜和趙丹進行說服：

> 《人民日報》的文章主要目的是希望新解放區的知識分子認真學習，提高思想水平，這件事是從《武訓傳》開始的，但中央是對

〔註 255〕《電影工作的領導等問題》（1951 年 3 月 24 日），《中國電影研究資料》（1949～1979）上卷，北京：文化藝術出版社，2006 年，第 84 頁。

〔註 256〕孫瑜：《銀海泛舟——回憶我的一生》，上海：上海文藝出版社，1987 年，第 201 頁。

〔註 257〕蔡楚生 1952 年 7 月 3 日日記。蔡楚生：《蔡楚生文集》（第三卷．日記卷），北京：中國廣播電視出版社，2006 年，第 438 頁。

> 事不對人，所以這是一個思想問題而不是政治問題，上海不要開鬥爭會、批判會。文化局可以邀請一些文化、電影界人士開兩次座談會，一定要說理，不要整人，要對事不對人，孫瑜、趙丹能作一些檢討當然好，但也不要勉強他們檢討。〔註258〕

受到來自上層的「統戰」安排，孫瑜領會了來自中央的意思，寫了公開的檢討書。但趙丹因為性格的關係，卻陷入深深的自責之中。趙丹這種自責，並沒有影響中國共產黨對他的「統戰」安排。後來，趙丹能夠繼續出來演出《林則徐》《李時珍》等影片，與「統一戰線」這一政策的具體實施，是有很大關係的。

因影片受到嚴厲批判，不可能不對電影《關連長》的導演石揮產生巨大的心理壓力。這是很正常的現象。石揮不是共產黨員，但他的演技很高，後來在國營電影製片拍攝中，他仍舊參加到電影的攝製工作之中，如《雞毛信》《霧海夜航》等。鄭君里也一樣，他們並沒有成為電影批判的直接的「衝擊者」，繼續承擔著上海電影界及文藝界的領導職務。

雖然孫瑜、趙丹、石揮因成為中國共產黨在文藝戰線上的重要「統戰」對象，在對電影《武訓傳》《關連長》《我們夫婦之間》的批判聲浪中，他們並沒有受到來自高層的政治定性。但一般的民眾和批判者卻並不瞭解高層的「真實意圖」，孫瑜、鄭君里的檢討文章出來之後，質疑、反問、反對的聲音儘管存在，但來自高層並沒有採納這些反問和質疑之聲。不過，這些聲音卻傳到了被批判者的耳朵裏，他們開始為自己的行為感到「羞愧」，同時，他們把感恩的心，寄託給了來自黨和國家領導人的關心和幫助的心態之中。徐桑楚的回憶文字中，我們可以清晰地得到這種啟示：

> 在這場運動中（指電影《武訓傳》批判及私營電影的批判）……這樣一搞，對私營公司的電影創作影響是非常嚴重的。首先，大家都不敢拍了，談戲色變，創作上變得小心，很多題材不敢寫了，許多表現技巧也不敢嘗試了，許多人的心理狀態是「不求藝術有功，但求政治無過」，這樣以來，還怎麼搞創作，還怎麼會有好片子出現？這樣的結果就是私營公司的市場經濟效益大大滑坡，因為觀眾不要看了。〔註259〕

〔註258〕袁鷹:《〈武訓傳〉討論——建國後第一場大批判》,《炎黃春秋》2006年第3期。

〔註259〕徐桑楚:《解放初上海電影業的接管和公私合營》,中共上海市為黨史研究室、上海市現代上海研究中心:《電影往事——口述上海》，上海：上海教育出版社，2008年，第41～42頁。

同時，袁牧之曾經設想的私營電影業人員向公營電影業「轉變」，在這場批判聲浪中最終得到實現。趙丹、孫瑜、石揮等電影人，進入新成立的電影製片廠——國營電影製片廠中，繼續為人民共和國電影事業服務。只不過他們的服務老闆發生了變化，原先是私營電影業老闆，現在則成為國營電影業老闆。這些公營電影業的直接領導者，是管理著電影製片廠從政治到業務的中國共產黨組織。

四、附帶的尾聲：電影國營化進程與思想改造運動之前奏

1. 經濟「統一戰線」政策的瓦解：電影國營化進程的「步伐」

1949 年 10 月，上海電影界盛傳「崑崙將入國營製片廠」〔註 260〕。「併入國營製片廠」，顯然是當時所有的私營電影業夢寐以求的事情。因為當時電影企業的分工中，國營電影製片廠無疑顯示出重要的「政治意義」，「國營廠出品的質量在主題上要求必然比較高，以期對人民所起的教育作用更為重大」，因國營廠肩負著如此重要的政治任務，「因此在數量上一時還不能很多」。崑崙影業公司作為進步影業公司，有這樣的想法也很正常，當時參加文化接管工作後，崑崙公司同仁就有很多成為國營電影廠的職工。

但當時，中央電影局正在進行新一輪的談判，是有關電影廠的公私合營問題。作為國營廠的上海製片廠，中央電影局給它的生產任務，1950 年的計劃僅僅 6 部。中央電影局並沒有讓上海電影製片承擔更多的任務，立足的還是政治上的考慮，它們希望上海電影製片廠的出品，「比私營廠的出品更有教育意義」，「是介於公營廠和私營廠之間的東西」〔註 261〕。上海電影製片的政治功能，顯然無法與北京電影製片和東北電影製片廠相比。1950 年 7 月，崑崙公司成為公私合營的「中華聯合電影公司」的一部分，但還以組織健全為其基本格局，只是以「合約製片」的形式，借鑒公私合營的形式，「訂立生產總合同，每片開拍前訂立分合同」〔註 262〕，「製片方針側重教育與提高觀眾之思想水平；合作方式由國營上海電影製片廠供應技術設備，場地及一部分工

〔註 260〕小地：《上海幾家私營製片廠的近貌》，《青青電影》17 年第 21 期（1949 年 11 月 1 日）。

〔註 261〕《關於公私合營電影公司座談會》，1949 年 11 月 28 日，檔案號：B172-1-30-10，上海市檔案館。

〔註 262〕新華社：《電影局積極與私營電影事業合作，公私合營中華聯合電影公司即將成立》，《人民日報》，1950 年 7 月 12 日。

作人員，折合作資」〔註 263〕，崑崙影業公司拍攝的《我們夫婦之間》，正是這種性質的電影。

1951 年 4 月，「中央文化部應崑崙影業公司原資方之請求，為維持該公司之生產，以便原崑崙公司資方得以集中力量，清理賬務，使該公司將來得以逐步走上正常生產道路計，特指令上海市人民政府文化局自 1951 年 4 月 16 日起代管一年半，在代管期間內，以上海市人民政府文化局代管崑崙影業公司名義行使職權，原崑崙影業公司之舊片發行及債權債務，概由該公司股東會指定代表人物任宗德自行負責辦理，與代管機構無涉。」〔註 264〕也就是說，崑崙影業公司在從私營電影業向公私合營電影業轉變過程中，並不是急速前進的，當時中央電影局和文化部希望穩步前進，至少要等到 1952 年 9 月，才最終使私營電影業在共和國電影事業中「消失」。但電影《武訓傳》批判運動展開後，給上海市文化局電影事業管理處深刻的「啟示」：「我們才如大夢初醒的認識到對私營電影廠物質經濟上的援助並不能根本解決私營廠的問題，因為私營廠的主要困難，不在經濟和原料，而在出品的低劣」，「私營電影廠的藝術和技術工作者的思想改造問題是急不待緩的問題」。為了嚴格控制私營電影製片廠的出品，它們對私營電影廠採取了如下的措施：一、辦理登記：1951 年 6 月間上海電影事業管理處根據中央電影局的指示，辦理製片業登記工作，東華、惠昌、新中華、中國五彩、中企等「一片公司」因不符合登記條件，自動宣告結束。……二、合併長江、崑崙。三、籌備和建立國營聯合製片廠。自長江崑崙合併以後，各私營廠主持人紛紛要求政府聯合改為國營，統一領導。中央接受了它們的要求，十月間就正式成立聯合廠籌備委員會，積極進行。……1952 年 1 月正式成立國營聯合製片廠。從此國產消極影片的根源杜絕，根本解決了對消極影片作鬥爭的問題。同時從此中國電影企業全部為人民所有，由國家統一經營，在中國電影史上開展了嶄新的一頁。〔註 265〕

上海聯合電影製片廠，是由上海公私合營的長江影片公司、私營崑崙、文華、國泰、大同、大光明、大中華、華光八家影片公司改組成立的。它的

〔註 263〕《電影企業合營公司創辦緣起》，1949 年，檔案號：B172-1-30-1，上海市檔案館。

〔註 264〕《上海市人民政府文化局代管崑崙影業公司、崑崙影業公司股東會代表任宗德公告》，上海《新新聞日報》，1951 年 5 月 16 日。

〔註 265〕《上海市人民政府文化局電影事業管理處三年工作總結》，1952 年，檔案號：B172-1-87，上海市檔案館。

成立時間，是 1952 年 1 月，並不是前面構想的 1952 年 9 月。于伶任廠長，葉以群、吳邦藩任副廠長。該廠成立後，加強了電影製作中的「思想領導」。全廠工作人員通過馬列主義學習、參加群眾生活與鬥爭，聯繫實際，提高政治和業務水平。在制度方面，有計劃、有步驟地進行民主改革；在職工之間，展開思想改造運動；在出品方面，堅決貫徹毛澤東文藝路線，以更好地為工、農、兵服務。〔註 266〕至此，私營電影業崑崙影業公司在人民共和國電影史上徹底消失，私營電影業作為一種歷史，在電影界很快「終結」了。

作為私營經濟屬性的私營電影業，在新民主主義經濟向社會主義經濟轉變的過程中，最終成為經濟戰線上的「統一戰線」政策的「犧牲品」。崑崙、文華等私營電影公司，儘管在中國共產黨的中國革命敘事中起過進步的作用，但隨著革命的內容發生了變化，革命的任務就呈現出不同，那麼，「統一戰線」政策所要依靠的對象也發生了「改變」，私營電影業終於成為歷史的「陳跡」。

2. 文教界和文藝界思想改造的「前奏」

回望 1951 年的中國電影界，從《武訓傳》到《我們夫婦之間》，從《我們夫婦之間》到《關連長》，這樣一路批判下來，表面上，我們看到這導致 1951 年中國電影界的「衰敗」，「電影創作進入了中國當代電影史上出現的第一個低谷：1951 年，全國三大國營電影製片廠只生產了一部故事片」〔註 267〕。但深層次裏，我們觀察人民共和國初期的電影格局，卻已經發生了巨大的「變化」：私營電影業正在快速地「消失」。

這些批判留下了什麼樣的後遺症呢？根據石揮的妻子童寶苓女士的回憶：「批判《關連長》時，石揮思想不通，他一邊寫檢查一遍發牢騷。」石揮「去部隊體驗生活，解放軍就是這個樣子的，關連長是真實反映了他們的生活，沒有要故意去歪曲他們。」〔註 268〕他在後來的電影探索中表現得小心翼翼。朱定背著影片《關連長》的罪名，一直到 80 年代初期。趙丹、孫瑜一直生活在《武訓傳》的「陰影」之下。蕭也牧被迫害致死的「罪名」，還是小說《我們夫婦之間》。如果沒有私營電影業參與到小說的改寫過程中，我們不知道蕭

〔註 266〕《文化零訊》，《人民日報》，1952 年 1 月 25 日。

〔註 267〕孟犁野：《這年之生產了一部故事片——對〈關連長〉、〈我們夫婦之間〉被批判的回顧與思考》，《大眾電影》1989 年第 9 期。

〔註 268〕余之：《夢幻人生——石揮傳記小說》，上海：上海三聯書店，1990 年，第 266 頁。

也牧、朱定等人的命運將又是怎樣一幅圖景。

伴隨著三部電影的批判運動，1951 年 7 月，一部重要的電影參考書出版。這就是袁牧之珍藏多年的俄文版《黨論電影》，交由電影局幾位俄文翻譯突擊翻譯後出版。袁牧之為該書的中譯本寫了序文：「我們學習蘇聯電影，應當首先研究蘇聯共產黨（布爾什維克）對蘇聯電影的領導方針和學習蘇聯電影工作者如何把電影視為黨的助手而遵循著黨的方針前進。我們中國的人民電影，在中國共產黨的正確領導下，數年來也已初步奠定了毛澤東文藝方針的工農兵電影基礎。中國的人民電影能否起著黨的助手的作用，當視我們貫徹毛澤東的文藝方針是否忠誠與堅決。對一切不從工農大眾出發而只從小資產階級出發，來降低、沖淡或曲解黨的方針毛澤東的方針的論調與意圖，必須進行嚴肅的批評，不能允許自由主義態度的存在！」〔註 269〕

1951 年 12 月，文藝界思想改造運動已經轟轟烈烈地展開起來，上海文藝界也緊隨其後，推動著文藝思想改造，而電影是上海受到全國批判最多的，對電影界的注意亦更大。上海在建國後不久建立了上海電影文學研究所，和中央電影創作研究所曾經齊名。上海電影文學研究所曾經為上海及人民共和國初期電影事業的發展做出很大的貢獻，但它改編的電影，「出問題亦最多」，如《武訓傳》《我們夫婦之間》《夫婦進行曲》《關連長》《神龕記》等等，都直接受到《文藝報》的強烈批評。因為以人民共和國意識形態導向來看，「部分的電影工作者及有關的領導人員，沒有或不願執行毛主席的文藝方針，他們對毛主席所諄諄告誡的文藝工作者必須改造思想，深入生活的真理置若罔聞，頑強地固守資產階級和小資產階級的『王國』，想在完美的文學藝術中，以資產階級和小資產階級的政治思想和藝術思想來代替無產階級的世界觀和創作方法。因而他們的作品就必然歪曲現實，宣傳錯誤的思想，在人民群眾中起了惡劣的影響。」〔註 270〕

周揚在文藝思想改造運動中特別提到《我們夫婦之間》，「城市小資產階級思想嘛，我們在小說和電影《我們夫婦之間》中也領教過了，它以知識分子的眼光和趣味歪曲勞動人民的形象，玩味著從舊社會帶來的壞思想和壞習慣，把

〔註 269〕【俄】H·列別杰夫著，徐谷明等譯：《黨論電影》，北京：時代出版社，1951 年，第 8 頁。

〔註 270〕嚴子琤：《資產階級創作方法的失敗——關於上海電影文學研究所》，《文藝報》1952 年第 5 號。

政治庸俗化。這難道和我們在創作上所提倡的，要正確地表現人民中的新的人物和新的思想，要嚴肅地表現政治主題的要求是能夠相容的嗎？」〔註 271〕

20 世紀 80 年代，胡喬木強調到，人民共和國初期對電影《武訓傳》的批判，「涉及的範圍相當廣泛」，「……我可以負責任地說明，當時的這樣批判是非常片面的，非常極端的和非常粗暴的。因此，這種批判不但不能認為完全正確，甚至也不能認為基本正確。」〔註 272〕這算是為電影《武訓傳》平反，但影片的禁映還是繼續存在下去。私營電影業很多影片，現在仍被「束之高閣」，一般觀眾和電影研究者與它仍舊存在著「隔閡」。

〔註 271〕周揚：《整頓文藝思想，改進文藝領導》（十一月二十四日在北京文藝界整風學習動員大會上的講演），《人民日報》，1951 年 12 月 7 日。

〔註 272〕畢全忠：《胡喬木說：對電影〈武訓傳〉的批判非常片面、極端和粗暴》，《人民日報》，1985 年 9 月 6 日。